Comedia con fantasmas

Marcos Ordóñez
Comedia con fantasmas

Libros del Asteroide

Fotografía de cubierta: © Ros Ribas

Publicado por Libros del Asteroide S.L.U.
Avió Plus Ultra, 23
08017 Barcelona
España
www.librosdelasteroide.com

ISBN: 978-84-16213-25-2
Depósito legal: B. 10.802-2015
Impreso por Reinbook S.L.
Impreso en España - Printed in Spain
Diseño de cubierta: Jordi Duró
Diseño de colección: Enric Jardí

Este libro ha sido impreso con un papel ahuesado,
neutro y satinado de ochenta gramos, procedente de bosques
correctamente gestionados y con celulosa 100 % libre de cloro,
y ha sido compaginado con la tipografía Sabon en cuerpo 11.

Pepita Forever

Para José María Pou

Y para mi padre, en el cielo de Madrid

Índice

Qué es un fantasma?, preguntó Stephen. Un hombre que se ha desvanecido hasta ser impalpable, por muerte, por ausencia, por cambio de costumbres.

JAMES JOYCE, *Ulises*

Si he de resultar yo el héroe de mi propia vida o si ha de ocupar ese puesto otro cualquiera, habrán de revelarlo estas páginas.

CHARLES DICKENS, *David Copperfield*

Primera parte

En el reino de Pombal (1925-1934)

1. El camión rojo

Voy a hablar de un mundo que ya no existe.

Casi todo ha sido arrasado... calles borradas, clubs cerrados, teatros derribados... No existe ya aquel paisaje, el paisaje de mi vida, ni las figuras que lo habitaban... Tantos nombres que hoy ya no dicen nada a nadie... Tanito Monroy... Joan Anglada... María Rosa Camino... los gemelos Monmat... Carlos Torregrosa... Luisita Santaolalla...

Pombal, el gran Pombal...

Mi vida, mi verdadera vida, empezó cuando Pombal llegó a la ciudad; no puedo contar mi vida sin la suya.

El año era 1925, y mi ciudad, Villaura; una ciudad pequeña, oscura, fortificada, llena de curas, y militares, y sobre todo mineros, en el suburbio, en la Cañada, donde vivíamos. No he vuelto a Villaura; jamás. Todas mis giras evitaron ese punto del mapa. Hace mucho tiempo que es una ciudad «moderna» y seguro que sus gentes son unas bellísimas personas, pero para mí sigue oliendo a charco, y a cera, y a hollín, y a sidra vomitada.

A los trece años yo estaba lo bastante loco como para hacer lo que hice. No le tenía miedo a nada. Mi madre era la primera en decir que estaba loco, que era un salvaje...

Mi padre se llamaba Avelino y mi madre Fuensanta. Mi madre

pasaba el día fuera de casa. Limpiaba, fregaba escaleras, cosía, planchaba... todo el día, de la mañana a la noche. Lo que menos necesitaba era un hijo, y menos un hijo como yo. Cuando nací, el médico me levantó en alto para que llorase. Yo no lloré. Ni una gota. Mi padre contaba, en las tabernas, que sonreí, como un angelito, y le meé al médico en toda la boca.

En las tabernas, mi padre alababa la fuerza de aquel chorro mío, como el de las cervezas a presión que había visto en su único viaje a la capital. Yo iba a las tabernas y a los colmados a buscar a mi padre, y le oí contar esa historia muchas veces, mientras me arremolinaba el pelo con la mano. En aquellas tabernas había siempre muy poca luz, a veces un simple quinqué de petróleo, una luz tan sucia que apenas se reflejaba en la barra de zinc, y todos se apiñaban en torno a una estufa central, con los vasos en la mano y las caras rojas y brillantes. Yo siempre sabía dónde encontrar a mi padre. Mi madre decía que mi padre era un caso perdido, y que yo acabaría como él. Un caso perdido, un bala perdida... No tuvo suerte en la vida. Y la única vez que la buscó...

Mi padre había trabajado en Mina Mariana, en Moreda; una de las minas del marqués de Comillas, hasta que se agotó, se quemó, decía él. Quemó allí, decía, los mejores años de su vida, su infancia y su juventud. Luego trabajó en una tenería de cueros, y en un almacén de forraje; trabajos más descansados, pero que rendían poco. Yo le veía por las noches, cuando iba a buscarle a la taberna. O cuando él volvía del almacén, dando tumbos, por aquella calle estrecha, empinada, de paredes negras, como las de todo el barrio, por el gran incendio de 1911, y me decía: «Hola, nenín...».

Mi padre, el padre que yo conocí, era un borracho amable, tímido, de sonrisa humilde. Con mi madre yo no me entendí nunca. Quizás si hubiéramos tenido más tiempo... Mi madre siempre decía «Tu mejor amigo es una perra en el bolsillo». Y mi padre, cuando tenía una perra, invitaba a todo el mundo.

O me la daba a mí. Cada vez que «encontraba» una moneda brillante me la daba. Tampoco es que encontrara muchas... A lo largo de toda mi vida, cada vez que he encontrado una moneda brillante he pensado en mi padre. Como si su cara me sonriera desde la moneda.

A mi padre le calentaron la cabeza con las grandísimas oportunidades que había en México, y no paró hasta embarcarse. Esto fue cuando ya tendría sus buenos cuarenta. Parece que se reavivó, como suele pasar a esa edad; quizás pensó que era su última oportunidad, no sé. Nos dijo que una vez allí, una vez «instalado», nos mandaría llamar. Pasaron unos meses, un año... El pobre nos enviaba casi todo lo que ganaba. Había encontrado trabajo en Taxco, en las minas de plata, y yo ya soñaba por las noches con aquella ciudad tan lejana y de nombre tan raro, una ciudad que imaginaba toda de plata brillante, hecha de monedas, como las ciudades orientales de los cuentos, cuando llegó una carta de aquella mina diciendo que mi padre había muerto: un derrumbamiento. Tuvieron el detalle de meter unos billetes en el sobre, un dinero que se fue en pagar deudas, y facturaron por barco el hatillo con sus cosas. Entre sus cosas había un libro muy manoseado, lleno de subrayados con lápiz rojo, que se llamaba *La suerte en la vida, el amor y los negocios*.

Cuando murió mi padre, mi madre pasó un tiempo como loca, chillando y pegándome por cualquier cosa. Decía «¿Qué voy a hacer, qué voy a hacer con este castigo?». Nunca había sido muy petenera, pero la muerte de mi padre le acabó de agriar el carácter. La verdad es que el único recuerdo un poco agradable que tengo de mi madre era una especie de trabalenguas que me cantaba cuando yo era muy pequeño, y que decía así: *De Gijón trajo Juan un hijo / joven fajirrojo y bajo / que rajó un traje muy majo / cogiendo a fajos el mijo*. Y cuando me despertaba, sonriendo, para decirme:

—Venga, que ya han pasado las burras de la leche...

Después de la muerte de mi padre le entró el venate religioso, y eso sí que le cambió la vida. Mi madre empezaba a limpiar casas muy pronto, pero comenzó a levantarse más pronto todavía para ir a maitines. Y luego tenía el rosario, y la Adoración del Santísimo Sacramento, y las visitaciones, y las novenas, y todas esas liturgias. Yo llevaba recados en unos ultramarinos, de modo que andaba todo el día en la calle, haciendo maldades... yendo a romper vidrios a pedradas, haciendo volar botes de carburo, con los otros chicos de la Cañada... y los del Cerro de Orgacho, que todavía eran peores... riendo por nada, peleando por nada, con los nudillos despellejados...

Un día, cuando yo acababa de cumplir diez años, mi madre me presentó al que sería mi padrastro, don Froilán Quincoces, un hombre muy religioso, seco, chupado más bien, con el pelo gris muy corto, como un cepillo de púas metálicas. Tenía una tienda de velas y estampas, junto a la parroquia de San Estanislao, y muy buenas relaciones con los curas, gracias a las cuales me metieron interno en los Padres Lazaristas. Después de una comida, don Froilán me dijo que el internado sería lo mejor para mí, que tenía que estar muy agradecido y que no todos los niños tenían la suerte que iba a tener yo.

Yo no entendía qué podía verle mi madre a aquel hombre. Olía a cera, pero a la cera de una vela recién apagada. Mi madre también había cambiado; se había encorvado y fruncía igual los labios, y olía como él...

Parecían un cura y su sirvienta.

El internado de los Lazaristas estaba a unos treinta o cuarenta kilómetros de Villaura, en las montañas, junto a un sanatorio antituberculoso, y se llegaba en un trenecito que parecía de juguete, un «ferrocarril cremallera». A mí me hacía mucha gracia lo de la cremallera. Era lo único que me hacía gracia de todo aquello. La vida en el internado era horrorosa, y pegaba un frío tremendo allá arriba. Las estancias eran umbrías, de techos altísimos. No he pasado más frío en mi vida, ni durante la guerra.

Las luces se apagaban a las nueve de la noche, y solo quedaba en las estancias el resplandor mínimo de unas bujías temblonas, con las llamas agitadas por las corrientes de aire que allí había; corrientes que parecían atravesar las paredes, como fantasmas...

Cada día era igual. Nos despertaban a las siete y media. Nos lavábamos vestidos, porque estaba prohibido quitarse la ropa delante de los demás. Luego la misa, el desayuno... el desayuno era siempre un tazón de aguachirle al que llamaban café, y gachas, o borona mojada en leche, o malta con un pedazo de pan, y muy de tarde en tarde, un poco de compota o una lámina de membrillo. El desayuno, el estudio... recreo, el ángelus... la comida, otra vez estudio, hasta las siete... A eso de las siete, cuando se acercaba el buen tiempo y los días se hacían más largos, salíamos un rato... un paseo «higiénico», decían, por aquellos bosques helados, troceando escarcha con las botas... y los golpes en las orejas frías, en las puntas de los dedos, con la mano extendida haciendo la higa... y la cena, y las «guardias» ante el crucificado... Días idénticos, hasta perder la noción del tiempo... un tiempo medido por el timbre que nos despertaba y el timbre de la noche.

Luz, oscuridad. Luz, oscuridad.

Yo estaba muy raro. Me encogía de hombros. Miraba al suelo, decía a todo amén. Aguantaba. Aceptaba. De repente, mi vida era aquello... Bueno... Procuraba no destacar, hacerme un poco invisible, y no me costaba mucho. Me encontré allí con uno de los chicos del Cerro que se llamaba Senén, Senén Padilla, medio bobo pero grande como un armario y muy fuerte, y me junté a él como si fuéramos hermanos, para que los mayores no se metieran conmigo. Senén me dijo un remedio para los sabañones. Yo nunca había tenido sabañones en Villaura y los tuve allí. Todos teníamos. Los dedos de las manos y los pies se hinchaban, se ponían rojos, y cuando se agrietaban escocía muchísimo. Senén también tenía, pero no le dolían, porque se meaba en las manos. Yo creo que el truco estaba en que la orina te quemaba tanto que dejar de hacerlo era un alivio.

—¿Lo has probado, Mendieta?

Mentí. Le dije:

—Pues va muy bien.

—Lo ves, hombre... Tú hazme caso a mí...

Años después me enteré de que algo de verdad había en aquello, porque por lo visto la orina contiene amoníaco o algo parecido, que cauteriza y anestesia.

Cuando meábamos juntos, Senén me miraba y sonreía, feliz, con aquella cara de luna que tenía, convencido de que los dos nos estábamos meando en las manos al mismo tiempo y que eso nos unía. El pobre Senén hablaba durante horas de su madre, no la que le había metido allí sino, decía, «la de verdad», una señora muy guapa, como la Virgen del Camino que había en la capilla... una actriz, llena de joyas y con los ojos pintados, que pronto vendría a buscarle...

—Se llama Carmela y trabaja en un teatro muy grande, con todo el cuerpo cubierto de perlas.

Yo le seguía la corriente y hacía ver que me lo creía todo. ¿Tenía sentimientos en aquella época? Debía tenerlos, claro. A veces, mientras Senén hablaba de Carmela, yo pensaba en mi padre, sonriendo con aquella sonrisa tímida, en mitad del callejón, o me lo imaginaba todavía vivo, en Taxco, con sombrero y traje blanco, de indiano... En mi madre y en el cerero pensaba pocas veces. Supongo que me forzaba a no pensar, me los apartaba de la cabeza... Yo me recuerdo como un pequeño animal, sin sentimientos, solo instinto... un animal con los ojos entrecerrados, las manos apretadas en los bolsillos, las orejas frías.

Los golpes en las orejas es lo que más recuerdo. Una noche

me levanté para ir a los aseos, que parecían abrevaderos, y abrí un grifo sin motivo, solo por ver correr el agua... y me quedé hipnotizado como un pájaro porque el chorro de agua era de plata, fluía y brillaba como la plata. Esto se debía a la luna llena, que entraba por el ventanal. Uno de sus rayos daba, de trasluz, sobre aquel chorro de agua que yo miraba, quieto, mientras la pica, baja, de piedra gris, se desbordaba, siempre atascada de pelos y porquería, y se iba formando un charco alrededor de mis pies, un charco grande... Tan alelado estaba con aquello que ni siquiera me di cuenta de que tenía los pies empapados, que el agua estaba llegando al pasillo... Volví a la tierra por la bofetada brutal de uno de aquellos gañanes con sotana, el padre Jacobo, una bestia... Me pegó tan fuerte que la oreja se me puso como una coliflor, una coliflor llena de abejas.

Cada dos domingos, cuando llegaba el buen tiempo, bajábamos a Villaura en el trenecito, junto con algunos enfermos, los menos pudientes, del sanatorio. Antes no, porque la vía casi siempre estaba bloqueada por la nieve. Lo que más me gustaba era poder bañarme mucho rato en agua caliente, en la tina... Luego comía con mi madre y el cerero. Largas comidas, sin más sonidos que los de la cuchara en el plato, y el reloj del comedor marcando los cuartos, las medias, los cuatro cuartos... el crujido de una silla... Siempre, pero siempre, había un momento en que el cerero se metía a hacer de padre y me preguntaba por la vida en el internado.

—¿Coméis bien?

—Muy bien.

Anda que iba yo a darle el gusto de que me tuviera lástima.

—¿Y el frío qué tal? —decía el cabrón.

—Un poco de frío hace. Sobre todo por las noches.

—El frío es sano. Tonifica.

—Si usted lo dice.

Siempre las mismas preguntas y las mismas respuestas. Y mi madre... ¿Qué decía mi madre? Nada. Se quejaba, en general; se quejaba siempre... ¿No estaba bien? ¿No estaba con el cerero? Ahora le ayudaba en la tienda, y ya no tenía que fregar tantas casas. Y se habían librado de mí. Pero solo decía «Contesta cuando te pregunten», cosas así, cuando yo apretaba los labios, tozudo... Así iba aquello. Yo a mi madre ni la miraba. ¿Para qué?

Un domingo de verano, en fiestas, yendo hacia Villaura en el trenecito, y al llegar al tramo en el que las vías se cruzaban con el camino, vi algo que me llamó muchísimo la atención, algo que cambiaría mi vida para siempre.

Por el camino que iba a Villaura subía renqueando, rebufando, como si fuera a descuajaringarse de un momento a otro, una mezcla de camión y autobús, muy grande, como un coche de línea cargado de bártulos, desbordado más bien y, eso fue lo que más me sedujo, pintado de rojo, rojo brillante, rojo manzana... Me pareció que era la cosa más bonita que había visto en mi vida...Yo había visto el coche de línea, gris y negro, que iba a Oviedo, y los camiones de los soldados en la explanada de las casernas. Aquel era como una mezcla de los dos, pero en rojo. Y con unas letras plateadas en el lateral, que decían:

EL GRAN TEATRO DEL MUNDO
COMPAÑÍA ERNESTO POMBAL

Aquel domingo las ventanas estaban abiertas y entraba la bullanga de la calle, trompetas, panderos, pero en el comedor seguía el mismo silencio de todos los domingos. En mitad de aquel silencio yo llevaba la sopera vacía, de vuelta a la cocina, y de repente la sopera estaba en el suelo, hecha trizas, y yo la miraba embobado, maravillado por aquel ruido... No sé qué me dio. Un ataque de furia como nunca me había dado, pero sin perder la calma, ni la sonrisa, aunque me temblaban las manos de pura excitación, o como si estuvieran extrañadas de lo que estaban haciendo... ahora un vaso, ahora un plato... los cogía y los tiraba al suelo, sin decir palabra, sonriendo, casi como si los depositara en el aire...

Estaba de repente tan feliz que ni vi venir la primera hostia del cerero. En la oreja, qué manía tenían todos. Sonreí. Él gritó. Nunca le había oído gritar. Decía: «¡Baja la vista, desgraciado!». La segunda hostia me abrió el labio, y se me llenó la boca de sangre. Mi madre iba y venía, del comedor a la cocina, recogiendo el estropicio, retorciéndose las manos, diciendo «Señor, señor, señor», muy teatral, muy trágica... De ahí me vendría a mí lo del teatro.

Yo me reí, la verdad. Me entró la risa. Y cuando el cerero levantó la mano por tercera vez, bajé la vista. Pero fue para lanzarle un cabezazo, directo al mentón, con todo mi cuerpo, con toda la fuerza de que fui capaz, como le había visto hacer a Senén. El cerero cayó redondo. Y mi madre: «Asesino, asesino...», decía, intentando levantarle del suelo, sin éxito, porque era muy pequeña, pobrecita... y le acariciaba la cabeza, aquel pelo como un pajizal, como nunca me la había acariciado a mí... Aquello, aquel detalle insignificante, si se quiere, me cortó toda la alegría de haber tumbado al cerero, y casi estuve a punto de echarme a llorar allí mismo, de echarme a llorar en sus brazos, incluso en los del cerero... con ellos... Pero mi madre me miró entonces, también como no me había mirado nunca, con los ojos como tizones, tizones helados, y dijo, ya sin gritar:

—No vuelvas por aquí. Nunca. Nunca más. Y da gracias al Señor si este santo no da parte.

No volví a verles. Murieron los dos en un choque de trenes, en Mieres, poco antes de la guerra; un choque de trenes que salió en las portadas de todos los diarios, con casi doscientos muertos.

Aquel domingo, todavía con la voz de mi madre en los oídos (eran susurros, susurros furiosos, pero se me quedaron dentro como gritos, y hasta llegué a soñarlos), bajé a la calle y me perdí por la ciudad en fiestas. Había, como todos los años, gallardetes de colores y guirnaldas de balcón a balcón, y las paredes parecían menos negras, y las calles como ensanchadas por el aire limpio, cálido... Las calles estaban llenas de soldados con el uniforme de bonito, cantando el *Chíribi*, y chicas muy guapas, bien peinadas, con vestidos de colores claros, manchándose la cara y los dedos de rojo por los *bollus preñaus*, y riendo... Sonaban charangas, aquí y allá, y había tenderetes con sidra y agua de cebada. Caminé entre el gentío, con las manos en los bolsillos, feliz de sentir aquel sol en la cara...

Una chica, en una ventana, cantaba una canción de moda, un cuplé que decía algo así como «Tú no tienes nada, nada...» y yo pensé que sí, que ese era yo, que la canción hablaba de mí, que yo era el protagonista... «Tú no tienes nada, nada de nada...» Porque mientras caminaba entre la gente ya había decidido que no iba a volver a los Lazaristas... Otro, cualquier otro, en mi situación, se hubiera preocupado... qué iba a hacer, de qué iba a comer, dónde dormiría... Yo no, no recuerdo que sintiera la menor inquietud. ¿Quién, por otra parte, iba a pensar en la noche, con aquel sol y aquellos colores y risas?

Yo caminaba como borracho, imitando la sonrisa de mi padre, y no tenía ni hambre ni calor ni miedo ni culpa, hasta que me paré en seco delante de un árbol, un olmo muy alto y viejo, coposo, con un asiento circular de piedra alrededor, en una plaza que se llamaba de Santa Tecla (casi todas las calles y plazas del centro, de la parte vieja, tenían nombres de santas y santos), porque en el tronco de aquel árbol había un cartel con el mismo rótulo, ahora en letras grandes y rojas, que había visto en el lomo del autobús: COMPAÑÍA ERNESTO POMBAL.

Echaban una función al aire libre, en la Alameda, un parque de las afueras al que habíamos ido algunos domingos de buen tiempo, cuando aún vivía mi padre. Yo no había visto nunca una función, ni siquiera el *Tenorio*, porque mi madre decía que eso era tirar el dinero, así que eché a andar, vivo, excitado, por el camino que llevaba a la Alameda, bordeando la muralla.

Los cómicos aquellos habían elegido muy bien el lugar. La función, que era de pago, se daría justo a la entrada del bosque. Unos hombres estaban colocando sillas de tijera en la explanada, una calva de tierra, lisa, sin piedras, frente al río, donde la gente solía ir a merendar, y la habían vallado con una empalizada de caña, muy bien tendida, en forma de herradura. La pequeña colina que había al fondo y las hileras de álamos, entre las que otros estaban tendiendo cables y luces, cerraban el espacio por detrás. Yo nunca había visto aquellos cilindros negros, ni sabía que se llamaban así: focos. Seguí los cables. Uno de aquellos hombres, en lo alto de una escalera, los estaba prendiendo en un poste del tendido eléctrico que había en el camino, el camino que comenzaba a llenarse de gente con cestas de merienda y las caras sonrientes, tintadas por el sol del atardecer...

El camión rojo estaba allí, transversal, en mitad de la empalizada, y su morro mirando al de otro camión casi tan grande pero de techo rectangular y sin ventanas, con la pintura, verde oscuro, hecha un desastre. En el espacio entre los dos camiones enfrentados había, en lo alto, otro cable con bombillitas de colores trenzadas en un arco; debajo, un hombre apilando entradas en una mesita que servía de taquilla.

Cuando llegué a la Alameda serían como las ocho de la tarde; la función estaba anunciada a las nueve y media, en cartelones como el del olmo de Santa Tecla, colocados a ambos lados de la improvisada taquilla. Yo no tenía una perra en los bolsillos, pero no estaba dispuesto a perderme aquello. «Aquello» era lo más importante; no había otra cosa por delante ni alrededor. Mientras se abría la cola, me acerqué a curiosear por los camiones. Nadie se fijó en mí ni me dijo nada cuando me subí al estribo del camión rojo, que ahora brillaba más que nunca a la luz de aquellas bombillitas, como un juguete por Navidad; el mejor juguete del mundo. En su interior había casi tantos asientos como en el coche de línea que iba a Oviedo: allí debían viajar al menos treinta personas. Y en el otro, claro, llevarían los decorados y los trastos que usaban para representar sus funciones. Pero luego abrieron por atrás el camión sin ventanas y no sacaron decorados, que yo imaginaba como las láminas de los libros pero a lo grande, sino vestidos, muchos vestidos, bonitísimos, delicados, como tejidos por arañas, y más luces en forma de cilindro. No había decorados en aquella función. La hilera de álamos, iluminada aquí y allá, en los lugares más inesperados, a ras de tierra y entre el follaje, era todo el decorado que necesitaban.

Cuando ya anochecía escogí un álamo y trepé por su tronco, resbaladizo como lomo de culebra, hasta la rama que me pareció más resistente, y me senté a horcajadas, con las piernas colgando, sujetándome, ahora con una mano, ahora con la otra, a una rama superior. Seguí con la mirada a los hombres que cargaban los vestidos. Bordearon la empalizada por la izquierda y llegaron hasta una especie de tienda de campaña muy grande, cuadrada, que estaba al lado de lo que sería el escenario, pero que yo no había visto antes porque la ocultaban los árboles.

Una luz se encendió en su interior a poco de llegar ellos, una luz de petróleo o acetileno, temblorosa, y la tienda aquella, de color hueso, se llenó de una preciosa claridad anaranjada, en la que se agitaban, como en una linterna mágica, siluetas negras que parecían de cartón. Era allí, sin duda, donde los cómicos habían improvisado sus camerinos, su cuartel general.

Después se hizo de noche, y todo el mundo se sentó en las sillas de tijera, y sonó tres veces un cornetín, y luego una música de flauta, muy fina, como una pequeña serpiente, y comenzaron a encenderse los focos, uno para el rey, y un redoble de tambor, otro para la reina, y más redobles... Un tambor para las escenas majestuosas y los momentos de amenaza, y la flauta para las escenas cómicas, y un violín para las escenas de amor... No les hacía falta más...

Había un rey y una reina, y dos parejas de enamorados que se perdían en el bosque, y en el bosque vivía otra reina, la reina de las hadas... y un duende vestido de verde, que dejaba caer polvos mágicos, fosforescentes, sobre las cabezas de los enamorados, dormidos, para que se enamorasen de quien no debían, por juego, y luego el duende convertía en asno a un tonto, y la reina de las hadas se enamoraba también de él...

La función se llamaba *El sueño de una noche de verano*; yo nunca había oído hablar de ella. Y no entendía nada, o muy poco, pero no podía apartar mis ojos de todo aquello... de los vestidos maravillosos, de las luces sorprendentes... los enamorados persiguiéndose entre los álamos, con la música de violín enredándose en sus pies como una cinta... la reina de las hadas acariciando al tonto de la cabeza de asno, cantándole una nana...

No entendía demasiado lo que decían, porque hablaban mucho y muy rápido, pero las palabras eran muy bonitas, y las decían muy bien, con voces limpias, sonoras... así debían de hablar, pensé, los reyes de verdad...

Y el duende era tan gracioso... El duende corría, saltaba; la gente se mondaba de risa con él, cada vez que aparecía... Tenía dos ayudantes, cubiertos de hojas, como árboles vivos, que daban saltos mortales a sus órdenes, acrobacias inverosímiles...

De repente, el duende alargó la mano, chasqueó los dedos, y hubo una explosión, y cuando desapareció la nube de humo él ya no estaba allí, había desaparecido... ¿dónde estaba?... Yo me abracé a la rama, me eché hacia delante, para ver mejor... volvió a sonar la flauta, serpenteando, burlona, y una luz le buscó, barriendo a ras de suelo y entre los árboles, colina arriba, mientras redoblaba el tambor, hasta encontrar al duende en lo alto de un álamo, como yo, abriendo los brazos, saludando, a lo lejos...

¿Qué magia era aquella, qué espejo? ¿Cómo había podido llegar hasta allá arriba en tan poco tiempo, pensé yo, boquiabierto, cazado en la trampa, incapaz de suponer ni por un momento que era otro actor vestido como él? Y eso solo fue el principio... Después de aquel efecto, la reina de las hadas comenzó a crecer y crecer entre los álamos mientras cantaba, loca de amor, y su falda se hizo inmensa, como la cúpula de una iglesia, y ella cantaba desde allá arriba, cantaba para mí, alzada en unos zancos invisibles... y con su canción, el bosque se llenó de polvos mágicos que, esparcidos por el duende, formaban culebrillas y luego esferas, esferas de luz blanca, azul, verde, que flotaban en la oscuridad, a su alrededor, como ángeles, y todo el mundo decía oooooh y aplaudía, feliz; yo aplaudí también, arrebatado, y estuve a punto de caerme... Después la función siguió, pero yo no recuerdo mucho, porque dejé de escuchar lo que decían las palabras...

Vi muchas veces *El sueño*, pero nunca como aquella primera vez... Se levantó una brisa que venía del río, una brisa que movía el árbol, balanceando las ramas... y comencé a sentir un mareo, un mareo dulcísimo, allá arriba... y todo lo que decían perdió sentido... o lo ganó... Porque las palabras eran sonidos, sonidos de verano... como el agua del río empujada por la brisa, avanzando igual, en crestas concéntricas... la brisa moviendo las hojas de los álamos... aquellas hojas que eran verdes por un lado y plateadas por el otro... así me sonaban las palabras de la función... no era distinto... Por eso, los versos de *El sueño* han tenido siempre para mí color verde y plata, agitándose igual que aquellas hojas... y la canción de la reina de las hadas, y las nobles palabras del rey, y la risa del duende... Y los aplausos eran como si todas las hojas de los álamos se hubieran vuelto locas, locas de felicidad...

Fue la primera vez que escuché un aplauso. Un aplauso de verdad. No tenía nada que ver con los aplausos del parque, cuando la banda tocaba marchas y polcas en el kiosco, ni con los aplausos que seguían a los discursos, en la plaza del ayuntamiento. El aplauso de la Alameda nació de un gran silencio, como nacen los truenos... así brotan los aplausos de verdad... solo quien los ha recibido lo sabe... y luego toda la gente se puso en pie, primero una fila, luego otra y otra, todos de pie, y siguieron aplaudiendo... y los cómicos salieron a saludar, en hilera, tomados de las manos... los reyes, los enamorados, los tontos, el duende...

Los conté, uno a uno... y los vi a todos juntos, en el camión rojo, recorriendo pueblos, ciudades...

Tardé en bajar. ¿Cuánto tiempo estuve allá arriba? A la gente también le costaba irse. Como si se negaran a aceptar que la magia había acabado... Luego vería eso tantas veces... el público remoloneando a la salida de los teatros, con la cabeza baja, sin hablar, prolongando el momento, sin querer volver a casa, a la vida gris y difícil de cada día...

La noche era preciosa, tranquila, sin calor por aquella brisa, y el cielo se había llenado de estrellas. Cuando bajé caminaba haciendo eses, y los huevos, tanto rato apretados contra la maldita rama, me dolían una barbaridad... Pero ya sabía lo que iba a hacer, ya estaba decidido. Caminé hasta la tienda de color naranja, en la que volvían a agitarse las siluetas de los cómicos, cambiándose de ropa, desmaquillándose, entrando y saliendo... Todos moviéndose menos uno. Tropecé con él; incluso creo que le pisé un poco.

—¿Dónde vas, Nicolás?

—Perdone usted. No le había...

Estaba el hombre a la entrada de la tienda, quieto como un árbol, un árbol pequeñín, fumando con pipadas nerviosas y apuntando cosas en una libretita, como si viera en la oscuridad. La brasa rojiza del cigarrillo le iluminó la cara.

Era el duende.

Entonces dije:

—Que querría ver al jefe.

—Caramba. ¿Al jefe jefe? ¿Al jefe jefazo?

—Sí.

—Impresionante. ¿Y de dónde vienes, amigo? ¿De Nueva York o de Chicago?

—¿Perdón?

Pensé que el duende estaba borracho. Pero no tenía voz de borracho.

—Nunca pidas perdón, amigo. Por la pinta, va a ser de Chicago. ¿Y te llamas?

—Mendieta. José Ignacio Men...

Se giró hacia la ladera que bajaba hacia el río, hacia la oscuridad, y dijo:

—Jefe... Jefazo... Está aquí Cara de Niño Mendieta. De Chicago, Illinois.

Entonces vi a Pombal. Digamos que lo primero que vi de Pombal fue su voz, la voz tronante. La voz, digamos, me dibujó su cuerpo, una sombra negra, corpulenta, altísima, que estaba meando.

—¿Qué confusas palabras son esas, oh Tanito, que mi dorado chorro truncan?

Subió por la ladera en dos zancadas, abrochándose. Era el actor que hacía de rey. En aquella época, Pombal tenía veinticinco años, pero a mí me pareció un hombrón con toda la edad del mundo. Me miró con aquellos ojos suyos, negrísimos, taladradores.

—¿Y este jovenzuelo qué desea?

—Quiere hablar contigo. Quiere ver al jefe.

Yo me apresuré a decir:

—He visto la función. En un árbol.

—¿Cómo que en un árbol? ¿No has pagado, miserable rata? —dijo el gigante, agachándose para verme mejor.

—No señor. No tengo dinero.

—Mal, mal. ¿Te ha gustado, por lo menos?

Carraspeé. Muy serio. Dije:

—Es lo más bonito que he visto en mi vida.

—Eso está bien. ¿Y qué es lo que te ha gustado más?

Conté la función. Allí, de pie, entre ellos dos, como el niño Jesús entre los doctores, empecé a hablar, y al principio solo quería hablar de una cosa, o dos, las que más me habían gustado, pero acabé contándosela toda, a ellos, como si no supieran de qué iba. Y el momento en que el duende desaparecía, y cuando la reina de las hadas crecía y crecía, y cuando el tonto hacía de pared, y la nana, y las esferas de luz que parecían flotar en la oscuridad... Ellos me escuchaban, callados, sonrientes, sin interrumpirme... Pombal, sobre todo, parecía encantado; el duende sonreía, y sacudía de cuando en cuando el flequillo rubio, admirativo... Yo me di perfecta cuenta de que estaban impresionados, y lo aproveché. Quizás fue esa mi primera interpretación, mi primer público. Así que al acabar dije, de golpe:

—Quiero irme con ustedes. Haré lo que sea.

—Un momento, un momento. ¿Y tus padres qué dirán? Porque tendrás padres...

Estaba hecho. El gigante estaba convencido. Ganado.

—No señor —dije, y casi no mentía—. Soy hospiciano. Me he escapado para venir a verles a ustedes.

Pombal dijo:

—Aprende, Tanito, eso es vocación. Eso es lo que tú no has tenido nunca.

—Ni falta que me hace —dijo el duende llamado Tanito.

Pombal se quedó contemplándome, estudiándome.

—¿No crees que este muchacho podría ser un buen traidor?

—Te lo iba a decir. Tiene todo el aire.

Ahora sí que no entendía. ¿Me iban a dar un papel, un papel en un drama? No; era uno de los chistes más viejos del mundo del teatro.

—Serás un «traidor». Nosotros te pediremos cosas y tú nos las traerás a la carrera.

Me eché a reír. De felicidad.

Me dijeron que empezaría ya mismo, ayudándoles a recoger. Entonces me llevaron hasta Anglada, que era el jefe de los maquinistas, un hombre cuadrado, con el cabello sorprendentemente largo, una melena gris que le llegaba por las orejas, y barba entrecana. Anglada alzó el farolillo de acetileno que llevaba en la mano para estudiarme, y yo hice lo propio. Tenía una nariz más que aguileña casi curvada, como un gancho, y ojos pequeños, achinados, de mongol, pero muy vivos y brillantes. Una banda negra, de cuero, le cubría la frente, para que el sudor no le entrara en los ojos. Sonreí, porque a la luz de aquel candil me pareció un pirata. Él sonrió también: sonrisa de pirata. Algunos le llamaban El Chino; otros, por su nombre, Joan, pero pronunciado a la catalana, que sonaba casi igual que en bable, como un estornudo: Chuán.

Nunca había trabajado tan rápido ni tan a gusto. Estaba agotado pero aun así volví a trepar por los árboles, sin escalera, por pura chulería, como en un concurso de cucaña, para descolgar cables y bajar focos y montantes, y luego doblar aquellas sillas de tijera que me pillaron las manos varias veces de tan rápido como las plegaba, pero ni sentía el pellizco...

Doblaba sillas, con Anglada y los suyos; levantaba de tanto en tanto la cabeza, empapada de sudor, y veía cómo arriaban la tienda, y más allá recogían la empalizada de caña como si fuera una gran alfombra... Todos trabajaban allí, reyes, enamorados, tontos... Toda la compañía, Pombal el que más... Eso me causó una gran admiración... Luego llevamos las sillas y los focos y las perchas hasta el camión verde mierda... qué sé yo cuántos viajes hice...

Dejaron prendido un foco, alto, en el poste del tendido, donde había estado la tienda naranja, y desde el camión vi a las mujeres, reinas, enamoradas, preparando una mesa muy larga con maderas y caballetes, y cuando acabamos ya estaba lista la cena... Bocadillos, trozos de queso, tortilla fría, latas de pescado en escabeche... chorizo... cecina, muy buena... aceitunas... podría recordar ahora todo lo que comimos aquella primera noche... Yo nunca había visto comida tan variada, y junta en una misma mesa... como si hubieran asaltado unos ultramarinos a ciegas, por la noche, sin saber lo que se llevaban...

No había platos; todo el mundo alargaba la mano y cogía lo que pillaba... Yo llegué con Anglada, que había estado callado durante todo el rato, mientras recogíamos, sin apenas mirarme, pero al cerrar el camión me había sonreído otra vez, y poniéndome una mano en el hombro me dijo:

—*Molt bé, noi.* Muy bien.

Era la primera vez que oía hablar catalán. Pensé que era francés.

Ya en la mesa, donde todo el mundo zampaba y parloteaba, Pombal levantó la cabeza y le preguntó, como si tal cosa:

—¿Qué tal el traidor? ¿Bien?

—Pues ya lo ves, patrón. Todo listo. *I amb aquella alegria.*

Nos sentamos. Yo solo abrí la boca para zampar, con la mirada baja. Hasta que Pombal dijo, al cabo de un rato:

—Señores, este chaval que traga como una lima, porque se lo ha ganado, se llama Mendieta. Pepín Mendieta.

Sonreí, porque nadie me había llamado así nunca. ¿Pepín?

—... es el nuevo traidor. Hará el resto de la gira con nosotros.

Dijeron hola, hola, hola, algunos saludaron con la mano, y siguieron comiendo. Luego, una de las enamoradas, la más guapa, morena, muy seria pero con los ojos brillantes, se levantó y volvió con una sandía enorme, y la cortó, y repartió los trozos, y todos comimos trozos de sandía, en silencio. De repente todos callaron, como si el cansancio hubiera caído sobre ellos. Sobre nosotros, porque en aquel silencio, comiendo aquella sandía, yo me sentí «nosotros» por primera vez, cansado como ellos, envuelto en una sensación muy parecida a la calma, a la paz... Había nubes de mosquitos y mariposas blancas, pequeñísimas, girando en torno a aquel único foco alto, movido por la brisa que volvía a levantarse desde el río... y nosotros acabando de cenar en medio de la nada, juntos... Mascábamos sandía fresca, roja, y a nuestro alrededor todo era silencio, atravesado por los grillos, y oscuridad, y el cielo arriba, tan lleno de estrellas...

Estaba tan bien, tan increíblemente a gusto, que pensé que todo aquello se parecía demasiado a un sueño, un sueño nacido de una de las historias de Senén... Pensé que abriría los ojos y volvería a estar en el dormitorio de los Lazaristas, pero no, ni hablar... Luego me inquieté un poco, pensando en lo que vendría cuando acabara la cena... Di en pensar que estarían hospedados en Villaura, repartidos en fondas y pensiones... mala cosa, porque no me hacía ninguna gracia volver allá, volver atrás... Pero no. Dormiríamos «en ruta», dijo Pombal...

«Dormir en ruta», maravillosa frase... porque había que estar en Santander por la mañana... Yo me caía de sueño, con la cabeza vencida sobre la mesa, entre restos de sandía y botellas de vino, vacías... Y cuando volví a abrir los ojos tenía la cabeza pegada al cristal de la ventanilla y estábamos todos en el camión rojo, que atravesaba la oscuridad y dejaba atrás Villaura, para siempre...

Así fue como, a la edad de trece años, entré como meritorio sin sueldo, solo comida y cama, en la compañía itinerante El Gran Teatro del Mundo de Ernesto Pombal.

2. La sombra de Pombal

Se ha dicho y se ha escrito que Pombal era un maniático inaguantable, un megalómano, un tirano. Servidor el primero; aquí hay que contarlo todo. Yo lo dije y lo repetí y lo voceé, cuando tarifamos, cuando ya no le pasaba ni una, con toda la malevolencia de que es capaz un humorista.

—¿Usted empezó con Pombal, no, Mendieta? ¿Es verdad lo que se cuenta de...?

Se frotaban las manos anticipadamente, porque en todas las entrevistas tenía alguna pulla para él, una anécdota grotesca, de su tacañería legendaria, de sus paranoias, de su egolatría, de su obsesión por las faldas... Los humoristas, los que nos hemos dedicado al humor para ganarnos la vida, tenemos muy mala baba, quizás porque nuestro trabajo nos obligó a fijarnos en las rarezas, en las tonterías, en todas las debilidades humanas...

Yo estaba tan furioso cuando rompimos que, como suele pasar, todo lo bueno quedó atrás, y pregoné de Pombal lo peor, porque entonces era lo que ocupaba todo mi recuerdo, como un maremoto de rabia... Y lo aventé sin remordimientos, pues creía estar en mi absoluto derecho. Al fin y al cabo, pensaba, había trabajado con él más de diez años... le había «soportado», decía, durante más de diez años... Tantos otros hablaban sin saber, de oídas, deformando la verdad, pensaba... Yo no, qué va... yo contaba la verdad y nada más que la verdad... y aún le hacía un favor, porque convertía todo aquello en historias divertidas, y la gente reía, ¿no?...

Pero, naturalmente, no era toda la verdad.

Era la verdad de un hombre furioso.

Lo que más me duele, si es que me queda algún sitio para que me duela algo, ahora que no puedo ni echarme a reír sin tener un ataque de tos, es que seguí contando esas historias cuando él ya estaba caído, cuando más daño podían hacerle... ¿Lo sabía yo? Claro que lo sabía... siempre sabemos...

Y aunque el daño hecho no nos lo quita nadie, quizás ahora, después de tanto tiempo, sea un buen momento para tratar de aclarar algunas cosas.

Los años atemperan las pasiones antiguas, las cegueras de amor y las cegueras de odio, y acostumbran a ir poniendo las cosas en su sitio, es decir, como estaban antes, cuando comenzaron; cuando aún veíamos claro... Se corre entonces el riesgo de idealizar, de desequilibrar la balanza por el otro lado, pero no creo exagerar si digo que después de tantos años y tantas revueltas como dieron nuestras vidas, vuelvo a ver a Pombal como le vi al principio. Como volvió a ser al final.

Había muchos Pombal, como sucede siempre con los grandes artistas. Predomina, yo creo que predominará, el Pombal mago, mago y loco, el Pombal de los proyectos imposibles, el soñador de aquellos espectáculos descomunales que hicieron época... Ese es el que ha quedado en la memoria de alguna gente, la gente de mi edad, los que llegaron a ver sus puestas en escena... Pero también es cierto que ese Pombal, el de las grandes máquinas de fantasía, eclipsó al primer Pombal, al enamorado de Shakespeare... Esa es su época menos conocida y yo no me cansaré de repetir que la mejor, porque había la misma magia, o más, en todos los Shakespeares que montó, que montamos... y él les dedicó la misma pasión, la misma energía, o más...

Y está, para mí, fundamentalmente, el Pombal de antes y de después de la guerra... pero ya llegaremos a eso.

De puertas afuera se ganó a pulso la reputación de divo, de arrogante, de desabrido, pero era otro disfraz, otra actuación, para mantener a distancia a todos los moscones, para que no le humillaran ni le hicieran daño... Se acercaba alguien y le decía, con una sonrisita, «Usted no me conoce, pero yo a usted sí», y Pombal contestaba «No me conozco yo, que vivo conmigo, y me va a conocer usted».

O cuando le decían:

—Pombal, quiero presentarle a un admirador que quiere conocerle...

Y él respondía:

—No me presentes a gente que no conozco.

O también:

—Conozco a esos que quieren conocerte. El primer día te vienen tartamudeando y a la semana ya te están dando consejos.

Y tenía toda la razón; bien puedo decirlo.

De puertas para adentro, entre bastidores, estaba el Pombal que podría fácilmente pasar por tirano pero que yo definiría más bien como general, el general que ha de convencer a sus tropas de que van hacia la victoria, de que luchan por una buena causa, porque esa es la misión primordial del director de escena: hacer creer a todos en un mismo empeño y persuadirles de que podrán lograrlo. Cuando ensayaba, sus indicaciones siempre eran muy claras, muy precisas. «Aprenderse el texto, mirar al otro a los ojos, hablar claro y con energía.» Otra de las frases que más nos repetía, sobre todo a la hora de pagarnos, era esta: «Ensayar es el trabajo, actuar es el placer».

¿Mal carácter? Sí, y eso fue en aumento con los años.

¿Maniático? Sí, también; tremendamente.

Siempre tenía que lavarse los dientes antes de salir a escena, así que no podías olvidarte del vaso con agua fresca y el cepillo limpio y el tubo de pasta bien cerrado. Tampoco permitía que nadie le maquillase, porque le hacía verse ya cadáver, y siempre entraba en el escenario con el pie derecho. Y mil cosas más que demasiadas veces conté. ¿Qué importa eso? Los cómicos siempre hemos tenido manías y supersticiones: es una forma de conjurar el miedo al escenario, el miedo al público, el miedo al vacío, a la gran boca, al blanco; ese miedo que jamás desaparece ni desaparecerá.

En Pombal, las manías eran, además, una hipertrofia de su minuciosidad.

No le quedaba otro remedio que ser minucioso. Para levantar todo aquello, para mantener en pie el enorme tinglado en que acabó convirtiéndose El Gran Teatro del Mundo, no podía permitirse un solo error. Porque de Pombal y solo de Pombal, pues nunca supo delegar, dependía una compañía de más de cincuenta personas en su mejor época. No se daba ni un momento de respiro. Cuanto más trabajaba, más energía parecía tener. No bebía, no fumaba, no jugaba. El teatro y las mujeres, en este orden, eran sus únicas pasiones, tan absorbentes que no le quedaba tiempo para nada más.

Es cierto que follaba como un jabato, no paraba. Sin embargo, estaba solo. Siempre estuvo solo. Nos «tenía» a todos, a todos nosotros, y a Tanito Monroy, su mano derecha, a la hora de inventar, de planificar, de decidir, pero, salvo en el caso de su breve historia con Palmira Werring, nunca se le vio una novia, una amante fija.

A Pombal le gustaban locamente las mujeres, pero —esto sonará un poco crudo— yo creo que solo las quería para *descargar*. Como si no pudiera calmar de otro modo la energía que le sobraba. Pienso también que lo que más le gustaba era conseguirlas. La excitación del cortejo, de la espera. Vivir esa tensión.

❋

En el fondo era muy parecido a lo que sentía con el teatro. La excitación de los ensayos, del estreno... Conseguir al público, seducirlo, metérselo en el bolsillo. Tirárselo, en una palabra. Y luego, a por otro. Y a por otro. Podría decirse que Pombal vivía en el teatro y dormía en camas ajenas. No siempre; a veces le encontrábamos tirado en el camastro de su despacho, o rendido en el patio de butacas, o en el mismo escenario, a la mañana siguiente de un ensayo.

Siempre era el último en irse, en dejar el escenario. Siempre estaba arreglando cosas allí, hasta el último momento, con el telón a punto de levantarse... cosas en apariencia insignificantes, ridículas para un profano... una silla un poco más allá, o el foco que, según él, no tenía la angulación exacta... la raya de la pernera del último figurante... los pliegues del telón, incluso... Minucias, si se quiere, pero que hacen la grandeza de un oficio. «No hay error pequeño, Pepín», me repetía siempre... De él aprendí el oficio. A sus órdenes fui maquinista, electricista, apuntador, regidor, o, como se decía entonces, «segundo apunte», y primer ayudante, y, en fin, su sombra... la sombra de Pombal, como decía todo el mundo...

Ernesto Pombal, mi maestro, fue, de entrada, una absoluta rareza en la historia del teatro español. Para muchos, un niño bien metido a cómico, un diletante; esa fue la etiqueta que arrastró durante demasiados años. Que venía de buena familia se notaba enseguida. No había más que oírle hablar. O verle comer. Y vestir. ¿Qué le había impulsado a «lanzarse a los caminos», como decía él, para acaudillar a una tropa de locos?

En muchos lados he leído que nació en Valencia, pero no es verdad.

A Valencia llegó cuando tendría seis o siete años, desde Sudamérica. «Los azares de la vida», decía, le hicieron nacer en Argentina; en Rincón Viejo, Pardo, provincia de Buenos Aires, donde su padre, Honorio Pombal, tenía un rancho. Honorio Pombal era, como se decía entonces, un *sportsman*, o sea, que no daba un palo al agua. Claudina, su madre, era española, valenciana, muy guapa, al menos en foto. Pero al *sportsman* le gustaba la variedad, por lo visto, y les abandonó por una brasileña cuando Pombal era muy niño, y se largó con ella, a Rio Grande do Sul.

De su vida en el rancho, Pombal recordaba, sobre todo, los caballos, la quietud de las noches, las culebras, y un perro dogo llamado *Boris*. No hablaba de su padre, pues apenas le conoció. Como les dejó en muy buena posición económica, Claudina decidió volver a Valencia con su hijo.

Una noche, en Madrid, en el Regio, Pombal me contó cómo le picó el veneno del teatro. Fue en el transatlántico que les llevaba a España, «el *Almirante Aldini*... Blanquísimo como si fuera de mármol, y lleno de luces que parecían joyas... ¡Como un gran teatro flotante!», contaba, nostálgico...

En el rancho se celebraban fiestas, en fechas señaladas, pero siempre fiestas camperas, al aire libre; nunca como las que vio en el *Almirante Aldini*, que tenía pasaje de lujo... Argentinos de clase alta, vascos y judíos alemanes, que viajaban a Francia, a la Costa Azul o al sur de Italia cada verano, que cruzaban el charco para plantarse en Biarritz o en Estoril como si tal cosa...

Pombal nunca había visto gente tan elegante. Caballeros con canotier y traje blanco, que llevaban bastón de paseo hasta para salir a cubierta y se ponían *smoking* para cenar... Damas con perrito que se maquillaban y cambiaban de vestido tres veces al día, como si hicieran tres funciones distintas, que bebían cócteles de champán y por las noches bailaban hasta agotarse, porque había baile cada noche, valses, mazurcas, con una gran orquesta, como si ensayaran cada noche las fiestas que les esperaban en Europa. Mientras Claudina buscaba desesperadamente la forma de combinar su vestuario, el niño Pombal, que solo había visto ayas y gauchos, contemplaba desde su tumbona de cubierta a todos aquellos personajes desfilando ante sus ojos maravillados, cruzándose y saludándose como si estuvieran en el bulevar de una gran capital...

Esto sucedía en 1906, 1907... La *belle époque*, decía Pombal; «cuando un duro daba muchísimo de sí». Antes de la Gran Guerra, de todos los horrores del siglo... Hasta que un día, a las dos o tres semanas de viaje, anunciaron el paso del Ecuador y todo el mundo se volvió loco. No sé si en las travesías marítimas de ahora se seguirá celebrando esa fiesta, que viene a ser un carnaval en alta mar, o, más que carnaval, una Saturnalia... Un pasajero, elegido al azar, se convirtió en Neptuno, y declaró que quedaban abolidas todas las reglas. Era un señor muy circunspecto, banquero o algo por el estilo, que ocupaba el camarote vecino; desayunaba y comía y cenaba con ellos, en la misma mesa. Todos se disfrazaron... el pasaje, la tripulación, el capitán, el banquero... de *clowns*, de sirenas, con máscaras de gato y de pájaro... Todos se volvieron locos, contaba Pombal. Se perseguían por los pasillos, con las caras pintadas de colores, como salvajes... bailando polcas en hilera, por la cubierta... se rociaban con champán... Él recordaba todos aquellos tapones de champán saltando desde cubierta, como estrellas fugaces, y luego flotando en el agua, hasta que se los tragaba la estela, mar adentro...

El niño Pombal llevaba un disfraz de arlequín, un dominó a cuadros blanquinegros; su madre iba de Colombina. Y así vestida la arrojaron a la piscina humeante... Neptuno dio la orden, borrachísimo, y había que obedecerle. Estaba sentado en el trampolín, con su barba y una toga plateada, blandiendo el tridente... «¡Al agua, al agua!»... y empezaron a echar a la piscina a todo el mundo... Las mujeres corrían de un lado a otro, con los pies enredados en serpentinas, riendo, chillando, y los hombres se dejaban caer, de costado, o saltaban con las rodillas dobladas, antes de que los sirvientes de Neptuno les pusieran la mano encima.

Con la espalda contra la pared, Pombal vio cómo dos camareros vestidos de *clown*, con los labios deformados por el maquillaje rojo, perseguían a su madre, y la atrapaban por los brazos y la llevaban en volandas, y ella gritaba y reía cuando Neptuno volteó el tridente y la echaron al agua. El pequeño Pombal rompió a gritar, aterrorizado, pero también fascinado por aquella imagen incongruente, y no sabía si gritaba de terror o de felicidad, y fue así como en el paso del Ecuador del *Almirante Aldini* quedó plantada la semilla, decía, de lo que sería el teatro para él.

—Me entiendes, ¿verdad, Pepín?

—Claro, patrón. No le voy a entender.

Su segunda fulguración teatral fue Shakespeare, ya en Valencia, a los doce años. Con nada menos que sus obras completas, traducidas por un doctor argentino, Pecorari. ¡El Shakespeare de Pecorari! Yo lo vi, lo tuve entre las manos. Era un ejemplar en papel biblia, de tapas rojas con una pequeña mancha violeta, que pertenecía a su madre y que él conservó toda su vida. Decían: «Este niño va a acabar loco, leyendo tanto». A lo que Claudina contestaba: «Dejadle tranquilo; que haga lo que quiera», porque era una mujer culta, y le gustaba la lectura; incluso parece que pintaba. Como todos los niños, Pombal comenzó leyendo cuentos de hadas, y de los cuentos de hadas pasó a las novelas de aventuras, las que se leían en aquel tiempo, Verne, Ponson du Terrail, Gaston Leroux...

Hasta que cayó en sus manos aquel libro que parecía un diccionario, y era verdad, porque allí estaban todas las palabras. Y todos los sueños y aventuras posibles.

Leyó y releyó, a menudo sin entender del todo, las obras de aquel libro de tapas rojas. Cíclicamente: cuando acababa el libro volvía a comenzar.

Un día se preguntó por qué no «ponían» aquellas obras en ningún sitio, por qué no podía verlas.

—Porque en aquella época casi nadie hacía Shakespeare, Pepín. Decían que era demasiado antiguo y demasiado largo. Y cuando lo hacían, lo hacían así: demasiado antiguo y demasiado largo. Con más pausas que la puñeta, pesando muy mucho cada frase. Horrible. Quitando a Tallaví y a don Paco Morano, el resto daba asco.

—¿Y qué ponían entonces?

—¿En Valencia? Qué sé yo... Echegaray, melodramas franceses, Donnay y Capus, sainetes, porquerías así. Y Benavente. Mucho Benavente. Sobre todo *La Malquerida*. *La Malquerida* que no faltase.

Como no veía a Shakespeare por ninguna parte, Pombal decidió mirar hacia otro lado, y así encontró las comedias de magia.

Cuando las descubrió, las comedias de magia comenzaban a estar en decadencia. Habían aparecido a finales del siglo pasado, hijas del *grand guignol* francés. Eran piezas folletinescas, con títulos como *La redoma encantada*, *El arcón misterioso* o *La túnica de tres colores*, de tramas infantiles y escritas en un lenguaje muy sencillito, porque estaban pensadas para un público casi analfabeto, que iba al teatro para maravillarse con lo que hoy llaman «efectos especiales». Esto fue, claro está, lo que más atrajo a Pombal: la maquinaria de trucos, tramoyas, apariciones...

A los quince años le dijo a su madre que se quería dedicar al teatro, y su madre, sorprendentemente, le dijo que sí, que le parecía muy bien.

—¿Y qué quieres hacer, hijo? ¿Quieres ser actor?

—No lo sé aún. Lo que quiero es estar dentro, ver cómo se hace todo, y luego ya decidiré.

—Muy bien. Lo que tú digas, querido.

Quizás ella pensaba que se cansaría pronto, o a lo mejor no, a lo mejor le dio el sí de corazón; el caso es que a través de una amistad le consiguió un puesto donde más quería estar, en la Compañía de Comedias de Magia Fuentes-Jimeno, de la que César Jimeno era director y primer actor, aunque ya bastante talludito. Pombal siempre le estuvo agradecido a César Jimeno, por enseñarle el oficio y por decirle, al año siguiente, que su sitio no estaba entre cajas.

—Con esa planta y esa voz, mocetón, lo tuyo va a ser la comedia. Hazme caso, que yo de esto entiendo.

«Jimeno me hizo debutar como galán joven», contaba, «a los diecisiete años con *La aeronave fantasma*, una comedia que tuvo mucho éxito». Así se las ponían a Fernando Séptimo, pensaba yo, que siempre le tuve celos: con una madre tan comprensiva, con una fortuna familiar a la espalda y un Jimeno de padrino, cualquiera.

La suerte le sonreía asquerosamente. Después de *La aeronave fantasma*, hicieron un *Tenorio*. Él les convenció. Los Fuentes-Jimeno nunca habían hecho el *Tenorio*, y Pombal les hizo ver lo evidente: que también era, a su modo, una comedia de magia, de magia y aventuras, y que una gira corta, en noviembre, arrancando la víspera de Difuntos, era dinero seguro.

César Jimeno le dijo que de acuerdo, pero a condición de que Pombal se ocupara de todo. Y Pombal, ayudado por Tanito Monroy, se ocupó de todo: de buscar decorados, buscar actores y buscar bolos. Y de dirigirla y de protagonizarla. La gira funcionó muy bien. Volvió con dinero, y con la seguridad que da haber llevado el barco a buen puerto a la primera.

Después tuvo nuevos éxitos como galán con otras comedias en la línea, entre fantástica y policíaca, inaugurada por *La aeronave fantasma*, y que decantó el género en esa dirección. El folletín tremebundo y las apariciones espectrales dieron paso a las tramas de aventuras con sectas esotéricas y detectives justicieros. *El guante negro*, *El hombre invisible* y *El hombre que ve a la muerte* le hicieron considerablemente popular en Valencia. Todos le repetían que con su voz y su tipazo lo que tenía que hacer era «saltar» a Madrid y convertirse en primer actor de una compañía «seria». Probablemente por eso, por su eterno espíritu de contradicción, Pombal no les hizo caso, y giró con la compañía Fuentes-Jimeno casi dos años por toda España. Hasta que le llamaron a filas.

La llegada del cine acabó con las comedias de magia. Yo siempre pensé que el destino natural de Pombal era el cine, y ofertas no le faltaron, pero nunca le interesó. Nada.

—El cine es en blanco y negro, y mudo, Pepín; nosotros trabajamos en color, y con palabras, vas a comparar. ¿Vas a comparar a Shakespeare con esos letreritos que dicen «Ella le ama en silencio»? Pues claro que le ama en silencio, a ver si no. Letreritos que, por cierto, la mayoría de nuestro público no sabe leer, desengáñate. Nosotros les damos muchísimo más. Nosotros somos *reales*. Más que reales. Les damos las palabras, y las voces, y los cuerpos de los personajes —se apasionaba Pombal cada vez que le venían con ese asunto— y más efectos, y más sorpresas...

La radio sí le hacía una cierta gracia, porque la gran protagonista era la voz, y cuando la probó, ya en Madrid, cuando triunfábamos a lo grande con *Las aventuras del barón de Münchausen* en el Gran Metropol, le encontró el gusto, con un serial que fue muy seguido, *El caballero de Blain*, el típico serial de justiciero aristocrático a la manera de Feuillade, que entonces era el rey de los seriales de aventuras. La radio sí, porque era un buen sistema para ganar dinero, rápido y fácil, dinero que le quemaba en las manos, dinero «poco serio»...

Nunca fue más generoso que con aquel dinero de la radio; yo creo que se lo pateó todo con nosotros, en restaurantes, a lo grande. Digo esto para matizar lo de su racanería. Gastaba muchísimo en las funciones, a las funciones no les escatimaba nada, pero era un tacaño salvaje a la hora de pagarnos.

—¡Deberíais dar las gracias al cielo por poder vivir así, haciendo lo que os gusta! ¡Hacer lo que quieres! ¡Eso es un regalo! Salía siempre con cosas así, y te tenías que callar.

Es verdad que los sueldos eran bajísimos, pero de repente le daba el venate y aparecía con regalos, o decía «Esta noche todos a cenar a Regio», en la Carrera de San Jerónimo, que era nuestra sede social cuando se podía. Aquellas noches del Regio... Era antes de la guerra, cuando los cafés estaban abiertos toda la noche... También íbamos a la taberna de Eladio, cerca del teatro Real, muy concurrida, o a la de Carmencita, en la calle de San Marcos. O a la chocolatería del callejón de San Ginés, por Arenal, que era donde solían ir todos los cómicos después de los estrenos a esperar las críticas...

Pero estaba hablando de cine. Teatro, siempre, por encima de todo; radio, si pagaban lo que les pedía; cine ni hablar. En el Regio precisamente me dijo esta frase, que explica muy bien su desdén por el cine:

—El cine fotografía la realidad y nosotros la hacemos, Pepín.

La muerte de su madre precipitó las cosas. La muerte y la herencia, claro. Había tenido que dejar la compañía Fuentes-Jimeno para incorporarse a filas, y en mitad de su servicio murió Claudina, de una cosa cardiovascular, de un día para otro. Pombal quedó deshecho, y durante muchos meses ni siquiera pisó la calle. Hasta que, con la herencia en las manos, decidió lanzarse al ruedo e invertir su propio dinero en la creación de una compañía propia, y llevar a la práctica una idea que había comenzado a madurar en el cuartel.

Haría Shakespeare, y lo «vendería» como si fuera cine.

«Cine en vivo. A todo color... y sin letreros.»

Así comenzó a anunciar sus espectáculos. Pombal no tenía un pelo de tonto. Su gran baza, al principio, fue esa. Y bajar los precios de las entradas, porque podía, al principio, permitírselo. Más barato que el cine. Más barato que cualquier teatro. Reclutó gente, compró los camiones, los focos, los trajes y la utilería, y debutaron con la comedia que yo vi en Villaura, *El sueño de una noche de verano*, en la que confluían perfectamente, como si así estuviera escrito, los que serían sus dos caminos, sus dos amores: Shakespeare y las comedias de magia.

Así comenzó la andadura de la Compañía El Gran Teatro del Mundo. Cuando yo entré a formar parte de ella, ya llevaban diez obras en el repertorio, y con un circuito que para sí lo hubieran querido las compañías «serias», las que se apresuraron a proclamar que todo aquello era el tren eléctrico de un niño rico, un capricho que duraría cuatro días.

3. Los ocho magníficos

El primer año no podía pararme a mirar, a escuchar, a seleccionar... No podía pararme. Todo venía hacia mí. Aquel verano de 1925 hicieron *El sueño* muchas veces, siempre al aire libre, en sitios tan bien escogidos como la Alameda de Villaura. En invierno hubo menos trabajo, aunque Monroy consiguió agrupar unos cuantos bolos, casi todos en el norte, por fiestas, de Navidad hasta Reyes, en teatros «de piedra», y se ganaba bastante dinero, porque Pombal apuraba mucho y hacíamos tres funciones, a las cuatro, a las siete y a las diez. Eran comedias distintas en días alternos, con la compañía partida en tres: *Otelo*, *La tempestad* y *Noche de reyes*.

En primavera estuvimos en Salamanca y Zamora, y después hicimos Extremadura, que yo no conocía, de Ciudad Rodrigo a Don Benito.

Al principio me encomendaron los trabajos más duros, más antipáticos, los que nadie quería hacer. Limpiar, cargar, descargar, ocuparme de mil recados... Sacudir la lámina de hierro con la que se fingían los truenos... tirar de las cuerdas que hacían subir y bajar los entretelones, cargando con todo mi peso, como un monaguillo en un campanario... «Pasar letra» con los más viejos o los más torpes, o sea, ayudarles a memorizar los papeles, tarea aburridísima...

O pedalear lo más rápidamente que pudiera en una bicicleta que estaba entre cajas, con la dinamo conectada a un ingenio creado por Anglada, que permitía mover las nubes por el ciclorama. Debí hacer miles de kilómetros uncido a aquella máquina infernal; yo creo que recorrí España más veces a lomos de aquel trasto inmóvil que en las giras mismas. Tuvo una ventaja: me puso fuerte como un mulo. Quizás era esa su utilidad secreta: un entrenamiento para poner en forma a los nuevos. Tan en forma que, a ojos de Pombal, me convertí en la persona idónea para, en las funciones al aire libre, seguir a los personajes con el cañón, que es como se llama al foco más pesado de todos, el que más se parece a un antiaéreo.

Por las noches, cuando caía agotado en mi jergón, tenía que taparme los oídos para no seguir escuchando las voces; Pepín, esto; Pepín, lo otro; trae, corre, vete, sube, baja, busca, monta, y las frases de los ensayos, avanza, avanza, más rápido, para ahí, fíjalo, repitiéndose, y los bisbiseos de quienes pasaban letra, caminando de un lado a otro, con el texto en la mano, cruzándose, y al fondo los martillazos de Anglada y los suyos montando y desmontando decorados o subiendo luces, el chirriar de las poleas, el runrún continuo de la única rueda de la bicicleta... Ni siquiera cerrando los ojos y apretando los párpados dejaba yo de ver el torrente de imágenes y colores de cada día. Todo era nuevo para mí, y era nueva la velocidad a la que se hacían allí las cosas, y siempre era nueva la gente que entraba y salía, los «flotantes», como les llamaba Pombal, en cada nuevo tramo de las giras...

Recuerdo, como la alineación de un equipo de preguerra, a los «fijos» de aquella primera compañía, los «socios fundadores». Eran ocho. Ernesto Pombal, primer actor y director, por supuesto... Luego estaba Torregrosa, el pobre Carlos Torregrosa, segundo galán; muy buen actor también, muy sobrio, muy guapote, con la frente atormentada por cavilaciones continuas y una gran carrera por delante... Murió en el frente de Usera, a mi lado... Luisita Santaolalla, primera actriz, delicadísima... Tenía una auténtica cara de muñeca; tan fina y tan pálida que daba la impresión, un tanto inquietante, de llevar siempre una máscara de porcelana, como si un accidente hubiera desfigurado su verdadero rostro... Eso pensaba yo; eso era lo que imaginaba cuando la veía quieta, cuando no actuaba, porque en el escenario aquella máscara cobraba una vida inusitada, se iluminaba sin necesidad de focos... La Santaolalla se quedó en Sudamérica después de la gira del 34 e hizo, creo, varias películas en Argentina, melodramas, antes de eclipsarse... Recuerdo solo uno, *Enigma en Torre Griselda*, en el que todavía estaba muy bien, aunque un poco anticuada.

Lumi Pastor... Mi querida Lumi, dama joven, viva como el demonio...

—¿Lumi? ¿Y qué nombre es ese?

—Iluminada, chato...

Esas fueron nuestras primeras frases. Lumi. La muchacha que cortó y repartió la sagrada sandía en la sagrada cena de Villaura. La primera chica a la que vi fumar, y jugar a cartas con los hombres... Mi primer amor... Menuda pero con mucho nervio, y muy flexible, porque había sido acróbata... Tan flexible de movimientos como a la hora de decir el verso... ¡Ah, cuando hacía la Miranda de *La Tempestad*! ¡Qué reguapísima, qué encanto, qué soltura! Tenía un cuerpo espléndido, y una sonrisa maravillosa. Una de esas caras habitualmente serias, pero que cuando sonríen... A lo largo de aquellos primeros años me hice infinitas pajas pensando en ella. Pero tenía que imaginármela sonriendo, si no no servía... Su sonrisa abriéndose sobre mí, como una luna, mientras me ofrecía, desnuda, un tajo de sandía roja y fresca... Esa era mi fantasía.

Hasta que una noche, yo tendría ya unos dieciséis, en la tercera o cuarta temporada, una noche en que celebrábamos el éxito del *Tito Andrónico*, los dos bebimos demasiado y se me llevó al huerto, digo yo que porque en aquella temporada no había otro joven más apetecible en la compañía. Yo la abracé, nos estábamos abrazando todos, eufóricos por los aplausos, y noté que ella retenía mi abrazo, sus manos sobre mis bíceps.

—Qué fuerte te has puesto, Pepín... Qué brazos, chico...

Entonces me susurró al oído:

—¿Y todo lo demás está igual?

—¿Perdona? —dije yo, como un idiota.

Lumi había estado con Torregrosa; no era ningún secreto, porque allí se sabía todo, o casi, a poco que prestaras atención, pero yo no tenía ni tiempo ni ganas de andar cotilleando, no me interesaba... Había tantas otras cosas... Luego, después de lo mío, recuerdo que pensé: ¿Y Pombal? ¿Cómo es que Lumi no ha tenido nada con Pombal? Porque Pombal, en aquella época, no sé si lo he dicho, era un tipazo alto, ojos negros, impresionante, y tenía diez mil historias aquí y allá, no paraba, mujer que se le ponía a tiro... «Pero nunca con ninguna de la compañía», me dijo Anglada. Yo no me lo creí mucho.

—Claro, *home*. ¿Te crees que es tonto? «Afuera» puede conseguir las que quiera. ¿Para qué buscarse líos aquí? El trabajo es el trabajo. Donde tengas la olla...

Era verdad. Durante todo el tiempo que estuve a su lado, Pombal no se lio con ninguna actriz de la compañía. Ni una.

Después Lumi me partió el corazón al enamorarse locamente de Ferran, un eléctrico del grupo de Anglada; y más tarde, cuando recalamos en Madrid, volvió a enamorarse locamente de un segundo de la compañía de Chicote y Loreto Prado, en el Cómico, y con él se quedó.

Lumi fue «la primera», y eso no se olvida nunca. Mi primera mujer. Tenía el cuerpo muy caliente, ardiendo. Lo que más recuerdo, lo que siempre recordaré, es que me llamaba lobito, en la cama...

—¿Por qué me llamas así?

—Porque pareces un lobito. Con la cara afilada... y esas orejas...

—¿Qué les pasa a mis orejas?

—... y sobre todo los ojos.

—¿Los ojos también?

—También. Ojos de lobito —dijo, besándomelos.

Al día siguiente yo volví a por más. Por mí no hubiera parado, no sé si me explico. La lata fue que además creí estar enamoradísimo, y se lo dije, muerto de apuro. Dieciséis añitos tenía yo... Ella debía tener entonces veintinada. Pero esos cuatro o cinco años de diferencia eran un abismo. Anda que Lumi no sabía ya cosas de la vida. No se rio de mí, pero poco le faltó.

—No seas tonto, lobito. Ayer era ayer y hoy es hoy.

Yo no entendía nada.

—¿Qué quieres decir?

—Pues eso. Que ayer yo tenía el cuerpo jota y tú también; lo hicimos y ya está...

Así iban las cosas con Lumi.

Para no pensar en ella, hice lo que he hecho toda mi vida: me volqué en el trabajo.

Pombal, Torregrosa, la Santaolalla, Lumi Pastor...

Esos eran los cuatro primeros, los cabezas de cartel. Reyes y Enamorados...

Luego estaban los característicos... Angelina Valdivieso, que pronto pasó a compañías de comedia porque ese era su terreno... una cómica graciosísima, a la que Pombal tenía que frenar aguantándose la risa; exuberante, muy en la línea de Julia Lajos, siempre con una cinta de seda negra al cuello para sujetarse la papada... Esteban Rosaleda, galán cómico, que me trataba a baqueta y me daba un asco enorme... Cómico vale, pensaba yo, pero ¿galán? Era un gordo de piel blanca y traslúcida, rubio, casi albino... pestañas rubias, ojos redondos, acuáticos. Ojos que nunca miraban a los ojos de otro en escena; siempre miraban a la frente, o a un punto perdido en el infinito, como un tonto de baba.

—A los ojos, a los ojos, Esteban, que me mires a los ojos —repetía Pombal, y Ruscalleda se azoraba, porque muchos actores de su palo creían entonces que mirar al otro a los ojos era el colmo del impudor, como si les estuvieran radiografiando las entretelas del alma.

Ruscalleda era vanidosísimo, un pavo. Hacía lo imposible para quedarse con la escena. Hay mil maneras de robar una escena; lo malo es que casi todas se notan. El público no se suele dar cuenta, pero el otro actor sí, y entonces tienes a un enemigo enfrente, aunque eso no le importaba a Ruscalleda. Mil maneras: colocarte de modo que le tapes, hacer un gesto repentino o un carraspeo para fastidiarle la réplica o «bajarle» un monólogo...

Siempre se quejaba de que Pombal le repartía papeles «de bastonazo», como el Malvolio de *Noche de reyes*, y era verdad; yo creo que lo hacía porque sabía que al público le encantaba ver a Ruscalleda pasando un mal trago, pues todo en él llamaba al bastonazo. Como Pombal prefería las tragedias, donde podía lucirse a gusto, comedias de Shakespeare solo hicimos tres; bueno, tres y *La Tempestad*, que es comedia a ratos: el *Sueño* porque funcionaba muy bien al aire libre, *Mucho ruido para nada* porque se podía hacer igualmente «en piedra y en solana», como decía Anglada, esto es, en teatro cerrado o abierto, y *Noche de reyes* porque, según Lumi, Pombal era el primero en pasarlo bomba viendo cómo Ruscalleda las pasaba putas. Era un poema la cara del gordo cuando veía en la tablilla que *Noche de reyes* volvía a entrar en repertorio.

Lumi detestaba a Ruscalleda tanto o más que yo; eso también nos unía.

—Y todavía es más tacaño que el patrón. —A Pombal todos le llamaban don Ernesto o el patrón. Bueno, todos menos Tanito Monroy—. Ni te lo imaginas.

—¿Ah, sí?

—Con decirte que se depila la pierna para creer que está con una mujer al meterse en la cama...

—Venga ya... ¿Y tú cómo lo sabes?

—Fuentes confidenciales.

—Claro, claro...

Ruscalleda se empeñaba en ser actor y en creerse galán, pero no tardé en descubrir que si Pombal le mantenía en los repartos era a cambio de sus habilidades como músico. Venía de una familia de músicos y sabía tocar, portentosamente, una media docena de instrumentos, sobre todo el violín y la flauta, la flauta aquella que tanto me había subyugado en *El sueño*. Que aquel tipo engreído y desagradable pudiera tocar de aquella manera, con aquella exquisitez, era para mí un enigma, un enigma que yo vería repetirse, a lo largo de los años, en mucha otra gente: ¿quién no ha conocido, en el mundo del teatro, acémilas rotundos capaces de transformarse y expresar en el escenario los más sutiles matices del alma?

Ruscalleda era, además, habilísimo componiendo y arreglando en un pispás las músicas que le pedía Pombal para cada espectáculo, tarea de la que se iría ocupando con mayor frecuencia, hasta abandonar sus veleidades de actor.

Yo detestaba a Ruscalleda tanto como adoraba a los abuelos de la *troupe*, Paco Peñalver y Úrsula López Úbeda, que eran matrimonio y habían tenido compañía propia, de mucho nombre, en Valencia, pero estaban arruinadísimos, acabados, cuando Pombal, digamos, los «recogió», por lo que le profesaban una lealtad sin límites. Pombal les trataba como si fueran los últimos supervivientes de una aristocracia extinguida, «la aristocracia del verso», con un respeto profundo que recubría de ironía. Decía, inclinándose, en el pasillo de cuartos: «Sir Peñalver... ¿me concedería usted el honor de decir su parte enterita esta noche?».

O: «Lady Ulu, ¿sería tan gentil de prestarme su pincel del 3?». Y ellos le seguían la comedia, respondían con otra inclinación y una sonrisa burlona, pero en el fondo —y en la forma— les encantaba... Pombal, cuando quería, sabía tratar a la gente...

Eran buenos, muy buenos; Peñalver más que la López Úbeda. Suele pensarse que los actores itinerantes eran, por definición, malísimos. «No podían ser buenos si actuaban de pueblo en pueblo. Si hubieran sido buenos estarían en teatros importantes», ese es el lugar común más frecuente. Bueno, pues es mentira. Por la misma lógica, los actores de la compañía de Shakespeare, que eran itinerantes hasta que pillaron teatro, tendrían que haber sido un asco, y no creo que Shakespeare quisiera actores malos para hacer sus obras.

En la compañía de Pombal, como en todas, había actores flojos, casi siempre de los «flotantes», los que se contrataban en provincias, los que quedaban cuando nadie más quería hacerlo por tan poco dinero, pero incluso esos tenían un inmenso coraje, y se atrevían con todo... O, desde luego, estaba Ruscalleda, que lo que se dice bueno no era, aunque tenía sus momentos... Pero también había grandísimos cómicos que no pasaron a la historia, que no figuran en los libros porque actuaron fuera de los «circuitos habituales», como Paco Peñalver.

Yo pillé ya mayor a Paco Peñalver; «en retirada», como decía él, pero todavía le vi hacer cosas increíbles, sobre todo en lo trágico, que era su terreno. «Entraba» y «salía» del personaje sin el menor esfuerzo. Como si chasqueara los dedos. Peñalver podía llevar la emoción del público hasta el borde del precipicio, y luego volver a cajas para seguir una partida de cartas, de mus, concretamente, y cuando le llamaban de nuevo salía y «recogía» al público, de una pasada, en el mismo punto en que los había dejado; movía un dedo, colocaba una pausa, y no quedaba un ojo seco en toda la sala. Ni siquiera Pombal podía hacer eso; de ahí su respeto, redoblado por la poquísima importancia que, en el fondo, aquellos viejos actores daban a sus propios logros.

Peñalver me dijo un día: «El truco es decir las frases que te has aprendido como si te las estuvieras inventando en ese momento».

¿El truco? ¡Menudo truco! ¡Nos ha jodido mayo con sus flores! ¿Y cómo se consigue eso, pensaba yo?

Peñalver era un hombre reservado, tímido, muy volcado en su esposa, a la que consideraba, por puro amor, mejor intérprete. Observaba mucho y hablaba poco, pero cuando lo hacía sus frases eran siempre muy sencillas y muy certeras.

—¿Y cómo sabe cuándo funciona... su papel, quiero decir? —le pregunté una vez.

—Coño, está clarísimo, ya lo verás. Cuando dejan de toser. Cuando el público se olvida de toser es que ya los tienes cogidos por los huevos.

Y no decía más. No hacía falta: es la mejor definición que he oído del arte de actuar.

Su mujer era muy distinta: solía hablar durante horas y horas; parecía que alguien se hubiera dejado una radio puesta. Úrsula López Úbeda, Ulu... Todos la llamaban Ulu, menos Pombal, que la llamaba Milady, y yo doña Úrsula, aunque ella siempre insistió, sin éxito, en que la tuteara. Yo la adoraba. La primera vez que la vi, de espaldas, preparando la cena en la Alameda de Villaura, creí que era una muchachita. No costaba entender que Peñalver siguiera tan enamorado como el primer día. Era muy esbelta para su edad, con una melena pelirroja increíble, hasta la cintura. Y tenía una voz atiplada, de niña. En escena, con un buen maquillaje y la iluminación adecuada, podía parecer una cría.

Cuando yo paraba un momento me encantaba sentarme a su lado, en el camerino o donde fuera, y escucharla hablar, mientras ella hacía calceta. Es verdad que estaba un poco loca. Tenía un muñeco de madera que daba su miedo, con los ojos fijos como bolas, al que llamaba René, y con el que hablaba cuando se ponía nerviosa. Con el tiempo eso fue a más, por desgracia. El muñeco se le perdió o no sé qué pasó, y Ulu hacía las dos voces, la suya y la de René, preguntándose y contestándose a gran velocidad, hasta que la ingresaron, pobrecilla, y Paco Peñalver acabó ingresando también, a su lado, en una residencia de Alicante, porque decía que no podía vivir separado de ella... Grandes amores...

Pero en aquella época, Ulu todavía tenía la cabeza muy clara, y podía memorizar tiradas enormes de letra, y recordaba muchísimas cosas, y las contaba espléndidamente...

En su juventud había vivido en París. Había hecho *Las vampiras*, en el teatro de *grand guignol* de Max Maurey, con André de Lorde, al que llamaban «El Príncipe del Horror». Y había estrechado la mano «a doña Sarah Bernhardt, ya muy cascada la pobre... pero ¡qué voz de oro todavía, qué timbre!». Naturalmente, yo no tenía idea entonces de quién era aquella gente. «¿Y qué hacían las vampiras?», le preguntaba, porque esa era la palabra que imantaba mi interés, y ella «Cosas muy malas, Pepín», cosas que se negaba a contarme, astuta como Sherezade, para que le volviera a preguntar otro día.

Mientras, prefería hablar de aquel teatro que estaba al fondo de un callejón sin salida, la rue Chaptal, y «bajo tierra», en un sótano; pequeño pero «todo en rojo y oro», e iluminado exclusivamente con velas, cientos de velas, y que siempre estaba lleno, «de gente muy selecta, de la mejor sociedad de París». O me describía su vestuario, con mallas negras, «muy atrevidas, pero cubiertas con una gran capa, negra también», y las joyas que llevaban las vampiras en escena, brazaletes que a la luz de las velas brillaban como plata, en las muñecas y los tobillos, agitándose como serpientes de cascabel...

Yo también le decía: «Doña Úrsula, cuénteme otra vez lo de la Sarabernar», y ella entrecerraba los ojos y volvía a contarme aquel único encuentro, siempre con los mismos detalles y en el mismo orden, sin dejarse ni uno... La Divinísima en su camerino, en una silla de ruedas, conectada a un tanque de oxígeno, con su pierna de madera y las manos enguantadas de armiño, rodeada de ramos de rosas, no rojas ni rosa, repetía, sino oscuras, color sangre... «Comprendo lo que representa este momento para usted», le dijo la Divinísima, «porque yo sentí algo parecido cuando estreché la mano de mademoiselle George», la actriz que había sido amante de Napoleón. Y por eso, como remate de la historia, Ulu siempre decía que había estado «a dos manos de Napoleón».

Luego estaban los «flotantes», uno de los mejores inventos de Tanito Monroy, y de los más imitados luego por las compañías itinerantes. Eran actores locales, actores a tiempo parcial, que durante el resto del año vivían de otras cosas, y se contrataban con nosotros, a precios de risa, para cubrir los bolos de una zona. Teníamos «flotantes» en las principales capitales de provincia. Así, la compañía podía aumentar las funciones y ponerse en veinte o treinta personas, y dividirse en grupos, con la enorme ventaja de no tener que cargar luego con ellos ni pagar dietas.

Era una gente muy curiosa, y muy variada. Había viejas glorias del teatro de provincias a los que ya nadie hacía caso pero que seguían muriéndose de ganas de actuar; y viejos viejísimos, que habían hecho teatro en las últimas colonias, y hablaban de la efusividad del público de Manila o del aplatanamiento habanero, y contaban historias desmesuradas sobre sus éxitos anteriores, siempre fuera de España, en ultramar; historias que yo, al principio, escuchaba embobado, creyendo hasta la última palabra.

Y chicos y chicas que querían ser actores y a los que Pombal daba una oportunidad, y si funcionaban, para adentro. Y luego estaban todos aquellos que, por así decirlo, llevaban una doble vida, que seguían trabajando en sus talleres, en sus imprentas, oficinistas, dependientes de comercio, y cuando terminaban su jornada venían al teatro a hacer la función, y así cada día, mientras duraba su contrato. ¿Por qué hacían teatro? Porque les gustaba, les salía fácil, y podían sacarse unos duros; no había más. Ni menos. Eran artesanos con una habilidad extra, una facilidad que les permitía ganar un sobresueldo sin demasiado esfuerzo.

En Cataluña y en Vascongadas era donde más cantera teníamos, gracias al teatro de aficionados. Llegaban con su parte sabida, y por lo general solo su parte; la mayoría ni siquiera conocía de qué iba el resto de la obra. Sabían que pasaba en tal o cual época, en la antigua Roma o en un castillo medieval escocés; sabían si sus personajes eran «de sol o de sombra», buenos o villanos. Llegaban, se probaban el traje, y durante unas cuantas tardes Pombal les marcaba los movimientos, les oía, les frenaba o les daba ritmo, y ellos interpretaban su parte (procurando, eso sí, estar lo más cerca posible del apuntador) del mismo modo que trabajaban por las mañanas, como quien va cada día al taller para pulir, de tal hora a tal otra, un trozo de madera, o encajar correctamente tuercas en tornillos.

Se ensayaba muy rápido. Dos semanas, como mucho tres. Muy intensas y siempre trabajando sobre cosas muy concretas, sin la palabrería que los directores gastarían luego, cuando se autoerigieron en sumos sacerdotes de la cosa. Pombal siempre tenía respuestas rápidas y claras. Se notaba que había pensado en ello, porque sabía lo que quería y sabía explicarlo. Torregrosa, por ejemplo, siempre estaba haciendo preguntas, siempre quería saber el porqué de todo, preguntas a las que Pombal contestaba de otra manera.

—Torre, más rápido. Tienes que hablar más rápido.

—¿Por qué?

—Porque tu personaje es un hombre sincero, coño.

—No te entiendo.

—Sí, caramba. Un hombre sincero habla rápido porque no tiene que calcular lo que va a decir. Haciéndolo como lo haces, que parece que pises huevos, das la impresión contraria, como si estuvieras midiendo el efecto de cada palabra. O sea, como si fingieras. No lo quiero así.

Creo que fue a partir de la tercera temporada cuando tomé la costumbre de apuntar en una libretita, a la que podía, las frases que escuchaba y de las que podía aprender algo. Llené muchas libretitas; aunque a veces escribía tan aprisa que luego mis notas resultaban indescifrables, como estoy comprobando estos días.

A un actor nuevo, que exageraba mucho, Pombal le dio un día esta importantísima enseñanza:

«Un actor *nunca* debe comportarse en escena como si supiera que su personaje es cómico o trágico, que es lo que tú estás haciendo desde que has empezado. No debe estar *indicándole* al público constantemente que se fije en lo divertido o triste de su situación. Cuando veas a una persona en una situación trágica, por ejemplo, fíjate en lo que hace para ocultar su pena y contenerla.»

Pombal era el mejor director que he conocido, y he conocido a unos cuantos realmente buenos, porque daba a los actores lo que más necesitamos, lo más difícil de conseguir: confianza.

En aquella época rara vez les gritaba. Trataba de que se les cayera, por sí solo, el falso caparazón del personaje, lo que él llamaba «el muñequito». El cliché. Esa confianza es la base del teatro. Lo que el público aprecia más es la confianza del actor, en sí mismo y en lo que está haciendo allá arriba. Cuando el actor está inseguro y sin convicción, el público lo nota enseguida. «El público es como los animales, que siempre huelen el miedo», decía Pombal. Sin embargo, cuando tenía que lidiar con actores imposibles, cuando no había manera de que aquello saliera «auténtico», que es lo que siempre pedía, recurría a trucos.

—No, hombre, no, no me diga usted la frase tan pegada, espere un poco. Ella acaba de decirle que su hijo ha muerto, coño. Usted se queda sin palabras. Como cualquiera.

—¿Cuánto tiempo?

—Vuelta y siete. Ocho, todo lo más.

¿Vuelta y siete? Yo no entendía nada. Pombal quería decir que, al escuchar la frase tremenda, el actor imposible tenía que darse la vuelta y permanecer en silencio contando hasta siete, ocho como mucho. Otras veces la pausa era un cuatro, o un «tres y ataca».

Lo que más recuerdo de los «flotantes» es cuando pasaban letra por las mañanas, en los vestíbulos de los teatros, por los pasillos, cruzándose sin chocar, como hormigas en un hormiguero, con los papeles en la mano y la mirada perdida, bisbiseando como si rezaran... Una vez vi una película que pasaba en el mundo futuro, un mundo en el que los libros estaban prohibidos y los quemaban, y había una sociedad secreta que los memorizaba para que no se perdieran... Y llevábamos diez obras en repertorio... ¿Cómo podían recordar todo aquello? Yo pensaba: Sería incapaz de aprender tanta letra. Naturalmente, no siempre era posible, con lo apretados de tiempo que íbamos. El apuntador era imprescindible; yo creo que fui un apuntador bastante bueno. Otro de mis primeros trabajos consistía en colocar páginas en lugares estratégicos: detrás de una balaustrada de cartón piedra, camufladas en el envés de un falso tronco de árbol o una columna romana... Cuando Pombal se quedaba en blanco, que le pasó más de una vez y más de dos, improvisaba. Esto es lo que se llama «meterse en un jardín», y es muy arriesgado porque si no tienes bastante técnica, si saltas demasiado aprisa de un escalón a otro, o si haces los escalones demasiado largos, te vas perdiendo en el jardín y no sales. «Escalones cortos, escalones cortos», pedía Pombal. La utilidad del jardín, y de los escalones, es ganar tiempo hasta encontrar tu eslabón perdido o que el apuntador te lo encuentre.

❊

Durante aquellas primeras temporadas también estuvieron con nosotros dos gemelos, los hermanos Monmat, los acróbatas que hacían de sirvientes de Puck en *El sueño*. Tenían un leve acento francés; habían recorrido media Europa desde niños, y eran realmente idénticos. Solo se diferenciaban en que el mayor, Bruno, hablaba tartamudeando, y el pequeño, Alex, estaba casi siempre callado; callado y sonriente, con una de las sonrisas más tristes que he visto en mi vida. Pombal les llamaba Cástor y Pólux y el pequeño sonreía, sin entender...

Su historia era tremenda, de novela de Dickens. Lo primero que cualquiera pensaba al ver aquellas acrobacias era que estaban hechos de goma, que no tenían huesos. Y casi, porque los tenían rotos. Bruno me lo demostró; me hizo tocarle los codos, los omóplatos... De niños habían sido vendidos por sus padres al circo Beppo, de unos húngaros. Aquellos salvajes les rompían los huesos, uno tras otro, minuciosamente, cuando todavía eran críos; eso formaba parte del entrenamiento. No siempre salía bien, y por eso casi todos los trabajos más penosos de aquel circo, limpiar jaulas, barrer la pista, corrían a cargo de lisiados.

Todas las historias que contaban del circo Beppo ponían los pelos de punta. La vida allí era tan dura que acabaron escapándose. Estaban en Burdeos y pidieron auxilio a una señora, que se compadeció de ellos y se los llevó a su casa. Vivieron con ella cosa de un año y no les faltó de nada, pero lo más singular de la historia es que acabaron plantándola. Se fueron una noche para enrolarse en otro circo, porque tampoco se acostumbraban a aquella vida. Así, pensaba yo, somos la gente del teatro: te rompen los huesos y vuelves.

4. Monroy y la caja de magia

El hombre rubianco, canijo, que hacía de Puck y en la Alameda me había llevado hasta Pombal, se llamaba Cayetano Monroy, y lo he dejado para el final porque a Tanito había que echarle de comer aparte.

Pombal le llamaba Tanito; los otros «socios fundadores» (y los actores más viejos) le llamaban Tano; todos los demás le llamábamos señor Monroy o Monroy a secas. Monroy era la mano derecha y a veces hasta la izquierda de Pombal; el administrador, o el controlador, o el gran planificador de la compañía, o una mezcla de las tres cosas, y actor también, cada vez que empezaba a aburrirse, o, simplemente, cada vez que se lo pedía el cuerpo.

Sin Monroy detrás, y eso lo sabían todos, El Gran Teatro del Mundo hubiera sido como una de esas estrellas fugaces que desprenden un calor inmenso, alcanzan un breve punto de incandescencia y se pierden en el caos del que surgieron.

Monroy era el único, verdaderamente, al que Pombal hacía caso; el único que conseguía aplacar sus furias, casi siempre dirigidas, ay, a sus ayudantes, casi nunca a sus estimadísimos actores. No consigo recordar ahora el motivo de la primera gran bronca que me pegó Pombal. Fue a finales de la primera temporada, eso seguro, y yo diría que por algo de la jodida bicicleta y las nubes del ciclorama. Da igual. Solo recuerdo que fue muy violenta y delante de todo el mundo, pero sobre todo que Monroy me echó un capote, y ya en el pasillo de cuartos me dijo:

—Tranquilo, chaval, que Pombal te arranca la cabeza y luego te la besa y te la vuelve a poner.

Y luego, su frase comodín, la frase que le oiría más veces:

—No pasa nada, y si pasa, no importa. Ya lo dice el verbo: «Pasa».

A veces lo decía con esta rara variante:

—Todo pasa menos la ciruela pasa.

A primera vista, Pombal y Monroy eran la noche y el día. Al principio, cuando apenas le conocía (¿y quién llegó a conocer alguna vez a Tanito Monroy?), yo pensaba que todo lo que tenía Pombal de apasionado, de volcánico, lo tenía Monroy de tranquilo e irónico; pensaba que eran la combinación ideal, y veía a Monroy como un caballero inglés incapaz del menor desafuero. Tenía que haber supuesto su vena de locura, lo que Pombal llamaba «sus estampidas», porque realmente hacía falta estar un poco loco también para haber abandonado lo que abandonó para seguirle.

Pombal tenía muchas vueltas, pero llegabas a conocerle. Aprendías a detectar sus manías. Acababas viendo venir las tormentas, y las exaltaciones, y las caídas que seguían a las exaltaciones. Monroy, en cambio, era más raro que un perro verde. O que un gato verde, mejor dicho.

Cuando Pombal entraba en una habitación parecía que las bombillas aumentaran de voltaje. Monroy era todo lo contrario. Nunca le veías entrar y nunca le veías salir. Como esos gatos que están en un rincón, aparentemente ajenos a todo pero sin que se les escape una.

Tan elegante y caprichoso y loco como un gato verde.

De sus locuras hablaré luego.

✳

Tanito Monroy tendría la misma edad de Pombal, aunque a mí siempre me pareció un duende sin edad. Como si hubiera nacido ya con sus gafitas de concha y un libro en las manos, y sus maliciosos ojos verdes de duende, y su mandíbula borbónica, y el pitillo sempiterno colgando ya en la comisura. Uno de esos hombres que de jóvenes parecen no haber sido nunca niños, y a los que, de mayores, se les queda el niño en la cara hasta el final. En la cara y desde luego en el pelo, primero rubio y luego blanco, porque Monroy lució hasta el final aquel remolino inderrocable en la coronilla, tan rebelde como el flequillo que siempre brincaría sobre su ojo derecho.

Por sus maneras, por su elegancia de gato, por su forma de hablar (un ceceo saladísimo y una adjetivación siempre burlonamente lujosa) era evidente que Monroy venía, como Pombal, de buenísima familia.

Su padre, don Amadeo Monroy, coronel de Caballería, había sido gobernador militar de la isla filipina de Mindanao, donde Monroy nació y pasó sus primeros años, hasta que a su padre le destinaron a la Capitanía de Valencia. El coronel nunca había estado enfermo en las islas, ni un resfriado, y fue llegar y a los seis meses morirse de una apoplejía después de la cena. La madre vivía todavía, pero, me advirtió Lumi, para Monroy esa era una herida todavía abierta en la que convenía no ahondar.

—Adora a su madre, pero desde que él se fue no se hablan, y las hermanas son las intermediarias. Con Monroy, a su madre, ni mentarla.

Al revés que la madre de Pombal, doña Renata de Valdemoll no había aceptado demasiado bien que su hijo mayor abandonara el tenis y los valses y la futura boda con cualquiera de las mejores jovencitas de Valencia para dedicarse a la farándula. La señora vivía, con las dos hermanas de Monroy, en una gran finca de Alcira, «una de esas fincas con capilla y cura propio», como decía Lumi. Allí había crecido. Un día en que estaba un tanto apagado y casi nostálgico me enseñó una foto. Era un *château* que había pertenecido a una familia belga, con torres de ladrillo visto y copetes de pizarra, incongruente entre los palmerales; un *château* del que el coronel se enamoró nada más verlo, aunque poco tiempo tuvo para disfrutarlo. Monroy lo hizo por él.

—¿Qué hacía usted antes de dedicarse al teatro, Monroy?

—Nada. Nada especial. O sea, pegarme la gran vidorra. Desayunar no muy pronto, como a las diez. Bañarme. Leer los periódicos. Una hora de esgrima o tenis, luego un paseo por el campo, a pie o en coche... un Citroën descapotable de segunda mano que me había regalado mamá...

—¿Qué más?

—Leer, leer mucho... Ir a fiestas o prepararlas... en eso se te va mucho tiempo... partidas de *bridge*... y varias tardes por semana, excursión a Valencia, a ver teatro.

—Don Ernesto dice que el teatro de entonces era un asco.

—Don Ernesto, ya lo habrás notado, es un tanto hiperbólico.

—¿Hiperqué?

—Exageradito.

Yo le escuchaba entre extasiado y receloso, porque creía que «la gran vida» era algo que solo existía en las novelas de ricos. Como el *bridge*.

Con todo el candor de mis pocos años le dije:

—¿Y por qué dejó usted todo eso, Monroy?

Se me quedó mirando con una cara muy seria; alzó lentamente la mandíbula —pronto aprendí que era la cara que ponía cuando «venía un chiste»— y dijo:

—Porque estoy mal de la cabeza. Una herida de guerra.

—¿De qué guerra?

—Porque la «gran vidorra» es lo más aburrido del mundo, niño. Un mundo de doscientas personas.

Pombal y él se habían conocido, por supuesto, en un teatro, en Valencia, cuando César Jimeno montó *La aeronave fan-*

tasma. Se hicieron muy amigos. Bailes, fiestas, correrías... A veces hablaban de aquella época, que parecía lejanísima, y yo me los imaginaba a los dos con *smoking*, felices y riendo como locos en el Citroën descapotable, por una carretera con muchos árboles, siempre yendo o viniendo de alguna fiesta, con dos mujeres muy guapas, riendo también, a carcajadas, en el asiento trasero...

Pombal cojeaba un poco del pie derecho, sobre todo cuando iba a venir mal tiempo; Monroy me contó que en Alicante un marido burlado le había disparado con una escopeta, y uno de los perdigones se le había incrustado en el tobillo. ¿Cuántos recuerdos así compartirían, cuántas picardías?

Hasta que un día, mitad por amistad mitad por juego, Monroy decidió que le ayudaría a montar aquella gira del *Tenorio*.

—¿Te acuerdas, Tanito, cuando fuiste tienda por tienda en las plazas de la gira, levantándote todos los trajes de Tenorio para que nadie más pudiera hacerlo?

—Eso fue idea tuya, Pombal; a mí no me líes, que está el chico delante.

¿Cuánto hacía entonces de aquella gira? Hablaban de ella como si hubieran pasado mil años, como si fuera una historia medieval. Hablaban del pasado a una edad en la que pocos suelen tenerlo. Eran muy jóvenes, pero habían vivido mucho. La vida en el teatro es mucho más intensa, mucho más llena que una vida corriente. Por eso nos hacemos cómicos. Por eso Monroy plantó madre y hermanas y tenis y valses. No tanto por el teatro (Pombal no se cansaba de repetirle que no tenía «vocación») sino por la «vida en el teatro».

—Me gusta estar aquí —decía—. Se está bien aquí adentro.

—Y abría los brazos señalando a su alrededor, aunque estuviéramos en mitad de una solana, levantando decorados.

También iría sabiendo que cuando Pombal perdió a su madre, cuando estaba tan hecho polvo que no quería ni salir de casa, fue Monroy el que estuvo junto a él, ayudándole, animándole.

Y que de Monroy vino el impulso para que se lanzara, con la herencia en la mano, a montar la compañía.

Hicieron un viaje por Europa, para aprender «las nuevas tendencias escénicas». Aquel viaje fue fundamental para ellos. Vieron durante aquellos meses mucho más teatro que cualquier español en toda su vida.

Pombal había descubierto a Max Reinhardt y había visto fotos de sus montajes en una revista alemana, y quiso ver aquellas maravillas in situ. Max Reinhardt fue su modelo, su guía. Hoy día tampoco creo que nadie se acuerde de él. Era un austríaco loco, que revolucionó el teatro de la época. Montaba veinte obras al año; a lo largo de su corta vida dirigió treinta teatros y otras tantas compañías. Grandes espectáculos. Grandes máquinas.

Pombal y Monroy fueron a Berlín en el Citroën descapotable. Berlín era entonces, decían, el no va más del mundo del teatro, del espectáculo en general. Reinhardt acababa de abrir su propio teatro, la Grosses Schauspielhaus, un nombre endiablado que Monroy pronunciaba de corrido y yo como una cadena de estornudos. En aquel teatro con giratorios hidráulicos y cicloramas rutilantes vieron *La muerte de Dantón* y *Las mil y una noches* varias veces, tomando notas como locos en unos cuadernos con tapas de hule que Pombal todavía conservaba.

El Citroën se les reventó de vuelta, en Bruselas; desde Bruselas viajaron a Londres, en barco, y se enamoraron de los montajes de Shakespeare que otro joven loco, Harley Granville-Barker, estaba presentando en el Savoy, casi a pelo, sin escenografía, y sin la retórica romántica al uso. Su carrera fue corta, como la de Reinhardt. A Reinhardt lo echaron los nazis, y Granville-Barker, me contó Monroy, pegó el braguetazo de su vida; se casó con una millonaria americana y dejó el teatro.

De Londres viajaron a Barcelona, donde conocerían a Joan Anglada y a su equipo, a los que Monroy llamaba «la Brigada Suicida» por el entusiasmo que le echaban a los trabajos más difíciles.

❖

A mí me gustaba mucho ver a Pombal dirigiendo, pero mis mejores horas siempre fueron las que pasé con Anglada y su grupo; y en Madrid, cuando al fin pudieron montar su propio taller, para la preparación del *Münchausen*, aquello ya fue maravilloso. Anglada y los suyos, me contó Lumi, eran correligionarios, «federalistas», que yo no sabía lo que era pero sonaba muy bien, a conjurados o a secta secreta; imagen reforzada por el hecho de que entre ellos hablaban catalán; «para que no los entienda nadie», pensaba.

Anglada siempre estaba dibujando, en grandes hojas de papel de barba o en un cuadernito, cuando Pombal comenzaba a soñar, a imaginar la próxima escenografía.

—Aquí lo que veo es una calle... no, un pasillo... una calle en forma de pasillo, que se va estrechando hasta...

Anglada le escuchaba; tachaba la calle que había comenzado a dibujar, abocetaba un pasillo, con árboles a los lados, cada vez más pequeños; tachaba y volvía a tachar; arrancaba hojas, una, otra. Dibujaba muy rápido, con un lápiz rojo de punta gruesa, un almagre que me recordaba siempre al que debía haber utilizado mi padre para subrayar aquel libro suyo, *La suerte en la vida, el amor y los negocios*.

Anglada era un fanático de su trabajo: nada le gustaba más que aceptar retos y realizar prodigios con el material más ínfimo.

—¿Tú crees que se podría...?

—*És clar, home, és clar que es pot fer.*

Esa era su respuesta habitual. Cuando la cosa pintaba mal, se limitaba a sacudir la cabeza, murmurando:

—*Malament, malament.*

Pero con cuatro trapos y cuatro cajas de naranjas te montaba un *panneau*; con cuatro vidrios pintados, un diorama en tres dimensiones. Con cuatro gelatinas, que es como se llama a los filtros coloreados de los focos, te hacía ver un bosque encantado. Cuando no montaban, fabricaban utilería, trucos, artilugios...

Cuchillos retráctiles, espadas que arrojaban sangre... Cañerías con agujeritos y un desagüe a la altura de la batería, para «hacer llover» en escena...

Y aquella fabulosa «caja de magia», de tres metros de larga y uno de alta, que se abría en infinitos cajones de madera de Indias, donde se alineaban, como en un especiero gigante, los productos químicos para sus pirotecnias: pólvora negra, fósforo azul y rojo, magnesio amarillo y plata, purpurina en polvo, manganeso violeta para hacer vino... Y, lo que a mí más me gustaba, la misteriosa mezcla que, al añadirle un chorro de agua, hacía crecer un humo espeso y blanco, de nubarrón, y al combinarla con uno de aquellos líquidos que guardaba en frasquitos de vidrio azulado dejaba el humo a media altura, en lajas horizontales, casi perfectas, que cruzaban el escenario de lado a lado y permanecían allí mucho rato.

Monroy y Anglada siempre iban comprando cosas por los pueblos, en las traperías, en remates; muebles, hierros, ropas, mil objetos que añadían a las escenografías de las funciones en gira —«Para, para, que eso nos puede venir de perlas en la escena de...»— o que facturaban por tren al almacén de Madrid, «para más adelante»... Siempre estaban pensando en «más adelante», y hacían bien, porque, con el tiempo, llegaron a juntar tanto material que muchas compañías nos lo pedían, y su alquiler se convirtió en una muy buena fuente de ingresos.

Anglada también sabía preparar ungüentos y potingues medicinales. Nunca comía carne; solo verduras y frutas. Bueno, y pescado; las sardinas le gustaban muchísimo. Pombal le llamaba «el curandero de la tribu», porque tenía remedios para todo, remedios que guardaba en otra caja, casi tan grande como la caja de magia.

Una caja de madera de nogal repleta de frasquitos: aceite de hipérico para los cólicos, jarabe de saúco para la tos, licor de cáscara de nuez para las digestiones difíciles... Sabía preparar cocimientos de estramonio para el asma bronquial, y apósitos de malvavisco para la ronquera, tan frecuente en las giras de invierno. A Paco Peñalver le curó la gota en un santiamén. Cada día le costaba más andar. Anglada le dijo:

—Eso es gota. Se te ha metido la urea en los huesos.

—Tengo los pies que parecen garras. Sobre todo cuando llega la noche.

—Demasiada carne y demasiados fritos. Vamos a ver. ¿Tú cómo estás del estómago?

—Del estómago perfecto.

—Bueno. Pues te vas a comer una guindilla cada día durante ocho días.

—Coño. ¿Las semillas también?

—Las semillas son lo de menos. El picante está en las hebras blancas. Al octavo día, te tomas un vaso diario de hojas alcachoferas que habrás dejado en agua un día, a sol y serena.

—¿Y dónde encuentro yo hojas alcachoferas?

—Ya te las busco yo. Si pudiera tener yo el huerto que tenía en Barcelona, *casumdena...*

—¿Y con eso se me irá la gota?

—*Ja m'ho diràs.*

Se le fue la gota, sin recetas, sin pasar por botica. Y a la Valdivieso le disolvió unas piedras con un remedio que parecía increíble de tan sencillo.

—Una yema de huevo batida con el zumo de medio limón, cada mañana, durante ocho días.

Cuando a mí me dolían los lomos me daba unas friegas con un unto de beleño negro que era mano de santo.

—¿Y eso qué es?

—Una hierba que es muy buena y muy mala. Untada te cura, pero hay quien la ha bebido o la ha mascado y se ha vuelto loco. Peor que la absenta es eso.

—¿Y qué es la absenta?

—Un alcohol que beben los poetas en Francia. Veneno. La absenta, ni probarla.

Nuestra vida entonces no era muy distinta a la de un circo. Llegábamos a cualquier parte y, en piedra o en solana, levantábamos nuestra carpa, por así decirlo. Llegábamos a un teatro a lo peor viejo, vacío, pero que según el telefonazo de Monroy podía convenirnos; el empresario nos lo cedía por cuatro cuartos y con la condición de que le trasladáramos los sacos de avena (o de lo que fuera) que se apilaban en el escenario, cosa que nos pasó varias veces, pues en aquella época muchos teatros viejos, sobre todo en ciudades pequeñas o pueblos grandes, se utilizaban como granero o almacén, y perdíamos dos días deslomándonos con los sacos aquellos.

Pombal abría las puertas y en el acto, como una camada de perdigueros, Anglada y los suyos —monos azules, grandes cinturones de cuero, largos martillos terciados como espadines— se lanzaban a recorrer el lugar, a olfatear las posibles trampillas, los escotillones, el foso, la altura de los techos y el estado de los telares para correr a colgar focos, perchas para decorados, y yo con ellos...

Con su banda negra atada a la frente, Anglada gritaba: «*Vinga, noi, amunt!*»... Y yo subía lanzado, porque aquellos viejos teatros me recordaban los barcos de vela de las novelas que siempre leía Monroy y que luego me pasaba... Los marineros trepando a lo alto, tendiendo los cables... porque no se podía decir «cuerda» en presencia de Anglada, le daba mal fario, se decía maroma o cable... Alzando los decorados como las velas del barco... «¡Arriba el primero! ¡Tended el segundo!»...

—¿Te acuerdas, Tanito, de aquella función en la plaza de Santa Ana de Durango, cuando comenzó a soplar viento y los decorados se hincharon y salieron volando?

Pombal y Anglada repartían la acción por todo el teatro. Hacían que el escenario se adentrase en la platea, a la manera de Reinhardt, aun a costa de perder butacas, para que los actores estuvieran encima del público. El villano se descolgaba del techo; había una explosión de magnesio y, zas, aparecía en un palco. Utilizaban los pasillos, el vestíbulo... Ideaban escenas simultáneas...

Para *Caleidoscopio*, una intriga inglesa, de aventuras y espías, que Pombal había adaptado, Anglada diseñó un telón negro que ocupaba toda la embocadura, colgado en las primeras cajas. Este telón tenía ocho gasas transparentes, dos a cada lado y cuatro en el centro, dispuestas a modo de casillas, casillas desiguales, cada una representando un espacio distinto, como varios fotogramas en una misma pantalla.

Así, ya en la primera escena, y jugando con la iluminación adecuada, el público se quedaba con los personajes y la situación en cuestión de minutos. Se levantaba el telón y veíamos al joven e ingenuo profesor, en la primera casilla, hablando por teléfono con su novia, que estaba en la última; conversación intervenida, foco a la tercera, desde el despacho del villano para el que trabajaba la chica, mientras que en la cuarta casilla, recién iluminada, el inspector de Scotland Yard y sus hombres rodeaban un mapa de la campiña, señalando el pueblo al que, luz a la quinta, se dirigía ya la aventurera novia del protagonista, en el vagón de tren que aparecía, justo después de colgar su teléfono, en una transparencia sobre vidrio que la gente aplaudía a rabiar.

Para la reposición de *El hombre invisible*, Anglada montó un sistema de iluminación que Pombal y Monroy habían visto en Berlín, en el teatro de Reinhardt. Una caja oscura, con telares negros, y los focos hundidos en el suelo, como antiaéreos, que creaban la ilusión de que los actores aparecían de improviso, surgiendo de la oscuridad, para después volver a hundirse en ella. Y el gran momento en que el protagonista, o sea, Pombal, comenzaba a quitarse las vendas y su cabeza desaparecía, y luego, poco a poco, el cuerpo entero; efecto celebradísimo que Anglada conseguía combinando los cenitales invertidos con un cono negro que subía también desde el suelo y rotaba lentamente en espiral, hasta absorber toda la luz.

Monroy también solía desaparecer así, y sin necesidad de trucos. Levantabas la cabeza y ya estaba a cien kilómetros, recorriendo pueblos con Anglada para rastrear material o apalabrando plazas. Pasaba mucho tiempo fuera, sobre todo cuando la temporada estaba acabándose, para preparar la siguiente: ligar la gira, y echar un vistazo a las plazas, y a los alojamientos, y seleccionar y contratar a los flotantes. De cuando en cuando le daba por actuar. Cuando se lo pedía el cuerpo; casi siempre cuando había pasado un tiempo fuera y volvía, en primavera o a comienzos de verano. Siempre en papeles cómicos. Los bufones; no quería hacer otra cosa, salvo la vez en que un actor falló y tuvo que hacer el moro de *Tito Andrónico.*

Nadie hacía los bufones como Tanito Monroy. Yo le vi hacer el Puck de *El sueño,* por supuesto, y el Feste de *Noche de reyes,* y el alguacil Zarzalejo de *Mucho ruido para nada,* y el Ariel de *La tempestad.*

«Pedía» actuar cuando estaba encendido, eufórico. Volvía de un viaje, radiante, frotándose las manos y con un canotier nuevo, que todavía olía a paja fresca; le oías canturrear por los pasillos y ya sabías que no tardaría en decirle a Pombal:

—Anda, maestro, mete otra vez *El sueño* y te hago el duende.

Pombal no podía decirle que no, claro, pero no las tenía todas consigo. Y hacía bien, porque en escena jamás sabías por dónde te iba a salir. En los ensayos nunca había problema. Monroy era un memorión, y en dos pases se ponía al día. Pombal y él tenían una especie de código musical en el que bastaban dos o tres palabras cada vez, no más, para afinar el tono.

—Tanito, un poco más de chelo y un poco menos de flauta.

—Oído barra.

Pero una vez en escena era incontrolable. No es que se pasara como actor ni nada de eso; todo lo contrario. En escena, Monroy era la pura imagen del control. Jamás apoyaba un efecto, nunca buscaba la risa del público. Si podía hacer dos no hacía tres. Sus bufones apenas sonreían, pero tenían una ligereza inaudita, como si no hubieran comido en muchos días, como si se hubieran olvidado de comer. Y entonces, de repente, Monroy hacía «algo», algo inusitado. Tan inusitado como sacarse la polla. Fue la primera locura que le vi, y no podía creérmelo. Estábamos haciendo *Noche de reyes*, en un teatrito de Medinaceli. El día anterior, Pombal y él habían tenido una agarrada bastante fuerte. Yo estaba con Anglada comprando pintura, pero me contaron que los gritos de Pombal se oían desde la calle. Y que Pombal, como casi siempre que le daba el venate, no tenía razón. El motivo siempre es lo de menos. Casi siempre que estallamos lo hacemos por la causa más peregrina, por una acumulación de cosas. Hay algo o alguien que se nos cruza, y paga el pato.

Monroy, por lo visto, aguantó el chaparrón sin abrir la boca, porque sabía de sobras que con Pombal no servía de nada. Le dejó gritar, luego dio media vuelta y desapareció; no le vieron durante todo el día.

Por la noche volvió media hora antes de la función, sonriente. En los camerinos hablaba normal, como si nada hubiera pasado. En *Noche de reyes*, Pombal hacía el duque Orsino, la Santaolalla era Olivia y Lumi era Viola. Monroy, como he dicho, hacía el Feste, que es un bufón raro, quizás el más melancólico de todo Shakespeare.

Luego me enteré de que la bronca había comenzado cuando Pombal le dijo a Monroy que a su Feste «le faltaba carne». Monroy replicó con un chiste, chiste que pilló cruzado a Pombal, y Pombal estalló sacando «algo a relucir», algo que a Monroy le sentó fatal. Ese era uno de los peores defectos de Pombal: cuando estaba furioso, rebuscaba en el pliegue más arrugado de su cerebro y siempre encontraba algo en el archivo, un delito caducado, una equivocación lejanísima; incluso, y eso era lo peor, una confidencia, y te la arrojaba a la cara, y siempre era una flecha que daba en algún blanco doloroso.

El caso es que todo había comenzado con aquella tontería de

que quería «más carne». Así que más carne, ¿verdad? Aquella noche, Monroy, en mitad del grupo que escuchaba el discurso final del Duque, de espaldas al público, fue y se sacó la polla. Yo estaba entre cajas. Vi su cara impávida, con el mentón alzado, y de repente los otros que empiezan a aguantarse la risa, y al principio no entendí qué pasaba, hasta que le vi la polla en la mano, como si mostrara un inocente pajarito caído del nido, y luego la mirada de Pombal fulminándolo. Pensé: se ha vuelto loco, el patrón le va a matar. Pero al acabar, Pombal simplemente pasó por su lado, sin detenerse, y dijo:

—Vale, una a una. Estamos en paz.

Le costaba, le costaba mucho, pero Pombal sabía reconocer cuándo se había equivocado. Y encajar.

Yo adoré definitivamente a Tanito Monroy después de la que le hizo a Ruscalleda en *Mucho ruido para nada*. Esa me gustó mucho porque, como dijo Pombal luego, partiéndose de risa, «iba en el sentido del personaje». Monroy era un profesional incluso cuando hacía locuras: se las apañaba muy bien para no fastidiar una función. A fin de cuentas, había esperado a la escena final de *Noche de reyes* para sacarse la polla. Y de espaldas al público, que ni se enteró. Lo del alguacil Zarzalejo fue un poco más sofisticado. Aquí hay que decir que el alguacil Zarzalejo, que era el papel que hacía Monroy, basa su gracia en que se equivoca constantemente al elegir las palabras y lo entiende todo al revés.

Ya he dicho que la especialidad de Ruscalleda era chupar plano, como se dice en el cine. A los que les tocaba la china se aguantaban; Monroy, no. Monroy se plantó y le hizo lo peor que te pueden hacer en escena: cambiarte el pie. En esa función llegaba Ruscalleda y decía algo así como:

—¿De cuántos caballos disponemos?

A lo que Monroy tenía que contestar, pongamos:

—Señor, pienso que de ocho.

Y respondía Ruscalleda:

—Pues ensilladlos y partamos ya.

Aquel día, cuando Ruscalleda dijo «¿De cuántos caballos disponemos?», Monroy contestó, dignísimo:

—Señor, pienso que de ninguno.

Ruscalleda se quedó tieso como un don Tancredo. Su personaje era el de un padre juicioso, la absoluta encarnación del buen sentido.

Sudoroso, repitió su pregunta:

—Os... os pregunto que de cuántos caballos disponemos.

—Señor, os digo que de ninguno —repitió Monroy, con su mejor cara de palo.

Y a Ruscalleda, que no sabía improvisar, no le quedó otro remedio que escupir su réplica, entre dientes, con un susurro inaudible:

—Pues... pues ensilladlos y partamos ya.

—No os oigo, señor.

—¡Ya! ¡Ensilladlos ya! ¡Pero ya! —aulló Ruscalleda.

Con lo cual su personaje quedó convertido en un botarate. La carcajada del público fue descomunal. Después de la función, Ruscalleda persiguió a Monroy por medio teatro, entre las risas de todos, pero no le atrapó. Aunque, ahora que me vuelve a la memoria, me parece que no fue en *Noche de reyes*.

Otras veces, Monroy se encerraba en mutismos que duraban semanas. Sin motivo aparente. No hablaba. Como mucho, asentía, o decía que no, o se encogía de hombros. Entraba en periodos de abulia absoluta, y se pasaba los días tirado en un catre o un butacón, fumando cigarrillos Abdullah (Pombal decía que olían a perfume de puta oriental), leyendo novelas sin parar, policíacas, de aventuras, o comiendo castañas pilongas que tenía en un cuenco. Era la señal inequívoca de fuga inminente. A los pocos días entrabas en su despacho y ya no estaba; había vuelto a irse, con cualquier pretexto. Así era entonces Tanito Monroy.

5. Su propio amo

¿Yo quería ser actor, en aquella época? No, no creo. Todavía no. No me acuerdo muy bien, pero no creo. ¿Actor, yo? Sabía que no tenía planta de actor, no hacía falta que me lo dijera nadie. Ni planta ni gracia ni ganas, con tantísimo trabajo como había. ¿Aprender montañas de texto, obligarte a tener varias comedias en la cabeza aun echando mano del apuntador? ¿Salir a hacer la función con cuarenta de fiebre, como le había visto hacer yo a Torregrosa, o al mismo Pombal? No, gracias. Luego, poco a poco, uno se va creciendo... Un día que salgas y sostengas esta lanza, otro que por qué no dices estas dos líneas... Y lo hice, pero como un juego, como una especie de premio después del trabajo. Claro que me gustaba estar allá arriba, en el escenario, y participar de los aplausos finales, o, mejor incluso, percibir el silencio, el maravilloso silencio del público cuando está atrapado por una función; cuando, como decía el viejo Peñalver, se han olvidado de toser, y carraspear, y arrugar envoltorios.

Pero no, no me quitaba el sueño entonces convertirme en actor. No estaba allí para eso. Pombal no me quería como actor. ¿Para qué ser actor? A fin de cuentas ¿no era yo *su* Pepín? ¿Su chico para todo? ¿Su traidor? Si Monroy era su mano derecha, a mí me gustaba considerarme, qué sé yo, el índice de la izquierda. La punta del índice. La uña del índice; con eso me bastaba. Me bastaba una sonrisa suya, una mirada de aprobación, unas palabritas.

Tardé en darme cuenta y en reconocerlo, pero lo único que realmente deseaba en aquella época, aparte del cuerpazo de Lumi, era la aprobación de Pombal. ¿Por qué tanto empeño en negarme, cuando pasó lo que pasó, que entonces Pombal era Dios para mí? La encarnación del Todopoderoso. Conseguía cualquier cosa que se propusiera. Nada parecía resistírsele. *Macbeth*, por ejemplo. La vez que llegamos a Estacada, un nombre que ya prometía, y el único teatro estaba putrefacto. Monroy nos había advertido que ni como granero lo usaban, pero Pombal se empeñó, porque aquella temporada las cosas no andaban muy bien y no quería saltarse ni una plaza, por pequeña que fuera. Y allí estábamos, frente a aquella ruina. «Habrá que suspender», pensaba yo, y creo que lo pensamos todos. Menos Pombal. «Suspender, nunca.» Ese era otro de sus gritos de guerra. ¿Qué hizo? Aquella misma tarde, mientras Monroy nos instalaba, Pombal localizó un castillo, en las afueras del pueblo. Un castillo también hecho polvo, pero con un patio central óptimo, porticado, con grandes losas de piedra oscura, resquebrajadas, por entre las que asomaba la hierba.

—¿Y qué quieres hacer en el castillo? —le dijo Monroy.

—*Macbeth*. Vamos a acojonarles un poco.

—Pero si está verdísima, hombre... Es la que llevamos más verde. Podemos hacer cualquier otra. Hagamos *Mucho ruido*, que es fácil y ya sabemos que gusta.

—Déjate. ¿Cuándo hemos tenido un castillo, Tanito? Te vas a caer de culo cuando lo veas. ¡Es perfecto para el *Macbeth*!

Nos congregó allí tan pronto se hizo de día.

—Miradlo, miradlo —decía, como si fuera suyo.

—*Malament* —dijo Anglada, cabeceando.

—¿*Malament* por qué? —preguntó Pombal.

—*Malament* para las luces, patrón. No hay ningún tendido por aquí, me he fijado cuando veníamos.

—Es verdad. Mierda, es verdad.

Pombal empezó a caminar de un lado a otro con las manos a la espalda, a grandes zancadas, pateando piedras.

Nadie decía nada. Hasta que Monroy levantó la cabeza y tuvo una de sus ocurrencias geniales:

—Antorchas. Lo podemos hacer con antorchas.

Pombal se le quedó mirando, en silencio. Luego miró a Anglada y le preguntó:

—¿Lo podemos hacer?

—*És clar que es pot fer, home*. Danos una tarde —dijo Anglada—. ¿Cuántas quieres? ¿Veinte?

—Haced treinta, por si acaso. Pero lo importante es que duren...

—... ya sé, ya sé. Dos horas y cuarto —dijo Anglada.

Pombal dio una palmada. En mi libro de códigos, eso quería decir «cascada de órdenes».

—Son las ocho. Yo voy a hablar con el alcalde. Anglada y Pepín y la Brigada, a preparar antorchas y vestuario. Tanito, tú te encargas de irles pasando letra ya. Con suerte, en tres días la sacamos y pasa por taquilla todo el pueblo.

Habló con el alcalde, le sedujo, su especialidad básica, y al día siguiente ya estábamos en el castillo, colocando sillas y teas. Tres días después hicimos *Macbeth* a la luz de las antorchas, con todo el pueblo allí, cagado de miedo. Pombal era Macbeth, por supuesto. La Santaolalla hacía lady Macbeth, y las parcas eran la Valdivieso, la López Úbeda y Lumi. Banquo creo que era Peñalver; del resto no me acuerdo. Casi nadie se sabía bien el texto, y en aquella oscuridad era dificilísimo que un apuntador se aclarase, o colocar chuletas por aquí y por allá.

Mientras Pombal y la Santaolalla estaban en escena, todos los demás seguían repasando texto como locos, agachados en círculo alrededor de una lámpara de acetileno, en el sótano del castillo, un sótano de techo muy bajo y suelo de tierra, con un polvo que se metía en las narices y en la boca, y yo subiendo y bajando para decir «Ahora le toca a usted», «Ahora sale el patrón», y llegaba Pombal, con las manos manchadas de sangre de vaca, y ocupaba su lugar en el círculo para seguir repasando su parte.

No salió una gran función, pero la atmósfera salvó la noche: la oscuridad, la imponente ruina del castillo, la luz lúgubre de los hachones que fabricamos con Anglada, y el olor de la brea y la estopa ardiendo les hipnotizaron. Pombal quedó tan contento con la «atmósfera» que volvió a meter *Macbeth* en repertorio, en verano, alternada con *El sueño* o *Mucho ruido*, según hubiera o no un castillo disponible en las plazas. Lo que le gustaba, decididamente, era dar miedo en un castillo.

Monroy, en cambio, detestaba *Macbeth*.

—Es que no me gustan las obras que van de Guatemala a Guatepeor —decía.

—¿Qué otra cosa son las tragedias? —respondía Pombal.

—Hombre, hay tragedias y tragedias. De *El rey Lear* sales elevado. Al final hay luz. Aquí, ni antorchas quedan.

—Ya haremos el *Lear*, Tanito. Cuando seamos mayores.

Monroy me contó que, para los cómicos ingleses, *Macbeth* da mal fario y no pueden ni pronunciar su nombre, que sustituyen por la expresión «la tragedia escocesa». Y que, si por descuido llegan a pronunciarlo durante los ensayos, han de salir al exterior y dar dos vueltas completas al teatro mientras rezan una oración complicadísima.

A nosotros la verdad es que nunca nos pasó nada, pero Pombal acabó sacándola, al año siguiente de haberla incorporado al repertorio, para sustituirla definitivamente por *Tito Andrónico*. Al público, ya digo, le gustaba horrores, por las brujas y los crímenes y el aire viciado, ponzoñoso, que tiene, que era precisamente lo que acabó por hastiar a Pombal.

Un día oí que le decía a Monroy:

—Tenías razón. No la haremos más. No me gusta estar ahí «abajo» tanto rato.

Macbeth es realmente una función muy jodida, de las peores de Shakespeare. *Otelo* también tiene lo suyo, con el pobre moro metiéndose más y más en la trampa, pero Pombal decía que con *Otelo* por lo menos podía volar, al final.

En cambio, *Macbeth*... Es como abrir una caja con un bicho muerto para meterte dentro y descubrir que el bicho está vivo. Vivo y pudriéndose... En cierto modo entiendo a los que hablan de maleficio, porque ese aire ponzoñoso debe de acabar contagiando si la haces un tiempo. Yo he visto funciones así, en las que todo empieza a salir mal porque la atmósfera te contagia. No diré nombres. Hay funciones que es mejor no hacer, y puertas que es mejor no abrir.

De las funciones que llevábamos, la preferida de Pombal era *Otelo*, y después *La tempestad*, digo yo que porque ahí hacía de mago y estaba llena de efectos que él, Próspero, provocaba y controlaba con un chasquido de sus dedos, y después *Tito Andrónico*, por lo sanguinaria y efectista que era: emociones fuertes en estado puro, y más allá de todo límite. También era la preferida de Anglada, porque los efectos eran sencillos y clavaban al público en sus asientos; y de Ulu, porque le hacía volver a sus comienzos, a sus días de *grand guignol*.

Yo debuté como actor en el *Tito Andrónico*. En la pequeña plaza de toros de Illana, muy parecida a un corral de comedias. Fallaron, a ultimísima hora, dos actores, y entramos Monroy y yo. *Tito* es una de las tragedias más bestias de Shakespeare, y una de las menos conocidas, porque es de las primeras y el hombre todavía estaba muy asilvestrado. Monroy hacía de Aaron, un moro malísimo; yo apenas tenía cuatro frases y ni recuerdo cómo se llamaba mi personaje. Eso sí, moría al final, como casi todos. El final de *Tito Andrónico* es un baño de sangre que deja al de *Hamlet* en mantillas, pero lo que pasa antes también tiene su busilis, porque a la hija de Tito, Lavinia, que es el personaje que hacía Lumi, la violan y le cortan la lengua y una mano. Y Tito Andrónico, en respuesta, se vuelve loco del todo, invita a sus enemigos a un banquete y les sirve un pastel con la carne de sus hijos. Anglada había preparado cientos de litros de sangre, de vaca y de cerdo, que todos llevábamos en saquitos, bajo las corazas y las túnicas; demasiada sangre, montones de sangre, porque así se lo había pedido Pombal; sangre que brotaba a chorros al primer puyazo y empapaba la arena de aquella plaza de toros. Acabamos hundidos hasta los tobillos en un charco de sangre.

En Illana contamos, además, con un efecto que no estaba en el programa, mucho más impresionante que las antorchas de *Macbeth*. A mitad de función el cielo comenzó a llenarse de nubes negrísimas que presagiaban una tormenta inmediata, pero seguimos adelante. Avanzaba la obra y el cielo estaba cada vez más negro. En la escena final, cuando solo queda en pie Tito Andrónico para su monólogo, sonó un trueno. Yo estaba tendido boca abajo, con la mejilla rebozada de arena y la tripa encogida por el frío viscoso de la sangre de vaca; giré la cabeza con muchísimo cuidado porque la bota de Monroy, que había sido el último en caer, me aplastaba la napia, y así pude ver el maravilloso efecto.

Vi cómo la cara de Pombal se iluminaba con la luz de un rayo que cayó a cuatro pasos, allí mismo, y entonces Pombal extendió los brazos, como un mago de tiempos remotísimos, y sustituyó las líneas que le quedaban por un grito, un grito terrible, de animal herido, un grito que sonó como un conjuro en un idioma primitivo, inmemorial, antes de venirse abajo.

Cayó al suelo y justo en aquel momento comenzó a llover, lluvia y más lluvia sobre el montón de cadáveres tintos en sangre, en el centro de la arena. El público quedó mudo, patitieso. Anglada, que había dudado unos instantes, temiendo que Pombal se hubiera quedado en blanco, reaccionó y fue reduciendo poco a poco la intensidad de las luces, hasta apagarlas del todo, y entonces aquella gente se rompió las manos aplaudiendo. No paraban de aplaudir, no paramos de salir a saludar, cinco, seis, yo diría que hasta diez saludos. Luego, en los pasadizos de la plaza nos abrazábamos todos, empapados, perdidos de sangre, borrachos de sangre y rebozados en arena, como los supervivientes de una batalla. Aquella fue la noche gloriosa en que me acosté con Lumi, o, mejor dicho, en que Lumi se acostó conmigo.

Otelo, *La tempestad*, *Macbeth*, *Tito Andrónico*... Esos fueron los grandes Shakespeares de Pombal como actor. Detestaba *Hamlet*, curiosamente, porque decía que «pensaba demasiado en voz alta y actuaba poco», lo cual no deja de ser verdad, aunque la verdadera razón era otra:

—*Hamlet* es una putada para un actor, todos los que lo han hecho lo dicen. ¿Sabéis cuál es la putada? Que a mitad de la obra, el Maestro lo saca de escena y lo envía a Londres. De modo que tú eres Hamlet, vas subiendo y subiendo, tienes al público en el bolsillo, y de repente vete a camerinos y trágate un bajón de casi una hora, porque no vuelves a salir hasta el último acto. Ya me diréis cómo recuperas la energía. Porque en el último acto, además, tienes que dar más espadazos que D'Artagnan.

Su personaje preferido, el que siempre soñó con hacer, era *El rey Lear*. Yo soñaba también con verle hacer *El rey Lear*, que entonces no conocía y que me hizo leer, y que se convirtió en mi obra preferida de Shakespeare, la más hermosa, la más terrible, la más loca. Soñaba con ver a Pombal haciendo el Lear, con Monroy de bufón y Lumi de Cordelia.

—Todavía no. No tengo la edad —decía—. Y no quiero barbas postizas. No tengo ni la edad ni el peso. Pero cuando me llegue el momento...

Como le repetía siempre a Monroy:

—Cuando seamos mayores, Tanito, cuando seamos mayores.

Probablemente, si escuchásemos ahora a Pombal, su forma de interpretar nos parecería anticuada, un punto engolada incluso. Pero nada que ver con lo que hacía la mayoría de primeros actores de la época. Me he encontrado, a lo largo de mi vida, a mucha gente que tenía una idea muy equivocada de Pombal como actor. Le imaginaban gritando como un loco, con los ojos desmesurados, haciendo aspavientos. Y no es cierto. Pombal se movía muy poco en escena. Y no gritaba, casi no alzaba la voz. Hacía justamente lo contrario. La colocaba muy bien y luego la bajaba, para que el público le prestara atención. Tenía muchos trucos así, trucos muy buenos.

A menudo, en teatros de piedra, «escogía» a una espectadora de la primera fila y se dirigía a ella. Como si estuvieran solos y él estuviera contándole lo que le pasaba, a ella y solo a ella.

Lo que más recuerdo de aquellos montajes de Shakespeare era su rapidez. Los que vi luego, montados por otra gente, me parecieron, en comparación, insoportablemente pesados, litúrgicos, lentos como desfiles procesionales. Yo creo que Pombal los veía como lo que eran: historias apasionantes con personajes apasionantes; personajes siempre al límite, empujados por una urgencia irresistible; atrapados, como decía él, en «una telaraña de pasiones»; una telaraña que había que tejer y levantar a una gran velocidad.

«Hay que hacer Shakespeare como si hubieras bebido muchísimo vino. Tienes la cabeza encendida y el cuerpo flotante, dices cosas que jamás dirías estando sobrio. Y, además, te estás meando», decía, y aunque suene un poco bruto me parece muy bien visto. Cuando hacían *Otelo* o *Macbeth* o *Tito* y él no estaba en escena, andaba siempre encima, entre cajas, chasqueando los dedos y diciendo a todo el mundo «Venga, vivo, vivo, que no tenemos toda la noche, y el público menos».

Ese sentido de urgencia era lo que más le atraía de los personajes de Shakespeare, lo que más y mejor conectaba, creo yo, con su forma de entender la vida y vivirla. Y lo que no encontraba en los clásicos castellanos. Decía que en Shakespeare siempre había una «ondulación», mientras que el lenguaje de nuestros clásicos le parecía demasiado seco y brutal, y los personajes y conflictos con muchísimos menos niveles.

«Salvo», decía, levantando el dedo, «en *El Caballero de Olmedo* y en el *Tenorio*», que eran las únicas piezas que le gustaban realmente.

—Bueno, y el *Don Álvaro* también tiene su gracia. Esas tres. Pero vaya, ni punto de comparación con el Maestro.

—¿Y *La vida es sueño*, patrón?

—Tiene sus momentos, pero no gusta a la gente. Esa solo gusta a cuatro intelectuales.

—¿Y no las ha montado usted nunca?

—¿Cuáles?

—El *Caballero* y el *Don Álvaro*.

—No, no. Esas ya las montan otros —decía—. Esas, para Ricardo Calvo.

El pobre Ricardo Calvo (pobre relativo, porque en aquella época era el más popular, el Gran Declamador) le parecía a Pombal lo peor, el colmo de la afectación.

¿Qué actores le gustaban a Pombal? Actores muertos. Actores a los que había visto de niño, o en su «primera juventud», con Monroy, en Valencia.

—¿Actores buenos de verdad, a la hora de decir el verso? Hombre, don José Tallaví.

—¿Y dónde trabaja? ¿En Madrid?

—Seguro. ¿Tú oyes, Monroy? Cuando él murió, tú estarías naciendo, Pepín. Era fondón, calvete, pero hacía un *Hamlet*... Yo le vi *Hamlet* y *Otelo*. Para ver *Otelo* tuve que ir a Madrid, al teatro de la Comedia, porque no fue a Valencia. Fuimos mi madre y yo... Di una lata... La primera vez que fui a Madrid. ¡Don José Tallaví! ¡Palabras mayores! Decía el verso como hay que decirlo. Como una persona, no como una gárgola con leotardos. Y don Paco Morano, por supuesto. Yo tendría catorce años, fíjate, cuando le vi hacer *El mercader de Venecia*. Y *El avaro* de Molière, donde también estaba muy bien. Pregúntale a Peñalver, que estuvo con él en América. Te contará muchas cosas.

Salvo en *El sueño* y en *La tempestad*, no recuerdo grandes efectos ni grandes escenografías en aquellos montajes de Shakespeare. También en eso Pombal se adelantó a su época. Decía que no hacían falta porque «la escenografía está en las palabras». Se entusiasmaba cada vez que hablaba del Maestro. Decía que en Shakespeare estaba «todo»; que, si por él fuera, solo haría Shakespeare:

—... al principio de *Hamlet*, por ejemplo... El amanecer en Elsinor, cuando Horacio dice... «Mirad: el alba, con su manto rosáceo, ya pisa el rocío de aquella alta colina del oriente»... ¡Te lo pinta él, Pepín! ¿Te das cuenta? ¿Para qué hace falta un decorado y un efecto de luz si él mismo ya te los está dando?

Así, se reservaba los grandes trucos, las grandes escenografías, para lo que él llamaba «los Mecanos», las funciones de magia y aventura, las que no llevaban, decía, «la poesía incorporada». Y que eran, desde luego, las que tenían más éxito; las que nos «permitían» hacer Shakespeare. Porque los Shakespeares funcionaban, pero cuando llenábamos a lo grande era con los Mecanos... Por eso alternaba: Una de Shakespeare y un Mecano, un Mecano cada vez más difícil, primero del 4, luego a por el 5, luego a por el 6... La verdad es que «jugar a las construcciones» también le volvía loco.

Aquellas primeras temporadas, los mayores éxitos de la compañía fueron, indudablemente, *El correo del Zar* y *El signo del*

Zorro, seguidas, en este orden, por *El hombre invisible* y *Caleidoscopio*. (Anglada se quejaba de que *Caleidoscopio* no había tenido el éxito que merecía —que merecía su trabajo, quería decir— porque el título le sonaba a la gente a «cosa médica».)

En *El signo del Zorro* los gemelos Monmat «doblaban» a Pombal. Era absolutamente inverosímil, porque Pombal era un grandullón y los hermanos parecían anguilas, pero cuando un gemelo, vestido de negro, con sombrero y antifaz, colgado del cable que cruzaba como un péndulo el patio de butacas, aterrizaba en mitad del escenario o en lo alto de un palco, a nadie parecía importarle que aquel Zorro pesara, a ojo, unos treinta kilos menos que el que habían visto en la escena anterior. Con la ayuda de los Monmat, el Zorro se multiplicaba, y la gente se lo tragaba en el acto. También recuerdo un efecto muy sencillo pero muy brillante ideado por Anglada. Cuando los soldados del malo iban a apresarle, el Zorro pinchaba con su espada una hilera de sacos de harina que había en el escenario. La falsa harina creaba una nube de polvo blanco en la que el Zorro se esfumaba, dejando desconcertados a sus perseguidores y a todo el mundo.

Con *El correo del Zar*, que fue la obra con la que debutamos en Madrid, Anglada fue más lejos que nunca: un incendio en escena.

Llegaban los tártaros a un bosque y lo incendiaban. Iban prendiendo los árboles uno a uno, hasta que las llamas, llamas reales, cubrían el escenario, mientras el público tragaba saliva y se escapaban algunos chillidos de horror. Yo ayudé a construir ese truco, o sea que puedo explicarlo bien. Consistía en lo siguiente: los troncos de los árboles eran huecos, y estaban hechos de hierro colado o aluminio, con unos pequeños orificios a lo largo. En su interior colocábamos unas bengalas que, al encenderse, proyectaban su luz al exterior, dando la sensación de fuego; sensación que se completaba con un poco de estopa ardiendo en las ramas.

✽

El correo del Zar fue el espectáculo que nos «lanzó». Corrió la voz, simplemente, porque en aquella época —y menos para nosotros y nuestros circuitos— la publicidad de espectáculos no existía, era una cosa americana. La temporada del 28 nos pidieron *El correo del Zar* de todas partes. Llegábamos y ya había cola para las entradas, colas que daban la vuelta a la manzana. *El correo del Zar* no era mejor que *El signo del Zorro* y, para mi gusto, inferior a *Caleidoscopio*, aunque reconozco que *Caleidoscopio* era demasiado sofisticada para nuestro público. El caso es que nos podía haber tocado la lotería con cualquiera de aquellas, y nos tocó con *El correo del Zar*.

Yo era feliz entonces, ya lo he dicho, sobre todo porque la temporada del 28 Pombal me «ascendió» a segundo apunte, pero seguía teniendo una añoranza, una ensoñación adolescente: Madrid, que para mí era la capital del mundo. Para Pombal, en cambio, Madrid parecía ser un agujero negro, un hueco a evitar. Habíamos instalado nuestros cuarteles en Bilbao, en Zaragoza, en Barcelona y en Sevilla; lo más cerca que habíamos estado de Madrid había sido Toledo. Bueno, y Soria. Valencia tampoco la habíamos pisado; yo sabía que era por la historia familiar de Monroy.

—¿Y Madrid, don Ernesto? Con lo bien que están yendo las cosas ¿no le gustaría a usted que nos... que le llamaran de un teatro de Madrid?

—Un teatro en Madrid estaría bien. Pero un teatro *mío*.

Pombal había elegido aquel camino para ser su propio amo. No quería que le «llamasen» de un teatro y ponerse a las órdenes de un empresario o de otro director. Él creaba sus espectáculos, los producía, los dirigía, los protagonizaba y los vendía.

—No necesito para nada los teatros de Madrid. Ya los conozco. Me dirían que no se pueden incendiar árboles, que la pólvora es peligrosa, y que el vendaval del *Zorro* despeinaría a las señoras. Cuanto más lejos de Madrid, mejor el público. En Madrid son unos resabiados que se creen que lo han visto todo.

Pombal sabía que en Madrid le despreciaban. Que decían que lo suyo no era teatro sino circo de perra gorda. Y que hacer Shakespeare era un capricho de niño rico, habiendo como había las obras de nuestro Siglo de Oro, de nuestros inmortales, etcétera.

— Y además están los críticos... —añadí.

— ¡Los críticos! ¿Quién necesita críticos? Lo único que quieren es que les pidas perdón por haber nacido. Y ponerte nota, como en el colegio. El mejor crítico es el público, Pepín. Si les gusta, vuelven al año siguiente y traen más gente. Si no les gusta, no vuelven.

¿Y la fama?, pensaba yo. La fama, el reconocimiento... ¿Cómo es posible, pensaba, que un hombre así no se desespere viendo cómo triunfan tipos que no tienen una cuarta parte de su talento y sus merecimientos?

Yo le había oído decir mil veces «Dejaos de famas y actuar para el momento. La fama ya llegará», pero no me lo acababa de creer. Intuía que Pombal, secretamente, ansiaba una reseña, ver su nombre en letras de molde, como cuando fue el galán de la compañía de César Jimeno. Leer «Pombal, Otelo magistral», o algo por el estilo. Pero Pombal, entonces, no era vanidoso: era soberbio. Empezó a ser vanidoso luego. En Madrid.

6. Madrid, 1929

Acabamos yendo a Madrid porque el que había de ser el famoso productor cinematográfico Benito Reyzábal, atraído por el revuelo de *El correo del Zar* en provincias, vino a Soria a ver una función, sin darse a conocer, y se entusiasmó hasta tal punto que se la contrató a Pombal aquella misma noche para inaugurar un nuevo teatro de su propiedad, el Gran Metropol, que después de la guerra se convertiría en un salón de bodas y banquetes. De hecho, cuando Reyzábal le hizo esta propuesta, el Gran Metropol todavía estaba en construcción.

Era un edificio muy moderno, con novísimos recursos técnicos, donde Reyzábal quería presentar grandes espectáculos, pues cabían allí, a lo tonto, entre platea y paraíso, unas dos mil personas.

Sin pudor alguno, porque nunca tuvo, y en eso residía su encanto, Reyzábal se dejó caer en una silla del camerino de Pombal — «¡Qué función, amigos, qué función! ¡Estoy agotado! ¡No me quedan uñas!», le imitaba luego Monroy— y confesó que todos se burlaban de él por meterse en una camisa de tantas varas, y, sobre todo, por querer abrir un teatro nuevo tan alejado del centro, en una barriada obrera.

—Ya ven ustedes, se ríen de mí porque planto un teatro a la

moderna en Cuatro Caminos, un teatro con los últimos adelantos europeos, y me dicen que no irá nadie. El maestro Guerrero va a abrir otro, en el último tramo de Gran Vía, cerca de plaza de España, y también le han dicho que eso no es Madrid, que es la carretera de la Coruña, y que se olvide. En fin, esa es otra historia, allá cada uno, sabrá el maestro lo que hace. Yo digo, y lo firmo, que con usted y su talento llenamos el Metropol hasta la bandera.

Esto, naturalmente, sedujo a Pombal. Pero Reyzábal no lo había dicho para halagarle: era una de las personas con menos capacidad para el fingimiento que he conocido nunca.

Benito Reyzábal era como un niño. O sin el «como»: era un niño. Pequeño, redondete, con patas cortas y un cabezón, entonces todavía con pelo, rubio y muy rizado. Monroy le llamaba Don Garbancito. Luego, ya en los años cuarenta, se quedó calvo y se afeitó la cabeza al cero, y siempre se estaba secando la bola con un pañuelo, y se hacía dar masajes y se ponía lociones que le abrillantaban la calvorota, y en las fiestas se le distinguía por eso, ya que no por la altura; en Riscal le llamaban «El Destellos» o «El Brillante Productor». Cuando se entusiasmaba, cerraba los puñitos y los agitaba como un niño; cuando lloraba era una fuente.

Hablaba muy deprisa, porque casi nunca sopesaba sus palabras. Soltaba las cosas tal como le venían a la cabeza, aquella cabeza que echaba humo, y en la que cabían todos los proyectos del mundo. Era el espectador ideal para nuestros Mecanos, el productor con el que todo cómico sueña, aunque la palabra «productor» le hacía poca gracia a Pombal, que insistió en ir al cincuenta por ciento. Reyzábal venía a todos los ensayos, vio cientos de funciones, y seguía abriendo ojos como platos y mordiéndose las uñas como si viera aquellos efectos por primera vez. Y sabía estarse calladito, que es lo mejor que puede hacer un productor.

Reyzábal había marchado muy joven a Cuba, contaba, de polizón en un barco y con doscientas pesetas por todo capital. Como jugaba muy bien a las cartas, doy triste fe de eso, a poco de llegar a La Habana duplicó su dinero y pudo establecerse. Yo le oía y pensaba: si mi padre hubiera sabido jugar bien a las cartas... Trabajó en oficios muy diversos. A los veinte compró una panadería, que traspasó para volver a España, enfermo de nostalgia. Se metió en negocios de compraventa de automóviles, en Hendaya; luego prestó dinero para la financiación de una película, y por ahí se metió en el mundo del cine —tenía varias salas o «cinematógrafos», en Madrid y Barcelona— aunque, como no se cansaba de repetir, lo que a él le iba era el teatro.

Cuando vino a vernos a Soria faltaban apenas dos meses para acabar temporada, y nos quedaban unos cuantos bolos: Coca, Turégano, Pedraza, Zorita de los Canes... Pombal, Monroy y Anglada marcharon a ver el teatro (yo me quedé en Soria, fastidiadísimo, porque me moría de ganas) y volvieron impresionados diciendo que iba a ser la monda. Anglada un poco menos: barriendo para casa, dijo que estaba muy bien pero que no podía compararse con el Olympia de Barcelona, que Pombal y Monroy todavía no conocían.

La fecha de inauguración del Gran Metropol estaba prevista para el Primero de Mayo, pues Reyzábal quería dar una función gratuita ese día, el día del trabajador. Pensaba que era una buena manera de «popularizar» el teatro: estaba convencido, y no se equivocó, de que todos los que vinieran el primer día harían correr la voz y serían la mejor publicidad.

Pombal no estaba tan seguro de eso. No le hacía ninguna gracia trabajar sin cobrar entrada, así que se aseguró el caché.

—¿Y si todos los del primer día son el único público que tenemos?

—¡Pero qué cosas tiene usted, Pombal! ¿Sabe cuánta gente hay en Madrid? ¡Medio millón! ¡Censados! ¡Quinientas mil personas! ¡Habrá colas para conseguir entradas, se lo digo yo!

Monroy hizo sus cálculos y decidió que, para preparar bien la cosa, teníamos que estar en Madrid al menos mes y medio antes. Llegamos, pues, a Madrid en la exuberante primavera de 1929, con la península todavía bajo el mandato de sus majestades los reyes Don Alfonso XIII y Doña Victoria Eugenia de Battenberg, y gobernada *in pectore* (total y descaradamente, vaya) por el general Primo de Rivera, que dimitió al año siguiente, instaurándose la breve «Dictablanda» del General Berenguer, que dio paso a la República.

Lo que más me llamó la atención de Madrid fue la anchura de sus calles, y que hubiera tantos coches, negros, brillantes, y a tanta velocidad; cada vez que tenía que cruzar una calle me entraba el canguelo y comenzaba a mover el cuello de un lado a otro como un pato; Monroy se partía de risa. Tenía otro miedo, irracional, repentino, que disimulaba un poco con ese. Movía yo el cuello de un lado a otro, pero también, más de refilón, cada tanto giraba compulsivamente la cabeza hacia atrás, hacia ellos, pues me daba por pensar que me iba a perder, que me iban a abandonar, así de tonto después de casi cuatro años en la compañía, años que a fuerza de trabajo continuo y de saltar de una plaza a otra y no parar nunca habían pasado en un suspiro. En un vagón de metro se me perderían, entre el bosque de brazos colgantes; los absorbería la muchedumbre de Gran Vía, me giraría y Pombal y Monroy y Anglada habrían desaparecido. Caminaba girando el cuello y pensando: ¿y si ya no les hago falta? Aquí tiene que haber profesionales muy buenos, mucho más buenos que yo. También pensaba: ¿dónde viviremos? ¿Dónde me meterán?

Pero al rato se me pasaba la pájara, y me quedaba boquiabierto, como el absoluto pardillo que era, ante aquellas enormes «cafeterías americanas» que empezaban a estar de moda, con larguísimas barras de zinc o aluminio brillante, y los cestitos con huevos duros, y el jabón que había en sus lavabos, jabón ámbar, elegantísimo, con un tubito de hierro en su interior que lo sujetaba a la pared y le daba un aire de lamparilla... Y los salones de limpiabotas, que nunca había visto, con veinte o treinta personas sentadas en hilera, los periódicos desplegados, y a sus pies otros tantos esclavos dándole al trapo a toda mecha, como en una fábrica.

Y, por supuesto, los teatros. Las luces de los teatros, cuando se encendían las bombillas de las marquesinas, al anochecer; los carteles con grandes letras rojas; el bullicio de felicidad anticipada del público haciendo cola a la entrada, el runrún de sus conversaciones excitadas...

En aquella época había muchísimos teatros, y casi todo eran parejas encabezando los carteles. En el Alcázar estaba la compañía de Irene Alba y Juan Bonafé, que también hacían cine, sobre todo Bonafé. En el Lara triunfaban Emilio Thuillier y Hortensia Gelabert. En el Beatriz, Mariano Asquerino, el padre de María, e Irene López Heredia, «los elegantes», con *La Papirusa*, de Torrado, que gustaba muchísimo. En el Fontalba, Lola Membrives y Ricardo Puga con *La Lola se va a los puertos*, que no digamos. Y Aurora Redondo y Valeriano León, y Rafael Rivelles y María Fernanda Ladrón de Guevara, y, por descontado, Loreto y Chicote eternizándose en el Cómico. Había teatro para todos: alta comedia para la burguesía, melodramas «de buen gusto» para la clase media, y teatro cómico y dramas tremendos, a partes iguales, para la clase trabajadora. Y zarzuelas, y mucha revista.

Las zarzuelas habían sufrido un golpe de muerte con el cierre del Apolo. Siempre había alguien que aquel año evocaba la «cuarta de Apolo», la función más concurrida, como un billete al cielo, pero el género chico comenzaba a ser una cosa del pasado frente al poderío y la modernidad de las revistas, cada vez más lujosas y más frívolas, según el estilo de Broadway impuesto por las películas americanas, con coreografías de chicas imponentes, muy bien alimentadas, con porte de amazonas y piernas interminables. Chicas sanas, deportistas, capaces de soltarle un guantazo al lucero del alba; chicas faldicortas, de dentadura perfecta, con piel de anuncio de Palmolive, chicas que me parecían emblemas de una nueva era, radicalmente distintas a las Luisas Fernandas y Francisquitas de la zarzuela, que habían pasado a ser las abuelas de todo el mundo. Chicas rubísimas e inalcanzables, mis novias secretas, que me acompañarían, en efigie, durante tantas noches solitarias...

Poco teatro pude ver aquellos años, pero siempre que podía me escapaba a ver revista, mayormente con Anglada, que cuando se excitaba me hablaba en catalán — «*Això són dones, nen! Però dones dones!*» — y que resultó ser uno de los hombres más puteros del Universo. Vimos juntos varias veces *Las corsarias*, que era el éxito del momento. Me gustaba mucho el sistema de las variedades; es decir, que hicieran honor a su nombre y que cada número fuera distinto: magos, cómicos, malabaristas, bailarines de claqué...

A los pocos días de llegar también descubrí que Madrid solo era realmente Madrid en su centro: un espacio de no más de diez kilómetros, superpoblado de coches, viejos cafés y nuevas cafeterías, tranvías siempre llenos, inclinándose, con gente colgando de los topes; un centro dudoso, movedizo, que avanzaba devorando solares a bocados. Debajo, el centro se movía también, a lomos del metro, rascando cada día un poco más hacia el futuro, como un topo furioso, el metro que llegaba ya hasta Tetuán de las Victorias. Pero a medida que uno se alejaba del centro, todo volvía a ser como un pueblo, o una sucesión de pueblos. El adoquinado daba paso a los caminos de tierra, bordeados de jara y tomillo; los carros sustituían a los coches, y volvía a haber silencio, un silencio que solo rompían los gallos, y los grillos en verano, y los pregoneros, y los vendedores ambulantes: el mielero, el del requesón, los botijeros con sus burros... «Al buen requesón de Miraflores de la Sierra... A treinta el molde entero y a probarlo...»... «Vaya toallas que voy a dar por seis perras grandes...»... «Pichones, pichoncitos, a cinco reales pareja...»

Al día siguiente de llegar fuimos todos a la glorieta de Cuatro Caminos para ver las obras del Gran Metropol, que ya estaba casi acabado, con la pintura todavía fresca, como el perfume de una señora rica y guapa. Tenían razón: era verdaderamente precioso, enorme, y modernísimo. El escenario tenía treinta metros de profundidad y otros tantos de embocadura. En la platea, diseñada en pendiente, a modo de anfiteatro, había casi seiscientas butacas, más treinta y dos palcos; el segundo piso, en forma de herradura, albergaba, en otros tantos palcos, la entrada general. Reyzábal nos enseñó el telón metálico, el primero que vi en mi vida, que bajaba por electricidad, apretando unos botones del tamaño de platos de café. Bajaba un poco lento, pero bajaba, imponente, como la compuerta de un pantano.

—¿Y para qué sirve? —le pregunté, en voz baja, a Anglada.

—Para el fuego.

Reyzábal, que nos había oído, se giró hacia nosotros y dijo:

—Después de la tragedia del Novedades, como ustedes comprenderán, toda precaución es poca.

El año anterior, un gran incendio había destruido el teatro Novedades. El fuego, contaron los periódicos, había comenzado en los telares. El jefe de tramoya dio la alarma, pero las llamas ya habían prendido los decorados. Y eso que la función no era un Mecano ni una comedia de magia, sino un sainete sin efectos ni complicaciones. Fue terrible. Mientras las llamas avanzaban hacia palcos y butacas, la multitud se lanzó hacia las puertas, bloqueándolas. Anglada me enseñó unos dibujos en *La Corres*, basados en el testimonio de un superviviente, que parecían el mismísimo infierno. Allí se veía a unos espectadores deslizándose por las columnas desde el paraíso hasta platea; otros, con rostros de horror, se arrojaban directamente al vacío. Hubo cientos de muertos, casi todos aplastados o asfixiados por el humo.

Yo fui a parar, con Torregrosa y Ruscalleda, a una pensión de cómicos, la pensión Adame, muy céntrica, en la calle Carretas, en el mismo edificio donde estaba la botillería de Pombo, en cuya famosa cripta se reunía la tertulia de Gómez de la Serna, que entonces era un pintoresco muy popular y apreciado, aunque no vendiera un libro. A Torregrosa, que bajaba de vez en cuando a Pombo, le regaló uno.

Ruscalleda y Carlos Torregrosa eran buenos amigos, pero discutían muchísimo de política, ya desde el desayuno. Esto resultaba bastante latoso. Ruscalleda era un gran admirador de la «obra» de Mussolini —yo al principio pensé que se refería a un autor italiano—, al que llamaba «constructor de Imperios». Torregrosa era de izquierdas, y respondía hablando siempre de los logros de los soviets, otra palabra rara que yo escuché de su boca por primera vez.

—Los soviets han enterrado definitivamente el siglo XIX —decía. Estaba muy convencido de que la década de los treinta, que iba a empezar el año entrante, sería una especie de edad de oro; «el verdadero principio de la Edad Moderna».

Ruscalleda pensaba más o menos lo mismo, pero en otro sentido. Ruscalleda solo veía carreteras. ¡Grandes carreteras!

El futuro, para Ruscalleda, era el mapa de un país nuevo, surcado de carreteras resplandecientes, con coches velocísimos; de la gente que habría de recorrer aquellas carreteras no hablaba. Yo le imaginaba solo, conduciendo un Lincoln Continental con el mentón alzado, por una carretera novísima y desierta.

Torregrosa leía mucho; siempre andaba con *El Heraldo* bajo el brazo; iba los domingos a la Cuesta de Moyano y volvía cargado de libros, ensayos y textos políticos del tamaño de ladrillos, que se empeñaba en que Ruscalleda y yo leyéramos, con poco éxito. Alguna vez les eché un vistazo, pero prefería las novelas de aventuras que me pasaba Monroy: Sabatini, Paul Feval, las policíacas de Edgar Wallace... Torre insistió mucho en que yo leyera una especie de memorias de un revolucionario ruso que se llamaban *Así se forjó el acero.*

—¿Qué tal, Pepín? Tiene energía, ¿eh?

—Mucha. Se nota que los rusos son diferentes. Debe ser el clima.

—El clima y la injusticia, Pepín; el clima y la injusticia.

Pobre Torregrosa. Nunca tuvo el menor sentido del humor; por eso se llevaba bien con Ruscalleda.

Una de las mayores discusiones de Torregrosa y Ruscalleda vino por un libro de Nietzsche, el famoso *Así hablaba Zaratustra*, que a Torre le fascinó, aunque lo encontraba «demasiado negativo e individualista». Ruscalleda, por su parte, decía que aquello era una sinsorgada.

Aunque al principio me fastidió que Monroy me metiera en el mismo saco que a Ruscalleda y en un cuartucho sin ventanas, la pensión era limpia y grande, con una galería acristalada que daba a un patio. En aquel patio sonaban siempre las voces de las criadas, cantando, porque en aquella época se cantaba mucho; después eso se perdió. Cantaban, y muy bien, con mucha gracia, los éxitos del momento, que eran *La Canastera* y el tango *Fumando espero*, y zarzuela, y cuplés.

En la pensión Adame casi todo eran cómicos, porque la patrona, doña Soco, había sido cómica, aunque se libraba muy mucho de precisar cosas sobre su carrera. También había algún viajante. La reina era Concha Catalá, que estaba de característica joven en el Lara y tenía el tratamiento de Doña. Allí vivió también durante un tiempo una actriz joven, muy guapa, que estaba en la compañía de Loreto y Chicote y era amiga de Lumi: se llamaba Carola Fernández, y su hijo, un chaval pelirrojo, muy serio y con cara de malas pulgas, se convertiría en el actor más grande que ha habido en España, con permiso de Pombal: Fernando Fernán Gómez. Les vimos poco, porque cuando nosotros llegamos ellos estaban a punto de irse a Barcelona.

Al lado de la pensión Adame había una vaquería y desde la calle se veía el establo, con seis o siete vacas. El olor a paja y estiércol, y los mugidos de las vacas en mitad de la noche, porque mi cuartucho daba justo encima del establo, hacían que me volviera la pájara. Entre sueños creía que estaba todavía en Villaura y que todo lo de después no había sucedido. Esa es una sensación que se repetiría muchas, infinitas veces, a lo largo de mi vida. Entonces, cuando todavía no estaba hecho a eso, suponía un desagradable mal trago, y me despertaba con palpitaciones y un sabor metálico en la boca. En compensación, me invadía luego una oleada de felicidad, al comprobar que estaba *realmente* allí, en Madrid, pese al calorazo de aquel cuartucho, y el aire seco de la calle que hacía subir el olor a paja y estiércol como un globo, y Ruscalleda roncando como un cerdo en el cuarto de al lado.

Yo no sabía qué haríamos, qué dirección tomarían nuestras vidas. Por lo pronto, parecía que la itinerancia se había parado. No habría más bolos, según Monroy, «hasta nueva orden». Todos nuestros esfuerzos iban a concentrarse en «la toma de Madrid». Estábamos en Madrid y punto; mañana, Dios diría. O, como repetía Monroy, «el hombre propone y Lewis Stone». Lewis Stone era el nombre de un actor de cine muy popular entonces, del que hoy no creo que nadie se acuerde.

Pombal se alojó en un hostal de la Glorieta de Bilbao, pero pasaba casi todo el día en el Metropol, con Monroy y Reyzábal. Lumi andaba perdida en combate, enamoriscada ya con el del Cómico, y aunque estrenó con nosotros se notaba que comenzaba a estar con un pie fuera de la compañía. Luisita Santaolalla se había instalado con una prima, en la calle Infantas. Los Peñalver paraban en una pensión bastante cochambrosa de la calle del Desengaño, porque les había entrado una locura ahorrativa y gastaban lo mínimo. Los gemelos Monmat, a los que habían convertido en una especie de hijos adoptivos, estaban con ellos. Se portaron muy bien los gemelos, sobre todo cuando la pobre Ulu empezó a perder la cabeza. La Valdivieso estaba con unos amigos en Lavapiés.

Monroy iba, como siempre, a su aire; imposible saber dónde paraba. Durante el día no salía del Metropol; no se despegaba de Pombal. Por la mañana recibía y seleccionaba a los flotantes que nos iban a hacer falta; flotantes que acabarían siendo fijos. Por la tarde y hasta bien entrada la noche preparaban, preparábamos, el *Zar*, «la función del *Zar* más espectacular —decía— que ojos humanos hayan visto, Pepín. ¡Y esto es solo el principio! ¡Don Garbancito es un mirlo, chaval!». Monroy estaba animadísimo, casi tanto como el patrón. Yo le veía en el Metropol, y luego en el Regio, cuando Pombal estaba rumboso. Luego, a veces a mitad de la cena, Monroy se esfumaba.

—Las doce. Cenicienta se las pira —decía, aunque pasaran de las doce.

Una de aquellas noches, a la salida del Regio, levantó su bastoncito de caña para llamar un taxi y oí que le indicaba al taxista una zona totalmente desconocida para mí, que sonaba a pueblo: la Colonia de Fuente del Berro.

Esa misma noche, Pombal me dijo unas palabras que me supieron a gloria:

—Estate mañana a las ocho tú también en el café Europeo, que te necesito.

A la mañana siguiente, mientras Pombal leía el periódico y yo devoraba unas pastas, llegó Monroy al Europeo, sonriente pero con ojeras de palmo, con el canotier ladeado.

Pombal, sin levantar casi la vista del diario, dijo:

—¿Qué tal anoche, Tanito? ¿Arde Madrid?

—Ni te cuento, maestro —contestó Monroy, bajándose de un

trago un café doble que parecía estar hirviendo. Luego me guiñó un ojo. Pombal rio.

—Tanito, Tanito. No te me desmandes que ha empezado la cuenta atrás...

—Estoy aquí, ¿no? En perfecto estado de revista. ¿Vamos?

Aquella mañana conocí el lugar donde pasaría mis mejores horas en Madrid. Fuimos en taxi; las siguientes veces yo iría en tranvía, «mi» tranvía, el 18, que hacía la ruta Obelisco-Puerta del Sol-San Francisco. «El lugar», el templo, la sede de lo que sería Producciones Pombal, era entonces un destartalado almacén de dos plantas en la zona de Martínez Campos, cerca de la Institución Libre de Enseñanza, es decir, en la Mongolia Exterior. Había sido una fábrica de tornillos o algo así, que quebró de mala manera, con un incendio que olía a provocadísimo. Un «contacto» de Monroy, un subastero que le localizaba muebles y cosas, le pasó el soplo de que podían hacerse con la fábrica por cuatro chavos. Paredes y techo, no había más. Pombal no lo veía claro; Monroy, como siempre, insistió y ganó. La compraron el segundo o tercer año de la compañía, y desde entonces se habían limitado a utilizarla como almacén, para guardar los trajes, las escenografías, los muebles, y todo lo que fueron pillando Monroy y Anglada en sus rastreos.

Todo estaba allí amontonado. El subastero amigo de Monroy, Lespe, se sacaba un plus recogiendo los envíos en la estación de Chamartín y transportándolos hasta el almacén. De cuando en cuando hacía visitas de inspección para comprobar que no hubieran saltado algún candado, pero el edificio quedaba demasiado lejos como para tentar a los cacos. Su aspecto exterior tampoco resultaba muy llamativo. Los muros, de ladrillo, estaban todavía ennegrecidos por el humo, el portón cubierto de óxido, y no había ventanas a la altura de los ojos, ni rótulos indicando lo que podía contener. Una vieja fábrica incendiada, un almacén abandonado en mitad de ninguna parte.

Anglada y el tal Lespe nos esperaban ya, ante el portón abierto de par en par. Pombal me explicó lo que quería de mí. Se trataba de «adecentar» todo aquello, clasificar, ordenar decorados y utilería, y, lo mejor de lo mejor, ayudar a Anglada y a los suyos a montar su taller en la segunda planta, que por el momento no era más que un desmesurado cagadero de palomas.

Nos reímos porque Lespe, que parecía casi tan raro como Monroy, había agrupado muebles y decorados de una manera muy curiosa. Había envíos todavía sin desembalar, y trastos simplemente arrinconados aquí y allá, en montones, y paneles verticales contra los muros, o bien apilados en el suelo, cubiertos por trapos y mantas viejas, todo ello repartido como Dios le había dado a entender.

En otras zonas de la nave, en cambio, Lespe se había entretenido en montar pequeñas «habitaciones», como hacen los expositores de muebles. Reconocí la suntuosa cama de Desdémona, con su dosel y sus dorados, junto al biombo chino de la casa del malo de *Caleidoscopio,* y una mesa y unas sillas también lujosas, que no conseguí recordar; debían ser de algún montaje anterior a mi llegada. No era difícil suponer que Lespe habría dormido en aquella cama más de una vez.

—Hombre, muy buena idea —dijo Pombal, que estaba eufórico—. Un día tendré una casa así. Un decorado distinto para cada habitación. ¿Os imagináis, dormir en la cama de Cleopatra, recibir a los amigos en una sala como la del palacio de Timón? ¿Eh?

Yo estaba encantado viéndole de tan buen humor, pero sabía que se avecinaba un montón de trabajo. Acabé conociéndome palmo a palmo la ruta del 18. Lo tomaba en Obelisco cuando todavía era de noche, al principio, y llegaba al almacén con el primer sol. Desde la última parada hasta el almacén había un buen trecho, casi media hora andando. En primavera no había problema, pero en verano la única sombra era la tuya, y en invierno soplaba allí un viento siberiano, muy sobrado y libre de obstáculos.

❦

Trabajaba en la nave principal con Oriol, Ferran y Genís, que eran los principales maquinistas de la Brigada. Alrededor de las doce aparecía Anglada con una campana que había encontrado por allí, dándole al badajo como un loco y gritando «¡El Ángelus, compañeros!», y parábamos todos para almorzar. Anglada compraba comida en el Mercado de Abastos y cocinaba para todos. Una vez sacamos afuera un somier viejo, encendió fuego debajo y nos preparó una sardinada que estaba buenísima.

Con el tiempo, y eso que tiempo era precisamente lo que menos sobraba, Anglada llegó incluso a tener su pequeño huerto en la parte trasera del almacén. Plantó tomates y lechugas y berenjenas, que crecían muy rápido. Lespe estaba admirado de aquel huertecito, y siempre decía:

—Los catalanes de las piedras sacan panes.

Algunas veces yo le ayudaba a plantar o a recoger y me gustaba oír lo que explicaba, porque siempre aprendías algo.

—Hoy no se te ocurra plantarme los ajos, ¿eh?

—¿Por qué no? ¿Qué pasa?

—Que hoy hay luna nueva, *nen*. Y si los plantas hoy crecerán al revés. Los ajos hay que plantarlos siempre con luna llena.

—Ah.

—Venga, deja eso y *anem a dinar*.

Después del almuerzo, o antes si podía, subía yo arriba, al futuro taller, que en pocas semanas estuvo limpio y era realmente muy grande, perfecto para pintar decorados y montar transparencias, y repartir y ordenar todo lo que Anglada había ido juntando y fabricando durante aquellos años. En verano pegaba allí un calor africano, como si el solazo concentrara todos sus rayos en la techumbre del almacén. No podía hacer otra cosa el solazo, porque no había más edificios, estábamos en mitad del desierto. A lo lejos se veían, tras una hilera de acacias, las torres y tejados de la Institución Libre, que venía a ser nuestra frontera con la civilización, con el mundo habitado. Remataba el taller una bóveda de ladrillo en forma de templete, con un cinturón de ventanas que daban buena luz natural, pero estaban tan altas que la brisa se quedaba allá arriba y no bajaba. Las únicas que estaban frescas eran las palomas, que entraban y salían por algunas ventanas rotas y se posaban en las vigas de hierro, encantadas de la vida, mirándonos trabajar como enanos, pechiabiertos y empapados.

A eso de las tres tomábamos el tranvía, de vuelta, y llegábamos al Metropol hacia las cinco. Esos horarios cambiaron a función estrenada; el día acababa entonces a las dos de la noche y yo podía llegar al almacén más tarde.

Como había vaticinado Reyzábal, *El correo del Zar* fue todo un éxito. El estreno, al ser gratis, fue muy bien, con el teatro a tope. En mi recuerdo quedó un poco deslucido por el famoso crimen de Atocha; nadie hablaba de otra cosa. En la estación de Atocha se había descubierto, en un cajón depositado en consigna desde diciembre, el cadáver descompuesto y sin cabeza de un hombre. Se descubrió a continuación que el baúl había sido remitido desde Barcelona. El asesino resultó ser su criado, un tal Ricardito, harto del trato despótico de su amo. Tras golpearle con una plancha, Ricardito había serrado el cadáver, pero no confesó lo que había hecho con la cabeza. Yo adoraba los misterios, y eso me tuvo muy intrigado. ¿Por qué no confesar dónde paraba la cabeza? ¿Qué más le daba?

También me llamó mucho la atención el tratamiento que la prensa dio a aquel suceso. Para los diarios de izquierdas, Ricardito era un héroe popular, un revolucionario que había acabado con su opresor. Los de derechas lo veían como a Satán reencarnado, un animal infame, más por haber mordido la mano que le alimentaba que, curiosamente, por cortarlo a cachos. Hasta al más lerdo se le alcanzaba que de aquellas exageraciones no podía salir nada bueno.

El correo del Zar bajó un poco la primera semana y nos acojonamos, pero remontó, comenzó a venir gente y más gente y estuvimos casi tres meses, ochenta funciones, lo que en aquella época era un verdadero récord, hasta que a finales de julio el calor vació la ciudad. Reyzábal tenía previsto que siguiéramos con el *Zar* en septiembre. Pombal tenía otros planes, pero el *Zar* acabó durando en cartel un año entero.

7. Anglada y la Nati

Anglada vivía con Oriol y Ferran en la pensión de una catalana, junto a la plaza de Cascorro. Una vez en marcha el *Zar*, cogió la costumbre de quedarse a dormir muchas noches en el taller, en un camastro. Se duchaba con una manguera, que conectó a un grifo de la parte de atrás, donde estaban aparcados el camión rojo y el camión verde. Yo también me pegué mis buenos remojones con aquella manguera, cuando acabé por seguir sus pasos, y a veces pasábamos semanas enteras sin pisar la pensión.

El *Zar* iba solo y llenando, pero en el almacén quedaba todavía muchísimo por hacer. Los días que Pombal no nos necesitaba en el Metropol nos quedábamos trabajando Anglada y yo en el taller, y era cuando mejor estábamos.

Eran horas tranquilas, lejos del barullo y las carreras constantes del teatro, que se nos pasaban sin darnos cuenta. Trabajábamos muchísimo, pero a nuestro aire; como debe ser. Aunque aire, lo que se dice aire, no es que hubiera mucho. Era a finales de mayo y parecía agosto, como si el verano se hubiera adelantado. Anglada y yo empezábamos muy pronto, a veces de noche cerrada, porque a media mañana ya estábamos derrengados por el calor. Más tarde llegaban los compañeros de la Brigada.

Ni la banda negra impedía que a Anglada le cayera el sudor

a chorros por la cara; la barba y la melena le goteaban. Yo no estaba mejor.

—Qué barbaridad... Como esto siga así, *nen*...

—Sí, sí. Va a ser tremendo. Y no vienen lluvias... ¿Cuánto hace que no llueve?

—No *vénen, nen, no vénen*... Hasta la luna nueva no hay que esperar otro tiempo.

Un mediodía decidimos parar y bajamos a la nave, porque con el portón abierto pasaba más aire, con unos bocadillos y dos botellas de vino que Anglada había puesto a refrescar en un cubo de agua. Yo pensaba en el panorama que me esperaba por la noche: el horno de la pensión, los taladrantes ronquidos de Ruscalleda.

Ya nos habíamos ventilado botella y media cuando a Anglada le dio por contarme algunas cosas de su vida; cosa rara porque era de natural callado. Había nacido en un pueblo cerca de Vich, en las montañas. Era payés, o lo fue hasta los doce o trece años. Como era el segundo, le metieron a cura. En Cataluña la tradición era esa: el primer hijo se lo llevaba todo y al segundo le metían a cura. O a monja, si era niña y no era casadera. Me pareció una barbaridad medieval.

—No te imagino yo de cura, Chuán.

Aparte de Lumi, Anglada era el único de la compañía al que yo tuteaba, porque me lo había pedido; exigido, más bien. Éramos «compañeros».

—Pues estuve cerca. Pero no llegué a cantar misa.

Cuando le faltaba poquísimo para ordenarse, a Anglada le pillaron dándole a una criada, en la cocina.

—¿En la cocina? ¡No jodas!

—Espera, espera. En la cocina y con sotana, *nen*. Encima de una mesa.

—¿Y qué pasó? ¿Te devolvieron con tus padres?

—No, no. Mi padre me hubiera matado, era un carlista de *collons*, el cabrón; católico a más no poder. ¿Sabes qué hice?

Antes de que le dijeran nada, reventé el cepillo de las limosnas y me escapé en una tartana a Barcelona.

Reía, al recordarlo, como me río yo ahora. El sudor se le enroscaba en los rizos canosos, casi blancos, del pecho, y las gotas saltaban con su risa.

En Barcelona encontró trabajo como ayudante de un pintor, un profesor de la Escuela de Artes y Oficios. Su trabajo consistía en raspar y arrancar las capas de pintura endurecida en los lienzos de sus alumnos, todos «gente bien», es decir, gentuza, en el idioma de Anglada; cuando llegaba la noche tenía las yemas rajadas y le sangraban los dedos. Poco después entró a trabajar en el taller de Soler y Rovirosa, al que consideraba su maestro, y que construía decorados para los teatros de media ciudad.

Luego le quintaron y le enviaron a África, a Marruecos. Estuvo en la batalla de Sebt, con Oriol, y en Monte Arruit, «donde casi nos pelan a todos»: cuatro mil muertos. Les daban aguardiente y grifa antes de entrar en combate; iban con la bayoneta terciada y la mirada perdida, pisando muertos y muertos como si fueran colchones. En África también había aprendido a guisar, decía, «y a beber agua de pozos con muerto, y a montar a pelo...». En Madrid, una vez aposentados en el almacén, le habían vuelto sus habilidades de cocinero y el gusto por la grifa fresca.

Yo le escuchaba todo lo atento que podía, pero el calor y el vino hacían que me volviera a la cabeza el Anglada joven, con las mejillas enrojecidas de deseo, subiéndose los faldones de la sotana para tirarse a la criada aquella sobre una mesa de cocina, en un seminario de las montañas. Mientras hablaba, Anglada había ido resbalándose, con la espalda desnuda, apoyada en la pared de ladrillo, hasta quedarse roque. El silencio era tan grande que llegaban hasta nosotros las voces de los niños de la Institución Libre, cantando una canción de corro, invisibles tras las acacias:

Yo soy la viudita del conde Laurel
que quiero casarme y no tengo con quién...

Tambaleándome, con la botella en la mano, me arrastré hasta la suntuosa cama de Desdémona, y me la casqué a la salud de la criada del seminario, a la que imaginé en una cocina de ricos, con cofia y vestida de negro: una blusa negra y una falda negra que ella misma se levantaba, boca arriba en la mesa, dejando ver unos fantásticos muslos blancos, como de leche. Abría los muslos para recibirme, curvaba el pie, y uno de sus zapatos se soltaba, quedaba pendiendo de sus dedos y caía al suelo cuando yo entraba en ella.

Como pasábamos tantas horas juntos, Anglada fue el primero en darse cuenta de que yo iba «como una moto», una expresión muy de moda en aquel tiempo, cuando las motos eran el súmmum de la velocidad. Se me notaba en la cara, en el desasosiego constante y la falta de concentración.

—Pepín, *nen*, que no estamos por lo que hay que estar...

Y en el bulto de mis pantalones, que a duras, durísimas penas, lograba disimular cada vez que salíamos de los teatros de revista. La primavera aquella y la moda parisina de las faldas a medio muslo me llevaban a mal traer. Aquella primavera, Madrid era un bosque de muslos recién florecidos, como si las Corsarias hubieran tomado la ciudad. El trabajo me distraía y me frenaba, como esos deportistas que no follan a fuerza de entrenar, pero a la que se presentó el *Zar* y el trabajo bajó, la jodienda no se me iba de la cabeza.

—¿Y tú de tías, qué, Pepín? ¿Cómo lo tenemos?

—Hombre... Si te he de decir la verdad... Cinco lobitos tiene la loba —canturreaba yo, tamborileando en el aire con los dedos abiertos.

—*Ja m'ho semblava.*

Un sábado por la tarde, después de cobrar, porque en aquella época cobrábamos semanalmente, Anglada se apiadó de mí y me llevó de putas, a Casa Chiquete, un piso enorme, con muchísimas habitaciones entabicadas y los altos de las puertas con vidrios verdes y rojos; un piso que estaba en la calle Jesús del Valle, en Malasaña. El Chiquete era el amo; un punto filipino muy castizo, altote, con hongo y perilla, y reputación de haber pinchado a más de uno y más de dos.

—Lo mejor son las putas, tú hazme caso a mí —repetía Anglada—. Vas cuando quieres y no te atas a nadie. Siempre hay que apartar un cuarto de la semanada para ir a putas.

—A mí lo que me gusta —contestaba yo— es lo de Pombal, que tiene una en cada plaza. Pasar así de una a otra debe de ser estupendo.

—Demasiados *maldecaps*.

Anglada era hombre de puta fija; la suya —la de Madrid, quiero decir— se llamaba Patro, y se portó conmigo como si fuera de la familia. Había algo de familiar en su relación con Anglada. Los domingos comían juntos, echaban un polvo y luego un parchís. En las casas de putas y en los rodajes, al menos en mi época, es donde más he visto jugar al parchís. A veces el Chiquete se apuntaba a la partida, y jugaban los tres. La Patro era, a mis ojos, lo que comúnmente se conoce como una gorda, una gorda de campeonato, pero también era alta. A Anglada le gustaba por eso, porque era muy grandota.

—A mí que me den tías grandes, donde pueda agarrarme; tías que no te las acabas; de esas —decía— que has de hacer noche en el culo. Pero cada uno es cada uno. Con la Nati tú ya haces, ya verás lo que te digo, que esa sabe latín. ¿Verdad, Patro?

—Hombre, pues buena es mi niña —decía la Patro, que era un poco su hermana mayor, su protectora.

—Aunque lo parezca, no están liadas —me susurró luego Anglada, en el pasillo.

La Nati era gallega, morenita, con un acento dulcísimo y unos ojitos achinados muy pícaros. Y el coño rapado, por cierto. La primera mujer que vi con el coño rapado.

—Se evita una muchas molestias —decía.

La Nati no tenía entonces un gran éxito —el éxito de la Patro— porque en aquella época imperaba entre los hombres el gusto de Anglada, y con las flacas les parecía que tiraban un poco el dinero. No sabían aquellos lelos lo que se perdían.

Era flacucha, cierto, y casi sin tetas, pero tenía razón el Chiquete cuando decía que en la cama era «una culebreta».

La Nati reía mucho, porque tenía un corazón de niña. Reía siempre de repente, en los momentos más inesperados, y por las cosas más peregrinas: un cartel en la calle, la palabra «Hipofosfitos», la nariz de un guardia de asalto, algo que le cruzaba por la cabeza y que solo ella sabía... O follando, sin ir más lejos. Podía estar completamente seria y de golpe echarse a reír, como si le hubiera hecho cosquillas un duende. En eso me recordaba un poco a Lumi, las repentinas sonrisas de Lumi. Por lo demás, eran absolutamente distintas. Ya he contado que Lumi tenía siempre el cuerpo caliente, como con fiebre, y era muy apasionada, con muchas ganas; Nati no, pero con ella yo lo tenía caliente por los dos. Parecía que no hacía nada, que casi no se movía, y ya estaba yo besando el techo. Siempre acertaba con el punto justo. Era increíble la técnica que tenía siendo tan cría. A ella le hacía mucha gracia todo lo que sabía hacer; se le escapaba aquella risa suya cada vez que moviendo un dedo, o el codo, o la punta del pie, me ponía con los ojos en blanco, como una niña sorprendiéndose ante el éxito de un truco de magia que le sale solo.

—¿Qué te ha parecido este truquito?

—Tú... tú dirás, chinita... —acertaba yo a contestar, tratando de recuperar el aliento—. Pero ¿dónde has aprendido esas cosas, ángel de mi alma?

La Nati volvía a reír, bajando la cabeza, entre dientes, más con los ojos que con la boca; aquellos ojos realmente de chinita, como dos rayitas brillantes, como pequeños reflejos de sol en un cristal turbio.

En cuanto a costumbres y servicios, las putas de antes de la guerra eran distintas de las que vinieron luego. Podías besarlas tranquilamente en la boca, que no les importaba, como les importó después, nunca entendí por qué. Hacia el cuarenta y pico me quedé sorprendidísimo el día que me lancé hacia unos labios que parecían una fresa gigante y la puta aquella, muy jovencita, giró la cabeza y puso la mano entre su boca y la mía.

—¿Qué pasa? ¿Te encuentras mal?

—En la boca no.

Fue la primera vez que oí eso y pensé «las nuevas generaciones». A las putas de antes de la guerra podías besarlas, pero mamarla, en cambio, les parecía una guarrada extranjera; es por eso que la *fellatio* se llamó luego «un francés», porque era un invento importado. Bueno, y dar por el culo era todavía más inconcebible. Esa fue una modalidad que trajeron los italianos durante la guerra. El francés y la enculada tardaron en implantarse. Al principio eran cosas de especialistas; en las mejores casas de putas, la madam (o el Chiquete de turno), a la hora de ponderar las cualidades del establecimiento, te decía «y tenemos una mañica que hace el francés» o «si ese es su gusto, hay una cría que parece un crío, ya me entiende».

—No, no, la mañica, la mañica —decía yo.

Más allá de esas cosas, no creo que fueran muy distintas las putas de antes y de después.

Yo he conocido, mayormente, tres tipos de putas. Primero están las alegres, que ya que tienen que hacer eso intentan hacerlo lo mejor que pueden y sin amargarse; luego están las amargadas, que a base de anís (las putas de mi tiempo bebían mucho anís, Chinchón seco) o de la droga que pillen intentan olvidarse de que están allí, y luego están las que les da igual ocho que ochenta, con el pensamiento muy lejos del tajo. Las tres, por supuesto, tienen una pequeña calculadora en la cabeza, que va sumando: un hombre más es un hombre menos, lo tienen clarísimo.

La Nati estaba con un pie en las alegres y con el otro en las de igual ocho que ochenta, y la calculadora le funcionaba bien. No obsesivamente, digamos, pero bien. Para muchos cretinos hay una cuarta categoría, la de las que «lo hacen porque les gusta». Los que dicen eso o no han ido nunca de putas o no entienden de teatro.

De entrada, cuarto y mitad de las putas son lesbianas; digo yo que eso ya es un dato. Y a las demás solo les apetece realmente muy de tarde en tarde. Si se piensa también es lógico, ¿no? Un músico no toca en casa, por poco que pueda. Le tiene que apetecer mucho.

La de gente que me llegó a decir a lo largo de mi vida:

—Con lo gracioso que es usted en escena, Pepín, y lo morugo que resulta fuera, hijo.

—Es que fuera de escena solo soy gracioso cuando hace falta o cuando me lo pide el cuerpo —contestaba yo.

Casi todas las putas que he conocido coincidían en que hay trabajos muchísimo peores, como el de policía, por ejemplo, «siempre en la calle y siempre expuestos a que les peguen un tiro». Claro que no he conocido putas tiradas, putas de cuartel o de hacerse veinte tíos en un día, que desde luego las hay, y eso sí que es horrible.

Pero si su chulo es razonable y no las sobrecarga, o si con el tiempo pueden independizarse y pasar con tres o cuatro sesiones al día, es una forma más bien rápida de conseguir dinero, dinero para ir tirando, se entiende, porque pocas putas ricas he conocido; y rápida por la sencillísima razón de que los hombres, como se sabe, solemos acabar en un pispás. Las putas son como los boxeadores: no tienen otra cosa que su cuerpo y saben que han de disputar los combates suficientes antes de cierta edad para poder retirarse y montar un negocio.

Un día, cuando ya era actor y estaba haciendo comedia en Málaga, una puta saladísima me lo resumió muy bien:

—Al fin y al cabo, lo que hacemos tú y yo no es tan distinto. Tú también tienes que «entrar en situación» cada noche, tengas ganas o no, para darle gustito a la parroquia.

Me eché a reír y le di la razón.

—Claro que —añadió, más seria— al día siguiente tú no tienes toda la mejilla rozada.

—Y lo que no es la mejilla.

Tomé la saludable costumbre de ir a ver a la Nati una vez por semana; y más hubiera ido, pero con lo que pagaba Pombal tampoco podía permitirme muchas alegrías, aunque la soldada de Madrid era jauja comparada con la calderilla de los bolos. Hasta me compré un traje a rayas aquella primavera, de segunda mano y que me venía un poco flotante. Monroy me llamaba El Hombre Invisible, pero andaba yo pinturerísimo. Iba a ver a mi Nati los lunes por la tarde, porque los sábados y domingos Casa Chiquete estaba de bote en bote, y entre semana era un poco más barato, tampoco mucho. Subía las escaleras con un temblor maravilloso en las piernas, que solía empezarme al doblar Fuencarral. Llegaba, me lavaba con una solución de permanganato, besaba un rato el techo, me duchaba, pagaba y me iba.

Lo único que supe de su vida, cuando ya había confianza, era que un ciego le había «enseñado el oficio». En Pontevedra, que era donde empezó. Empezó, como tantas otras, como criada, en una casa muy buena. Su señorito, Jeromín Vidaurre, era el hijo de unos conserveros y se acababa de casar. Nati no llegó a conocer a la esposa. Volviendo de San Juan de Luz tuvieron un accidente; la recién casada murió y Jeromín Vidaurre se quedó ciego. A los pocos meses, el ciego se le metió en la cama y empezó a acariciarla con la punta de un dedo. Le decía que le recordaba a su mujer. Cada noche la llamaba y la hacía subir a su habitación. De no ser porque Nati no tenía la menor imaginación (verbal, que de la otra le sobraba), hubiera pensado que era una fantasiosa, infectada por la lectura de folletines.

—¿Y no te daba reparo?

—¿Por qué habría de dármelo? No, no. Jeromín era muy delicado; se portaba muy bien conmigo. Y los ciegos, además... La Patro también estuvo con uno una vez, en Barcelona. Son de lo mejor a la hora de follar. Como tienen el tacto tan desarrollado... Por eso digo que me enseñó el oficio. Me iba guiando. Me cogía la mano, me abría los dedos y me los llevaba donde quería. Y al revés. Me tocaba muy requetebién. Ay, cómo me tocaba aquel hombre...

—Pues era como para quedarse allí, ¿no?

—Qué más hubiese querido... Si por nosotros hubiera sido... Pero se metió la familia y me echaron. Pobrecito Jeromín. Me dio una pena dejarle, te juro.

—¿Y qué pasó con él?

—No sé. Me cogieron de puta en Coruña, luego ya me vine a Madrid, gracias a la Patro, y no volví a saber.

Fue acabar de oír la historia y ponerme a follar otra vez como un loco. Pagué dos veces, porque a Nati no se le escapaba una, y como me dio rabia pensé, por un momento, que me lo había contado para excitarme; para probar a excitarme solo con palabras, sin manos ni pies; como si aquel día, por jugar, hubiera decidido perfeccionar su técnica. Esa fue la idea rara que tuve. Fuera esa su intención o no, lo cierto es que lo consiguió. La acariciaba con los ojos cerrados y me sentía como el ciego, con todo el tacto del mundo concentrado en la punta de mis dedos.

La Patro y la Nati vinieron a ver *El correo del Zar* y les gustó muchísimo. Acabaron viendo la función todas las chicas de Jesús del Valle, con entradas que, cuando Pombal no miraba, les llevábamos Anglada o yo. Pombal no regalaba una entrada ni a su padre, pero estábamos dispuestos a decir que lo nuestro era por una buena causa, porque las chicas nos hicieron mucha publicidad entre la clientela. Un día, Anglada le llevó un fajo de entradas al Chiquete, para que las repartiera con sus amigos. «A este, mejor tenerle de cara», decía Anglada, y con razón. Antes, al principio, Anglada tenía que reírle cada vez la gracia aquella de «*Al pasar por un barranco / dijo un negro con afán / ay madre quien fuera blanco / aunque fuera catalán*»; a partir de lo del fajo de entradas —y de la función, que le dejó levitando— el Chiquete nos veía llegar y ya gritaba: «¡Los cómicos! ¡Paso a los cómicos!».

El Chiquete y Anglada se hicieron bastante amigos, todo lo amigo que se podía ser del Chiquete, porque resultó que también trapicheaba con droga, y a Anglada casi se le saltaron las lágrimas de emoción cuando supo que le había llegado una partidita de kif. Como si le hubiera dicho que estaba al caer un viejo compañero de armas.

Anglada empezó a fumar grifa a menudo, y kif cuando pillaba. Yo kif no probé, porque vi lo zumbado que le dejaba. «El kif es para cuando tienes un par de días por delante sin nada que hacer», decía. Cuando lo fumaba, en una pipa de arcilla, chiquitaja, renegrida, no le sacabas del catre ni con una grúa. Se quedaba allí, al fondo del taller, con los ojos en babia y como tarareando monodias, imagino que viendo pasar ante sus ojos las escenografías más locas y maravillosas de este mundo y del otro, a juzgar por su cara.

La grifa la utilizaba mayormente para trabajar. Le recuerdo sentado, en un taburete alto, con las gafas que se ponía para dibujar hincadas a media nariz, ante aquella mesa de madera que medía seis metros, encorvado sobre hojas y hojas de papel de barba, dibujando bocetos con su lápiz rojo o con un carboncillo, desechando, volviendo a probar, el petardo colgándole de la boca y la cabeza nimbada de humo azulado; concentradísimo en su tarea, como un orfebre. Yo no entendía cómo podía concentrarse fumando aquello: un par de caladas me dejaban a mí cantando el lerele. Me dijo que también iba muy bien para follar, pero la vez que lo probamos a la Nati le dio un ataque de risa de media hora que no hubo forma de entrarle y yo acabé vomitando hasta las gachas de los Lazaristas.

A mí no me hacía falta grifa ni nada para ponerme loco. Un día que libraban fuimos a la verbena de San Antonio de la Florida, la Patro, Anglada, la Nati y yo. Estaba aquello llenísimo de gente junto al río, y nos despistamos. Yo había cobrado y en un pimpampún acababa de ganarle a Nati una muñeca Marujita y una botella de malvasía en forma de racimo. Nati, que se encontraba bien conmigo, me echó los brazos al cuello.

—Aquí no. Espera —le dije.

Aquella noche, ya digo, estaba yo muy lanzado. Se me ocurrió la idea al ver un taxi dejando a una pareja muy fina bajo la noria. Así que cogí a Nati del brazo y corrimos los dos, mientras le hacía señas al taxista, alzando dos dedos, como le había visto hacer a Monroy.

—¿Qué pasa? ¿Dónde vamos?

—A mi casa. Yo invito.

—¿Cómo que a tu casa? Pero ¿no vivías tú en una pensión de Carretas?

—Eso era antes —dije yo, abriendo la botella de malvasía y pegándole un tiento.

Saqué del bolsillo trasero lo que me quedaba de la paga, le alargué un billete al taxista y dije:

—A Martínez Campos, hágame usted el favor.

En aquella época había taxis a cualquier hora del día y de la noche, a las puertas de los cafés y de los teatros y de cualquier lado donde hubiera jarana, y te llevaban hasta el fin del mundo sin quejarse, hasta Toledo incluso, no como después de la guerra.

El taxista nos dejó a las puertas del almacén. Bajo la claridad debilísima de la única farola en muchas leguas, el almacén tenía un aspecto siniestro, como de matadero clandestino o destilería de película de gánsteres. A lo lejos relumbraban las luces de Madrid con un fulgor apocado, como si estuvieran bruñendo cobre.

Abrí los brazos en cruz y pasándole la malvasía dije:

—Esta es mi casa, muñeca.

Luego encendí algunas luces aquí y allá, estratégicas, las justas para que Nati se maravillase con los trajes, que parecían flotar en las alturas, y los decorados que formaban pasillos, como un laberinto.

—Qué bicicleta más rara. Solo tiene una rueda.

—Es para mover las nubes por el ciclorama.

—¿Lo qué?

—Ciclorama. Es un fondo que hace de cielo. ¿Tú no te fijaste en la escena final del *Zar*, cuando Miguel Strogoff se gira y recupera la vista, cómo se movían las nubes por el cielo?

—Es verdad. ¿Y se movían con esto?

—Claro. Pues anda que no me pegué yo mis buenas jartás de pedalear ahí cuando entré con Pombal.

—Pombal es un tipazo. A la Patro la tiene loca. Debe tener mil novias.

—Las que quieras y más.

—¿Y tú has pasado toda la vida con Pombal?

—Aún no.

La guie entre cajas y baúles y lonas apiladas, doblando esquinas de madera y cartón pintado, como si le diera la bienvenida a una ciudad nueva, construida solo para nosotros. Una de las luces daba, indirecta, tamizada por uno de los telones de *Caleidoscopio*, sobre los doseles dorados de la cama de Desdémona.

—Pero bueno... ¿Y esto? —volvió a reír la Nati.

—El polvo del lunes, ricura. Adelantado, y te lo pago ahora —dije, abriendo un abanico con los billetes que me quedaban; billetes que la Nati atrapó al vuelo.

—Ah, caramba. Una fantasía quiere el señorito.

—Un capricho —dije, besándole la punta de la nariz—. Pero vamos a hacerlo bien. Sígame usted, madmuasel.

Fuimos los dos a buscar ropas, felices como críos. La túnica de Otelo me hubiera quedado espléndida de no pasarme Pombal cuatro o cinco tallas, así que me decidí por la del moro Aaron que llevaba Monroy en el *Tito*. La Nati se empeñó en bajarse ella misma el vestido de Viola en *Noche de reyes*, que relumbraba en la tercera o cuarta hilera —«Ese, ese, el de ahí arriba»— con un bichero larguísimo que había fabricado Anglada.

—Déjame que te ayude, que este palo me lo conozco y pesa lo suyo.

Sujetamos el bichero entre los dos, en mitad de la pasarela de *Mucho ruido*, abrazándola yo a ella por detrás, como si le enseñara a jugar al golf, que era el deporte de moda entre los ricos, y ella restregándome el culo que era un gusto.

—A ver... a ver ahora... un poco más hacia la derecha...

—Parece que sigamos en la feria —dijo la Nati, abriendo y cerrando el gancho con la palanca—. Ya... ya lo tengo... ¡Ay!

Entonces el vestido se soltó de la percha y cayó lentamente hacia nosotros, flameando desde lo alto, como una bandera blanca y dorada, la bandera de nuestra ciudad. Parecía que no acabara nunca de caer; igual que ahora, en mi recuerdo.

Nos quitamos nuestras ropas, que coloqué en el filo del biombo chino, y quedamos desnudos sobre la cama. Dije «Atención» y solté las cintas que sujetaban la mosquitera de gasa de tul, que bajó en cascada y se quedó quieta como la niebla artificial que fabricábamos con Anglada. La Nati aplaudió, y se tendió con las manos tras la nuca, estirando las piernas. Yo me puse entonces aquellos pantalones de seda escarlata, y aquella especie de camisa de damasco negro con tornasoles, que parecía un sobrepelliz. Hice que Nati se levantara y, con dedos de ciego, volví a ponerle las braguitas, lentamente, y los zapatos color granate, teñidos a mano por Anglada, y luego ella alzó los brazos para atrapar las mangas del vestido, que le sentaba de perlas, y crujía la seda cuando la abrazaba...

—Hijo, no sé... Vestirse así para volver a desnudarse de aquí a nada... francamente...

—Calla, chinita —decía yo, cubriéndola de besos—. Calla y déjame a mí.

La llevé en volandas hasta la cama, y levanté sus faldas y hundí allí la cabeza como un jeque árabe entrando en su tienda, en mitad del desierto, y era cierto que estábamos en mitad del desierto.

—Qué loco estás, Pepín... pero qué loco estás...

Lo hicimos dos veces, la segunda gratis, «regalo de la casa», y nos acabamos la botella de malvasía. Ahora un traguito ella, un traguito yo... Flotábamos, con la lenta y deliciosa torpeza que da el alcohol azucarado...

—Mañana tendremos la cabeza como un bombo...

—Calla. Escucha. ¿Oyes?

—¿Qué?

—Los grillos...

—Es verdad. Parece que estemos en mi pueblo...

Se oía cantar a los grillos, y hasta nosotros llegaban también, cada vez más aisladas, las últimas explosiones de las verbenas, y con aquellos sonidos nos abrazamos y nos dormimos.

Qué lejos queda todo eso, madre santa.

Y qué limpia y nueva estaba aquella bandera que vimos caer de lo alto, embobados, como los críos que éramos entonces.

La Nati no fue la única que visitó el almacén. Pocos días después de aquel polvo adamascado, una tarde de finales de julio había fumado yo unas caladas y por cierto que me había sentado la grifa la mar de bien. Me dejó como sin peso; iba haciendo un montón de cosas y no me cansaba, y muy rápido, porque mis manos parecían moverse más rápidas que mi cabeza. A Anglada, en cambio, le puso chungón. Estaba yo retocando una transparencia en la nave cuando Anglada, que había salido a mear, volvió y me dijo:

—Mira quién viene por ahí, *nen*. Mira qué lujos gastamos.

Un Daimler imponente avanzaba por el camino, ronroneando como un gato lujoso. Lo conducía un chófer de uniforme, con cara de haberse tragado un lápiz; en el asiento trasero iban Pombal y una mujer. El chófer paró junto a los restos socarrados del somier, que todavía apestaba a sardinas, y abrió la puerta a su señora. Con aquel sol de naranja perfecta iluminando a contraluz sus cabellos rubios, me pareció divina, una aparición.

Era alta, con el pelo cortado *à la garçon*, y un innecesario pero elegantísimo echarpe blanco, de seda, sobre los hombros, y un bolsito y una sombrillita a juego. No parecía española. Pombal, que llevaba el traje de lino de la noche del estreno y un panamá de ala ancha, se colocó a su lado, diciendo:

—Bienvenida a nuestro cuartel general. Este pirata es Anglada. Aquí manda él. Bueno, aquí y entre telares. Lo que más te gustó del *Zar* es cosa suya. Chuán Anglada; la señorita Palmira Werring.

—Encantado, señora —dijo Anglada, secándose la mano en el pantalón antes de estrechársela—. No le crea ni una palabra.

—Ya verás cuando te abra su cofre de secretos. Y este chavalote es Pepín Mendieta, que es como Dios, porque está en todas partes.

Yo estaba sin habla, por la grifa, por lo que acababa de decir Pombal y porque una señora así solo la había visto en las películas y en las revistas ilustradas.

—Patrón... Señora... —dije yo, encantadísimo, sintiéndome un miserable pardillo.

—Hola, Pepín... —dijo Palmira Werring, inclinándose para que la besara.

Olía maravillosamente. Un perfume muy fresco y muy seco, nada empalagoso, con el toque justo de almizcle, un perfume que siempre me evocó paisajes japoneses con almendros y nieve al fondo. Pasé años siguiendo el rastro de aquel perfume, y no lo atrapé hasta mediados de los cuarenta, en otra nuca, en otro cuello. Se llamaba *Je reviens*.

De cerca, Palmira Werring era todavía más guapa. Cara ovalada, ojos de un azul clarísimo, azul zafiro, y una nariz levemente curvada, de trazo aquilino, que le daba un aire de inteligencia irónica, ligera y finísima, muy moderna; parecía una de las chicas de la alta sociedad europea que dibujaba Penagos en *Blanco y Negro*. Era perfecta para Pombal, pensé, casi con orgullo.

Se habían conocido pocos días después del estreno, cuando el *Zar* comenzó a subir y empezó a venir «gente bien», como decía Anglada, gente con coches como aquel Daimler, que habían oído campanas, por sus criadas, sus chóferes, qué se yo, de aquella función «que parecía una película», y se acercaron a Cuatro Caminos como quien planea una excursión a un territorio exótico y remotísimo, al otro lado de la luna. Hasta entonces nunca se habían visto aquellos cochazos y aquellos trajes de noche en Cuatro Caminos. Fue aquella la gente, por cierto, que nos «puso de moda», sobre todo a Pombal.

Guiados por él, le enseñamos a Palmira Werring todos los rincones de nuestra guarida; arriba, en el taller, Anglada le abrió su «caja de magia» y le explicó cómo habíamos hecho todos y cada uno de los efectos del *Zar*. Al salir, cuando ya anochecía, Anglada se acercó al chófer, que estaba junto al somier calcinado con la nariz fruncida y cara de haber pisado una catalina.

—Sardinas. Huele a sardinas, compañero —le soltó Anglada.

Todos nos echamos a reír, menos el chófer.

Entonces sucedió lo siguiente. Palmira Werring sacó un cigarrillo sin filtro de una pitillera y Pombal se lo encendió. En ese momento, la pitillera se le escurrió de entre los dedos y ella soltó un ay porque ya la veía hecha trizas. Pero eso no pasó, porque el gran Pepín Mendieta la atrapó al vuelo, doblando apenas las rodillas y trincándola entre dos dedos como un mago profesional.

Esa pitillera, que cae y gira en el aire con la lentitud del vestido de Viola, está ahora sobre mi escritorio. Tiene el esmalte desgastado por los años, pero aún rampan orgullosas sus dos áspides verdes sobre fondo negro. Al atraparla yo al vuelo, Palmira Werring aplaudió, casi emocionada. Yo se la tendí y entonces ella me dio las gracias con dos besos, uno en cada mejilla.

Luego, cuando el Daimler se fue y nos quedamos solos, Anglada comentó:

—Caramba con el patrón; a ver si esto va a acabar en boda. Es la primera novia que nos presenta.

—Y qué fina —dije yo, todavía danzando en mi nube de *Je reviens*.

—Fina sí, pero qué flaca. Parece inglesa. Aunque a ti, como si te dijeran misa, con esos dos besazos que te ha estampado, *nen*. No te vas a lavar la cara en un mes.

Palmira Werring fue la única mujer con la que Pombal estuvo «un tiempo»; un tiempo que entonces parecía muchísimo pero que ahora, al recordarlo, advierto que apenas debió llegar al año. Ella le quería de verdad, pero él ni quería atarse ni tenía tiempo.

Supimos, por los periódicos, que era hija de un banquero judío. Campeona de tenis, había «escandalizado» a su familia por su decisión de estudiar Derecho, en la facultad de San Bernardo. Vivía con sus padres en una de las últimas bocacalles de Serrano, en un chalet con un jardín inmenso, cerca ya de Diego de León, en lo mejor del barrio de Salamanca. Un chalet que, incautado durante la guerra, se convirtió en una de las sedes de la CNT en Madrid.

Durante aquel verano, a la que el *Zar* paró por el calor y Pombal nos dio vacaciones, casi no les vimos el pelo. Las pocas veces que les vimos, cuando volvían de la sierra, parecían muy felices, felices y enamorados. El otoño siguiente figuraron varias veces juntos en las crónicas de sociedad. La señorita Werring y «el famoso Caballero de Blain», porque entonces Pombal era más conocido por aquel serial que por otra cosa.

Recuerdo dos fotos. La primera, en una fiesta de los banqueros Bauer, que eran los amos de la Alameda de Osuna; una recepción en sus jardines, con antorchas y criados de peluca blanca, vestidos a la Federica. Aquellas frecuentaciones de Pombal no le hacían a Anglada la menor gracia.

—Es de escándalo, *home*, con el hambre que hay. Mira qué mesas, si ahí tienen comida para un mes. Y esos *desgraciats*, que parece que se hayan escapado de la Pimpinela Escarlata...

—Es verdad; no sé qué hace con esa gente, si además son todos unos estirados. Por darle gusto a ella será —decía yo, con la boca así de pequeña, fascinado por el fiestorro, guardándome el recorte.

—Por darle gusto, acabará el patrón haciendo el *préssec*.

Esta era una expresión catalana muy rara, que Anglada repetía mucho. «Hacer el *préssec*» era, traducido, «hacer el melocotón». Yo no entendía qué quería decir con eso, pero estaba claro que para Anglada «hacer el *préssec*» era lo peor del mundo: perderse el respeto a uno mismo.

—¿Tú crees?

—*Home*, es que yo no sé cómo no se da cuenta de que en esas fiestas hace de animal de feria. ¿Tú para qué crees que esa gente invita a un cómico?

En la otra foto está también Monroy, entre Palmira y Pombal. En aquellos días salieron mucho los tres juntos. A Monroy, no hará falta que insista en esto, le iban más las fiestas que a un tonto un lápiz, y volver a hacer «vida de sociedad», pero a la madrileña. Palmira se lo pasaba bomba con Monroy; siempre la hacía reír. En la foto, Pombal viste un abrigo de paño gris empeletado, precioso, que se compró con uno de los sobresueldos de *El caballero de Blain*, y sombrero también gris; Monroy va con su *smoking*; aquel *smoking* que le venía durando años sin que hubiera tenido que hacerle ni un ajuste. Palmira Werring se cubre con un casquete color plata, que llevó mucho aquel otoño, y una capa de chinchilla, la misma que llevaba la tarde de lluvia en que la vi por última vez.

La foto me la enseñó Monroy.

—¿Has visto qué guapos lucimos, Pepín?

—Ya lo creo. Están ustedes de película.

—De tú, Pepín, háblame de tú, que me haces viejo. Que te lo tengo dicho...

—Es que...

—De tú.

Estaba en las páginas centrales de la revista *De Madrid al cielo* y fue tomada después de la presentación de Josephine Baker en el Sirocco; la «trepidante» Josephine Baker, como decía el cronista; aquella mujer elástica, de carne brillante y muslos como de goma prieta, que nos puso locos a todos, cuando la vimos, en la sesión *vermouth*, bailando sin más atavío que un cinturón de plátanos y unas plumas de avestruz estratégicamente colocadas...

Esa foto habría de encontrarla muchos años después entre las viejas páginas de un libro del que ahora hablaré, y me pareció muy singular que hubiera ido a parar allí, porque en aquella época fantaseé bastante con la copla de que la historia de amor entre Pombal y Palmira Werring se fue al garete precisamente a causa de aquel libro.

8. Palmira contra el barón de Münchausen

El libro en cuestión era un volumen desportillado, una edición barata, argentina, de principios de siglo; las páginas, amarillentas, se caían a cachos. Pombal me lo dio una tarde, como quien no quiere la cosa, en el pasillo que llevaba a su despacho en el Metropol, cuando ya salíamos.

—Pepín, ven un momento. ¿Qué tal va todo? ¿Bien?

—Sí, sí. Estupen...

—¿Tienes algo que hacer esta noche, después de la función?

—No, patrón. Nada espe...

—Bien, bien, bien. Como tú siempre estás leyendo, quiero que leas esto y me des tu opinión sincera. Te lo lees, me lo devuelves mañana y me dices qué te ha parecido.

—¿Mañana mis...?

En estas sonó el teléfono, y Pombal volvió a entrar en su despacho.

—Y cuídamelo, ¿eh?... Perdona, deben ser otra vez los pelmazos de la radio.

Esperé unos minutos en el pasillo, por si quería decirme algo más, pero por el tono de su voz al teléfono, repentinamente bajo y meloso, casi inaudible al otro lado de la puerta, comprendí que no eran los pelmazos de la radio y que el patrón tenía para rato.

Salí a la calle. En mi cabeza zumbaban, como moscones enfrentados, pensamientos contradictorios. Naturalmente, yo estaba halagadísimo, porque nunca antes se le había ocurrido pedirme consejo, y menos para una cosa así. Halagadísimo y acojonado. El libro tenía más de quinientas páginas; era imposible que pudiera leérmelo en una noche; no habían pasado diez minutos y ya me pesaba en las manos. Por otro lado, la cosa me fastidiaba un poco, porque aquella noche, después de la función de tarde, yo tenía pensado acercarme con Anglada a ver la nueva revista del Maravillas, pero cualquiera le decía que no a Pombal. La taquillera nos conocía de sobras, así que me pasé por el teatro para que le dejara recado a Anglada de que no me esperase y me fui pitando a la pensión. Cuando llegué todavía no había anochecido.

Le pedí a doña Soco que me preparase café, café fuerte, y me encerré en mi cuarto con el libro. Pude estar tranquilo, porque Torre y Ruscalleda se fueron por ahí después de la función y volvieron a las mil. Yo pensaba: lo lógico es que se lo hubiera dado a Torregrosa, que es el que más lee.

Sentado en la cama, lo abrí y en la primera página me topé con un ex libris, coloreado a mano, donde figuraba el nombre de Pombal, en letras titubeantes, sobre un hipotético escudo de armas con gran desorden de cruces y puñales. Estaba claro que se trataba de uno de los libros de su infancia. A juzgar por la conmovedora torpeza del dibujo, debía de haberlo leído a los seis o siete años, posiblemente a poco de llegar a España. Años más tarde, en su casa de Valencia, vi ese mismo ex libris, ya impreso en sello de goma, con los trazos bien perfilados, en el Shakespeare de Pecorari.

Leí la primera frase. «Muchos se atreven a afirmar que mi historia no es historia verdadera.» Pensé: ¿se lo habrá pasado antes a Monroy o soy el primero? Claro que se lo habría dado a Monroy, no iba a pasárselo.

Todas aquellas tonterías y melindres, que si Torre, que si Monroy, que si *non sum dignum*, se esfumaron de mi cabeza cuando comencé a leer.

El libro se llamaba *Las aventuras del barón de Münchausen*, y a la segunda página ya me tenía atrapado. Era la supuesta biografía del tal barón, un oficial de húsares con una imaginación desbordante, que combatía contra los turcos, viajaba a la luna y al centro de la tierra, conocía a Vulcano, bailaba con la diosa Venus...

Aquella noche, mientras sorbía café tras café, que doña Soco me había servido en una jarra de lata tan vieja como el libro, yo viajé con el barón y sus cuatro amigos: Berthold, el más rápido, capaz de dar la vuelta al mundo en menos de una hora; el gigante Albrecht, que podía sostener un barco sobre su cabeza; el enano Gustavus, con su aliento de tifón, y Adolphus, el de la vista sobrehumana.

A la mañana siguiente me presenté en el despacho con la plena sensación del deber cumplido. Caminaba como a impulsos eléctricos; hasta los perros se apartaban a mi paso. No había pegado ojo; el café y las aventuras del barón me habían soliviantado. La gente y las cosas parecían moverse desesperantemente lentas a mi alrededor, para no hablar del tranvía que avanzaba hacia Cuatro Caminos como un dragón asmático. Las infinitas historias del libro se agolpaban en mi cabeza a la manera de una película acelerada, varias películas aceleradas proyectándose al mismo tiempo en una pantalla gigantesca, una pantalla que ocupaba el cielo de medio Madrid.

—¿Qué tal el libro?

—Es el libro más bonito que he leído en mi vida —dije, alargándoselo. La mano me temblaba.

—Ajá.

Volvió a sonar el maldito teléfono. Pombal descolgó. Esta vez sí que eran los de la radio.

—¿Cómo que hay grabación hoy? Pero si hoy es... Oh, mierda... ¿Vuelve a «ser» miércoles? —dijo, mientras me despedía agitando la mano.

Cerré la puerta, desconcertado.

¿Ajá? ¿Eso era todo? ¿Ni las gracias, ni comentar un poco?

Pasaron varios días. Una noche, en el Regio, se entabló una controversia cuando Torregrosa dijo que el teatro debía reflejar la realidad social. Aquella conversación me resulta tan irreal ahora como la misma luz del Regio: grandes globos blancos, que esparcían una claridad difusa, fría y deslumbrante al mismo tiempo. El Regio, con las luces aquellas, con sus camareros viejísimos deslizándose entre las mesas de mármol, y la gente que parecía estar allí desde que el local se abrió, tenía algo de punto de embarque hacia un país pequeño que ya hubiera sido borrado del mapa tras el Armisticio, o de sala de espera para el Juicio Final.

Estábamos Pombal, Torre, Ruscalleda, la Santaolalla, la Valdivieso y yo. Monroy, para variar, no estaba; tampoco Anglada. La Santaolalla y doña Angelina iban a su bola; Ruscalleda sonreía y asentía con la cabeza cada vez que hablaba Pombal, como diciéndole a Torre «¿Lo ves, hombre?». Yo, como siempre, me limitaba a escuchar y solo abría la boca para zampar. Se comía muy bien en el Regio. No recuerdo cómo fue la discusión, pero recuerdo que Pombal levantó la palma y zanjó la cosa diciendo:

—Que no, que no. No estamos aquí para retratar lo que pasa en la calle. Ni para contar las vidas de la gente. La gente no va al teatro para que les cuenten sus vidas.

—Equilicuá —dijo Ruscalleda, dando una palmada sobre la mesa. Una palmada que no sonó, porque era hombre de mano fofa.

—... va al teatro para soñar, para ver magia, espectáculo... algo más grande que sus propias vidas...

—Pues yo creo que el teatro moderno debería...

—Eso en otra compañía, Torre, que parece mentira, con la de años que llevamos juntos. El teatro es una alucinación. Ha de ser una alucinación. Sueños representados...

Entonces, antes de que Torre contraatacara, Pombal se metió la mano en el bolsillo, sacó un libro y lo colocó en el centro de la mesa. Un libro que, evidentemente, yo conocía muy bien.

—Esto. Esto es lo próximo que vamos a hacer. Nuestra próxima función. *Las aventuras del barón de Münchausen.*

Aquella noche las orejas me dieron palmas durante hora, hora y media.

Cosa de una semana después nos reunió a todos en los altos del Metropol, en torno a una mesa todavía más grande que la del taller, para «contarnos el Mecano» tal como él lo veía, es decir, para hacer lo que mejor sabía: engatusarnos con la historia, con sus ocurrencias, con sus planes; contagiarnos su entusiasmo y convencernos de que el *Münchausen* era el mejor de todos los proyectos posibles. Todos sabíamos que lo más difícil, sin embargo, debía haber sido convencer a Reyzábal, que se quedó de pasta de boniato cuando Pombal le dijo que no tenía pensado retomar el *Zar* para el comienzo de temporada, por el trabajón que supondría levantar el *Münchausen.*

—Hombre, hombre, Pombal, no me fastidie usted, que eso es matar la gallina; espere usted un poco, hágame el favor... Si ya me están llamando para reservar entradas, que ha corrido la voz, que nada me dolió a mí más, y usted lo sabe, que tener que bajar la persiana por los calores... Eso es dejar lo cierto por lo dudoso...

—Pues anda que no era dudoso el *Zar* cuando lo metimos en repertorio y ya ve usted.

—Una cosa es una cosa y otra cosa es otra cosa.

—En eso estamos de acuerdo —dijo Monroy.

—Es que con ese nombre tan raro... —siguió Reyzábal— Munchofen, Chanchufen... van a pensar que es una obra alemana, de esas con mucha tesis y mucho honor...

—Münchausen, Reyzabal. *Las aventuras del barón de Münchausen*. «Aventuras», fíjese. Eso es lo que va primero, lo que se queda.

Pombal le contó la función, tal como la veía. Luego, Monroy nos contó a Anglada y a mí aquel encuentro, en el que Reyzábal iba abriendo la boca cada vez más, y solo interrumpía a Pombal para decir «Caramba», «Jodó» o «Coño, coño, coño». Al final dijo:

—Desde luego, el material tiene calidad, y seguro que es de mucho lucimiento, pero la broma nos puede costar un huevo y parte del otro, y usted perdone. Porque, a ver, haciendo números...

—Mire, Reyzábal: ¿usted quiere tener el mejor espectáculo que se haya visto en Madrid desde el motín de Esquilache?

—Claro que sí, don Ernesto, la duda ofende. Pero no me apriete usted que nos podemos quedar con el culo al aire. Hagamos una cosa. Póngame usted el *Zar* medio añito más; colgamos el cartel de hasta tal fecha por compromisos ineludibles, y metemos cuarto y mitad de la taquilla en el Munchofen, para ir un poco más sobre seguro. Además, así tenemos más tiempo de irlo preparando como Dios manda.

Reyzábal no se equivocaba en sus apreciaciones, porque *Las aventuras del barón de Münchausen* costaron un huevo, el otro, y lo que cuelga. Luego fue una máquina de ganar dinero, pero empezó, y siguió, como una máquina de tragarlo. Por la figuración, que nunca habíamos tenido tantísima, por el montón de escenarios distintos que la función pedía, por lo costoso de los trucos, y porque Pombal venía cada día con una idea más loca. Las caras que ponía Reyzábal era como para filmarlas, pegarlas y pasar la cinta junto a las de Pamplinas.

—Vamos a hacer la superficie de la luna con arroz.

—¿Cómo que con arroz?

—Arroz de mi tierra, el mejor del mundo. Arroz que teñiremos de azul, con anilinas. Un océano de arena azul brillante, lo estoy viendo.

—Esto... Y... ¿Y como cuánto arroz... digamos... que haría falta?

—Un par de toneladas calculo yo, a lo tonto.

—Hombre, hombre, Pombal... —Se desesperaba el bueno de Reyzábal.

—Tampoco ha de ser arroz de paella, no se me asuste. Con arroz roto ya valdrá. Se haría usted cruces de la cantidad de arroz que cada año se echa a perder...

—... en nuestra hermosa tierra levantina —señaló Monroy.

Monroy fue el encargado de conseguir aquellas dos toneladas (que al final casi fueron tres) de arroz «roto», y nosotros de teñirlas, para lo cual tuvimos que construir una tina con paredes de madera en la que se hubieran podido celebrar corridas de toros, pero donde, pese a su monstruoso diámetro, solo se podían teñir cien o doscientos kilos cada vez, que luego transportábamos en camiones hasta el Metropol. Cada vez que Monroy nos veía llegar, tan o más teñiditos que el arroz, decía que habíamos entrado en nuestro «periodo azul»; yo, que no estaba tan al tanto de las corrientes artísticas, pensaba que los vendimiadores de la luna no tendrían un aspecto muy distinto. Tuvimos que utilizar perborato de sosa para quitarnos la tintura aquella de encima.

Como todos los productores del universo, Reyzábal se desesperaba ante lo que iba a costar cada nuevo efecto. Temblaba mientras lo preparábamos, convencido de que no resultaría y sería tirar el dinero, y luego se quedaba orgullosísimo y maravillado a efecto hecho, comentándolo con todos como si de los progresos de un hijo se tratase.

—¿Y de la superficie de la luna qué me dice? ¿Había visto usted antes una cosa igual?

Todo lo que hicimos para el *Münchausen* fue precioso y sorprendente. La superficie de la luna, y los decorados de la luna, recubiertos de purpurina de plata, inspirados en las fotos de una revista alemana de cine que encontró Monroy... Y las cabezas flotantes, sin cuerpo, como asteroides, del Rey y la Reina de la Luna, y el globo aerostático que el barón construía con la ropa interior de todas las mujeres del pueblo (y que la noche del estreno estuvo a punto de no subir, porque se le escapaba el aire). Y el juego de transparencias encadenadas para fingir que la enorme bala de cañón cruzaba el escenario, y el vientre del monstruo marino que se tragaba a los compañeros del barón, montado con un ensamblaje de lonas que chorreaban agua y se movían como si respirase, y el gran dragón con aquel esqueleto articulado que hicimos con bambúes... Toneladas de arroz y toneladas de efectos.

El *Zar* se alargó en cartel, con gran felicidad de Reyzábal, porque no hubo forma de montar todos los efectos del *Münchausen* en el plazo previsto. Íbamos fatal de tiempo pero, a las pocas semanas de haber arrancado, ya estábamos todos como locos con el proyecto. Acababan ellos la función de noche del *Zar* y se venían al almacén para ver cómo avanzaba el dragón o el globo; nos frotábamos nosotros las manos (teñiditas de azul) y repetíamos «Van a ver, van a ver lo que es bueno».

Cuando no estábamos en el almacén preparando los efectos estábamos en el Metropol montándolos. Pombal estaba en los dos lados, y en su despacho, con Monroy, y además en la radio, grabando cada miércoles.

En cualquier lado menos con Palmira Werring.

Por eso llegué a pensar yo que el libro del *Münchausen* fue la semilla de su alejamiento y posterior separación. «Quizás si yo le hubiera dicho a Pombal que no, que no me gustaba la historia... A lo mejor nada de esto hubiera pasado y ahora estarían juntos», fantaseaba a veces, con el candor y el gusto por la especulación disparatada que suelen acompañar a la adolescencia. Prefería pensar en cosas así, en mágicas intervenciones del destino, que aceptar la simple verdad: que si no hubiera pasado con el *Münchausen* hubiera pasado con cualquier otro Mecano.

También es cierto que la cosa se disparó. De algún modo, yo creo que Pombal sabía muy bien, con ese olfato raro que tenemos los artistas, que el *Münchausen* iba a ser para él cohete y rampa de lanzamiento en un mismo golpe, el espectáculo que podía poner Madrid a sus pies, y así se abocó a ello, con una intensidad y un olvidarse de todo lo demás que superaba a lo que le llevábamos visto.

Para mí, Pombal empezó a creérselo de verdad de la buena a las dos o tres semanas de haber entrado el montaje en producción; cuando vio que lo que había soñado y lo que comenzaba a tomar forma en el escenario iban a ajustarse como nunca hasta entonces. La expresión de su cara al ver volar al dragón por primera vez no puedo describirla, pero fue el momento, creo yo, en que se convenció del todo. Hasta entonces había utilizado todo su entusiasmo para convencer a los demás; aquel día se convenció a sí mismo, y eso le disparó la cabeza.

En el fondo lo entiendo perfectamente, porque fue, de largo, lo mejor que hizo Anglada; lo mejor que hicimos, él y nosotros, la Compañía unida como un solo hombre. Una obra maestra de la magia teatral, y mido mis palabras. Todo encajaba. Todo funcionaba. Todo fluía. Y no se veía la tramoya, el rechinar de hierros, lo dificilísimo que había sido levantar aquello... Un enorme tinglado que parecía hecho de plumas, así de suave y ligero se movía todo en el *Münchausen*. Claro que luego hubo cosas impresionantes, cosas cada vez más grandes, el *Frente*, la *Jane Eyre*, hasta culminar con las 20.000 *leguas*, pero quizás por eso, por el afán aquel de ande o no ande la burra grande, a partir del éxito del *Münchausen* acabó encaminándose todo a levantar dos o tres *machines* superespectaculares por función, las dos o tres escenas «de las que hablaría todo el mundo», dejando, para mi gusto, el resto un poco igualado a la baja.

En fin, que la historia con Palmira Werring no podía haber surgido en peor momento. A la que el *Münchausen* entró en producción, ya digo, se acabaron primero las fiestas y el ir a los estrenos y luego las conversaciones susurradas al teléfono y después cabía pensar que todo lo demás. Fue muy triste. Muchas discusiones, muchos gritos, y mucho escurrir el bulto. Cada vez que Pombal hablaba con Palmira Werring era para decirle que ahora no, que ahora imposible, que espera un poco cariño, que más tarde, que mañana, que pasado mañana...

Luego utilizó a Monroy de parachoques, pero no por mucho tiempo, porque bueno era él para esquivar berenjenales.

—No, no, ni hablar. Me encanta, la adoro, pero es tu novia. Apechuga tú —le dijo Monroy.

Hasta que me tocó la china a mí. Cuando faltaba menos de un mes para el estreno y ya estábamos montando en el Metropol, la de veces que me endosó Pombal la papeleta. Tantas que yo ya estaba harto; ya no sabía qué cara ponerle a la Werring.

—Dile... Que ahora no puedo, coño. Baja y dile lo primero que se te ocurra, anda. Y encárgale un ramo de rosas blancas, bien grande, donde...

—... donde siempre, patrón.

Y entonces yo bajaba, maldiciendo, y le decía a la Werring lo primero que se me ocurría, que siempre solía ser lo mismo, como las notas en los envíos de rosas, aquellas rosas teatrales, excesivas, hasta que las rosas y las excusas acabaron teniendo menos sentido que una comedia de Adolfo Torrado.

Yo no entendía... Estaban tan bien, parecían tan felices juntos, tan hechos el uno para el otro... Un día no pude más y le pregunté a Monroy:

—¿Por qué le está haciendo esto, Monroy? ¿Usted lo entiende?

Monroy sonrió, filosófico, y repuso:

—Porque ya la ha conseguido, hijo, porque ya la ha conseguido...

Recuerdo que entonces no entendí bien lo que quería decir con eso.

Siguió:

—... y porque cuando Pombal se mete en harina no hay romance que valga. Y ella está insistiendo mucho. Demasiado. Es la primera vez que Palmira se enamora en serio y está hecha un lío. Cuando te enamoras así haces todo tipo de locuras; ya verás cuando te pase a ti, si es que no te ha pasado ya... No quiere darse cuenta de que esa historia está muerta, que es mejor olvidarse y saltar a otro coche. Coches no le faltarán a Palmira, y de lujo.

—¿Y usted... usted no podría...? Como parece que son amigos... digo, por la foto que me enseñó, ¿no?...

—De tú, Pepín, que te lo tengo dicho.

—No sé, darle a entender, con delicadeza...

—Líbreme san Juan Nepomuceno de meterme en una cosa así.

Cualquiera con dos dedos de frente hubiera pillado el consejo que iba implícito en esa frase. Cualquiera menos Pepín Mendieta.

Una oscura tarde de primavera, Palmira Werring se presentó en el teatro.

Volví a recorrer el camino que iba desde el vestíbulo, extrañamente desierto y silencioso a aquella hora, hasta el despacho de Pombal. Insistí.

—Pepín, hazme el favor, dile que ahora imposible, que ya la llamo yo...

—No, no. Es que está abajo. Lleva una hora abajo...

—¿Y por qué no me lo has dicho, enano?

—Se lo he dicho a usted tres veces, una cada cuarto, pero me ha dicho que «luego, luego» cada vez.

—¿Está abajo?

—Con el coche a la puerta. Habían quedado ustedes para ir a no sé dónde.

—Coño. Pues... pues que no va a poder ser, tengo todo esto empantanado. Mira... baja y dile...

—Patrón, por favor...

—¡¡¡Que me dejéis en paz!!! —gritó, golpeando la mesa. Cayeron varios montones de papeles.

Bajé de nuevo, maldiciendo a Pombal. Allá seguía Palmira Werring, en mitad del vestíbulo desierto, con la capa de chinchilla sobre los hombros, que eran pecosos, retorciéndose las manos enguantadas de blanco. Afuera, el cielo se había ennegrecido como si fuera de noche, porque iban a caer chuzos de punta, y todavía no habían encendido las farolas. El chófer, impávido, esperaba en el Daimler, fumando un cigarrillo.

Palmira Werring estaba muy alterada, quizás por la electricidad de la tormenta inminente; yo nunca la había visto así. Hasta le había cambiado la voz, más trémula, acelerada y ronca al mismo tiempo.

—Dime la verdad, Pepín. ¿Qué pasa? ¿Qué está pasando?

—Qué va a pasar, señora... Lo de siempre, que cuando se mete a trabajar ni respeta horas ni lo más...

—¿Por qué me hace esto? ¿Tú crees que a mí se me puede hacer esto? ¿Eh? ¿Por qué no baja él? ¿Por qué no baja a decirme...? No me iré hasta que...

—Señora... cálmese... Siéntese aquí, por favor...

Logré conducirla hasta un sofá de terciopelo rojo y allí nos sentamos. Entonces me cogió las manos y me dijo:

—Tú que le conoces... Dime una cosa... Dime la verdad, ¿se ha cansado de mí? —Y rompió a llorar.

Afuera diluviaba ya, con violencia de final de acto. Arriba estaba Pombal, perdido en desiertos lunares; abajo, Palmira Werring cogiéndome las manos y llorando, y yo sin saber qué hacer.

A mí me dio aquello una pena inmensa. La situación era embarazosísima, pero prevalecía la pena. Yo siempre la había visto riendo. Divirtiéndose. Encantando, como si viviera en una comedia elegante, de las que representaba Irene López Heredia. Y ahora, de repente... ¿Eso era el amor? ¿Humillarse así, con frases de melodrama barato?

—... Tanito no quiere decirme nada... —Sollozaba—. Se lo toma todo a broma...

Yo nunca había visto a nadie llorar así, rebajarse de esa manera...

La mezcla de pena, de vergüenza y de incomodidad se me convirtió en rabia, la rabia que tantas veces habría de perderme, pero que aquella tarde me dio valor para decirle lo que le dije.

—Señora, escúcheme... Usted... No llore, por favor... Usted no puede llorar así. Usted no puede humillarse así. *No lo permita* —dije, casi gritando.

Palmira Werring levantó entonces la cabeza, sorprendida, con aquellos preciosos ojos azul zafiro hechos un emplasto de lágrimas y rímel.

—No ha nacido usted para humillarse ni para que la humillen, señora.

Me miró. Sonrió. Se le había cortado el llanto de golpe. Yo me puse rojo; las orejas me ardían, y mi mayor preocupación era evitar que ella se diese cuenta. No sé si se dio cuenta. Quedó un rato en silencio. Quedamos en silencio. La lluvia caía con el fragor de una cascada.

Luego se levantó, se secó los ojos con un pañuelo, e hizo una seña al chofer. Yéndose, me dio un beso y me dijo:

—Muchas gracias, Pepín. Es lo mejor que he oído últimamente.

Palmira Werring se fue a Londres, a pasar una temporada a casa de sus tíos. Se matriculó en Cambridge, me dijeron; luego se lio aquí la que se lio, y ya no volvió a España. Poco después de aquella tarde, al llegar a la pensión, doña Soco me dijo que habían dejado «dos cosas» para mí. Una era una cajita de cartón, que contenía, envuelta en papel de seda, la pitillera con los dos áspides verdes sobre fondo negro. La otra era mi notificación de quintas.

9. Mi loco corazón

La notificación había viajado varias veces hasta Villaura, a juzgar por los sellos, borrosos, con las fechas de los reemplazos anteriores, y otras tantas había vuelto a Madrid. Hasta que algún burócrata militar, obstinado, minuciosísimo, y sin nada mejor que hacer, consiguió localizarme, que ya tenía mérito, por las fichas de registro de la pensión.

Doña Soco me dijo:

—La carta la ha traído un soldado. La cajita, un chófer muy postinero.

Tenía que presentarme de inmediato en el Gobierno Militar de Reina Cristina, en Atocha. Desde allí me trasladaron en un camión, con otros cinco o seis desventurados, hasta el Hospital Militar, que entonces estaba cerca de la Casa de Campo. Recuerdo que mi mayor preocupación no era la evidente, los meses y meses y meses que iba a pasarme separado de la Compañía, sino otra inmediatísima, prueba de lo mucho que vivía yo al día en aquella época: perderme el estreno de *Las aventuras del barón de Münchhausen*.

Para mí no podía haber desastre mayor que ese, y me obsesioné con el asunto durante la semana eterna que me tuvieron en un pabellón del Hospital Militar, inquietantemente parecido al dormitorio de los Lazaristas, esperando a que viniera un capitán médico, un «especialista», que andaba de maniobras en el norte. «¿Especialista? ¿Especialista en qué?», pensaba yo, «A ver si voy a tener algo raro...». El primer oficial médico que me examinó había detectado una arritmia cardíaca, inusual, me dijo, «en un chaval de tu edad». Faltaban pocos días para mi cumpleaños, y estaba convencido de que, por mi negra suerte, los cumpliría en aquel hospital lazarístico o, peor, en otro mucho más lejos de Madrid, en las chimbambas, en Marruecos incluso, a la espera de aquel misterioso especialista que no llegaría nunca. Pero sí llegó. Todavía me acuerdo de su nombre: Mondiño. El capitán Mondiño. Llevaba unas gafas redondas con lentes concéntricas, de culo de botella. Gafas de no ver tres en un burro, como pronto se demostraría. Aquel genio me tomó el pulso veinte veces y me auscultó otras tantas. Luego se sacó el estetoscopio y me dijo:

—Pues ya te puedes vestir, pollo, que tú te quedas sin servir a España.

—¿Y eso, mi capitán?

Como era gallego, me contestó con otra pregunta.

—¿A qué te dedicabas tú en la vida civil? ¿Almacenero? ¿Descargador? ¿Atracador de bancos?

No se me escapó que me lo preguntara en pasado.

—Trabajo en el teatro, mi capitán —dije, orgulloso—. En la compañía de don Ernesto Pombal. En el Metropol.

El capitán Mondiño se sacó las gafas y se frotó los ojos con lentitud. Era un gesto que luego yo utilicé algunas veces en escena, cuando tenía que darle a alguien una mala noticia.

—Trabajabas, hijo, trabajabas... Porque no estás tú ni para levantar un papel del suelo. Te vamos a dar la exención total. ¿Sabes tú lo que se escucha por este aparatejo al auscultarte? Cañonazos. Cañonazos de jura de bandera. Tienes el corazón como un bebedero de patos, amiguito; no sé yo lo que habrás hecho para machacártelo así. De modo que te vistes, recoges tus cosas, me firmas aquí y le llevas la exención al brigada. Y te vas a ir de mi parte con este volante —garabateó en un papel alargado— a ver a mi amigo el doctor Salcedo, que está en cardiología, en el Villa Luz, para que te ingresen. Reposo total hasta nueva orden.

—¿Entonces no puedo hacer...?

—No sales de aquí en ambulancia porque no nos quedan. Reposo total, cuatro inyecciones de salicilato al día, y una bolsa de hielo sobre el corazón todas las mañanas, durante un par de horas. Eso es lo que prescribiría yo y lo que seguramente te prescribirá Salcedo.

—¿Y esto tiene cura, mi capitán?

—A veces sí, a veces no —dijo aquel prodigio de la medicina galaica.

Recogí el volante, con la cabeza atontada. Decía: «Severa insuficiencia aórtica; posible causa reumática, con hipertrofia del ventrículo izquierdo».

Entonces pasó que no me lo creí, así de sencillo.

Nada más salir. Al sol, a la vida, al mundo exterior.

No me lo creí porque no me lo quise creer. Porque ya estaba fuera, fuera del hospital, de la vida militar; libre. Y porque hacía una mañana espléndida, y porque de repente me encontraba de perlas. ¿Tenía que coger el maldito volante y presentarme en un sanatorio de mierda y pudrirme allí meses y meses y meses? No, Mondiño tenía que estar equivocado, por fuerza. Cierto que yo andaba un tanto cansado últimamente, un «últimamente» que venía durando desde que entré en la Compañía, pero estaba fuerte, todos lo decían. Y mi corazón, lógicamente, también latía con fuerza, eso era todo. Era un corazón normal, un corazón joven, que de cuando en cuando se desbocaba.

Un corazón joven...

Pero eso lo pienso ahora. No lo pensé entonces. Entonces no

pensé nada. Me doy cuenta de que estos pensamientos son una reelaboración tardía, una convención, como las escenas que escojo, los decorados, los diálogos que pongo en boca de los personajes de mi vida. Vuelvo a mirar hacia atrás. A mis pies se extienden la arboleda y los prados de la Casa de Campo. En ese instante lo único que yo quiero es follar. Follármelo todo, el universo entero. Follar hasta morir.

Entonces abro los brazos, respiro hondo, me golpeo varias veces el pecho con los puños. Como un relámpago, me digo: «Si palmo, palmo, pero no en Villa Luz, como un tísico».

Y así echo a correr como un loco por el verde de la Casa de Campo. Soy una manchita blanca (camisa blanca, pantalones claros) entrando a galope en una gran mancha verde, para devorarla.

Con qué rara simpatía, nacida de la inmensa distancia que me separa de él, veo hoy, desde mi cuerpo y mis ojos de viejo, a aquel adolescente loco, aquel gigantesco inconsciente, aquel hijo que no tuve pero que sigue ahí, a punto de golpearse el pecho con los puños, en una mañana de sol de un Madrid que ya no existe.

Lo contemplo como un científico contempla a un chimpancé adolescente de pura raza. Un chimpancé en la Casa de Campo, una mañana maravillosa de antes de la guerra. Qué magnífico idiota, y cómo amaba entonces la vida. La amaba tanto que no sabía lo rápido que puede perderse. Porque aún no se le había muerto nadie. Le grito: «¡Cuidado! ¡Cuidado! ¿Qué vas a hacer? ¿Estás loco?». Claro que está loco; siempre lo ha estado. Pero no me oye. Está demasiado lejos de mí.

Corrí con la boca cada vez más abierta, para pillar todo el aire, y los ojos, en cambio, casi cerrados, abriéndolos lo justo para esquivar árboles y niñeras con niño y algún que otro barquillero, obstáculos que a mi paso se convertían en sombras rojizas entre las manchas de sol. Corrí con los talones pegados al culo, corrí como corría el rápido Berthold, el mejor amigo del barón, capaz de dar la vuelta al mundo en menos de una hora.

Cuando no pude más, cuando ya no me entraba aire en la garganta, me dejé caer sobre la hierba, y allí, boca arriba, jadeando porque el corazón se me salía del pecho pero eufórico porque estaba claro que no me había pasado nada de nada, que Mondiño era un medicucho y yo estaba vivo y bien vivo, decidí que a Villa Luz iba a ir la mismísima madre del general Espartero. Rompí el volante, eché los pedacitos al aire, y en la pensión me duché durante un buen rato, porque estaba perdido de marrón y verde, y cuando se me cayó la cáscara me puse mi traje nuevo, y respirando como un señor, como yo imaginaba que respiraban los señorones, tranquilamente y con la cabeza muy alta, caminé hasta el Metropol y les dije que me habían dejado ir por hijo de viuda.

—¿Cómo que de viuda? Pero ¿tú no eras huérfano? —me preguntó Monroy, que lo recordaba todo.

—De padre. Huérfano de padre.

—De padre y muy señor mío. Ya te digo yo... En fin, la enhorabuena, niño. Pombal ya estaba convencido de que no te volvíamos a ver hasta que te dieran la blanca. Anda, sube a verle, que vienes que ni pintado: de aquí a dos horas empezamos ensayo general. Con todo.

Subí las escaleras del teatro a más velocidad, si cabe, que en la Casa de Campo. Por la noche fui a ver a la Nati, y le conté lo mismo que le había contado a Monroy y a todo el mundo. Me dijo lo que todos:

—Qué leche tienes, rapaciño...

Lo conté tan bien y tantas veces que esa fue la versión que casi acabé creyéndome, la de que me había librado por hijo de viuda. Lo que había sucedido en realidad, por ser tan raro, se me quedó en un rincón de la memoria como si lo hubiera soñado. Un sueño en el que flotaban la voz meliflua y las gafas concéntricas del capitán Mondiño, todos aquellos días de pruebas y más pruebas, y yo corriendo como un loco por la Casa de Campo...

Cuando el éxito llega lo hace como una ola, como una avalancha. He conocido esa experiencia alguna que otra vez. Tiene algo de rito caníbal. Es como si un animal, el público, olfateara la sangre de su presa. Huelen sangre fresca, nueva, distinta, y se abalanzan sobre la función. De pronto, sin que nadie sepa muy bien por qué, la función se convierte en algo que «hay que ver», imperativamente; quieren ver y devorar, hacer suya esa carne. Nada viene solo, desde luego: El éxito del *Zar*, la anterior temporada, y la popularidad de *El caballero de Blain* se sumaron. Y las entrevistas que unos días antes dio Pombal, por primera vez en su vida, y aquellas fotos en las que aparecía tan elegantón, con la chistera y la capa negra del caballero, los ojos ocultos por un antifaz, tal como su personaje era descrito en los episodios de la radio. Sí, todo eso se sumó. Pero cuántas veces puedes hacer todas las sumas del mundo y el público no responde.

Una semana antes del estreno ya había gente haciendo cola para comprar entradas, una cola que daba la vuelta al Metropol. Dos días después estaba todo vendido. Como dijeron los periódicos, «vino el *todo Madrid*». Obreros, burgueses, gente «bien»... Fue aquella una platea singularísima y prerrepublicana como no volvería a verla; una platea en la que alternaban los *smokings* y los trajes de noche con las camisas arremangadas y los vestidos de cretona floreada, todos mezclados y juntos, unidos por la magia de Pombal, y quien dice platea dice teatro entero, porque el paraíso era un hervidero, y hubo palco en el que llegaron a apiñarse diez o quince personas.

Los aplausos y las ovaciones de una noche de éxito también se parecen mucho a una ola. Suenan como una ola que nunca acaba de caer, de romperse contra la arena. Una ola que comenzó a subir nada más levantarse el telón, con el primer cuadro.

Los aplaudieron todos. La escena de la partida de cartas con la Muerte, en el galeón tragado por el monstruo marino. La batalla con los turcos. El gran dragón. El globo aerostático, la bala que cruzaba una y otra vez el escenario. Y el cuadro de la fragua de Vulcano, y el increíble momento en que el barón y la vieja diosa Venus, que era Ulu en su último papel, un papel mudo, justo antes de que la ingresaran en el manicomio de Alicante, bailaban un vals suspendidos en el aire.

Allá arriba, girando en brazos de Pombal, en aquella plataforma invisible por obra y gracia de las transparencias de Anglada, maquillada con polvos de arroz y con la melena pelirroja cayendo libre por última vez hasta su cintura, Ulu parecía más niña que nunca, y sonreía, feliz, como si hubiera subido al cielo en cuerpo y alma.

Al acabar fuimos a cenar al Regio, a esperar las críticas, porque, por primera vez en la historia de la Compañía, vinieron los críticos. «¡Han venido, han venido! ¡Está toda la crítica!», gritaba Reyzábal en los camerinos, dando más saltitos que de costumbre. «¡Dijeron que iban a venir y han venido!» Sí, allí estaban todos. Díez Canedo, Jorge de la Cueva, Sánchez Camargo... Ródenas... Cristóbal de Castro... Cristóbal de Castro, que le había inspirado a Valle-Inclán aquel verso blasfemo y feroz que corría de boca en boca: «*Aunque se cree muy listo / no es más que un vil poetastro / señores, me cago en Cristo/bal de Castro*».

Habían empezado a babear nada más llegar a Cuatro Caminos y ver todos aquellos cochazos aparcados. Eso fue lo que les predispuso a favor. Casi todos los críticos que he conocido son unos esnobs, y les encanta formar parte de un «acontecimiento». Se acercaron al Metropol por el runrún que había suscitado el espectáculo, pero sobre todo porque la «gente bien» hablaba de Pombal como de la *coqueluche* de aquella primavera.

En aquella época, y hasta bien entrados los años sesenta, se estilaba que las críticas aparecieran a la mañana siguiente. Después del estreno, los críticos las dictaban o marchaban a escribirlas a sus diarios, y era tradición entre los cómicos quedarse en vela hasta que alguien se acercaba a Sol o a la Gran Vía para comprar los primeros periódicos, que solían salir hacia las tres de la mañana.

Esperamos, pues, mientras devorábamos varias paellas descomunales. Monroy dijo que, para estar a tono, el arroz de las paellas debiera haber sido azul. Nos reímos, pero con fatiga. Estuvimos cenando mucho rato, varias horas. Sin apresurarnos, casi sin hablar. Estábamos como narcotizados, asombrados por lo que había ocurrido, porque esperábamos que el *Münchausen* gustase, pero no tantísimo.

El éxito masivo, rotundo, provoca esos efectos narcóticos. Tan narcotizados estábamos que las críticas nos parecieron normales, como si se hubieran limitado a poner por escrito, pero con más rimbombancia, las cosas que nos decía todo el mundo en el vestíbulo del Metropol, a la salida.

¿Qué dijeron las críticas? Frases como estas: «Genialidad sorprendente»... «Grandísimo espectáculo de fantasía para niños y grandes»... «Tres horas de magia que pasan como un sueño»... «Alucinante rotación de suntuosidades»... «Formidable y conjuntada compañía»... Y aquella de don Antonio de Obregón en el *Diario de Madrid*, que Pombal tuvo un buen tiempo colgada en la pared de su despacho, y que acababa diciendo: «Ernesto Pombal se acredita como un magnífico director de escena y un actor concienzudo y estudioso, en la línea de un Jacques Baumer».

—Será bobo este... Mira que compararme con Baumer... —reía Pombal, señalando la reseña a los visitantes.

(No logro recordar yo ahora quién era ni qué hizo el tal Jacques Baumer.)

Sin embargo, el elogio que más habría de complacer a Pombal le vino de un americano, tan grandote como él pero con cara de crío, que había venido a Madrid por las ferias de San Isidro y vio la función pocos días después del estreno, y se entusiasmó, y quiso conocerle. Congeniaron enseguida, y Pombal le invitó, hecho singular, a tomar el aperitivo en el Regio, al día siguiente. Al americano aquel le apasionaban los toros pero por encima de todo el teatro. Contó, mitad en castellano de chiste mitad en un inglés sonoro y vigoroso que traducía Monroy, que estaba haciendo teatro en Irlanda, como primer actor: Shakespeare.

Estuvieron un buen rato hablando de Shakespeare, de las funciones preferidas de cada uno. Pombal le habló de todo lo que habíamos hecho, y al americano se le desmesuraron los ojos cuando entre los dos le contaron cómo hicimos *Macbeth* en el castillo de Estacada, con las antorchas. «*Wonderful, wonderful...*» (que quiere decir «maravilloso, maravilloso»), repetía, con carcajadas de felicidad.

Luego el americano no paró de interrogarle sobre los trucos y efectos del *Münchausen*. Que cómo hizo esto, y aquello otro... Yo veía que Pombal le daba explicaciones generales, sin detallar demasiado, pero que bastaban para que el americano cabeceara silencioso, admirativo, con aquella cabezota de ternero que tenía.

—Usted tiene que venir a América... Allí nos hacen falta hombres de teatro como usted... —le dijo.

—Ya se verá, ya se verá —respondió Pombal, riendo también.

Nunca le había visto yo tan complacido ante un halago. ¡A un extranjero le gustaba su teatro! ¡A un americano!

Y no era un americano cualquiera. Después de la guerra, cuando volví a ver su cara en una revista de cine, le reconocí en el acto, pues estaba idéntico. Aquel americano gigantón, con negrísimos ojos de rey loco y mofletes de criatura, era nada más y nada menos que Orson Welles. A finales de los cincuenta vino mucho por España. Estaba irreconocible, gordo como una ballena, con una barbaza entrecana, fumando unos purazos de medio metro. Seguía siendo la mar de simpático. Y con una gran memoria. Una noche, en la terraza de Riscal, me acerqué a él y me atreví a recordarle aquel encuentro. Se acordaba perfectamente.

—¡Pombal! ¡*The great* Pombal! ¿Qué fue de él?

Las aventuras del barón de Münchausen fue todo un récord de taquilla para la época. Esto despertó grandísimas envidias y suspicacias entre los cómicos madrileños, que se apagaron un tanto cuando empezamos a contratar gente. Pero a medida que se sucedían los llenazos crecían también los apodos maliciosos: Don Ernesto Mecano, Ernestito el de los Cromos, Ernesto Flordeundía...

—Ladran, luego cabalgamos —le repetía Monroy, pero a Pombal no le hacía ninguna gracia. Lo de los cromos, sobre todo, le ponía a mil.

—Van a ver estos cromos de los buenos —le oímos mascullar un día.

Yo pensé luego que a partir de ese momento debió empezar a cocerse en su cabeza la idea del nuevo espectáculo.

Hicimos abril, mayo, junio y julio a teatro lleno. El dinero entraba a chorros. Pensábamos parar en agosto por el calor, pero seguía viniendo gente. Gente «de fuera» de Madrid, de Castilla la Vieja, de Extremadura incluso. Gente que nos había visto en funciones anteriores, mayormente durante la gira del *Zar* y *El signo del Zorro*.

—Antes venían ustedes; ahora, desde que son tan famosos, tenemos que venir nosotros —nos dijeron un día.

Hubo que hacer sesiones matinales, sesiones *vermouth*, para dar cabida a toda aquella parroquia. Las ventanas estaban abiertas de par en par, se vendían refrescos, se repartían abanicos, se morían de calor pero seguían viniendo.

Estuvimos hasta Navidades; y en Navidades llegaron, como decía Pombal, «todos los niños que se le escaparon a Herodes», de la mano de sus familias. No paraba de quejarse de la lata que daban aquellos niños, de decir que cada día hacía la función con menos ganas (y era verdad), y que estaba harto y quería pasar a otra cosa.

—Pero si nos la están pidiendo de todas partes —dijo Reyzábal, trémulo.

Con eso, Pombal vio el cielo abierto.

—Pues perfecto. Que Torregrosa haga el barón y que gire —dijo.

Así lo soltó, como el que no quiere la cosa, en mitad de una reunión de compañía. La idea le pareció de perlas a Reyzábal pero le partió el alma a Torregrosa, porque de él era la propuesta de nuestro nuevo espectáculo. Esto tardé en saberlo. Torre le había pasado el libro, *Sin novedad en el frente*, de Erich Maria Remarque, con la esperanza de hacer uno de los protagonistas, y trabajaron juntos haciendo la adaptación. Resultó que llevaban en ello desde finales de verano.

A mí nadie me dijo nada; veía a Torregrosa entrar con frecuencia en su despacho y no sabía para qué. Tampoco quería preguntar. Que se jodieran, si no querían decírmelo. Pero el que se jodió más, ya digo, fue el pobre Torre. Ahí le hizo Pombal una buena putada al apearle del proyecto. Y delante de todo el mundo. De acuerdo que Torre le abordó en mal momento y un poco se lo buscó; podía haberle pedido explicaciones luego, en privado... Pero no pudo evitarlo. Se quedó blanco al oírle, y saltó, porque no lo entendía.

—Pero ¿por qué? ¿Por qué me haces esto?

—Porque tú no das la edad, Torre, desengáñate.

—Pero hombre... con maquillaje... no me digas que...

—Ni peros ni peras. Con maquillaje, dice... Son chavales. Los protagonistas...

—Puedo hacer el Paul perfectamente y tú lo...

—... son siete chavales, no me interrumpas, perdidos en la guerra...

—Pombal...

—... y lo haremos con chavales que buscaré yo. Tú te vas de gira y no se hable más.

—... que te bordo yo ese papel...

—¿No me has oído? ¿No lo habéis oído todos? ¿Qué he dicho? ¿No te he dicho clarito que no lo haces y punto?

Se quedaron los dos aguantándose la mirada; los demás no sabíamos dónde mirar. Hasta que Torre se levantó.

—Yo me voy de gira, pero tú eres un cabrón con ventanas a la calle —dijo, y salió dando un portazo. Volvió a abrir la puerta, justo para asomar la cabeza desde el pasillo y añadir—: Que lo sepas.

El segundo portazo fue el definitivo. Torregrosa hizo la gira, como el profesionalazo que era, y cuando volvió fue para despedirse: se había contratado en la compañía de Horacio Socías, especializada en lo que pronto iba a llamarse «teatro de agitación social».

—Vete, hombre, vete a morirte de hambre —le dijo Pombal.

Aquella noche, en la pensión, le dije a Torre, mientras recogía sus cosas:

—Yo creo que te equivocas yéndote.

Torre no parecía cabreado; triste, más bien.

—¿Que me equivoco? Venga, hombre. Tú no sabes de la misa la media, Pepín.

—Pero ¿habéis hablado, por lo menos?

—Sí, por la tarde fui a verle. Claro que hemos hablado. Sobre todo él. ¿Tú sabes lo que me ha dicho ese cabrón? Que si me iba no me declaraba en Autores.

—¿Y eso qué quiere decir?

—Pues que va a firmar y a cobrar la adaptación como si la hubiera hecho él solito.

—No puede ser... Pombal no sería capaz...

—Ya me lo dirás cuando veas los carteles —dijo, cerrando la maleta, precaria, de cartón. Luego se sentó en la cama y encendió un cigarrillo—. Pombal está cambiando mucho, chaval. Para mí que el *Münchausen* de los cojones se le ha subido a la cabeza, porque ahora todo se le ha vuelto ordeno y mando. Y el haber tarifado con la rica tampoco creo yo que le haya dejado muy fino, fíjate lo que te digo.

—Hombre, tampoco te...

—Tú dirás. No ha pegado un polvo desde entonces ni para un apuro. ¿Tú le has visto otra novia, o has oído algo?

—Yo nunca me entero de nada —dije, resabiadito— pero sus historias tendrá.

—No. No es el mismo, Pepín. La mala leche que gasta... Antes no me hubiera hecho una judiada así. Antes éramos como una... bah, da igual. Mira, hasta te diré que parecía que lo estuviera deseando. Ponerme en el disparadero para que me largase.

—Pues por dinero no será, con todo lo que ha entrado el *Münchausen*...

—Pues no será. Pero tú piensa en los ricos: cuanto más dinero, más agarrados. Lo era antes y ahora lo es el triple. ¿O no?

—¿Y tú qué le has dicho?

—Que se metiera la adaptación en el culo y que me iba.

Cuando estrenamos, el nombre de Torregrosa no estaba en los carteles, que anunciaban «*Sin novedad en el frente*, la popular y aclamada novela de Enrique María Remarque, adaptada y dirigida por Ernesto Pombal».

Desde el principio, Reyzábal no lo vio claro, en primer lugar por el tema, negro, desagradable. Una historia de guerra en la que morían todos: con esa frase se resumía la función.

—¿Usted cree, Pombal? ¿Una cosa con tantos muertos? ¿Quién quiere oír hablar de la Gran Guerra? Eso es antiguo, eso es el pasado, hombre... Estamos en una nueva época...

Tampoco le hacía ninguna gracia a Reyzábal la idea de un cartel con chavales nuevos, sin nombre.

—No sé, no sé... Estoy un poco preocupadísimo, Pombal —repetía Reyzábal. Monroy hacía esfuerzos por contener la risa cada vez que le oía decir eso.

Como respuesta a todos sus reparos, Pombal aducía que la novela había tenido un gran éxito en toda Europa, y era verdad, por lo visto. Y que quería hacer una obra «de choque», una obra que sacudiera a la gente, que la clavara en sus asientos. ¿Qué cosa más universal y más terrorífica, decía, que los desastres de la guerra?

Si me hubieran preguntado a mí les hubiera dicho que tampoco lo veía claro.

De hecho, yo no entendía nada. No entendía por qué Pombal había escogido aquella función tan negra, tan siniestra. Le decía yo a Anglada:

—Ya puestos, un Shakespeare, ¿no? Tanto hablar de Shakespeare con el americano... ¿O es que no les acojonamos a lo grande con *Macbeth*, con *Tito Andrónico*?

Cuando estábamos retirando los decorados del *Münchausen* para la gira, cada vez que bajaba al escenario y veía aquel impresionante equipazo del Metropol se me llevaban los demonios. ¡Lo fantástica que podría salirnos allí una *Tempestad*! O, ya puestos, *El rey Lear*... Con la tormenta más salvaje que nadie hubiera visto...

Anglada se encogía de hombros y repetía:

—Donde hay patrón, *nen*...

Ahí empecé a pensar que Pombal jamás presentaría un Shakespeare en Madrid, que aquellas maravillosas funciones que habíamos hecho pertenecían, definitivamente, al pasado. Una pasión de juventud... Como así sucedió. Por las razones que fuera.

Se lo dije. Me atreví a decírselo un día. Me contestó:

—Shakespeare no funciona en Madrid. Más adelante. Lo que gusta ahora es lo que ahora estamos haciendo. En teatro solo cuenta el *ahora*.

Y no le sacabas de ahí.

Tantísimos años después, sigo pensando lo que pensé luego: que no lo hizo por miedo. Miedo a que le comparasen con Zacconi, que había presentado un *Lear* y un *Otelo* de trueno solo cinco años antes; miedo a que se le echaran encima los críticos, a que el público no fuera. Miedo a no gustar. El miedo más viejo y más legítimo de todos los miedos del teatro.

Pero entonces yo no pensaba eso.

Lo que yo pensaba entonces era que Pombal no tenía miedo a nada.

No *podía* tener miedo a nada.

Pasaron los meses. Reyzábal dejaba hacer y no apretaba demasiado; lógico, después del taquillazo del *Münchausen*. Pero tampoco estaba callado. Hasta que un día llegó excitadísimo, blandiendo lo que el pobre creía la baza definitiva para disuadirle: un periódico en el que se anunciaba el estreno de una película americana basada en la novela.

—¡Estamos perdidos, Pombal! ¡Y parece que será un peliculazo! ¿Ha visto usted lo que se han gastado? —decía, señalando la página—. ¡Más de un millón de dólares! ¡Palabras mayores! ¿Cómo vamos a...?

Pombal sonrió.

—¿A competir con ellos? Ya verá usted cómo. Dándole a la gente todo lo que el cine no puede darles.

Y no dijo más. Yo ya me conocía esa teórica, pero no podía imaginarme hasta dónde llegaría esta vez.

Así, con Torregrosa al frente del reparto del *Münchausen*, se montó una gira, una gira «selecta», para cuatro o cinco plazas fuertes. Monroy fue el encargado de organizarlo todo y llevar la función a Bilbao, Zaragoza, Sevilla, Barcelona y, aunque no le hacía la menor gracia, a Valencia.

Sentí muchísimo la partida de Monroy, sobre todo porque me cayó encima todo su trabajo. Tuve que instalarme de nuevo en la pensión Adame y empecé a pasar más horas en su despacho del Metropol, que poco a poco se iría convirtiendo en el mío, que en el taller de Martínez Campos. Apenas pude pisar el taller durante la preparación del nuevo espectáculo, y no vi a Anglada hasta que montamos decorados, salvo las veces que coincidíamos en Casa Chiquete, o en las revistas. En las revistas menos.

A poco de entrar el *Frente* en producción invoqué una y mil veces el sagrado nombre de Monroy para que se materializase y acudiera en mi ayuda, siempre en vano, y otras mil me acordé de lo que me había dicho Torregrosa. Yo no podía más de trabajo, haciendo cuentas, que nunca se me dieron bien, enterrándome en papelotes, atendiendo a esto y a aquello, con el despacho lleno de todos aquellos figurantes que yo seleccionaba y que a Pombal nunca le convencían, nunca «encajaban». Anda que no llegó a meter figuración.

Lo peor, o lo más fastidioso, era mi sensación de canelismo, porque estaba haciendo mi trabajo y el de Monroy y mis pagas seguían idénticas. No encontraba un momento para plantearle la cosa a Pombal, y cuando se lo medio insinué primero se hizo el loco, para variar, sacando a colación lo mucho, muchísimo que estaba aprendiendo yo, tanto que el día menos pensado cualquier compañía me separaría de su lado, y luego casi haciéndome sentir culpable, y con no muy buenos modos, por los increíbles gastos del *Frente*.

—Pero hombre, cómo se te ocurre, Pepín, parece mentira... No, no, ahora ni pensar en eso; cuando estrenemos. Ahora lo importante es el montaje, que se nos está comiendo todas las reservas.

¿Qué iba a decirle? ¿Qué no me tomara el pelo, que yo era

el primero en saber los taquillajes que estaba haciendo el *Münchausen* en provincias?

A la hora de hablar de dinero siempre estaba ocupadísimo, siempre salía con el «más adelante». O se olía la tostada y nada más verte venir sacaba cara de perro. Yo tragaba. Y sonreía. Sonreía y decía «Sí, patrón». «Ahora mismo, patrón.» «Claro que podré con todo, patrón.» Yo era el chico sonriente que podía con todo.

Pero Torregrosa tenía razón en lo de que Pombal estaba más raro que antes, con velocísimos cambios de humor, pasando del abrazo a la bronca en cuestión de minutos, hasta que al final todo fueron broncas, y gritos, y desplantes, porque, al revés que en el *Münchausen*, nada parecía ir bien en aquella función. Había un mal ambiente tremendo.

Las broncas eran diarias, sobre todo con los pobres chavales protagonistas, que entre que estaban verdísimos y que se ponían a temblar cada vez que Pombal abría la boca no daban pie con bola, aunque al final acabaron haciéndolo muy bien, con mucha verdad.

Durante todo el tiempo del *Frente* estuve yo entre desbordado y deprimido. Había un cierto equilibrio en eso, porque cada vez que empezaba a deprimirme, el trabajo me desbordaba, y frenaba el bajón. El invierno también contribuyó. Fue un invierno muy malo, muy frío, con mucha nieve. El cielo estaba oscuro, gris plomo, durante días y días; el aire olía siempre a carbón y a leña quemada. Estaba todo eso y, entre todos los que se habían ido y toda la gente nueva que pululaba por el escenario como hormigas sin antenas, la sensación de que la compañía ya no era la compañía, que algo había comenzado a romperse.

Por aquellas fechas también se fue Angelina Valdivieso.

Anglada decía:

—A este paso, tendremos nosotros más bajas que la función.

No fue una ruptura traumática, como la de Torre. Tanto la Valdivieso como la Santaolalla vieron enseguida que en el *Frente* no había papeles para ellas (bueno, había uno, pero era de vieja campesina), y cuando a doña Angelina le ofrecieron un puesto de característica joven en la compañía de comedias de Valeriano León y Aurora Redondo, que entonces arrasaban, casi tanto como Loreto y Chicote, evidentemente no pudo decir que no. Ni Pombal retenerla.

—Es que eso es un bombón, jefe. Y ya sabes que lo mío...

—Que sí, que sí, mujer, que lo tuyo es la comedia, ya me lo sé.

La comedia y el hecho de que Valeriano León pagaba como el triple que Pombal, pero no se mencionó el asunto. Al final, Pombal lo entendió. Lo entendió tanto que corrió a prometerle a Luisita Santaolalla que, si tenía un poco de paciencia, ella haría la protagonista de la siguiente función, que ya la buscarían juntos. La Santaolalla, que era un ángel, el único ángel que le quedaba, aceptó.

El sistema de Pombal para robarle espectadores a la película fue muy parecido al que utilizamos en *Tito Andrónico*, pero todavía más bestia.

«Hay que hacer una función que vaya directa a la tripa», dijo un día, y probablemente fue eso lo que le dio la idea. La mitad de los soldados que palmaban en escena acabaron con los intestinos fuera, tripas de medio Matadero metimos allí, y escupiendo sangre, reventados por unos bombazos que se oían en Carabanchel. Pombal y Anglada llenaron *Sin novedad en el frente* de estallidos, detonaciones, casas de cartón piedra que saltaban por los aires entre nubes de humo y de pólvora, charcos de sangre, mondongos al aire y miembros amputados. Yo estaba entre asqueado y fascinado. Y convencido, desde luego, de que esta vez había ido demasiado lejos y de que nos esperaba el desastre, lo que demuestra lo poquísimo que sabía de teatro yo entonces, lo poquísimo que conocía al público. En el ensayo general pensé:

«Nos van a crucificar. Nos van a dar un meneo de los de no te menees.»

La noche del estreno, cuando llevábamos unos veinte minutos de función, tuve de golpe la impresión contraria, por un sucedido que ahora contaré, una de las cosas más curiosas que yo he visto nunca.

Estábamos en el vestíbulo Pombal, Reyzábal, Anglada y yo. Yo miraba por las ventanas de ojo de buey de la puerta de platea.

—Acaba de levantarse un tío —dije.

—*Malament* —dijo Anglada.

—Y viene hacia aquí haciendo eses.

La típica mamonada que puede hundirte un estreno. Nos acercamos todos a mirar. Era una escena en la que estallaba una bomba, la primera de la noche, y los soldados recogían el cuerpo hecho pedazos de uno de sus compañeros, la cabeza por aquí, las piernas por allá. El efecto estaba terroríficamente bien hecho, pero no era nada comparado con los que venían luego. El tipo aquel, que estaba en las primeras filas, avanzó por el pasillo central, tapándose la boca con un pañuelo. Un montón de cabezas se giraron a mirarle; hubo murmullos y luego siseos respondiendo a los murmullos.

Vino lanzado hacia nosotros. Nos apartamos de las puertas, que empujó con el hombro, casi dejándose caer sobre ellas. Tenía la mirada ida. Como si no estuviéramos allí, pasó dando traspiés y vomitó copiosamente en una de las grandes macetas con azulejos del vestíbulo.

Reyzábal, que seguía un poco preocupadísimo, o más, corrió a echarle una mano al hombro y con la otra chasqueó los dedos y le dijo a uno de los porteros que preparasen agua con azúcar, y que otro subiera al botiquín a buscar un tónico, pero el hombre dijo que no, que no hacía falta, que ya estaba bien y que disculpásemos.

Y después de secarse la boca, se ajustó la corbata y volvió a entrar para seguir viendo la función. Tal cual.

Pombal susurró lo que en ese momento pensamos todos:

—Tenemos un éxito. Tenemos un éxito.

Nos abrazaba, estaba feliz. En momentos así volvía a ser el Pombal de siempre.

Reyzábal, para variar, dudaba.

—Eso parece, eso parece, sí. Pero no echemos las campanas al vuelo. Hasta el fin nadie es dichoso.

El final era, para mi gusto, lo mejor de la función, lo más impresionante, lo que realmente dejaba al público clavado en los asientos sin necesidad de tanta sangre y tanta casquería. Era un truco en realidad muy sencillo, inspirado en los que Anglada había fabricado para *El hombre invisible*, y que resumía perfectamente la obra en tres imágenes.

Sonaba una música de piano, tristísima y muy bonita, que había compuesto y tocaba Ruscalleda, y en el escenario surgían, en hileras, como para una foto, los muchachos protagonistas, sonrientes, felices y vestidos de calle, tal como llegaban al cuartel al comienzo de la obra. Luego empezaba a oírse, muy lejos, un redoble de tambor, que iba creciendo, y, por efecto de la transparencia, se les veía avanzar, ya con cascos y uniformes, cada vez más y más soldados que iban llenando el escenario, mientras los tambores daban paso a un estruendo de antiaéreos, bombardeos y ráfagas de ametralladora. Cuando se disipaba el humo y se hacía el silencio, se habían convertido en un ejército de esqueletos que avanzaba todavía un poco más, hasta quedar inmóvil, a pocos pasos del público, mirándoles desde sus cuencas vacías mientras, en mitad de aquel silencio absoluto, empezaba a caer una cortina de nieve artificial que hacía las veces de telón.

Cuántas veces, cinco años más tarde, iba a acordarme yo de aquellas imágenes, de aquel final... Aquella noche hubo chillidos de horror de las señoras cuando aparecieron los esqueletos y luego no se movió una mosca. Todos quietos parados. Un silencio distinto; uno de esos silencios tensísimos de noche de estreno, que nunca sabes muy bien si van a terminar en ovación o en pateo. Acabaron en ovación, con el público puesto en pie. La crítica se dividió: unos dijeron que truculenta y otros que impresionante; ambos bandos tenían razón.

A la mañana siguiente, cuando Monroy llamó desde Barcelona para saber cómo había ido el estreno, Pombal le contó lo del tipo que salió a vomitar y volvió a entrar pitando para no perder comba. Monroy le dijo:

— ¿Sabes qué podrías hacer? Poner una ambulancia a la entrada. Que se vea bien. Y con enfermeros, claro. Sería un impacto.

—Anda, anda. Déjate de ambulancias, que traen mal fario.

—No, escúchame.

Le convenció, y Reyzábal dijo que amén. Por la tarde volvió a llamar Monroy para pasar la nota que yo me encargué de llevar a los periódicos. También me encargué de que hicieran una buena foto de la ambulancia con los dos enfermeros, a las puertas del Metropol.

La nota que escribió Monroy —todavía la tengo— decía:

«En vista de los reiterados desmayos e indisposiciones que la exitosa adaptación teatral de *Sin novedad en el frente* ha provocado, por su escalofriante verismo, en algunos espectadores sensibles, la empresa Pombal-Reyzábal recomienda a los impresionables que se abstengan de ver esta función, y anuncia la presencia de un equipo sanitario a las puertas del teatro para lo que fuere menester.»

Fue una estupenda estratagema publicitaria, como pronto se demostró en taquilla; lástima que no por mucho tiempo. *Sin novedad en el frente* funcionó de fábula durante enero y febrero, empezó a bajar sospechosamente en marzo, y en abril nos hundimos con todo el equipo. Pombal y Reyzábal habían calculado empezar a recuperar precisamente a partir de abril, y ganar de verdad en verano y otoño. Pero en abril se paró de golpe la venta de entradas y se vació el Metropol, así como suena. No se vendía ni una escoba. Un día quinientas personas, trescientas el otro, cien... Un desastre. Tuvieron que echar el cierre a la función y perdieron un montón de dinero. Ellos y media profesión, porque el bajón de los teatros fue generalizado y tremendo. No iba nadie. ¿Para qué iba a ir la gente al teatro, si el espectáculo estaba en la calle? Y con aquel nuevo espectáculo sí que no contábamos. ¿Quién iba a imaginar que aquel 14 de abril, justo en mitad de temporada, iba a darles por proclamar la República?

Por la mañana se supo que la habían proclamado ya en Cataluña. En Madrid no se proclamó, recuerdo, hasta las ocho o las nueve de la noche, cuando apareció Alcalá-Zamora en el balcón de Gobernación, pero hubo igualmente muchísima animación desde la mañana. Me despertaron los gritos, y los bocinazos, y los vivas, y el himno de Riego, que se convertiría en el éxito musical de la temporada.

—Hijo, ni que se fuera a acabar el mundo —decía Ruscalleda.

Era una mañana muy tibia, deliciosa. Me desperté caliente como un torete; hacía dos semanas que no veía a la Nati y pensé: paso a buscarla, nos pegamos un polvo y luego vamos por ahí a ver qué pasa. Subestimé la singular capacidad mercurial del pueblo madrileño, como decía Monroy cada vez que había fiesta grande, porque me atrapó la multitud, aquella marea que bajaba como una araña borracha de felicidad por todas las bocacalles que iban a Sol, por Montera, por Arenal, San Jerónimo, riadas de gente que al unirse formaban una masa compactísima, intransitable: tardé tres horas en ir de Carretas a Jesús del Valle.

Lo que más me llamó la atención fue la cantidad de banderas republicanas que había por todas partes. Pensaba: «Pero ¿de dónde habrán sacado tal cantidad de metros de tela tricolor? ¿La tendrían guardada?». A lo largo de Fuencarral y en la Red de San Luis había paraditas con banderas de papel, y de tela, y gorros frigios «para niños y grandes»; los que no tenían banderas sacaban a los balcones colchas y alfombras de colores, y mantones de Manila...

Cuando al fin pude llegar a Casa Chiquete, la Nati se había ido; tardaría veinticinco años en volver a verla.

—¿Cómo que se ha ido?

—Se me la han llevado, hijo, se me la han llevado —lloriqueaba la Patro.

—¿Quién? ¿Quién se la ha llevado?

—Un señor de Granada, que venía mucho por aquí y que se volvió a su tierra y me la ha retirado, me le ha puesto piso...

—Pero... así, tan de repente...

—Dicho y hecho, hijo mío. Pagó una noche entera y yo no sé qué le haría la Nati, pero me lo imagino, que a la mañana siguiente el granaíno le soltó al Chiquete pesetas para tostar dos bueyes, y de aquí a su hotel y de su hotel al tren.

—Y ella...

—Ella encantada, la mal parida. A ver si no...

Aquella noche dijeron por la radio que el Rey había abdicado y que se iba.

Volví a la pensión, solo. Me crucé con grupos que daban palmas y gritaban «Se ha ido el Rey, se ha ido el Rey». Cabizbajo, yo iba repitiendo como un tonto mientras subía las escaleras: «El Rey y la Nati, el Rey y la Nati».

10. Primera Rosa

A Rosa Camino, mi Rosa, mi pelirroja, la descubrió Monroy, y eso ella no lo olvidaría nunca. «Hoy ha venido a las pruebas una chica que promete muchísimo. Creo que ya la tenemos», dijo Monroy cuando llevaba una semana de pruebas, desesperando ya de encontrar una sustituta para la pobre Luisita. Lo de Luisita fue un caso literal de mala pata. *Sin novedad en el frente* se nos fue a paseo a finales de abril, y Pombal no quiso retomarla en otoño, para el arranque de la siguiente temporada. «Cuando una función se cae, se cae; mejor pasar a la siguiente.» A todos nos ha pasado eso con funciones que han sido un fracaso. Cuando la gente no viene, odiamos la función, no queremos ni oír hablar de ella. Si podemos, la borramos del mapa. Lo terrible es cuando no viene nadie y has de seguir haciéndola por contrato. Pero Pombal podía permitirse esos carpetazos. Entonces.

La siguiente función sería la que le había prometido a Luisita. Cumplió su promesa y buscaron la obra juntos. Una de las novelas favoritas de la Santaolalla era *Jane Eyre*; se lo dijo, y a Pombal le pareció bien, porque el muy zorro intuyó que sería un vehículo perfecto para él. A todos nos pareció muy buena cosa. Después del batacazo nos convenía un melodrama «de esos que gustan a todo el mundo», con relámpagos, y niebla, y pasiones enfrentadas en una mansión misteriosa.

Yo creo que de *Jane Eyre* le sedujo, sobre todo, la posibilidad de hacer un héroe romántico, un galanazo, y dos o tres «momentos». El primer encuentro de los dos, para el que decidió que Rochester entrase a caballo en escena; el final del segundo acto, cuando Jane huye por los páramos en mitad de una terrible tormenta, y el gran incendio final, cuando Rochester intenta rescatar a su primera esposa de entre las llamas. Le obsesionaban, al principio, esos tres «golpes», esos tenían que salir clavados, y también la construcción del decorado de Thornfield Hall, la mansión de Rochester. «Hay que afinar mucho con la casa», le decía a Anglada, «porque es un personaje, el tercer personaje de la historia». La quería vieja y de campo pero majestuosa, con una gran escalera, la escalera que llevaba a la habitación secreta, perdiéndose en lo alto de los telares entre celajes de niebla artificial. Arriba habría niebla pero «abajo» tenía que ser todo escrupulosamente realista, con cien mil detalles, y ahí vinieron muy bien todos los muebles y cachivaches antiguos que Anglada y Monroy habían ido comprando y guardando durante tantos años.

La historia de amor parecía importarle poco, como si no existiera, pues casi no hablaba de ella. La *Jane Eyre* que empezó a ensayar con Luisita podía haberse llamado perfectamente *El señor Rochester*, porque era más bien la historia de un caballero rural atormentado por un terrible secreto, secreto que ayudaba a desvelar una gentil institutriz, que Luisita interpretaba, pobrecilla, como si estuviera haciendo *Cristina Guzmán, profesora de idiomas*. A mí me pareció que Luisita estaba un poco mayor para hacer de joven huérfana, y a Monroy igual, pero se la veía tan ilusionada... La adaptación que hizo Pombal, muy rápida, en apenas un mes, se cargó toda la parte del hospicio precisamente para evitar líos. La función comenzaba con Jane adulta, llegando a Thornfield Hall y topándose de manos a boca, nunca mejor dicho, con el misterioso Rochester.

Todo pintaba muy bien. Luisita estaba entusiasmada y Pombal de buen humor, o al menos tranquilo. Se dejó crecer el pelo para hacer el Rochester, y también unas grandes patillas, que le daban un aspecto imponente. Los decorados de Anglada, para variar, eran fantásticos. Y Ruscalleda, las cosas como sean, hizo una música maravillosa, una gran partitura romántica, su primer gran trabajo.

A partir del *Frente*, Pombal empezó a meter más y más música de Ruscalleda en sus espectáculos, porque se había convencido de lo bien que funcionaba, de cómo atrapaba y elevaba al público. Música como un continuo, muy distinta a las canciones y tonadas de las comedias de Shakespeare. Las partituras de Ruscalleda eran un nuevo juguete para Pombal, y pasaban los dos muchas horas juntos, solos en el escenario, Ruscalleda al piano y él al lado, escuchando, acoplando. Con la adaptación en la mano, estudiaban los «momentos clave»; Ruscalleda componía, Pombal escuchaba y le decía «más arrebatado, pero que no tape» o «aquí más lento y más lírico». La música tenía que ser un subrayado, una intensificación de la atmósfera o los sentimientos, pero nunca cubrir o sustituir a las palabras; Pombal insistía mucho en eso.

A finales de agosto del 31, cuando bajó el calor, comenzaron los ensayos, con el plan de estrenar a primeros de octubre. Y sería a mediados de septiembre cuando Luisita se cayó en el metro de Embajadores y se rompió la pierna por tres trozos. Estaba de Dios que ese papel lo acabara haciendo Rosa, porque parecía escrito para ella. Rebelde y obstinada como Jane Eyre. Pero también equilibrada, segura de sí misma. E inteligente. La mujer más asquerosamente inteligente que he conocido en mi vida.

No era actriz, ni tenía pensado serlo, ni por asomo. Quería ser periodista, había publicado algunos artículos y entrevistas, quería dedicarse a escribir. Rosa Camino era entonces una chica de clase media-alta, de familia liberal. Su padre era ingeniero, y su madre daba clases de piano y francés; vivían en un chalecito de Ciudad Lineal. Se educó en la Institución Libre de Enseñanza, en aquel pequeño paraíso arbolado que tantas veces contemplé desde el almacén, al otro lado del desierto; quizás, fantasearía luego, una de aquellas voces claras que reían y cantaban al atardecer fuese la suya. Trabajaba, por las mañanas, en la biblioteca del Círculo de Bellas Artes, y se había presentado a las pruebas para *Jane Eyre* por una apuesta con unas compañeras, convencidas de que no se atrevería, y también, le dijo a Monroy, porque *Jane Eyre* le gustaba mucho, desde pequeña, y se la sabía de memoria.

Así era todo para Rosa entonces. Un reto y un juego.

—Ha leído muy bien —dijo Monroy— pero lo importante es que tiene algo. Es elegante, muy elegante de sentimiento, y a la vez tiene fuerza. Tiene más fuerza que todas las que han pasado. Es una mezcla rara. Y lo más curioso es que nunca haya hecho teatro.

Llegó al teatro una tarde, acompañada de Monroy. Me pareció una cría. Llevaba una boina de lana color crema, ladeada sobre su melena de rizos pelirrojos. Unos ojos muy negros, un poco entornados, que resaltaban en la cara blanca y pecosa. Y una nariz arremangada, altanera, que me la hizo instantáneamente antipática.

—Mona es mona, pero para mí que no da el tipo de Jane Eyre ni a tres tirones. Jane Eyre es una huérfana, y esta es una niña bien —le comenté a Monroy luego.

—Yo creo que sí va a darlo —dijo Monroy, y no se equivocaba—. Tú déjasela a Pombal.

Muchos años después, en París, Rosa me diría:

—En el fondo, tú y yo hemos tenido los mismos padres: Pombal y Monroy.

Por creerla inexperta me apresuré a jugar al protector, al veterano. Como un idiota, le di consejos. Evoco esto ahora y todavía me abochorno, porque aún puedo escuchar aquella voz mía ahuecándose, hablando de las peculiaridades del público de Madrid, de «nuestro» sistema de ensayos, advirtiéndola de las rarezas de Pombal.

—Tú, sobre todo, tranquila, que Pombal es de los que te arranca la cabeza y luego te la besa y te la vuelve a poner, ya verás.

Yo iba hablando, con voz grave y peliculera, y ella me escuchaba con la que pronto conocería como su «Pose Característica de Escuchar Chorradas Descomunales»: el largo cuello venciéndose un poco, la cabeza ladeada para esquivar las radiaciones de la cretinez, y un atisbo de sonrisa, más compasiva que burlona, como si no acabara de creer lo que estaba oyendo, empujando la incredulidad con la punta de la nariz.

Yo hablaba y hablaba y ella callaba, no decía nada, solo sonreía de aquella manera, y así fui yo perdiendo pie, y embarullándome, y oyéndome y viéndome. Algo parecido me sucedió una vez en un rodaje. Estaba a mitad de un parlamento y me vi reflejado de golpe en un espejo, un espejo inclinado, y me escuché diciendo las inverosímiles frases de aquel guion, y me metí en un jardín del que no supe salir. Del mismo modo, mi primera y última lección magistral sobre el arte del teatro y el funcionamiento interno de la compañía se me fue llenando de maleza, de «bueno, ya sabes», y de «lo que quiero decir es que», y de latiguillos ridículos, y frases que no podían ser más tópicas, vergonzosos clichés de gacetillero teatral, mientras ella callaba y me daba carrete, carrete que yo enredé solito viéndola mirarme y sonreír.

—... y es que, bueno, ya sabes, lo que quiero decir es que el público es como es, y las cosas como son.

—Mocosón.

—¿Perdona?

—Las cosas mocosón.

—¿Qué?

—No, perdóname tú, era un chiste malo. ¿Qué me decías?

No volví a interpretar el papel de consejero.

✿

El vestuario de Luisita le vino casi como un guante; solo hubo que hacer unos pequeños ajustes. Mis dudas sobre si podía «dar» o no la Jane Eyre desaparecieron en cuanto la peinaron. Luisita llevaba el pelo recogido en una larga y flotante cola de caballo, muy romántica. Pombal hizo que peinaran a Rosa de otra manera: el cabello alisado, con raya en medio y recogido en un moño, despejando su cara tan blanca, para que contrastara con el vestido negro. Y me la envainé del todo al verle bajar por primera vez la escalinata de Thornfield Hall, con aquel peinado y aquel vestido, y un chal sobre sus hombros, que Luisita no llevaba y que Rosa trajo de su casa.

—¿Qué es eso que llevas? —preguntó Pombal.

—Un chal. He pensado que vendría bien.

«He pensado, he pensado. No pienses tanto, rica, que no estás aquí para eso», me dije yo.

—A ver... —dijo Pombal—. Da una vuelta... Bien. Bueno, déjatelo. Pero la próxima vez me lo consultas.

Ella sonrió, satisfecha. Ni pidió disculpas. Esa era la gran educación que tenía la señoritinga.

Empezaron los ensayos. No tenía técnica, eso saltaba a la vista, pero la compensaba, y la sobrepasaba, con una facilidad pasmosa. Insultante.

—No tiene técnica. Se ahogará —diagnostiqué.

—No, no se ahogará porque tiene fuelle. Lo hace fácil —dijo Monroy.

Aquello me gustó todavía menos. Aquella palabra: «fácil». Claro que lo hacía fácil. Lo hacía fácil porque lo había tenido todo muy fácil. Llegar y besar el santo. A fin de cuentas, ¿quién era aquella vanidosa, que parecía que meaba colonia y se reía de la luna?

—Una niña bien, hombre, que no necesita el teatro para vivir —insistía yo.

—Tampoco es que sea una niña bien. Bien que trabajaba —terció Anglada.

—Quiero decir que no es de los nuestros...

—De los nuestros, de los nuestros... *Què vols que et digui?* Pombal no es que naciese precisamente en una familia obrera. Y Monroy otro que tal —dijo, y era verdad.

Yo no había ido mucho por los ensayos porque me aburría o porque el trabajo me salía por las orejas, pero cuando Rosa arrancó empecé a bajar cada vez que podía, con una curiosidad pérfida. Sentado en la oscuridad de un palco, muy cerca de ellos dos, observaba con ojos de juez del Supremo, dispuesto a no pasarle una.

—Le falta intensidad —le dije a Monroy.

—Ya se la dará Pombal —me contestó.

—Eso si no se le sube a las barbas. Porque a la niña esta, si no le paran los pies... Lo del otro día...

Unos días antes había llegado el caballo, el caballo que Pombal quería para la primera entrada de Rochester. Tenían que llevarlo a Martínez Campos pero lo trajeron al Metropol, y ya que estaba allí Pombal dijo «Pues lo probaremos». No fue una gran idea. Costó lo suyo calmar al animalito, y el ensayo de aquella tarde se fue directamente a hacer puñetas, pero Pombal se puso terne con el asunto, y yo convencido de que era para impresionarla a ella, cosa que no le hacía ninguna falta. Y cuando Pombal hizo al fin su entrada, vestido de Rochester, pechiabierto y con aquellas botas de media caña, muy tieso en lo alto del jaco, muy jinete...

—... va la niña y le suelta, al verle aparecer con el caballo: «No, gracias, hoy no tenemos basura» —contaba Monroy, partiéndose de risa—. ¡Qué célebre!

—Pues a mí me parece una falta de respeto, qué quiere que le diga.

Dije yo, por decir algo suave, porque estaba incendiado.

—Venga, venga, que era solo un ensayo. Estás tú muy serio

últimamente, Pepín. Se te debe haber contagiado la República, que están todos con unas malas caras que para qué.

Ya vi que con Monroy no había manera. Le reía a la niña todas las gracias. Era muy graciosa la niña. Y muy indisciplinada también. Claro. Porque se aburría. A la niña le aburría repetir tantísimas veces las cosas. Pero lo tenía claro con Pombal, porque él nunca se cansaba de repetir; repetiría y repetiría lo que hiciera falta, hasta que se quedase contento. «Te va a doblar a ensayos, guapita», pensé. Lo que más me freía es que cuando Pombal le pasaba notas e indicaciones, ella le escuchaba como a mí el primer día, con aquella pose exasperante.

—Pero ¿esta niña dónde se cree que está? ¿Es que no se da cuenta del regalo que le han hecho? ¿Debutar con una protagonista?

Como Monroy volvía a ocuparse de la gerencia, pude escaparme al taller para echarle una mano a Anglada en la preparación de los decorados del páramo y del incendio final. Estuve una semana o así en Martínez Campos, feliz y encantado, y cuando volví estaban pasando la escena en que Rochester descubre los dibujos de Jane; la primera vez que les vemos solos, frente a frente. Aquella tarde, aunque me costó reconocerlo, advertí algo que antes no había visto: tensión, tensión dramática entre los dos. Una tensión subterránea, suave pero muy perceptible, y que no le había visto a Pombal desde que con Lumi hicieron la pareja enfrentada de *Mucho ruido para nada*.

Aquellos diálogos, aquella escena que me volvería tantas veces...

— «He visto algunos dibujos suyos. ¿Son realmente suyos o recibió ayuda de algún maestro?»

— «Nadie me ayudó, señor.»

— «Ah, veo que eso ha herido su orgullo. Le habrán requerido mucho tiempo. ¿Cuándo los hizo?»

—«En el internado, durante las últimas vacaciones.»

—«¿Los copió?»

—«No, señor. Salieron de mi cabeza.»

Aquella tranquila e insoportable arrogancia.

—«¿La misma que reposa sobre sus hombros?»

—«La misma, señor.»

Aquella maldita sonrisa.

Monroy entró de puntillas en el palco y se sentó a mi lado. Cruzó los brazos sobre la baranda y acomodó en ellos la prognatísima barbilla, para verles más de cerca.

—«Quizás su técnica sea insuficiente, señorita Eyre, aunque las ideas sean mágicas. ¿Y tiene dentro de esa cabeza más material del mismo tipo?»

—«Y mejor, espero, señor.»

Pombal y Rosa quedaron un instante en silencio, mirándose; un instante que a mí me pareció larguísimo. Hasta que Pombal dijo: «Paramos media hora y luego todo el acto desde el principio».

Monroy me susurró:

—¿Qué te ha parecido?

—No está mal. Ha trabajado. Pero lo hace muy seca, muy antipática. Si le digo la verdad, me gustaba más Luisita. Era más dulce.

—Ahí estaba el problema.

—¿No le gustaba Luisita?

—Claro. Pero la Jane Eyre de Luisita estaba rendida a Rochester desde el principio, y esta no. Fíjate en la diferencia. Ahora es mucho más interesante.

Cuando faltaban dos semanas para el estreno, Pombal cambió de método, o al menos eso me pareció. En los pases corridos comenzó a hacerle putadas, putaditas para descolocarla. Putadas poco evidentes para un profano, como las que hacía Ruscalleda cuando quería chupar plano o robarse la escena, pero que viniendo de Pombal debían tener, por fuerza, otro sentido: avivar su interpretación, para que no se mecanizara. Nunca había hecho antes esas cosas. Un gesto brusco en mitad de un monólogo, un movimiento marcado que de repente cambia de dirección... Retardar una entrada para dejarla sola en escena... Esto lo hizo varias veces, siempre en momentos distintos. Y ella reaccionaba bien, siempre al quite, trabándose o cayéndose lo justo, aunque estaba claro que no le hacía ninguna gracia: no decía nada, seguía con su texto, pero sus ojos echaban chispas.

Y una tarde, ya en la última semana, Pombal la besó.

Hasta entonces, los besos y abrazos de Jane y Rochester habían sido meras aproximaciones, alzando los brazos o rozando apenas las mejillas, puro tanteo, como dos esgrimistas marcando las posiciones de un combate. Aquella tarde, cuando de repente la tomó en sus brazos, todos advertimos que el beso iba en serio, porque estaba durando demasiado. Entonces, en mitad de aquel beso insólito, Rosa echó hacia atrás la cabeza y le soltó una bofetada. Una bofetada muy ligera, muy elegante y muy bien dada; una bofetada, como diría luego Monroy, «casi de alta comedia». Una bofetada vista y no vista, que cruzó ante mis ojos pasmados como una paloma echando a volar en la bóveda del taller, y que pareció no haber existido nunca, una pura ilusión de los sentidos, porque tras atizársela Rosa siguió con sus líneas de diálogo, como si nada hubiera pasado, hasta terminarlas.

Pero sí había pasado.

Yo contenía la respiración; Monroy estaba repentinamente serio; Ruscalleda había dejado de tocar. Yo pensé: «Ya está, despedida». Pero Pombal, sorprendentemente, dejó que acabara sus líneas y cuando Rosa acabó, los dos quedaron mirándose de nuevo, como al final de la escena de los dibujos.

Entonces, Pombal se giró a Ruscalleda y le dijo:

—No va a ir música aquí, Esteban. Cuando yo la abrace, quiero silencio. Silencio, beso, y bofetada. Incorporamos esto y... ella acaba sus líneas... tal como lo has hecho... y entonces volvemos a abrazarnos. Así —dijo, tomándola otra vez en sus brazos—. Y es aquí donde entra la música.

Se abrazaron, de nuevo.

«Y es aquí donde entra la música...»

Todavía escucho esas palabras. ¿Quería Pombal que aquella música entrara de verdad en su vida? ¿Había sido aquel un beso irrefrenable o tan solo un truco, un truco teatral, para llevar a Jane hasta donde él quería? Le daba yo vueltas y vueltas, recordaba las palabras de Anglada: «Nunca con ninguna de la compañía... Afuera puede conseguir las que quiera...». Y ella... Ella aceptó el nuevo beso y el nuevo abrazo porque ya eran de los personajes, ya habían sido integrados en el ensayo, en la partitura...

Luego todo pasó muy deprisa, se aceleró... Todo se estaba acelerando mucho... Los discursos de los políticos, cada vez más enfrentados, los gritos por las calles, los incendios... Aquellos días habían quemado varias iglesias y un par de conventos, y no puede decirse que a mí me importara mucho, esa es la verdad, eso era lo que pensaba, aunque me guardara muy mucho de decirlo, ni comentarlo siquiera con Anglada, el único que podía haberme entendido... Porque era un sentimiento confuso, un estado de excitación, febril, sin sentido, que estaba en el aire... sin pensamientos, sin ideologías... ¿Cómo iba a alegrarme yo de que quemaran iglesias? Pero era hermoso verlas arder...

Miré arder las iglesias desde los altos del Metropol, vi Madrid a mis pies, horizontal como las nubes que recorrían el ciclorama del cielo sin que yo pedaleara, y los penachos de fuego y las columnas de humo... un decorado soberbio, un gran espectáculo, tan bello y feroz como las muecas rojas de los payasos que tiraron al agua a la madre de Pombal... El teatro que Pombal

me había enseñado a amar... ¿Quién necesitaba comprenderlo?
Así era yo, así era yo entonces.

De *Jane Eyre* el público recordaría la escena del páramo, el gran
incendio final y el especial voltaje entre ellos dos. Todos los diarios hablaron de la galanura de Pombal como héroe romántico, y
le auguraron larga vida a la obra y a la «más que prometedora»
carrera de Rosa Camino.

En noviembre, Anglada se enteró de que volvía a Barcelona
Raquel Meller, la célebre cupletista, a la que había visto debutar
en el Arnau. Me había hablado cientos de veces del Paralelo de
los años veinte, de las fastuosas revistas «a la moda de París»
que montaba Manolo Sugranyes en el Cómico, aquel empresario supersticioso que siempre buscaba títulos de seis letras,
Yes-yes, *Cri-Cri*, *Mis-mis*, *You-you*...

—Nos vamos tú y yo un fin de semana a Barcelona, vemos a la
Raquel y te enseño el Paralelo. Ya verás lo bien que lo pasamos.

Como la idea me parecía estupenda le dije enseguida que sí.

La Meller volvía de una gira por América y acababa de rodar en París la que sería su última película, *Violetas imperiales*,
luego muy popular, en los cincuenta, por la opereta de Luis
Mariano. «Una única semana de actuaciones en Barcelona —decía la revista *Candilejas*— antes de regresar, por compromisos
adquiridos, al Casino de París.»

Fuimos a ver a Raquel Meller al Nuevo, llenísimo, y me sorprendió la absoluta sobriedad de la puesta en escena. La Meller,
que ya estaba granadita, actuaba con un sencillísimo vestido
negro, iluminada por un único foco; de fondo, un simple telón
de gasas. Cuando cantó *El Relicario*, al final de la primera parte,
muy en *tragedienne*, muy a la francesa, todo el teatro se puso
en pie, y a Anglada se le escaparon unas lágrimas. La segunda
parte fue un delirio, porque para presentar las canciones de *Violetas imperiales* apareció vestida de emperatriz, con un tocado

Pompadour y una sombrilla de la que se habló mucho en los periódicos aquellos días; una sombrilla de puño de plata, con incrustaciones de turquesas y rubíes, que había pertenecido a la mismísima Eugenia de Montijo. Se la había regalado su marido de entonces, el empresario judío Edmond Sayac.

La Meller no me apasionó tanto como a Anglada, pero, en cambio, me enamoré del Paralelo nada más pisarlo.

—¿A que en Madrid no hay nada igual, *nen*? —me dijo Anglada, pasándome el brazo por los hombros, orgulloso de su ciudad.

—Desde luego que no —dije yo, deslumbrado por las bombillas de los carteles, el Español, el Apolo, el Nuevo, el Victoria, el Cómico, y la zarabanda de los coches, y los cafés atestados a las dos de la mañana; todos aquellos cafés que, como los teatros y los *music-halls*, se agolpaban en un espacio de apenas un kilómetro: el café del Español, el Sevilla, el Carbó, el Rosales...

Y el aire, tan distinto al de Madrid. El aire húmedo y salado que venía del puerto, y se mezclaba, de repente, en lo alto de la noche, con el aroma picante de pinos y perfumado de tomillo que bajaba de la montaña de Montjuich, y el aceite de frituras de los chiringuitos... También los cafés olían distinto. Olían a ron, a aguardiente de caña, y a tabaco negro, de picadura, una humareda espesa que oscurecía aquellas techumbres de barracón, hechas de cartonaje y cuero alquitranado.

—Volveremos, *nen*... En cuanto Pombal vea el Olympia, ya verás como el próximo espectáculo lo montamos aquí. La que vamos a liar...

Anglada estaba eufórico por volver a Barcelona. Me llevó a ver el Olympia, y estuve completamente de acuerdo con él. Pronto hablaré del Olympia, y de lo que allí pasó.

A la vuelta resultó que Monroy también había decidido tomarse un respiro y se había ido a Valencia. Ruscalleda me dijo que

Monroy estaba muy contento porque se había reconciliado al fin con doña Renata, y pasaría las Navidades «en familia».

—¿Y qué tal va la función? —le pregunté a Ruscalleda nada más llegar a la pensión.

—Bien de gente, pero Pombal... No sé, chico...

—¿Qué quieres decir?

—Que parece que no está por lo que hay que estar. ¿Qué tal por Barcelona?

—¿Ha pasado algo?

—Nada, hombre, nada. Yo no he dicho nada. Siempre hablo de más.

Estas tonterías no eran nuevas en Ruscalleda, ese decir y no decir. Desde que pasaba tantas horas con Pombal le encantaba hacerse el interesante, y dar a entender que él, y solo él, era el receptáculo de todas sus confidencias y atisbos de proyectos y fluctuaciones de ánimo.

Poco después de esta imprecisa conversación, una noche de finales de diciembre, Rosa se cayó. Se quedó en blanco, en mitad de un monólogo, cuando Jane trata de aclararse acerca de sus sentimientos hacia Rochester; un «monólogo interior», muy bien escrito por Pombal, y muy atrevido para la época. Aquella noche, la noche, me acuerdo muy bien, del 28 de diciembre, había venido un público muy malo, muy revuelto, y con una considerable proporción de energúmenos y graciosos. El que lio la cosa estaba borracho, se vio enseguida.

Cuando Rosa se quedó en blanco, Pombal, que estaba en cajas esperando su entrada, dio una zancada en dirección al escenario, dispuesto a improvisar cualquier cosa, pero yo vi que no quería cortar el monólogo, porque se frenó y en lugar de salir comenzó a hacerle señas desesperadas al apuntador, agitando los brazos.

Entonces Rosa hizo algo que jamás hay que hacer: volvió al

principio del monólogo. Recomenzó. *Da capo*, como dicen los músicos. Se escucharon algunos runrunes en platea, runrunes que fueron en aumento, y risitas. Ella siguió; Pombal se mordía las uñas; el apuntador nos miraba desesperado, encogiéndose de hombros, con cara de «¿Y yo qué puedo hacer?».

En estas, el borracho se puso en pie y empezó a abuchearla, haciendo bocina con las manos. Rosa, que ya había enlazado con la frase de su caída y, como suele decirse, había «cubierto el blanco», siguió su monólogo, cuatro, cinco, seis frases, como si el borracho no existiera. Pero existía. Pombal dio orden, chasqueando los dedos, para que avisaran a los porteros y le sacaran de la sala.

Yo veía al necio aquel aullando, y vi, vimos, cómo Rosa daba entonces unos pasos hasta el borde mismo del escenario, hasta quedar justo frente a él, y Pombal masculló en voz baja «¡No te salgas! ¡No te salgas!», pero Rosa ya había salido del personaje, ya no había retorno. Interrumpió su monólogo y así quedó, en absoluto silencio, con los brazos cruzados y sonriendo desafiante a aquel tipejo, mientras los porteros avanzaban ya por el pasillo de platea para llevárselo.

Todo esto debió pasar en no más de dos minutos, pero en teatro dos minutos son una eternidad. No hubo forma de levantar la función después de aquello, y la remataron mal que bien. Los gestos de Pombal, cuando volvió a escena, eran bruscos, sin gracia; Rosa hablaba con la mirada baja, y hasta los decorados, rota la corriente que había circulado entre ellos dos, parecían cartelones pintados y sin vida. Mucha gente se fue en el intermedio, y los que quedaron aplaudieron con las puntas de los dedos.

Aquella misma noche, después del desastre, Pombal nos reunió a todos en el escenario. Su mirada no presagiaba nada bueno. Y, más que su mirada, la cara de Anglada, confirmándolo. Porque Anglada quiso terciar; se acercó a él; hablaron un momento en un rincón; Pombal decía que no y que no con la cabeza. De vuelta, al pasar a mi lado, Anglada tenía cara de «Nada que hacer». Veo esa escena con una luz muy baja, como si todos los focos se hubieran apagado ya, cosa probable, y tan solo nos iluminase el retén, aquella bombilla montada sobre un palo de madera, solitaria, tristísima, que había antes en los escenarios, y que solo se encendía a última hora, mientras se iban apagando los focos, para ir cerrando. No recuerdo cuántos éramos, no veo bien sus caras. Veinte, veinticinco personas estaríamos allí. Veo una hilera de abrigos largos, gabanes, sombreros, y los rostros borrosos, en la sombra, como pasajeros esperando la salida de un tren de madrugada.

—Lo que ha hecho esta noche la señorita Camino no puede volver a repetirse —dijo Pombal, paseando la mirada por la compañía. Y luego, mirándola a ella—. No puedes salirte del personaje. *Nunca.* Puedes hacer cualquier cosa en escena, pero siempre que no te salgas. Esa es la primera regla, que creí te había quedado clara. La segunda...

—La segunda es que no tendrían que dejar entrar a...

—La segunda, no me interrumpas cuando hablo, es que el público es sagrado. Siempre. Aunque sea como el de esta noche. No puedes encararte con el público. Punto.

Rosa le escuchaba con los brazos cruzados, como si todavía estuviera delante del borracho. La hubiera matado. Pensaba, atropelladamente: «¡Baja la cabeza, cretina! Pombal está a punto de saltar, yo le conozco mejor que tú... No le provoques... No le...».

—Y para que una cosa así no vuelva a repetirse, Pepín, toma nota: Que mañana... ¿tomas nota o no tomas nota?

—Sí, sí. Un momento.

Fui a buscar la libretita y el lápiz. Pombal permanecía en silencio, esperando a que yo volviera. Ledesma, uno de los chavales del *Frente*, que en *Jane Eyre* hacía el papel de St. John y que estaba casi al fondo, intentó escaquearse con mucho disimulo, como si lo que venía fuese un asunto privado entre Pombal y Rosa, pero Pombal le vio.

—¿Tiene usted una cita, Ledesma? ¿No? Pues espere usted ahí que aún no he terminado. Estoy hablando para todos. Si le interesa a usted seguir en la compañía le conviene recordar las normas, para que no le pase como a la señorita Camino.

—Síseñor —susurró el pobre Ledesma, casi poniéndose firmes.

Miré a Rosa. Le temblaban las aletas de la nariz y respiraba más rápido de lo normal, haciendo acopio de aire, pero seguía sin bajar la cabeza. Dije:

—Cuando quiera, patrón.

—Bien.

—Que mañana aparezca en la tablilla la notificación de una sanción a la señorita Camino, con multa cuya cuantía determi...

Entonces Rosa le interrumpió, con los brazos casi en jarras. Dijo:

—¿Me va a poner una multa, como si fuera usted un guardia?

Pombal gritó como hacía tiempo que no gritaba. Ella no gritó pero no sé qué era peor, porque la voz le salía cada vez más oscura y más seca. No aceptaba la multa, le parecía un castigo ridículo, de colegio, y ella ya no iba al colegio, dijo. La culpa era del borracho, no suya. Pombal dijo que había una normativa, y ella, que ya era hora de cambiarla. Y que todo aquello era un cuento chino para rebajarle el sueldo porque sí, por pura cicatería, y yo pensaba, acordándome de Torregrosa «¿Y si tuviera razón?», pero también me pareció que llevaba razón Pombal, claro que sí, cuando le dijo:

—Hay gente que pagaría por estar donde tú. *Pa-ga-ría* —silabeó, acercando la cara a la suya.

Aquello iba a peor. Poco a poco, de los que estábamos en el escenario quedamos cinco o seis; la gente fue retrocediendo, espantada, y Pombal ni se dio cuenta, o si se dio, ya no le importaba.

—Soy una actriz y no un coche —recuerdo que decía Rosa, enfurecida, con los ojos brillantes...

Fue la última frase clara que recuerdo de aquella noche. Hasta aquel ridículo e innecesario ultimátum, cuando se plantó y dijo que muy bien, que si le tocaban un duro de lo acordado se iba y se quedaban sin protagonista. No recuerdo qué le respondió Pombal, porque en aquel momento Anglada me dijo al oído:

—Vámonos, *nen*, que esto no tiene vuelta.

Era cierto. Con aquella frase, Rosa se había despedido, porque estaba claro que no le dejó margen, que Pombal no podía aceptar ese envite. Pombal salió por una puerta y Rosa por otra.

A la mañana siguiente, Monroy, que llegaba, se cruzó con Pombal, que salía del despacho.

—¿Adónde vas tan aprisa, maestro?

—A casa de Luisita, a ver cómo tiene la pierna. Luego te cuento.

—¿Cómo que luego? Voy contigo.

A primera hora de aquella mañana, Pombal me había dado una nota para los periódicos, comunicando que la función se suspendía hasta nueva orden. Luego se fue con Monroy y no aparecieron en todo el día.

Poco antes del mediodía llegó Rosa, que venía para hablar con Reyzábal y para cobrar la liquidación. Vi su silueta a través del vidrio esmerilado de la puerta. Le propuse ir a tomar un café, un aperitivo.

—No, déjalo, gracias. De verdad.

Tenía cara de no haber dormido nada.

—Marcharte así, en pleno éxito...

Le hubiera dicho tantas cosas... Ah, eso siempre se piensa luego... Yo tardé, tardé, tardé en pensarlo. Aunque casi mejor que no hablara entonces. Que no dijera más de lo que dije. Entonces, en mitad de aquel pasillo, la hubiera besado y la hubiera hinchado a hostias, alternativamente o al mismo tiempo. Me hacía feliz que se largarse, que nos dejara en paz, que su «prometedora carrera» se fuese allí mismo a hacer puñetas, y a la vez sentía un raro hueco en el estómago ante la idea de que probablemente no volvería a verla.

—Es una lástima que se haya girado esto así...

—Ya ves. Así son las cosas.

—«Las cosas mocosón» —dije.

Sonrió. Estábamos en mitad del pasillo.

—¿Y qué vas a hacer ahora?

—Voy a ver si pillo a Reyzábal antes de que se vaya a comer.

—No, quiero decir de ahora en adelante...

—De ahora en adelante no lo sé. Por lo pronto, me iré unos días a descansar, a una casa que tienen mis padres, en el norte.

—¿Ah, sí? Qué suerte...

—Muchísima. Y luego, Dios dirá. Escribir... Me gustaría dedicarme a escribir...

—Debe de estar bien eso.

—Sí.

Quedamos los dos en silencio, en mitad del pasillo.

—Bueno... Ha sido un placer, Mendieta... —dijo, alargándome la mano.

—Ya nos veremos por ahí algún día, ¿no? Madrid es un pañuelo... —dije, estúpidamente, estrechándole la mano.

—Claro.

Luisita, que estaba casi bien de la pierna cuando Pombal se plantó en su casa, se portó como una señora. Cualquier otra hubiera dicho que no quería ser plato de segunda mesa. Luisita no era orgullosa, y quería hacer aquel papel.

—Además, chico, ya estaba harta de estar todo el día en casa leyendo novelas —me dijo.

Le dieron el alta a mitad de enero, y a finales ya estaba haciendo otra vez la función, todavía un poco cojita pero llena de entusiasmo. Ahí Pombal se portó. Le aumentó el sueldo, e hizo que cruzaran los carteles con una frase que decía «El esperado retorno de Luisa Santaolalla», o algo por el estilo. Y llamó personalmente a los críticos, uno a uno, para que la vieran. Eso estuvo bien; eso no lo hace cualquiera. Quería que vieran a la nueva Jane Eyre.

—¿Y la señorita Camino? —preguntaban los periodistas.

—Problemas familiares —decía Pombal.

—Pero ¿volverá, en un futuro...?

—En el teatro nunca hay futuro, amigo mío. El teatro siempre es presente.

Reyzábal estaba contento, porque seguía viniendo mucha gente al teatro, la misma o más que con Rosa, pero era evidente que la función ya no era la misma, y que Pombal cada vez actuaba más desganado.

Una noche de aquel invierno me quedé trabajando hasta tarde en el despacho; hasta tan tarde que cuando salí solo quedaba el portero de guardia. Cogí un poco de dinero de la caja para un taxi, y eché a andar por Bravo Murillo, casi desierta a aquella hora. Hacía muy mala noche, el cielo estaba encapotadísimo y soplaba un viento helado. Dejé atrás varias bocacalles buscando el taxi, y cuando estaba, me acuerdo perfectamente, a la altura de Cea Bermúdez, vi de pronto la silueta inconfundible de Pombal, como a unos cincuenta metros por delante de mí.

Estaba parado en la esquina, con el cuello del abrigo levantado, intentando encender un cigarrillo, pero el viento le apagaba las cerillas. Me había acostumbrado a que Pombal desapareciera sin despedirse al acabar la jornada, sobre todo si él estaba trabajando abajo, en el escenario, y yo arriba, en el despacho, pero me pareció raro que no hubiera tomado un taxi nada más salir, con la noche perra que hacía.

Tampoco parecía, por las trazas, que tuviera la menor intención de buscar un taxi. A punto estaba yo de acercarme y decirle algo cuando en aquel mismo instante se giró hacia mí, haciendo pantalla con las manos para encender el cigarrillo, y fue ver la llamita iluminándole la cara, lo que le quedaba de cara entre el ala del sombrero y el cuello levantado, y meterme casi de un salto en un portal, espantado como un tonto.

Muchas veces me había preguntado qué hacía, adónde iba Pombal al acabar la jornada. Desde que rompió con Palmira Werring se terminaron para él las fiestas de sociedad. Seguían invitándole, porque toda la correspondencia pasaba por mis manos y no había más que ver aquellos sobres lujosos con forma de tarjetón, que luego aparecían rotos y sin abrir en su papelera. También sabía que no vivía ya en el hostal de Glorieta de Bilbao sino en un hotel nuevo, muy moderno, el Continental, en la calle Lagasca, que no estaba precisamente cerca como para llegar a pie. Como ya estaba yo metido en aquel papel de novela de espías, asomé la cara con muchísimo cuidado desde el portal, vi que había echado a andar de nuevo, y me puse a seguirle. Estuve siguiéndole como una hora.

¿Qué hizo Pombal durante aquella hora casi desierta, helada, irreal?

Caminaba lento, como si no hiciera un frío del demontre, como si no estuviera allí sino en alguna otra calle muy lejana. Cualquiera que no le conociese hubiera pensado, al verle caminar de aquella manera, que se había bajado una botella él solo. Como un sonámbulo, se paraba de cuando en cuando y sin motivo, a mi entender, y se quedaba mirando un edificio, una esquina, o el cielo que ya temblaba con relámpagos, comenzando a chispear aguanieve.

Estuvo un buen rato fumando frente a un café, al otro lado de la calle, un café en el que quedaban cuatro gatos, una pecera de luz tristísima, como si dudara entre entrar o no. Fue que no: siguió caminando, y yo tras él, con la espalda pegada a cada nueva esquina. Yo sabía perfectamente que estaba haciendo una tontería, que Pombal podía girarse de golpe y pillarme y a ver qué le hubiera dicho yo entonces, y a punto estuvo de pillarme un par de veces, porque girarse se giró, pero no pudo verme, imposible, estaba demasiado lejos.

Empezaba a llover cada vez más fuerte cuando llegamos, él siempre a unos cien pasos por delante, a la Glorieta de Quevedo.

Y allí se quedó, ajeno, bajo la cortina de lluvia que le estaba empapando el abrigo y venciéndole el ala del sombrero, y estuve mirándole así, un rato, desde otro portal, sin saber qué hacer ni qué pensar, y a punto estuve otra vez de correr hacia él con cualquier excusa, como hubiera corrido hacia Rosa... Pero qué iba a decirle yo, cómo hubiera podido llegar hasta él... serle útil de alguna manera... Los cien pasos que separaban aquel portal y el centro de la Glorieta se me antojaron miles de kilómetros...

En esas se me adelantó un taxista, que paró a su lado sin que Pombal hiciera el menor gesto para llamarle. La puerta del taxi se abrió y Pombal entró como quien, hipnotizado, entra en la caja de un mago... y desapareció, y yo me quedé mirando la Glorieta batida por la lluvia, como si la lluvia lo estuviera borrando todo, y entre una cosa y otra llegué a la pensión a las quinientas, con escalofríos y la cabeza ardiendo, y ya tenía fiebre cuando me metí en la cama. Eso coincidió con una ola de frío en toda España; en Madrid llegamos a los siete bajo cero. Estuve una semana de baja, con fiebre muy alta; doña Soco me dijo luego que estaba agitadísimo, y gritaba mucho, y decía cosas raras.

11. Barcelona, 1933

Me costó años admitirlo, pero a partir de la marcha de Rosa yo perdí pie. Digamos que en el 32 empecé a caer sin darme demasiada cuenta, y en Barcelona empecé a chocar contra esto y aquello en mi caída, hasta que choqué frontalmente con Pombal. Durante el que sería mi último año con Pombal me fui sintiendo como si estuviera atado a la bicicleta de Anglada: pedaleando sin parar para no ir a ninguna parte. Yo no me movía; eran las cosas las que se movían a mi alrededor. Los paisajes, las personas. La vida. Seguía pedaleando con fuerza, con furia incluso, pero no era mi corazón el que bombeaba. Como si hubiera tenido razón el cegato del doctor Mondiño. Aunque el problema de mi corazón no se curaba ni con reposo ni con inyecciones de salicilato. Era un corazón cansado, cierto, pero sobre todo confuso, y enojado, y lo peor es que no sabía contra quién.

En 1933 estábamos en Barcelona, en una pensión de cómicos que se llamaba La Toledana, en las Ramblas, en el edificio del cine Capitol; creo que todavía existe. Fue un verano abrasador, tan salvaje como había sido el invierno en Madrid. Desde una ventana del pasillo de la pensión se veía la pantalla del cine, y se oía todo, porque abrían el techo para soportar el calor. Tendido en la cama, empapado, con la cabeza febril de bochorno, escuchaba disparos y frases de amor, y romanzas de opereta vienesa, como si esa confusión fuese ahora la banda sonora de mi vida. A la que amanecía me levantaba, cruzaba las Ramblas recién regadas y la calle del Carmen y llegaba hasta la Ronda de San Pablo y entraba en el Olympia y empezaba a pedalear, así un día y otro día.

Fuimos a Barcelona porque Ventura Gannau, el dueño del Olympia, quería conocer a Pombal y ofrecerle su teatrazo. Anglada, que hizo de mediador, se frotó las manos de felicidad cuando el patrón dijo que de acuerdo, que iría. El Olympia fue el teatro más grande que hubo nunca en Barcelona, y yo diría que uno de los más importantes de Europa: baste con decir que cabían allí unas seis mil personas. En el Olympia se «hacía» de todo. Boxeo, circo, ópera, ballet, zarzuela, revista, lucha libre... A su lado, el pobre Metropol era un chiste; ya lo había dicho Anglada en su momento, pero todos pensamos que era orgullo de catalufo. Por eso tarifó Pombal con Reyzábal, porque el Olympia le ganó por la mano al Metropol. Buena cabronada le hizo a Reyzábal. Gannau nos iba enseñando el Olympia... Todo era doble... Doble puente, doble foso, doble aforo... Yo iba mirando los carteles que había por todas partes, en el enorme *hall*, a lo largo de las escaleras, en los pasillos y el despachazo de Gannau... Carteles con nombres de artistas que yo no había oído en mi vida: Antonet y Beby, la *troupe* de los Frediani, las caballerías de Fred Knie, los Singer's Midgets, las focas sabias de Winston y los 110 leones del capitán Schneider...

Me reafirmé en mi idea de la primera vez: aquello, decididamente, no tenía nada que ver con Madrid. Aquello era Broadway, el Broadway que yo había visto en las revistas ilustradas... Anglada, que era un zorro, supo que a Pombal se le caería la baba en cuanto viera la piscina. Porque el gran reclamo, la gran locura del Olympia era una gigantesca piscina circular que había bajo la pista, una piscina en la que cabían miles y miles de litros de agua y que emergía por un mecanismo, nunca mejor dicho, hidráulico, y se iluminaba con focos sumergidos. Y viéndola fue cuando a Monroy, en plan capitán Araña, se le ocurrió decir que aquello vendría que ni pintado para hacer, por ejemplo, 20.000 *leguas de viaje submarino*, como el que no quiere la cosa, y Pombal le tomó la palabra, y Gannau, que no era tan entusiasta como Reyzábal pero desde luego olía un negocio a kilómetros de distancia, dijo «a su disposición, Pombal, esta es su casa», y a la noche firmaban el contrato en el Chicago, un café que estaba al lado del Olympia.

Digo lo del capitán Araña porque Monroy nos embarcó a todos en el *Nautilus* cuando en realidad estaba con un pie fuera, pues en aquellos días ya empezaba a parar más en Valencia que con nosotros, con la cosa de que su madre estaba muy malita, la pobre, así que cuando Pombal se entusiasmó con la idea de hacer el Julio Verne ya me vi todo lo que me iba a caer encima.

—¿Y Reyzábal? —preguntó Monroy. Retóricamente, porque ya sabía que la cosa estaba «dada y bendecida», como decía Anglada.

—Le llamo esta noche y le explico. Lo entenderá.

—Uy, sí. Lo entenderá muchísimo.

—El teatro...

—Que sí, que sí. Que el teatro es el presente.

Monroy comenzaba a estar un poco harto, me dijo, de que Pombal hablase como si tuviera delante a un periodista.

Reyzábal, por supuesto, no solo no lo entendió sino que le metió una denuncia de aquí te espero por incumplimiento, y le dijo que se quedaba con todos los decorados de *Jane Eyre*; Pombal respondió que como si se operaba. Se portó como un perro con Reyzábal.

Yo creo que mi único momento de felicidad en Barcelona fue aquel día de primavera, cuando Gannau nos abrió por primera vez las puertas del Olympia. Después de la guerra, un gobernador civil le quitó la «y» porque «sonaba extranjero» y lo dejó en Olimpia a secas. En el fondo, tras su insondable estupidez, había una verdad. Porque es cierto que el Olympia de antes de la guerra parecía extranjero. Todo el Paralelo aquel parecía extranjero. Una ciudad francesa del sur. Mucho más canalla, más vital, más encendida y más revuelta que Madrid. Madrid me había fascinado y sería siempre mi ciudad, toda mi vida, pero en comparación con la Barcelona de los años treinta, Madrid era infinitamente más provinciana, y peripuesta, y redicha. El famoso casticismo, del que tanto se ha escrito, no es más que un engolamiento del pobretón, del chupatintas, un quiero y no puedo, un ponerse de puntillas para parecer más alto y ahuecar la voz para resultar más chulo.

En aquella Barcelona no necesitaban chulerías de subsecretario.

Aquella era una Barcelona que olía a cazalla perfumada, y en la que se oía hablar francés por las esquinas. Con el Estatuto de Autonomía en las manos, además, no había quien les tosiera. Mientras en Madrid las caras se avinagraban por momentos, los catalanes vivían todavía la resaca de la República y el colocón de su Estatuto, como si hubieran enlazado dos fiestas estupendas, o dos ases en la misma mano. Orgullosos y lanzados como estaban, cada dos por tres había un fiestorro patriótico o una jarana reivindicativa, y la primavera del 33, cuando llegamos, era una riada de flores y banderas cuatribarradas y canotiers que parecían de galleta.

El teatro que se hacía allí también era muy diferente al de Madrid. El Paralelo era entonces el imperio del espectaculazo, de la diversión pura. Josep Santpere, el padre de Mary, con la que trabajé en algunas películas, era el absoluto rey del vodevil en el Español. Era procaz sin resultar ofensivo, de puro natural; uno de esos tipos que se tiran un pedo como si ofrecieran una flor; un pedazo de payaso, rapidísimo, saltando en calzoncillos de cama en cama o de puerta en puerta... Nunca fue a Madrid para que le «confirmaran», ni falta que le hizo. Tenía a su público, rendido, tronchado de risa a la que movía un dedo.

Vi también a otro cómico buenísimo llamado Alady, al que apodaban «el ganso del hongo», que salía a escena «con la cara lavada», sin maquillaje, algo muy nuevo para la época, y era imbatible en la pasarela. La «pasarela» era una especialidad que inventó Luis Esteso en Madrid, y que consistía en jugarse el tipo ante el público más asilvestrado del universo soltando ocurrencias y respondiendo a sus groserías mientras las *vedettes* se cambiaban de ropa para el siguiente número. Había que tenerlos muy bien puestos y saber sacarle punta a cualquier cosa para aguantar en la pasarela más de cinco minutos, y Alady se anticipaba a las chocarrerías de aquellos cafres con la habilidad de un telépata. Aquella primavera, Marcos Redondo triunfaba en el Victoria con *El cantar del arriero*, porque, también a diferencia de Madrid, donde el género agonizaba, las zarzuelas seguían arrasando en Barcelona, en el Apolo, el Nuevo...

Y *music-halls*, los que quisieras... El Bataclán, el As, el Royal Concert, el Sevilla... Y esos eran los selectos. Anglada me hizo conocer luego los peores, los tiradísimos, los que se ocultaban a ambos lados de la calle Conde del Asalto, La Criolla, El Sacristán de la Calle del Cid, siempre lleno de marineros franceses y aquellas putas de labios pintados de negro y ojos cocainómanos, a media asta, que fumaban con boquilla de ámbar y te miraban un instante de arriba abajo, como calculando los segundos que tardarían en devorarte vivo...

En La Criolla yo vi un número que se llamaba «El Botijo». Lo hacían una rubia viejísima y un enano, y cuando la rubia levantó en alto al enano, a la altura de su boca, yo pensé, petrificado, «No se atreverá, en Madrid no se atreverían», pero se atrevió, porque aquello era Barcelona. Anglada me dijo que la plazoleta que se abría entre el Arnau y el Español, donde, por cierto, en los años cincuenta levantaron una estatuita a Raquel Meller, la llamaban «El Peñón» porque era una frontera, la frontera que separaba el Paralelo del Barrio Chino, que no me recomendó; él conocía unas putas mucho más «seguras» no lejos del Olympia, en la curiosamente llamada plaza del Peso de la Paja, que ya tiene su aquel, pero que las putas de más allá de la frontera ni tocarlas. Como en todas las zonas fronterizas, el Peñón era un hervidero de charlatanes que vendían ungüento de serpiente, tisana de hierbas de la «lejana selva de Salguntakaku», como salida del mismísimo Münchausen, y voceaban quitamanchas de todos tipos, elixires contra el dolor de muelas, «un frasco, una peseta; dos frascos seis reales», y también había limpiabotas, y vendedoras de tabaco...

Era un poco como en Sol, pero en mucho menos espacio, como el café concentradísimo, media tacita en la que echabas un duro y flotaba, que daban en cualquier cafetería. Me aficioné a aquel café, y luego, cuando descubrí el «perfumado», que era el jeringazo de café y ron «agrícola», que le llamaban, hasta el borde del vaso, ya me convertí en un adicto al invento.

Aquel tren nocturno era maravilloso, pero yo no iba en él. Tomaba café tras café y venga perfumados para tratar de alcanzar la misma velocidad, y abría mucho los ojos, y le decía a Anglada que todo era fantástico... Y lo era, aunque a los pocos meses comenzó a ser para mí una fiesta forzada. Percibía, cómo no hacerlo, toda aquella alegría eléctrica a mi alrededor, pero mis pilas no daban la misma corriente. Lo empecé a ver claro cuando hice el fracaso más espantoso con las putas aquellas de Peso de la Paja, que eran, realmente, muy limpias y muy cumplidas, y aunque no sabían tanto latín como mi añoradísima Nati, se portaban, se portaban.

No. Insisto: el momento de la entrada en el Olympia. Ese fue mi gran momento en Barcelona, cuando pensé que todo iba a ser estupendo, que se cumpliría la promesa de felicidad que parecía flotar en el aire la vez anterior, en mi primera visita a la ciudad... Derribaron el Olympia, ya sin «y», ya sin público, en el año 47. Muchas veces, en los cincuenta, cuando iba a Barcelona a hacer alguna función o a actuar en algún club, acababa siempre, a las tantas de la noche, ante aquel solar vacío, como quien acude en peregrinación al templo de un dios que no recuerda, y al que adoró fanáticamente en otro tiempo.

No me extenderé sobre la enorme lata, la descomunal tortura que fue preparar *20.000 leguas de viaje submarino*. Lo mejor de aquella función fueron los actores catalanes, que se contrataban en unas agencias que estaban todas en la calle Nueva. El profesor Aronnax lo hizo un actor llamado Sales, muy serio, muy callado, gran profesional, y que, curiosamente, resultó que era profesor; por las mañanas se ganaba la vida dando clases de contaduría en una academia.

Pombal le repartió el papel de Ned Land, el arponero, a Sellent, Sebastià Sellent, todo un personaje, enorme, con una gran barba y un vozarrón que se le oía desde la mismísima cúpula. Sellent era un actor aficionado, de Sabadell, que se reveló allí, en el papel del arponero, y luego hizo un carrerón, siempre con personajes «de gran presencia». Yo le vi, muchos años después, bordando el *Enrique IV*, de Pirandello.

A Ledesma, el chaval que había despuntado en el *Frente*, le cayó el papel de grumete, un papel muy simpático, un poco como el perrillo de Sellent. Pombal se sacó de la manga un personaje femenino, tomado de *Viaje al centro de la Tierra*, para Luisita. Y le regaló a Ruscalleda, porque se lo regaló, el bomboncito cómico, el papel del mayordomo, que ahora no recuerdo cómo se llamaba. Ruscalleda se pavoneaba por el Paralelo como si fuera don Alejandro Lerroux. No empezó mal la cosa, porque montamos el *Nautilus* y el pulpo gigante en el mismo almacén de decorados del Olympia, que no estaba muy lejos del teatro, al pie de la montaña de Montjuich, y hacía allí un calor soportable; el resto de materiales los construimos en el teatro mismo, en los altos.

Los problemas comenzaron cuando llegamos a la «fase de inmersión». Hay compañeros que se niegan a trabajar con niños o con animales, y aseguran que no hay nada peor. Dicen eso porque no han trabajado con agua.

Durante toda la preparación de 20.000 *leguas* yo hubiera podido atracar diez bancos y la policía no habría encontrado huellas: se me borraron. Estábamos mojados todo el día, dentro y fuera del Olympia; dentro por el agua y fuera por la humedad constante, tropical casi. Hubo incontables catarros, o mejor dicho uno solo que fue pasando de cuerpo en cuerpo, como un súcubo, a lo largo de todo aquel verano. Hubo diez cortocircuitos, varios brazos rotos, y unos cuantos pulmones encharcados a los que se les insufló aire en el momento justo y de milagro. Y figurantes que abandonaban, y decorados que no encajaban y todos los retrasos imaginables, porque cuando no fallaban los hojalateros que tenían que ensamblar las chapas del maldito submarino fallaban los calafateros que habían de ocuparse del alquitranaje.

Lo peor de todo, para mí, era el trato de Pombal.

Estaba raro con todos, pero yo sentía que conmigo lo estaba de una manera distinta. Me pedía las cosas casi sin mirarme, o pasaba a mi lado sin decir ni mu, como si yo no estuviera. Le estaba hablando y de repente se iba, dejándome con la palabra en la boca. Otras veces me dejaba hablar y cuando yo acababa me miraba, muy serio, y decía, seco: «¿Algo más?».

La cosa se había enfriado muchísimo entre nosotros, y yo no acertaba a averiguar por qué. También he de decir que yo había comenzado a no pasarle una, y supongo que se me notaba. Sobre todo a partir de las entrevistas, las entrevistas que dio nada más llegar a Barcelona, en cuanto se firmó el trato con Gannau.

Se colocaba el uniforme del Caballero de Blain para las fotos, pese al calorazo, y hablaba de sí mismo en tercera persona: «Sí, amigo mío: Ernesto Pombal lleva el teatro en la sangre», o «Puede usted escribir que a Ernesto Pombal no le convence el cinematógrafo» y boberías por el estilo. Esa es una malísima señal: hablar de uno en tercera persona. Cada vez que la he visto en un compañero, y la he visto unas cuantas veces, he pensado «O se le ha ido la bola o está a punto de írsele». A mí me ponían frenético aquellas entrevistas. Y era imposible no verlas, porque el muy pavo clavaba las páginas en las paredes de su despacho, o en la tablilla incluso. Y lo peor de lo peor era que leyéndolas cualquiera sacaba la impresión de que El Gran Teatro del Mundo era él y solo él y nadie más que él.

En una de ellas, hablando de los Shakespeares, «pasión juvenil de Pombal», llegó a contar la peripecia del *Macbeth* como si se le hubiera ocurrido a él lo de las antorchas, tal cual. Yo pensaba: «¿Cómo tiene las narices de decir eso y plantarlo en la tablilla, para que lo vea Monroy?», pero Monroy lo vio y no dijo nada, ni palabra. Tenía muchísimo cuajo Monroy.

Una noche, en La Toledana, la patrona entró en mi cuarto porque creyó que me pasaba algo. Yo le dije que no, que no me pasaba nada. A la noche siguiente volvió a despertarme.

—Perdone usted... Como duermo pared por medio... Son sus dientes —me dijo, en voz baja. La patrona aquella era muy amable, timidísima.

—¿Qué le pasa a mis dientes?

—Rechinan. Mientras duerme. Ya sé que no debe poder controlarlo, pero...

No solo eran mis dientes los que rechinaban por la noche.

También rechinaba algo en el interior de mi cabeza. Un engranaje gastado, una rueda que mascaba donde no debía...

Aquel verano empecé a tener sueños. Sueños repetidos. Varias veces soñé con Pombal. Una imagen en concreto. La noche de la Glorieta de Quevedo. En mi habitación te asabas y en mi sueño te helabas. El sueño era idéntico a lo que había pasado aquella noche. Pasaba lo mismo, la misma escena una y otra vez. Yo estaba agazapado en aquel portal, sin saber qué hacer, y Pombal estaba en el centro de la plaza, con el abrigo negro empapado y el sombrero de ala ancha vencido por el agua. Todo eso era igual. Hasta que Pombal se giraba hacia mí, como había hecho, pero con la diferencia de que ahora yo veía sus ojos, ojos vidriosos, como si lloviera dentro, como de ciego, pero que miraban hacia mí, y me veían, momento en el que me despertaba aterrado, con un raro sabor a metal y caucho líquido en la boca.

¿Qué querría decir aquel sueño? Le daba vueltas y vueltas, cada vez que lo tenía, y siempre llegaba a la misma pregunta: ¿y si Pombal me había visto, aquella noche? Me había visto *viéndole* en aquel lastimoso estado...

Quizás no me fijé entonces... Yo hubiera jurado que no, que miró hacia mí pero no me vio... Hay muchas cosas que no percibimos o no queremos percibir estando despiertos y que vuelven cuando dormimos; de eso están hechos los sueños, o parte de ellos, cualquier libro lo dice... Si Pombal me había visto en la Glorieta de Quevedo, pensaba, eso explicaría un poco su conducta... sus silencios, aquella manera rara y desabrida de tratarme... Porque entonces, pensaba, yo sería un testigo, una especie de testigo... Su Pepín, escondido como un traidor de melodrama, viéndole de aquella manera, solo, empapado, perdido... ¿A quién le gusta que le vean así, y a escondidas?

Cosas así pensaba yo en aquel verano que me incendiaba la cabeza.

Luego me dio por soñar con Rosa.

Pombal, pase, pensaba, porque llevábamos mucho tiempo juntos, pero ¿qué venía a hacer Rosa Camino en mis sueños? Y estaba guapa, la condenada. Vaya si estaba guapa. Resplandeciente... Al principio fue como una película. O, mejor dicho, como las estampas de las películas que ponían a la entrada de los cines. Rosa llegando al Metropol con aquella boina clara y la melena pelirroja. Como si estuviera allí mismo, delante de mí... Rosa con el cabello recogido y el vestido negro de Jane Eyre, bajando la escalinata de madera por primera vez.

Rosa y Pombal besándose, cuando «estaban» ya en sus personajes...

Y sus ojos. Sus ojos mirándome, suavemente burlones, aquella primera mañana, y mirando a Pombal y echando chispas la última noche, y aquellos ojos de la despedida en el pasillo, en los que no supe leer nada...

Hay sueños que solo nos vuelven dentro de otros sueños, y hay otros cuyas imágenes pasan a la vida diaria, y se te clavan, y no te dejan, y así fueron para mí aquellas imágenes de Rosa.

Iba por la calle y tenía la rarísima sensación de que Rosa estaba muy cerca de mí, como un temblor entre el follaje de los árboles... Doblaría una esquina, protegiéndome los ojos del sol con la mano en visera, y allí estaría ella, de repente, entre las manchas de sol y la quieta sombra de las hojas... Llegaría por la noche a la pensión y allí mismo, en el rellano, con dos maletas... Veía espaldas de chicas, con blusas blancas y melenas rizadas, en las Ramblas, en el Paralelo, y ya era su cara la que se me giraba, sonriendo... Pero la que me sonreía era la Rosa del sueño, la Rosa soñada, porque pocas veces me había sonreído a mí la Rosa real... ¿De dónde habría sacado yo aquella sonrisa suya, aquella sonrisa que llegó a ser tan inquietante, tan turbadora como la mirada ciega y penetrante de Pombal en el otro sueño?

Una mañana me desperté llorando a moco tendido, y sin saber por qué.

«No hay para tanto», pensaba, sin parar de llorar.

Pensé: «Esto es el cansancio. Esto es que estoy hecho polvo. A este paso, acabaré llorando con el ratón Mickey». Otras muchas veces lloraría al salir de un sueño. Últimamente me pasa mucho. Porque a veces hay tanta felicidad posible dentro de un sueño, tanta belleza al alcance de la mano, y es tan gris y tan seco lo que hay afuera, al volver...

Para acabarlo de arreglar, una noche de finales de aquel verano, en la terraza del Chicago, va Monroy y me suelta:

—¿Sabes de qué me he enterado en Valencia? Rosa Camino está en la compañía de la Gascó.

—¿Y quién es esa?

—Sí, hombre, Tina Gascó... Si estuvo cinco años de dama joven con Casimiro Ortas... Bueno, pues se fue con Fernando de Granada, que estaba de galán en la compañía de Isabelita Garcés y...

—Vale, vale. Abréviame la genealogía —le dije, porque Monroy en eso era empezar y no parar.

—... montaron compañía y ahora están haciendo alta comedia, sobre todo por el norte, y en Navidades parece que van a ir al Lara.

—¿Y?

—Pues nada, que Rosa está con ellos, de dama joven.

—No pensé yo que quisiera dedicarse a esto.

—Yo le recomendé que sí, que no lo dejara. Tiene un talento que no se puede perder.

—No sabía.

—¿El qué?

—No, nada. Todo eso. Que hubierais hablado, que... que la Camino fuera a seguir haciendo teatro...

Entonces Monroy dijo:

—Estuvimos hablando mucho al día siguiente de irse. Me la encontré en el Círculo; la pobre estaba hecha un lío. Pero me hizo caso, y ahí la tienes.

—Pues qué bien, ¿no? —dije, tragándome eso con un buche de cerveza.

Esa apresurada respuesta con buche incluido no le pasó inadvertida a Monroy. Se me quedó mirando. Juntó las manos.

—Bueno, bueno, bueno. Así que es verdad lo que me suponía.

—¿Y qué se... y qué te suponías, si puede saberse?

—Que te gustaba. Que te gusta.

—¿Quién? ¿Rosa Camino?

—No, el general O'Donnell.

—Pero... A ti el agua de Valencia te altera, Monroy. ¿De dónde has sacado...?

—Sois iguales. El uno para el otro.

—Lo que me faltaba por oír. ¿Esa señoritinga y yo somos iguales? ¿Esa listilla?

—Las listas son las mejores, Pepín, ya lo verás.

—Anda, anda. Tú ves visiones.

—Yo veré visiones, pero...

—¿Lo dejamos ahí, Monroy? No estoy para guasas, perdóname, ¿vale?

Ahí quedó la cosa. A un tris estuve de saltar y enviarle a la mierda; los dos nos dimos cuenta. Como me vio tan amoscado, Monroy no volvió a insistir en el asunto. No hizo falta.

Ahora he de hablar de mi ruptura con Pombal, aunque malditas las ganas que tengo de hacerlo. ¿Por qué rompe la gente, por qué tarifamos? Porque uno de los dos quiere romper, así de sencillo; a veces los dos al mismo tiempo. Y siempre hay un motivo agazapado, esperando en cualquier esquina, dispuesto a saltar, gritando «Eh, estoy aquí, venga, cógeme, soy todo tuyo».

En otoño estrenamos 20.000 *leguas* con éxito, con muy buena prensa. Excesiva, para mi gusto. Y toneladas de aplausos. El público de Barcelona era entonces muy agradecido, muy generoso, sobre todo con artistas que, como nosotros, veníamos con la *réclame* hecha. Al revés pasaba poco: a una compañía de Barcelona la recibían en Madrid con los dientes afilados. Los críticos, que eran mucho más finos y escribían mejor que los de Madrid, dijeron que nunca en Barcelona se había visto nada igual. A los críticos de Madrid siempre les ha gustado demostrar que allí mandan ellos y que lo que dicen va a misa; los de Barcelona parecían más interesados en demostrar que habían leído mucho y que lo suyo ya no era crítica sino literatura; eso lo he ido observando a lo largo de los años; no sé cómo será ahora.

Vino mucha gente; la taquilla echaba humo. Y venga entrevistas por aquí y por allá, y fotos con Pombal vestido de capitán Nemo, diciendo pamemas... Recuerdo los días anteriores y posteriores a aquel estreno como una nebulosa. Como si estuviera en el centro de una madeja de fibra de vidrio, o en un nido de cables eléctricos. Estaba agotado, con los nervios rotos. Anglada también estaba que no se tenía. A ninguno de los dos nos convencía el espectáculo, porque todo giraba alrededor del maldito submarino. Cosa lógica, pero no tanto.

—A la que ha subido y bajado tres veces el *trastu*, ya has visto la función. Comparado con el *Münchausen*, esto es para críos —decía, y yo estaba de acuerdo.

Anglada se fue a pasar unos días a Mataró, a casa de unos amigos, pescadores. Me dijo que por qué no iba con él. Le dije que no, que no estaba de humor. Pasaba yo los días tendido en la cama de la pensión, fumando y leyendo libros que compraba en unos puestecitos de viejo que había en las Atarazanas. Dormía fatal, y cuando dormía venga a soñar. Compré y leí varios libros sobre la interpretación de los sueños; todos me parecieron cuentos chinos. Cualquier cosa podía significar todo.

Habrían pasado unos tres meses desde el estreno cuando un día Gannau nos dijo:

—Mucha atención esta noche, que viene Faustino da Rosa.

Da Rosa era un promotor argentino muy importante. Había llevado a Buenos Aires a doña María Guerrero, a la Xirgu, a Thuillier... Siempre espectáculos «serios», de verso. «Aunque no sé si esto va a interesarle...», decía Gannau. Vaya si le interesó. Le entusiasmó. Tanto que aquella noche, al acabar la función, se fue con Pombal y Gannau a cenar a la Maison Dorée y allí apalabraron la gira. Su primera gran gira por Sudamérica: Argentina, Chile, Uruguay y Perú. Una gira en la que llevó *El correo del Zar*, *Las aventuras del barón de Münchausen*, *Jane Eyre* y *20.000 leguas*.

De eso, para variar, me enteré más tarde, y de la peor manera. Mientras tenía lugar aquella cena capital, yo estaba en la pensión sin pegar ojo. Pasé horas, esas horas terribles de la alta madrugada, cuando la idea más tonta se desorbita y se ensombrece, repasando lo que había sido mi vida hasta entonces, y lo que estaba siendo, y lo que iba a ser, y mis pensamientos se aceleraban y giraban como si siguiera pedaleando en la bicicleta... Pedaleé tanto que luego, cuando clareaba, no podía ni moverme, estaba como clavado en la cama.

¿Qué hice aquel día? Me puse en marcha a base de cafés y perfumados, como de costumbre. Pero debí bajarme unos cuantos más, porque recuerdo que cuando llegué al Olympia me temblaban las manos. Estaba decidido a hablar «muy en serio» con Pombal; esa era la determinación que había tomado entre el cuarto y el quinto café.

Llamé a su despacho. Escuché risas al otro lado de la puerta. Estaba con Ruscalleda, que me dijo, sonriendo: «Se nos han pegado hoy las sábanas, eh...». Yo no dije nada; como si no le viera. Le dije a Pombal que quería hablar con él, a solas...

Quizás entré tan decidido en el despacho, casi empujando con la frente, que no le di tiempo a que me dijera lo de la gira, puede ser... No recuerdo cómo fue la cosa, pero no hizo salir a Ruscalleda. Yo pensé que a fin de cuentas daba igual, ya iba embalado, y empecé a hablar, directamente, de dinero. De mi congeladísimo sueldo. Nunca se me ha dado bien hablar de dinero. Ruscalleda me miraba como si fuera el gerente, con ojos de gerente. Sonó el teléfono en mitad de mi parlamento; Pombal lo descolgó y se puso a hablar en mis narices... Estaba serio, muy serio, mientras me escuchaba, y sin embargo ahora reía las gracias de su interlocutor...

Ruscalleda se inclinó entonces hacia mí y me dijo al oído:

—Pero hombre, cómo se te ocurre, con todo el lío que va a haber con la gira...

La boca le apestaba a cebolla, a unos hediondos pastelitos de cebolla confitada que se zampaba de buena mañana en el Chicago: a cebolla y a los caramelos de violeta que trasegaba todo el día; una mezcla asquerosa. Quizás si no le hubiera apestado la boca de aquella manera...

Salté sobre él. Le cogí por las solapas. Y me encontré sacando la manita a pasear por su cara. Sin mérito, sin esfuerzo casi, porque era como abofetear un globo. Que qué te has creído, que quién te ha dado a ti vela en este entierro, que los consejos se los das a tu padre cuando le encuentres... Era muy ridículo, porque yo le iba dando y él retrocedía como a saltitos, intentando ganar la puerta, farfullando que no había pretendido, que sin faltar, y yo recuerdo que le iba gritando:

—¡Gordinflas! ¡Que me tienes frito, gordinflas!...

Pombal dijo:

—Rusky, déjanos solos, anda.

Me dio la risa tonta, de puros nervios. ¿Rusky?

—Y lávate esa boca, que atufa. Ruskito —le grité, jadeando.

Cuando cerró la puerta, cuando nos quedamos solos, me encaré a Pombal y le dije:

—¿Qué es eso de la gira? ¿Hay una gira en puertas y a mí no se me dice nada?

—Siéntate, Pepín, y cálmate un poco...

—Estoy bien de pie, gracias.

—Estás que no hay quien te aguante. El pobre Rusca...

—¿A mí? ¿No hay quien me aguante *a mí*?

Entonces se lo solté todo. Vacié el buche, a mil por hora. Que era un tacaño, que pasaba por encima de la gente, que solo le importaba el teatro... Ahí se lo puse a huevo, porque me dijo:

—¿Y me quieres decir qué otra cosa hay? ¿Has mirado a tu alrededor?

—Personas, joder. Hay personas, patrón, personas que hacen que la maquinita se mueva.

Empezó a hablarme de la gira. Que iba a ser maravillosa. Que iba a ser una gran oportunidad... Que en cuestión de dos, tres meses... No le dejé acabar.

—Se la confita. Me da igual.

—Pero ¿qué me estás diciendo?

—Que no voy. Que estoy harto. Que se busque a otro.

Entonces hizo lo peor que podía haber hecho.

Se me puso en plan padre. Un padre de melodrama barato, un padre noble y herido... Teatro del malo...

—Yo te recogí... Te lo he enseñado todo... ¿y para qué? ¿Para que ahora lo eches todo por la borda? —Etcétera.

Toda aquella mierda que ni él ni yo nos merecíamos.

Le corté. Le dije que le había visto en mejores papeles. Eso le molestó.

—Descansa unos días y lo piensas. Pero sin dormirte, porque...

—... porque hay veinte mil haciendo cola para ocupar mi puesto, no hace falta que me lo diga. Pues ya puede irles llamando, que yo me voy ya.

—Muy bien. ¿Y adónde vas a ir?

—Eso es cosa mía —dije, y salí dando un portazo.

Así fue la cosa.

Así se acabó, en diez minutos, una historia que había durado casi diez años.

Pasé el resto del día eufórico, libre, tan libre como cuando eché a correr por la Casa de Campo. Caminaba y tenía la sensación de que respiraba mejor, de que se me había abierto el pecho. Me sentía capaz de grandes cosas. De hacer cualquier cosa que me propusiera. Ya veía Madrid, a mis pies...

Esa euforia no me duró mucho. Me empecé a sentir tristón y flojo a la mañana siguiente, cuando llegó el momento de las despedidas, que yo quería lo más breves posible.

Era una mañana que no acompañaba, plomiza, neblinosa. Me despedí de Sellent, que medio me asfixió con su abrazo de oso, y se me echó a llorar; era un gran sentimental. Fui a ver a Luisita Santaolalla, que estaba en una pensión de la calle Entenza. Se le saltaron las lágrimas sin recato, a chorro, cuando se lo dije, y también me abrazó mucho.

—Pero ¿no hay forma de arreglarlo, hijo mío?

Dije que no con la cabeza.

—Marcharte ahora, cuando empezábamos a ir a lo grande...

Me fui despidiendo de unos y otros, de Ledesma, de Sales, de todos excepto de Ruscalleda, porque no estaba seguro de tener la mano quieta si volvía a ver su carita.

De Monroy no pude. Monroy estaba en Valencia y tardaría, me dijeron, una semana en volver. Doña Renata se había puesto peor. Eso sí que me fastidió, porque yo no quería quedarme ni un día más en Barcelona, pero tampoco quería irme sin hablar con él y explicarle el asunto.

Le escribí una carta bastante torpe y apresurada, contándole mal que bien lo que había pasado, y se la di a Luisita para que se la hiciera llegar. Tiempo habría, pensaba, para hablarlo con calma; ahora lo único que quería era salir por pies.

Pasé mi último domingo en Barcelona paseando con Anglada. Un domingo de invierno, gris, triste, con poca gente por las calles. No hablamos mucho, porque a la media hora se convenció de que mi decisión no tenía vuelta de hoja.

—Cobro la liquidación y me voy a Madrid mañana mismo por la tarde.

—¿Y Monroy? ¿Has hablado con Monroy?

—Le he dejado una carta a Luisita, para que se la dé.

Para cartas estaba Monroy entonces... Poco podía imaginarme que pronto habría de tomar Monroy la misma decisión que yo, pero por motivos bien distintos. Ya hablaremos de eso en su momento.

—¿Y de qué vas a vivir en Madrid?

—Algo me queda. Y luego, a buscar trabajo. De lo que sea.

—De lo que sea no, hombre. A ver si todo lo que te he enseñado yo no va a valer para nada...

Me apuntó unas direcciones, para que fuera de su parte. Se portó muy bien. Siempre se portó muy bien.

Estábamos en el Marsella, tomando Amer Picon, una especie de aperitivo espeso, hecho con cáscara de naranja, que estaba muy de moda entonces en Barcelona, y con razón, porque con dos copas te quedabas flotando, y no tan atontado como con la absenta, que también servían allí. Además, todo el ritual de la absenta, el azucarillo, la cucharita, me ponía nervioso. Al segundo picón empecé a aflojarme.

—Yo me quedo con el patrón, *nen*. Son muchos años... —me dijo Anglada, como disculpándose.

—Claro.

—No se acaba el mundo. Un año pasa que ni te das cuenta. Quién te dice que de aquí a un año no volvemos a estar trabajando juntos...

—Ya se verá.

Los dos estábamos emocionados, pero lo disimulamos bastante bien. Atardecía. Subíamos por las Ramblas. En silencio otra vez. Las ramas de los plátanos parecían garfios contra el cielo gris, casi blanco, o grúas oxidadas, de un muelle a punto de cerrar.

—Hemos hecho muchas cosas juntos, eh, *nen*...

—Muchas, Anglada, muchas. Y muy buenas.

Recuerdo que Anglada se quedó entonces en silencio, mientras tocaba el lomo descortezado de uno de aquellos plátanos.

—Qué pena —dijo—. Se va a morir este plátano... Les arrancan la corteza. Los críos. Por jugar.

—¿Y por eso se va a morir?

—Sí, *nen*, sí. Si a un árbol le arrancas la corteza, aunque solo sea un trozo...

—No sabía eso...

—Pero ha de ser un trozo entero, como un anillo alrededor del árbol. Como este, ves... Este plátano no durará ni un año. Puede que rebrote en primavera, pero el invierno siguiente no lo pasa... ¿Dónde vas a estar? ¿En la Adame?

—No lo sé, Anglada. La Adame me traerá malos recuerdos; yo creo que me buscaré otra... ¿Por qué lo dices?

—Porque ya sabes que yo no soy muy de escribir, pero igual te pongo unas letras...

—Hombre, estaría muy bien. Si hablo con doña Soco yo creo que me guardará las cartas.

En ese momento, como un relámpago, como la luz violeta de las farolas que comenzaban a encenderse, supe que lo primero que haría sería buscar a Rosa. Pero era una idea tan disparatada que ni a él me atreví a decírsela. Todavía no había acabado de decírmelo ni a mí mismo.

Estábamos a la altura de la fuente de Canaletas; yo iba hacia la Toledana. Me abrazó. Nos abrazamos. Si llegó a escribirme alguna vez nunca lo supe. Nunca volví a ver al querido Anglada.

—*Salut, nen, i que et vagi molt bé.*

Y así acabó la que podríamos llamar primera época de mi vida.

Segunda parte

La cima del mundo (1934-1957)

12. Un fantasma a rayas

1934 fue un asco, uno de mis peores años. En Madrid las cosas no podían estar peor, decía todo el mundo; luego se vio que sí podían, y de qué manera. Se estaba formando el bicho dentro del huevo, y no tardaría en romper la cáscara con las garras. Todo eran caras agriadas, y gritos, y huelgas cada dos por tres, y hostias en las calles, y poquísimo trabajo. «Crisis, crisis, crisis», era la palabra que oías por todas partes.

Me instalé en la pensión Abades, junto a Embajadores, y aquella misma noche, como un tonto, corrí a comprar *El Heraldo* y todas las revistas de espectáculos del quiosco para ver si decían algo de Rosa y de la compañía de la Gascó. Sí decían, en el *Candilejas*: Que estaban en el Arriaga, en Bilbao, y que la comedia les iba tan bien que iban a quedarse allí hasta primavera. La comedia era *Usted tiene ojos de mujer fatal*, de Jardiel, de la que llegaron a darse, solo aquel año, más de mil representaciones. Una comedia muy buena, muy graciosa. La pedían de todas partes, así que se la «repartieron» dos compañías; la de Pepita Meliá y Benito Cibrián por el sur, y la de Tina Gascó y Fernando de Granada por el norte. Había tantos bolos contratados que lo del Lara, con comedia nueva, «todavía por decidir», se aplazaba hasta principios de la temporada siguiente.

En un suelto de *Estampas* hablaban de la inminente gira de Pombal. El titular decía «60 personas y tres toneladas de material». No quise leer más y tiré la revista, como un criajo.

Pasé unas semanas vagueando, al principio más bien bajo de tono, leyendo en la cama, dando vueltas por barrios alejados, sin ganas de ver a nadie, y luego cada vez más inquieto y desasosegado, con ese hormigueo que te roe la boca del estómago cuando llevas un tiempo tratando de negar que has metido la pata. También me escamaba, y me escocía, el silencio de Monroy. «Ya podía haber dicho algo... A ver si Luisita, con lo despistada que es, no le ha dado la carta», me repetía yo. «Claro que si ha escrito, la carta estará en Adame, dónde si no.» Y a mí, estando como estaba de humor, me daba mucho apuro acercarme a la pensión y tener que darle explicaciones a doña Soco. «Más adelante, más adelante...»

Junté mis poquísimas ganas de hablar con nadie y al final me decidí por el primero de la lista de Anglada. Se llamaba Pascual Povedano; había llevado un taller de escenografía en Zaragoza, pero ahora trabajaba como agente y estaba muy informado de todo.

Quedamos en el café Suizo, que en aquellos años era una pequeña lonja de contratación de cómicos. Lo primero que Povedano me preguntó fue:

—¿Y cómo dejó usted a Pombal, hombre, en vísperas de una giraza y con la crisis que hay aquí, que lo que menos le interesa a la gente es la comedia? Salvo las cosas de Jardiel, claro...

A lo largo de los meses que siguieron escucharía muchas veces esa pregunta. Con diversas variantes pero siempre la misma intuición aflorando en el tono: «Si este ha quemado así las naves, muy de fiar no será». Se les notaba a la legua que pensaban eso, y era lógico. Yo les decía lo mismo que le dije a Povedano: que

Pombal era un tirano, que era un tacaño, que no había quien le aguantara... Toda la basura que empecé a volcar sobre él, y que a base de repetir y agrandar quedó así fijada en mi cabeza, un Pombal muchísimo peor de lo que había sido.

Entonces venía siempre la siguiente pregunta, que era:

—Bueno, bueno... ¿Y usted qué ha hecho?

Y daba igual que les contase que, la verdad, había hecho de todo, absolutamente de todo en El Gran Teatro del Mundo. Lo creyeran o no, daba igual, porque en el carnet del sindicato ponía «Segundo Apunte». A efectos de contratación, esa era mi categoría.

—... y segundos hay a patadas, amigo mío. Todo el mundo está reduciendo plantillas. Con la crisis...

—Claro. La crisis...

—Ya veo que tiene usted experiencia en muchos campos. Pero el teatro de Pombal... Ha hecho bien en montar gira, con todo el riesgo que supone, porque ese tipo de cosas solo funcionan ahora en Barcelona o fuera... y fuera ya se verá... —dijo Povedano, filosófico, encendiendo una tagarnina—. Aquí, ahora, comedias y con cuantos menos actores y decorados mejor. Si pueden ser tres no serán cuatro, ya se lo digo yo. Quizás en la revista podría haber algo para usted, pero tampoco crea que la cosa está para muchas fantasías de las que hacía Anglada. La Celia y punto, le diría. La misma Laura Pinillos se ha tirado al vodevil arrevistado, sin plumas siquiera. Y el otro día Perlita Greco presentó una cosa en el Eslava, de Sugranyes, que había sido el amo del Paralelo... Una pobreza... La sacaron a los cuatro días. Quién le ha visto y quién le ve al pobre Sugranyes... En fin... Usted vaya dándose garbeos por el Suizo, que yo prácticamente tengo la oficina aquí montada; a ver si hay suerte y cae algo.

—Pierda usted cuidado.

Estuve tentado de ir a ver a Reyzábal, con el que tampoco es que hubiera quedado mal, pero la sola idea de volver al Metropol me ponía malo. Luego vi que no hacía falta, porque se había pasado al cine con armas y bagajes. Hasta la guerra, Reyzábal programó cine y circo; no volvieron a hacer teatro allí.

Procuraba no pasar por Cuatro Caminos, porque el Metropol me recordaba a Rosa, y a todo lo que había quedado atrás. Ni por Carretas, porque no quería ver la pensión. Ni por Malasaña, por la Nati. Estaba yo muy sensible en aquel tiempo, con muchas heridas abiertas. Luego, como todo en la vida, se me fueron curando.

Pasaron varios meses y mis escasas reservas se agotaban. Tiraba yo con una comida al día y me acostaba prontísimo. Putas, ni soñarlas. Tampoco estaba de mucho humor para eso, y menos después de los gatillazos con las chicas del Peso de la Paja, en Barcelona.

Povedano me decía:

—Quizás de actor... Una sustitución...

—No sé, Povedano, no sé. De actor, de actor... No me veo del todo.

Salía del Suizo pensando siempre: «Habrá que buscar cualquier cosa, lo que sea». Pero no se me ocurría. En estas, yendo un día por la Gran Vía, oigo un vozarrón a mi espalda, a la puerta de Chicote.

—¡Mendieta! ¡Coño, Mendieta!

Me giro.

—¡Senén, chicarrón!

Era Senén Padilla, el gigante del cerro de Orgacho, mi «protector» en los Lazaristas. De cara estaba igual, con algo menos de pelo en el coco, pero su volumen de armario ropero parecía haberse triplicado. Ahora era un armario de tres cuerpos. También parecía que le iban bien las cosas: americana cruzada, corbata color canela, relojazo, y un anillote con pedrusco, rojo, que no podía ser auténtico pero daba el pego. Nos abrazamos y volvió a entrar en Chicote, entre risotadas, para convidarme y celebrar el encuentro. Yo pedí un Porto-Flip, que era un cóctel a base de huevo, muy alimenticio. Senén hablaba muchísimo; en pocos minutos me puso al tanto de su vida. No hablamos para nada de los Lazaristas. Ni una palabra, como si aquello no nos hubiera pasado nunca. Mejor. ¿Quién quería recordar aquella mierda? Senén trabajaba en una empresa de bebidas. Habían lanzado una gaseosa a base de menta llamada Esmeralda, que se vendía la mar de bien. De fábula, según él.

—¿No la conoces?

—No, no.

—«Esmeralda, el espumoso moderno.» A base de menta.

—Ya. Suena bien.

—Nos la quitan de las manos —bajó la voz—. Aquí no tienen, porque no les saques del alcohol. Pero en las cafeterías americanas... Sanísima, además. Para el estómago, para el hígado... Y perfuma el aliento. Luego la probarás. Bueno, ¿y tú en qué andas?

Yo le conté lo mío, por encima. Le dije que ya estaba harto del teatro, que era un cansancio, y que estaba buscando «establecerme» en otra cosa. Cuando dije la palabra «teatro» le miré a los ojos para ver si se encendía en ellos alguna lucecita, algún recuerdo de aquella madre artista y cubierta de joyas de la que tanto me hablaba en las noches del internado, pero no. Senén escuchaba con los ojos un poco a media asta; se le ponía cara de buey adormilado; eso era todo. Luego volvió a animarse, de golpe.

—¿Y por qué no te metes en esto, conmigo? Todavía hay muchas zonas por cubrir; lo de Esmeralda no ha hecho más que empezar. Si te animas, te paso dos o tres barrios, y a comisión.

¿Qué iba a decirle? Que sí, naturalmente.

—Pues adelante con los faroles.

Tenían el almacén y las oficinas en Legazpi; allí quedamos, para la mañana siguiente. Así fue como me convertí, durante unos meses, en representante de Jarabes y Refrescos Guerrica.

Esmeralda era su «gaseosa estrella», como decía Senén, pero fabricaban también jarabes, de grosella, de limón, de almendras... Agua con distintas tinturas, vaya. La gaseosa Esmeralda era un poco más sofisticada: burbujotas de gas carbónico rodeadas de verde por todas partes. El verde era esencia de menta piperita, empapada en azúcar. Para mi gusto, la bebida indicada para irse a hacer gárgaras, pero era verdad que tenía una cierta salida; quizás porque, como decía Senén, «a la gente le parece como de película americana».

Senén me animó mucho aquellos días, y no solo por haberme dado trabajo: estaba siempre de buen humor, decía siempre «Hola, bolo», y «¡Equiliquá!», y tenía la risa fácil. Y era muy convidador. A veces se ponía un poco pesado con los chistes, pero ir con él equivalía a comidas gratis y unas cuantas copas seguras. Aunque a mí me costaba un poco creer que lo de la representación de bebidas diera para tantas alegrías, no hacía preguntas. Cuando empezó a haber confianza me dijo un día que lo de las bebidas era «transitorio»: lo suyo, por encima de todo, era el boxeo.

—Caramba, chico...

—A la que acabo la faena, a entrenar. Casi cada noche. Y los fines de semana también.

—Ya te veía yo a ti muy fuertote.

—Hombre, como que es uno de los deportes más completos que hay. Tú estás flaco, pero también tienes tus buenos músculos. ¿Por qué no te animas, anda?

—Seguro. Me encanta que me den hostias.

—Es que también podrías pegarlas tú. De eso se trata.

Tanto insistió y tan pocas cosas tenía yo que hacer cuando llegaba el sábado, después de toda la semana visitando bares y tabernas, que para distraerme le dije que sí. Entrenaba en la Gimnástica Española, que entonces estaba en la calle Colmenares. No me gustó el ambiente. Ni el olor. Olía a sudor, a lejía, a zotal. Senén había peleado ya unas cuantas veces en el Campo del Gas y en la Ferroviaria, como *amateur*, aunque estaba federado, sin lograr clasificarse.

Su ídolo era un judío americano llamado Max Baer, del que se sabía vida y milagros, porque recortaba cuanto aparecía sobre él en las revistas. Me daba bastante la lata con el tal Baer. Me enseñó una foto. No había que ser un genio para adivinar de dónde había sacado Senén su gusto por las corbatas anchas y las americanas cruzadas.

—El único que le aguantó en el *ring* fue Uzcudun. En un combate a veinte asaltos, como una corrida de ocho toros. Uzcudun le ganó por puntos, porque está hecho para aguantar eso y más. Pero Max Baer es un estilista. Un elegante... Lo que daría yo por verle... El año pasado tumbó a Schmelling. Y este año ¿sabes con quién pelea?

—Ni idea.

—Con Primo Carnera, hombre. En el Madison Square Garden. En junio.

Vi pelear a Senén unas cuantas veces. Era muy sucio. Mucho Baer y mucho estilismo, pero tenía más marrullerías que un gato viejo. Y no las disimulaba. Se untaba la cara con vaselina, y te lo explicaba.

—Es para que resbalen los golpes.

— ¿Y eso está permitido?

— ¿Tú qué crees?

A la que podía, incluso entrenando, le hundía la punta de los dedos al otro en el hígado. En el momento del abrazo, antes de ponerse los guantes.

—Un buen toque en el hígado nada más empezar y ya lo tienes mareado. Y enseguida a machacar. Machacar. No darle tiempo a nada.

Peleando, a Senén se le ponía una cara asquerosa de fiera corrupia, una cara de jabalí sediento de sangre. No me gustaba nada a la que subía al *ring*. Ni me gustaban los tipos que le rodeaban, una partida de bestias, cuadradas como él, a la que llamaba «los chavalotes». Siempre me estaba proponiendo «ir de juerga con los chavalotes», pero yo desconfiaba. Hablaban fino y desde luego no parecían hampones. Reían y bromeaban y le daban palmadas, pero no quería yo verles en un cambio de humor. Pensaba: «¿A qué se dedicarán estos tipos?». No tardaría en saberlo.

Llegó el verano y la cosa política se puso fea de verdad. Socialistas y falangistas iban a la greña todo el día, y empezaron a aparecer pistolas por todas partes. Hasta en el mismísimo Congreso. Un día se liaron a tortas y a coces dos diputados, no recuerdo los nombres, y de repente uno de ellos tiró de pistola, y el otro la sacó también. Y el tercero en sacarla fue nada menos que don Indalecio Prieto, el presidente del Gobierno. Si no veo la foto en los periódicos no me lo creo. Todo el mundo decía:

—Va a acabar esto fatal fatal. Se va a liar aquí una...

Un sábado de primeros de junio, Senén me dijo:

—¿Por qué no te vienes mañana con nosotros al monte de El Pardo?

—¿A almorzar?

—A almorzar y a darles un poco de vidilla a los rogelios, que se creen que aquello es suyo.

En aquellos días, El Pardo era un feudo de las Juventudes Socialistas. Solían ir allí de excursión cada domingo, con sus camisas blancas y sus pañuelos rojos al cuello, y acampaban en los terrenos donde luego se instaló el parque sindical. Les llamaban los *Chíribis*, porque eso era lo que cantaban. Ya había ido viendo yo que a Senén le tiraba mucho Falange; en el despacho había colocado una foto de José Antonio junto a la de Max Baer. También consideraba a José Antonio muy elegante.

—Vas a comparar con esos tipejos de la siniestra... Este no solo es un líder: es un caballero español, de los que ya no hay.

Guapo, siempre fue guapo José Antonio, en eso tenía razón.

Pero no sé si hubiera hecho mucha carrera, porque atufaba a señorito, a colonia cara y a fijapelo, y eso no gusta a la gente. Ganó mucho cuando lo fusilaron. Eso le borró el olor a colonia y le convirtió en un mártir guapo.

Aquel fin de semana pretexté no sé qué excusa e hice pero que muy bien, porque en El Pardo hubo una buena ensalada de tiros. Fueron los falangistas a liarla, los socialistas tiraron también de pistola y cayó un falangista llamado Cuéllar, que era hijo de un policía.

Decidieron tomar represalias y ahí es donde, por lo visto, intervino el grupo de Senén, los «chavalotes», que estaba mandado por un tal Ansaldo, Juan Antonio Ansaldo. Abrieron fuego contra el primer grupo de *chíribis* que encontraron y se cargaron a una pobre chica, una modista que se llamaba Juanita Rico. Con lo que se quedaron en pelotas y ni la policía les cubrió: cargarse a una chica, monísima además, de diecisiete años...

El tal Ansaldo era un punto de cuidado. Luego, cuando les trincaron a él y a su grupo, se supo que estaba implicado en varios asesinatos de jóvenes socialistas en la Casa de Campo, en un montón de atentados y, sobre todo, en el intento de voladura de *El Heraldo*, con unas bombas que les facilitó un fascista alemán.

La noticia de las muertes de Cuéllar y de Juanita Rico estaban en la portada de todos los diarios del lunes. Decidí quedarme en la cama hasta que escampara. Aquella misma mañana, la guardia republicana entró en el almacén de Legazpi y resultó que aquello era una tapadera de aúpa: bajo las cajas de bebidas había una trampilla que daba a un sótano lleno de pistolas y bombas de mano. A Senén lo trincaron con dos más en la carretera de Barcelona y les echaron quince años. No sé yo si en la cárcel se enteraría de que su adorado Max Baer había tumbado a Primo Carnera por K.O. técnico en el tercer asalto, alzándose con el campeonato del mundo.

Como yo no tenía ni contrato ni nada que se le pareciera con Refrescos y Jarabes Guerrica, la policía no me molestó. Pero estábamos a mitad de julio y yo volvía a estar sin trabajo. A Pombal, en cambio, las cosas no podían irle mejor. No pude evitar toparme con un reportaje, en la misma revista que hablaba del triunfo de Baer. «El tren de Pombal», se llamaba. Estaban teniendo tanto éxito que el amigo Da Rosa les había puesto un tren. Que no faltase de nada. Un convoy de seis vagones solo para ellos, con el que ya habían recorrido Argentina y Uruguay, y se disponían a seguir por Chile y Perú. En los tres primeros vagones iba la compañía; en los otros, los decorados, la maquinaria, y la utilería.

—Nos ahorramos muchos hoteles —decía Pombal en la entrevista— porque por las noches nos desvían y dormimos en vías muertas. ¿Qué le parece?

«Que no has cambiado, cabrón», pensé.

Fui al Suizo, a ver a Povedano.

—Me pilla usted de milagro —me dijo—. Esta misma noche me voy a Segovia a pasar el verano. Además, tal como están las cosas por Madrid...

—Vengo a por lo que sea, Povedano. Para aguantar hasta septiembre; en temporada ya veré. ¿Tiene usted algo?

—Hombre, algo hay, pero como me dijo usted que de actor no se acababa de ver...

—Estando como está el patio, hasta de vicetiple si hace falta.

—Ya le advierto que buena cosa no es...

—Lo que tenga, Povedano, que estoy a dos velas.

—Es una sustitución. En la compañía Santafé-Azpilicueta.

Antonio Santafé y Lolita Azpilicueta eran, realmente, de lo peorcito. Hacían vodevil y comedias cómicas en plazas de segunda categoría, y en los teatros de Madrid que en verano no quería nadie, porque estaban lejos o no tenían refrigeración.

—... se les ha puesto malo un actor y no es fácil que en pleno verano...

—O sea, que aceptarán cualquier cosa.

—Hombre, Mendieta, tampoco se ponga usted verde. Tienen fiestas y bolos hasta primeros de septiembre.

—Pues no se hable más. ¿Dónde les veo?

—Están en el Martín, pero parados, claro, hasta que se les arregle lo de la sustitución. Les llamo ahora mismo y les digo que va para allá.

—Estupendo. ¿Cómo se llama la función?

—¡*Búuuuu!*

—¿Perdón?

—Es que se llama así. ¡*Búuuu!* Es una comedia con fantasmas. Una astracanada de Carrión.

—¿Y yo de qué hago? ¿De vivo o de muerto?

—Ya se lo explicarán ellos. Y échemele coraje, que en esta vida es lo único que cuenta. ¿Le digo una cosa, Mendieta?

—Dígame usted.

—¿Sabe que le veo yo madera de cómico? De cómico *cómico*. Tiene usted algo que...

—Es usted un santo, Povedano.

Por lo visto, el destino, al que yo siempre me he imaginado como un señor bajito y cabroncete con la cara y el físico de don Pepe Isbert, quería hacerme empezar otra vez desde lo más bajo. Tenía que purgar la culpa de mi tontería, de mi soberbia. Bien; la purgaría, empezaría otra vez desde lo más bajo, porque exactamente allí era donde me encontraba. Comencé a pensar todas esas cosas cuando supe cómo era mi personaje. Y cómo era el traje. Me tocó hacer de fantasma, claro. ¡*Búuuu!* era la típica comedia de ladrones que se hacen pasar por fantasmas en una supuesta casa encantada que les sirve de guarida. Mi papel era el de Julito, el tonto de la banda, el que no servía para nada. Tenía pocas líneas. Siempre estaba en babia y todo lo hacía tarde y mal. Sobre todo, pegar sustos con un disfraz.

—Y este será su traje. El malqueda de Ramírez y usted deben ser casi de la misma talla. Pruébeselo a ver.

—¿Ahora?

—Sí, sí. Ahí adentro.

Me pasé el verano sudando la intemerata, embutido en un traje de esqueleto. Una malla negra, como de submarinista, con la osamenta dibujada con pintura fosforescente, a rayas. Me cubría de la cabeza a los pies y picaba que te morías, hasta que el sudor empapaba las escoceduras y calmaba el picor.

La primera noche sentí una vergüenza espantosa. Quise huir; me dije: «¿Qué estoy haciendo?». Pero aquel traje de esqueleto tenía una ventaja. Aunque la cara me quedaba descubierta, era como una máscara, una máscara que me ocultaba del todo. Dentro de «aquello» no era yo. Fue la primera sorpresa que me llevé.

Hicimos aquella tontería de función durante todo el verano, por media Castilla. Recuerdo que cuando iba hacia el despacho de Santafé, el primer día, pensé en la gira y me dije: «A ver si va a ser por el norte y me cruzo con Rosa». Luego agradecí al cielo, o al señor bajito con cara de Pepe Isbert, que no hubiera sido así. No me apetecía nada que Rosa me viera vestido de esqueleto fosforescente. Recorrimos lugares que ya conocía, plazas en las que habíamos actuado con El Gran Teatro del Mundo. Quise entender que aquello también formaba parte de la pena a purgar, como un viacrucis, porque los recuerdos, siempre buenos, rutilantes, me asaltaban desde cualquier esquina...

En Segovia, Turégano, Pedraza, Talavera de la Reina...

Y los enlaces: Miranda de Ebro, Alcázar de San Juan, Alsasua...

Con la compañía Santafé-Azpilicueta no tuve la menor sensación de familia. Allí cada uno iba a lo suyo, sobre todo en escena. Cada uno hacía su parte, y al acabar cada mochuelo a su olivo. Menos ellos dos, que eran pareja. Antonio Santafé era un cómico de ojos de sapo, tripón, de voz ronca, bronquítica, porque ya se levantaba fumando. Su mueca favorita en escena era quedarse pasmadísimo, como si no se lo pudiera creer, cada vez que alguien hacía o decía una simpleza. Se quedaba quieto, con la cabeza baja y sacando tripa, y entonces, lentamente, te repasaba de arriba abajo con aquellos ojos desmesurados que parecían huevos cocidos. La gente se rompía de risa cada vez que hacía eso. Aquella mueca me gustaba porque tenía su busilis. Siempre era la misma pero podía ser desconcertada, incrédula, sardónica...

Todo dependía —me fijé— de la velocidad con que moviera la cabeza al levantar la mirada. Eso si Santafé tenía ganas. Si hacer la función le importaba una higa, ni velocidades ni gaitas: la colocaba de cualquier manera. He de decir que aquella mueca era casi lo único que me gustaba de él haciendo comedia. En todo lo demás era eficaz pero muy barato, «bajando» siempre todos los efectos al público. Cuando los cómicos decimos «bajar», queremos decir que se lo estamos dando a la gente mascadito por si no lo pilla.

Lolita Azpilicueta, su compañera, pertenecía a una especie rara: la *vedette* cómica. Por lo general, la *vedette* suele ser una señora estupenda, y la cómica, que hace de criada o de suegra, no le llega al ombligo o tiene nariz de gancho. Doña Lolita tenía que haber sido un trueno en su juventud, porque era alta, más alta que la media, con piernas largas, y además era graciosa. Se le notaban los años y las fatigas, y estaba un poco entrada en carnes, pero con las mallas y una iluminación adecuada daba el pego.

Yo la encontraba mucho más graciosa que él, más natural, con un desparpajo simpatiquísimo, y la lengua muy rápida. La gracia de Santafé estaba más maleada, era más mecánica. Los dos se querían, pero estaban siempre peleando. Todo el día. Era ya, me pareció, una forma de vida. Cuando llegaba el fin de semana, invariablemente, se reconciliaban con grandes abrazos y no salían de su cuarto más que para hacer las funciones.

Daba la impresión de que todas las broncas de la semana eran para preparar aquello, su función privada. El lunes todo volvía a empezar.

Les entré bien, porque hacía lo que me pedían y no daba la lata, que es lo mejor que puedes hacer cuando te contratas en una compañía nueva. Estaba yo muy modoso y muy educado; a ratos ni me reconocía, como si llevara puesto el traje de esqueleto todo el día.

Aprendí unas cuantas cosas con los Santafé-Azpilicueta. A jugar a las cartas, sin ir más lejos.

—¿Le gustan a usted las cartas, pollo?

—¿Las de amor o las del banco? —bromeé, para ganar tiempo. Podía ser una trampa, como si me preguntara «¿Es usted dado al orujo?».

—Las de don Heraclio Fournier —dijo Santafé.

—Gustarme me gustan, pero no soy muy bueno.

—Entonces es usted el punto que me conviene.

Las cartas eran la única forma de fraternidad que había en aquella compañía. Eso me ha pasado muchas veces. Luego, ya en los cincuenta, el fútbol sustituyó un poco a las cartas a la hora de crear afinidades. Con Santafé, si te gustaba jugar estabas salvado, porque le iba todo: tute, brisca, subastado, remigio... Póquer también... Todo menos el mus. «Demasiadas muecas», decía el tío. Jugábamos siempre con cantidades muy bajas, porque ese era uno de los muchos motivos de las peleas entre ellos. Ella le «administraba» el dinero del juego, y Santafé achantaba, porque, me contaron, en Sudamérica había perdido hasta la camisa, y tuvieron que volverse con lo puesto. Estaba en esa fase del jugador veterano en la que se juega por jugar, por ver cómo pinta la suerte, aunque la mesa sea de dos duros. Llevaba las cartas en el bolsillo y las sacaba a la que teníamos un ratito. Las cartas son un buen sistema para unir a los hombres sin tener que hablar demasiado. En una partida se habla lo menos posible. Un poquito al principio; luego baja la campana y te aíslas durante las horas que haga falta y más. A mí nunca se me han dado mal las cartas, quizás porque nunca me han apasionado, nunca me ha picado el bicho. Eso me ha dado una prudencia especial.

Santafé se tomaba por un jugador expertísimo, pero era torpe. Inverosímilmente torpe. Hacía lo mismo que en escena: se le veía todo, lo «vendía» todo. Era tirado pillarle en faroles. Tan fácil que al principio pensé que era el viejo truco de hacerse el idiota para que tú te confíes y desplumarte. Pero no, era un lanzado. Le gané varias veces, hasta que comprendí que mejor paraba un poco si quería seguir en aquella compañía. Sacaba algo de dinero de aquellas partidas, unos duretes, y si perdía perdía ajustadillo, pero sobre todo me llevaba el gran regalo de las cartas. Con tu dinero compras tres, seis, ocho horas de no pensar en nada, de aislarte bajo la campana de luz con otros tres tipos que no te van a dar la vara.

Las persianas están bajadas; no sabes si afuera es de día o de noche, si estás en Toledo o en Cádiz. Aquellas largas horas de timba con Santafé, con Ramos, que era el galán, y con Vidarte, un eléctrico que sí estaba picado por el bicho y que estrujaba las cartas como si fueran anónimos, me quitaron muchas cábalas de la cabeza.

Cuando me tocaba salir a escena hacía la función como un robot. Aquí, tal tropezón; allá, tal gesto; junto a la mesita, apoyarse y tal frase. Todos los días lo mismo. Era como un obrero apretando tuercas en una cadena de montaje, como los «flotantes» que no se desviaban un milímetro de lo ensayado... Ahora, filosofaba, yo mismo era un «flotante»... Lo hacía así porque temía que si me saltaba el menor movimiento se rompería la cadena y me quedaría en blanco, olvidaría todo lo que venía después...

Tenía también la sensación de que aquello, todo lo que me rodeaba, sería eterno. La gente que está en la cárcel suele pensar, al mes de haber entrado, que aquel será el definitivo paisaje del resto de su vida. Me había bajado de una bicicleta que creía inmóvil, y estaba pedaleando en otra... ¿Eso era todo lo que me deparaba don Pepe Isbert? ¿Cambiar de bicicleta?

Pasaban así las semanas hasta que un día que estaba muy cansado por la timba de la noche anterior, hubo un cambio. Un cambio importante. Hasta entonces, ya digo, yo iba de movimiento en movimiento como si siguiera marcas en el suelo, o piedras en un río. Al estar aquella noche tan cansado me pasó lo mismo que les sucede a los conductores primerizos. Un día, de repente, se sientan al volante del coche y todo sale solo, todo fluye sin pensarlo. La cabeza le está dando vueltas a la fecha de las próximas vacaciones, mientras la mano va automáticamente al cambio de marchas, el pie pisa el embrague, los ojos observan la señal de vía libre, y entonces el conductor acelera, y empieza a correr. Lo mismo me pasó a mí. Empecé a correr, y a frenar en el momento justo, sin pensarlo. Y a disfrutar de la velocidad, y del control de la velocidad. Cuando me pasaba eso, que no era siempre, me olvidaba por completo de los picores y la sudadera del maldito traje.

Casi al final de aquella gira me sucedió otra cosa mucho más importante. Una pequeñez, si se quiere, pero el teatro está lleno de pequeñas grandes cosas. Santafé bebía muchísima agua, porque se le secaba la boca. A Pombal también le pasaba a veces, y siempre había de tener yo un vaso preparado a su alcance, pero lo de Santafé era una obsesión. Necesitaba tener vasos de agua o botellines dispuestos por todas partes, y cada dos por tres se giraba, pegaba un trago mientras le daban la réplica, y luego seguía. En una de esas, el hombre fue hacia las cajas y el vaso no estaba donde tenía que estar. Le entró la pájara y me dejó solo en escena, mientras él, con toda la pachorra, iba a amorrarse a un grifo que había en el pasillo.

Me di cuenta del embolado, pero me quedé extrañamente tranquilo. Improvisé. Más que eso. Me «sentí» como el personaje. «Vaya, me han dejado aquí solo.» Me rasqué la cabeza y me quedé mirando fijamente una lamparita que había en una mesa. Con absoluta cara de palo, me acerqué a la lamparita, la cogí, la miré, la remiré... como si Julito intentara comprenderla, como si fuera un artefacto de otro planeta. Al darle la vuelta, la base de la lamparita se soltó y cayó estrepitosamente. Fue un remate de gag perfecto. Di un respingo, y entonces escuché la risa. La gente comenzó a reír.

Fue una risa nueva para mí. Nunca se habían reído así antes conmigo.

Fue una sensación que me gustó mucho. Muchísimo.

Santafé, que no era tonto, también se dio cuenta, y entró a la carrera poniendo su cara de ojos ahuevados, para rematar la faena y llevarse el aplauso: lógico.

Santafé me dijo luego:

—Ha quedado gracioso lo de la lamparita. Vamos a meterlo mañana.

A partir de aquello, el tío me miró de otra manera. Yo también me miré de otra manera. Lo de la lamparita fue realmente una iluminación.

En septiembre, de vuelta a Madrid, me dijo que quería contar conmigo para un vodevil francés que habían adaptado bajo mano, cambiándole el título, práctica muy frecuente para no pagar derechos.

Las cosas se pusieron negrísimas en octubre, con los follones de Asturias y Cataluña. Los mineros proclamaron la Comuna; Companys proclamó la República catalana dentro de la República española. Eso último lo entendió poca gente fuera de Cataluña. Nadie sabía lo que estaba pasando. Lerroux había metido a la CEDA de hoz y coz en el gobierno, tres ministros de golpe.

Toda la izquierda, y sobre todo los sindicatos, que entonces tenían una fuerza enorme, estaban que trinaban. Se convocó una huelga general como respuesta. Hasta ahí la cosa estaba más o menos clara. Lo que pasó luego...

Si alguien de mi quinta les dice que entonces alguien «de la calle» sabía qué demonios pasaba, no le crean. «Sabíamos» lo que decía la prensa. La prensa de izquierdas hablaba de un ejército popular levantado en Asturias para hacer la revolución. Setenta mil obreros se habían apoderado de la cuenca minera, de Mieres a Oviedo. Minas ocupadas, fábricas confiscadas, incautación del oro del Banco de España... Yo pensaba, como cualquiera que conociese las minas, que lo raro es que no hubiera pasado antes. Pero así, tan de golpe, tan organizado... La prensa de derechas, por su parte, contaba historias espeluznantes. Mineros crucificando a sacerdotes. Mujeres violadas y colgadas en ganchos de carnicería, en hilera. A los niños de los guardias civiles les sacaban los ojos... No eran periódicos. Eran papeles empapados en gasolina para prender la hoguera.

El resto, como siempre, eran rumores: más muertos, menos muertos... A Franco, por cierto, le nombraron hijo adoptivo de Oviedo después de aquello. Parece que en Oviedo entrenó lo suyo; más que en África. Llegó Franco, con toda su figuración de moros y legionarios, y arrasó la zona. Luego empezó a desaparecer gente. Se hablaba de treinta mil.

Después de octubre del 34, yo creo que muchísimos compartimos, por lo menos en Madrid, la sensación, clarísima, de que aquello era un ensayo general «con todo» de lo que iba a venir. No hacía falta estar ni con unos ni con otros para percibir aquello en el aire.

Vendría una catástrofe, seguro, aquello no podía acabar bien, pero yo empezaba a pisar con otro pie. Me estaba gustando la tontería de hacer de cómico; tenía verdaderas ganas de que Santafé volviera a llamarme. Si todo lo que estaba pasando, todo el follón de Asturias y Cataluña, me hubiera pillado unos meses atrás, a poco de volver a Madrid, por ejemplo, me habría maldecido mil veces por no estar en Argentina con Pombal. Me hubiera reventado la cabeza contra la pared, por imbécil. Ahora, todos teníamos la sensación de estar resbalando pendiente abajo y ya le veíamos la punta al agujero, pero a mí me gustaba el viento que me daba en la cara.

Santafé me llamó en noviembre, y estuvimos haciendo *Ellas sabrán* en el Martín un buen tiempo, hasta mediados del 35. Gustó mucho aquello.

Una noche, estaba yo en el camerino desmaquillándome cuando me dijeron:

—Aquí hay un señor que quiere verle. Un tal Monroy.

13. Una lección de comedia

—¿Eres Monroy o su fantasma?

—Chico... vi tu nombre en el cartel y no me lo podía creer... Tú de cómico...

Nos abrazamos. Monroy estaba más flaco, parecía algo cansado, pero le brillaban los ojos, y su flequillo seguía tan saltarín como siempre. Se notaba que estaba realmente contento de verme. Y yo de verle a él, talmente una aparición, la última persona a la que hubiera imaginado ver aquella noche en el Martín.

—Pero ¿cómo no estás tú con Pombal a todo tren? —le dije.

—Mira quién habla.

—Y mira quién no escribe.

—Miles de perdones, niño, de verdad. No he andado yo muy bien de tiempo últimamente... Te invito a cenar y te lo cuento todo. ¿Al Regio?

—Te advierto que el Regio ya no es lo que era.

—Pues el que tú digas.

—No, el Regio estará bien. Por los viejos tiempos y eso.

—Ya lo creo —dijo, con un brillo de tristeza en los ojos. Él tenía más viejos tiempos que yo.

Fuimos al Regio, y fue muy agradable comprobar que a los pocos minutos ya estábamos los dos como si nos hubiéramos

visto anteayer, como si no hubiera pasado todo aquel tiempo.
Y todavía mejor: no hablamos para nada de «lo que había pasado». No sacó el asunto, no me preguntó por el rifirrafe con Pombal. Se lo agradecí muchísimo.

Monroy me contó que estaba en Madrid para arreglar no sé qué papeleo del testamento de su madre.

—Así que has estado todo este tiempo en Valencia... Y yo que te hacía...

—En Alcira. Mamá empezó a ponerse mal de verdad poco después de estrenar lo del submarino. No nos reconocía, pobre mamá... Había días que me confundía con mi padre, otras que no me quería ni ver... Y luego, cuando no le daba el bajón a Inés le daba a Eugenia. Andábamos por la casa que parecía aquello un drama de Ibsen, chico.

—Lo siento de verdad.

Bebía más que antes. O a mayor velocidad, porque entre las tapas y el primer plato se bajó tres copas de blanco casi seguidas.

—Bueno... Todo pasa menos la ciruela pasa... Ahora hay todo el lío de la herencia, la partición... En fin, una lata. Pero lo importante es lo tuyo. Pepín, Pepín, Pepín...

Me apretó la mano por encima de la mesa.

—Hombre, tanto como importante... Ya ves lo que hago...

—Lo importante es que te ha picado el bicho. Poco me lo imaginaba yo... Y además...

Se me quedó mirando, en silencio, hasta que me sentí incómodo.

—¿Qué pasa? ¿Llevo maquillaje?

—No —sonrió—. Es que has cambiado... No ha pasado tanto tiempo y sin embargo eres otro. Ahora, por ejemplo, ya no parpadeas cuando escuchas.

—¿Qué?

—Antes... bueno, todo el tiempo que estuviste en la compañía... Parpadeabas siempre cada vez que te hablábamos, Pombal o yo... sobre todo Pombal. Cuando te hablaban, entrecerrabas los ojos, como si quisieras retener todo lo que te decían. Estabas monísimo. ¿No te dabas cuenta?

—Anda que ir a fijarse en eso...

—Tú también te fijabas en todo. En todo lo que no eras tú. En mí, por ejemplo.

—¿Qué quieres decir?

—En mis ritmos. En mi manera de entrar y de colocar las frases... Tú eres de mi cuerda. ¿Te parezco vanidoso por decir esto?

Pensé que comenzaba a estar un poco borracho, quizás. Pero tenía razón.

—No. No lo había pensado, pero tienes razón.

—Tengo una sensación muy curiosa contigo, niño.

—¿Ah, sí?

—Sí. Porque me veo en ti. Cuando yo empecé. Y de eso sí que parece hacer mil años.

—No exageres, Monroy.

—Me veo en ti y me reconozco... Y por otro lado, ya no eres el que eras en Barcelona. Estás más tranquilo. Más seguro. ¿Me equivoco?

—No.

—Y más cansado. Yo también. No son buenos tiempos.

Bebió otro trago. Me sirvió a mí y vació la botella, que colocó boca abajo en el cubo de hielo. Pidió otra.

Siguió.

—Hay algo especial en lo que he visto esta noche.

—No estoy bien, Monroy, no hace falta que...

—No estás *del todo* bien. Pero parece que estés allí... como por accidente.

—¿Y eso es bueno?

—¿Cuánto tiempo lleváis haciéndola?

—Cinco meses ya, quién lo hubiera dicho.

—Pues esta noche parecía que acabaras de llegar. Esa es una cualidad muy buena para hacer comedia. No la pierdas.

❖

Aquella conversación, que había arrancado en el Regio a eso de las once, duró sus buenas cuatro horas. Monroy empezó a fijar su foco en todos los miembros de la compañía Santafé-Azpilicueta, uno por uno.

—Ramos haciendo el borracho, por ejemplo. Es basura.

—¿Por qué es basura?

—Parece mentira que hayas estado casi diez años con nosotros. Es basura porque en la vida real un borracho hace un gran esfuerzo para aparentar que está sobrio. Intenta caminar recto y habla lento, para que no se le note la trompa, como hago yo ahora... Ramos hace justo lo contrario. Habla enfarfullado y se tambalea por todos lados para *demostrar* que está borracho. El público no ve a un borracho. Ve a un actor *haciendo* de borracho. Por eso no funciona.

—Pero la gente se parte de risa con él.

—Tú sabes distinguir la risa fácil de la risa de verdad, no me llames tonto. Se reirían de verdad si lo hiciera «normal». Si no eres creíble no eres gracioso, Pepín.

Nunca se me olvidaría esa frase.

Ahora todo son cursos y cursillos y talleres de interpretación, por lo general carísimos, con muchos «métodos» y «sistemas» que duran tanto como un psicoanálisis. Yo pienso que casi todo lo que sé del arte de la comedia, lo fundamental, lo aprendí aquella noche, en aquellas cuatro horas, con Monroy. Luego ya me fui espabilando para intentar llevarlo a la práctica.

—Tú todavía tienes tendencia a buscar el chiste —me dijo—. No lo busques. *Colócaselo.*

Como aquello me estaba sonando a lección, reaccioné como un párvulo.

—Eso es muy fácil de...

—No, porque a ratos ya lo haces. Tienes que apoyarte más en el final de tus frases. Piensa que un chiste es como una abeja: el aguijón está en la cola. Y una abeja pica que no te das ni cuenta, ¿no? Pues así has de colocarlo.

—Eso está bien visto.

—Lo de estar allí como por accidente es lo que mejor te funciona. Ya te digo: mantén eso. Es importante —insistía—. Hay que hacer la comedia un poco como si tú fueras un tipo al que están persiguiendo y se refugia en un teatro, ¿sabes? Y se ve obligado a entrar en la obra en el segundo acto y a representar un papel para salvarse. Como en una película de espías. ¿Me sigues? Hacer el personaje como si acabaras de entrar en el segundo acto, sin saber de qué va aquello.

—¿Por qué?

—Porque el personaje nunca sabe «de qué va aquello».

—Me estás diciendo que lo haga como si fuera idiota...

—No, porque no eres idiota. Lo que te estoy diciendo es que lo que funciona no es lo que haces, sino cómo reaccionas a lo que hacen los otros. Te estoy diciendo que el *clown* siempre ha de parecer inocente. El buen *clown*, el de verdad, nunca es ridículo. Él cree que está haciendo lo correcto. La gente no quiere ver a un tío ridículo. Quiere ver a un tío como ellos al que le pasan situaciones ridículas, pero que no pierde la dignidad. Esa es la esencia de la comedia. Tú, serio. Y nunca «hagas demasiado». Siempre menos.

(Yo habría de repetir eso en muchas entrevistas. Cuando comenzaron a llamarme «El cómico de la gracia seria».)

—Fíjate que te he dicho «parecer inocente». El cómico nunca es inocente, porque en la comedia siempre hay cálculo. Siempre. El cálculo empieza cuando has de «llevarles» hacia la risa. Hay que empezar a construir el efecto desde que entras en escena. El modo como te colocas, cómo empiezas... Ellos lo ven venir... Saben, intuyen que va a venir un golpe, pero no saben por dónde saldrá, y esa es tu baza... ¿Tú has oído hablar de Decroux?

—Pues no.

—Era un maestro. Etienne Decroux. Un mimo muy bueno. Le vimos con Pombal, en París... Decroux decía que un buen efecto cómico tiene que ser a la vez —contó con los dedos— uno, inevitable, y dos, imprevisible. Inevitable pero imprevisible. Va a llegar, llegará de todos modos, es como en la tragedia. Lo que no saben es cómo llegará. Por eso no hay que correr. No hay que correr nunca, niño.

—Tú sigues el ritmo de los otros...

—No, hombre, no. En la vida nadie va a la misma velocidad, buenos estaríamos. Tú, a tu aire. Al aire de tu personaje. Y, sobre todo, déjales espacio para la risa, que no les das tiempo de reírse. Todo eso, ya lo verás, es mitad instinto y mitad técnica. A base de «escuchar» al público lo vas pillando. Un buen público te enseña muchísimo. No el de esta noche, desde luego.

—Eso sí que se pilla rápido. A los tres minutos de función ya sabes qué público tienes.

—Sí, pero tampoco te confíes. No lo des por perdido enseguida, porque hay muchas sorpresas. Estudia la risa.

—¿Y cómo?

—Tú fíjate en una cosa muy importante. Cuando comienza una comedia no se ríe todo el público.

—¿No?

—Pues claro que no, niño. Siempre empieza un grupo. Aprende a localizar dónde están, de dónde viene esa risa. Y «envíaselo» a ellos, lo que estés haciendo. No te digo que «bajes». Te digo que «trabajes» para ellos, al principio. Cuando el primer grupo se ha reído, hay un segundo grupo que, de repente, empieza a prestar atención, porque se dan cuenta de que se han perdido algo. Y a la siguiente frase, esos se suman a los del primer grupo. Así va creciendo la risa en un teatro.

Al final le dije:

—Coño, Monroy, lo que no entiendo...

—¿Qué es lo que no entiendes?

—Pues, y perdona, que sabiendo lo que sabes cómo no estás haciendo comedia.

Se sonrió, como el crío que se ha guardado una sorpresa para el final.

—Bueno, de hecho la voy a hacer. Me han ofrecido una cosa, y no están los tiempos como para hacerle ascos a nada. La pobre mamá solo nos ha dejado deudas.

—Así que vuelves, Monroy...

—¿Quién nos lo iba a decir, verdad? ¿Te imaginas que un día coincidimos en una compañía, Pepín?

—No trabajaba yo contigo ni ciego de vino. No me ibas a dejar un chiste sano. Pero ¿va en serio?

—Eso mismo te iba yo a preguntar. Que si lo tuyo va en serio.

—Yo creo que sí. Pero tú no te hagas el loco. ¿Con quién vas a...?

—Tengo un amigo en la compañía de Milagros Leal y Salvador Soler Marí. En Valencia son los amos. Ella es infinitamente mejor, por cierto.

—¿Y qué función es?

—Todavía no lo sé. Están entre un Arniches nuevo y una comedia americana, que ha tenido mucho éxito y que pasa en un periódico, una cosa muy movida.

Al final de la noche, cuando ya comenzábamos a estar bastante cansados y considerablemente borrachos, le pregunté por los directores «realmente buenos» que teníamos.

—¿En Madrid, ahora? Hombre, yo estoy bastante desconectado, pero como no me han llegado campanas de ningún genio nuevo... Directores de los que puedas aprender... Con Pombal en Sudamérica... —esa fue su única pulla— pues yo te diría que en lo dramático, Manolo González. Y en lo cómico, Gaspar Campos. Y punto.

—¿Campos? ¿El que estaba en el Lara, en la compañía de...?

—Con Carmen Díaz. Yo le conocí en Valencia. Ahora ha formado compañía, como director y primer actor. Van a ir al Beatriz. Me lo encontré la otra tarde. Quiere juntar gente de nombre y desconocidos. Ahí podrías aprender muchísimo más que con Santafé.

Escribió algo en una tarjeta. Luego la metió en un sobre y lo cerró.

—Toma.

—¿Qué es esto?

—Una tarjeta para Gaspar. Vete de mi parte.

—Caramba... Muchísimas gracias, Monroy... Oye... ¿Y cómo tú no...?

No me dio tiempo a acabar la frase.

—Porque somos demasiado parecidos para actuar juntos. Os quedáis con Madrid —bromeó— y a mí dejadme Valencia, que ya me ha llegado la hora de echar raíces.

Me juró por la Santa Faz de Jaén que me llamaría y me dejaría dos entradas para la noche de su «gran retorno». Me dio su dirección; yo le apunté la mía.

—Dame un abrazo. No sabes lo que me ha alegrado verte, niño... Ah, y ponme unas letras para decirme cómo te ha ido con Gaspar.

Luego, de vuelta a Embajadores, pensé que durante toda la noche tampoco me había preguntado por Rosa ni una sola vez.

Monroy no lo sabía, o quizás sí, pero acababa de hacerme la putada de la vida. Sus comentarios me paralizaron. «Tú eres como yo», me había dicho. «Tú eres un cómico.» ¿Yo? ¡Yo qué iba a ser un cómico! ¡Qué iba a ser yo como él! Yo no sabía nada. Nada de nada, hombre... Nunca, pensaba, podría estar a la altura de lo que Monroy esperaba de mí...

Aquella noche en el Regio me cambió la vida. Hasta entonces, me levantaba por las mañanas y podía estar pensando y haciendo cualquier cosa, lo que fuera, hasta media hora antes de la función. Iba al teatro y la hacía. A los pocos días de aquella conversación, comencé a levantarme pensando en las horas que me quedaban hasta la función. Me quedan siete, me quedan cuatro, me quedan dos... Todo el día pendiente de la función.

Me empezaron a salir todos los miedos, los típicos, los eternos: no llegar a tiempo, entrar mal, quedarme en blanco, quedarme sin voz... Hacía la función y era como si Monroy estuviera en la sala cada noche, mirándome fijo, observando hasta el menor de mis movimientos. El público se había convertido en un ejército de Monroys. Por otra parte, después del repaso que le había dado al resto de la compañía, yo ya no podía volver a verles del mismo modo, porque los veía a través de sus ojos. Me irritaban, me impacientaban, y cada vez que Ramos hacía el borracho tenía que morderme la lengua para no soltarle una barbaridad.

La Azpilicueta fue la primera en darse cuenta.

—¿Te duele un callo, chaval?

—No, no. ¿Por qué lo dice?

—Porque entras en escena como si el suelo fuera a dar calambres. Y alegra un poco esa cara, hombre, que estamos haciendo un vodevil... Para caras largas ya está mi socio... —Reía. A Santafé le llamaba «mi socio».

Para acabarlo de arreglar, aquel otoño fui al Beatriz a ver a la compañía de Gaspar Campos en una función de tarde. Habían abierto con un vodevil francés realmente bueno, *Ocúpate de Amelia*, de Feydeau, a años luz en picardía y complicación de *Ellas sabrán*.

El Beatriz era un poco entonces el Lara de la clase media. Era como si el Lara y el Beatriz hubieran intercambiado su público natural, porque el Lara estaba en la Corredera y el Beatriz en pleno y aristocrático barrio de Salamanca. En el Lara hacían alta comedia y drama de salón, benaventino. Campos, que conocía los gustos del público del Beatriz, había presentado una temporada de vodevil fino, sainete melodramático y comedia costumbrista: los Quintero, Arniches, Paso y Abati...

La compañía era realmente muy buena. Lo cómico se lo repartían Campos y Nicolás Rodríguez, el galán, y las Muñoz Sampedro, Guadita y Mercedes, saladísimas, especialmente Guadita; también estaban Mary Delgado, Luchy Soto, las dos muy guapas, y Antoñito Casal, que venía de la compañía de Casimiro Ortas. Y Carlos Llopis, que sería más conocido como autor de comedias.

Tan bien lo hacían los puñeteros, como si estuvieran jugando a la taba, y tan buenos me parecieron, que se me hizo un nudo en el estómago durante la función, como si estuviese viendo un drama terrible. O como si estuviera en el Price viendo a los funambulistas.

«No podrá, se caerá, se caerá, el otro no lo cogerá a tiempo...»

Sufrí muchísimo, porque la función era uno de esos enredos matemáticos en los que las frases van como las puertas, a la que se cierra una ya se ha de estar abriendo otra. Y aquellos cabrones no dejaban escapar una. No vi la función entera; tuve que salir a vomitar de toda la tensión que llevaba dentro, como el tipo aquel del estreno de *Sin novedad en el frente*. Ni loco, decidí, iba yo a presentarme a Campos con la tarjetita, para que se me comieran vivo.

Así que como un imbécil di media vuelta y me quedé en la compañía de Antonio Santafé y Lolita Azpilicueta, primero en el Martín y luego en el Maravillas con otro vodevil «adaptado», *Con ella sí*, y de ahí al Eslava con *¡Carámbanos!* cuando llegó el verano, y con el verano llegó la guerra.

No era la guerra *todavía*. Al principio nadie pensaba que aquello fuese la guerra: era un golpe de estado de los militares, que se habían levantado en Melilla. Cosa de tres o cuatro días; como mucho de tres o cuatro semanas... A finales de aquel verano nos dimos cuenta de que era la guerra, y de que iba para largo. La canción que más se escuchaba aquellos días por la radio era *Mi Jaca*, cantada por Angelillo, que era el gran héroe popular republicano, el joven limpiabotas del Palace convertido en ídolo. Casi todos los madrileños de mi edad no pueden escuchar a Angelillo cantando *Mi Jaca* sin evocar instantáneamente el verano del 36, cuando todavía había aquella rara alegría en el aire; la alegría loca de romper con los esquemas y los horarios de cada día, y creer que el objetivo final estaba muy cerca, a la vuelta de la esquina... Sin embargo, la canción que yo asocio en el acto a la guerra, la que mejor me la resume, era un fandanguillo que oí cantar una noche a un gitano borracho, y que decía así:

Te ofendo porque te ofendo
y ahora te voy a matar
pa que vayas aprendiendo.

Verano del 36. Aquellas noches de calor insoportable en la pensión Abades, con las persianas bajadas y las ventanas cerradas a cal y canto para que no se filtrase la luz, escuchando Unión Radio, muy bajita... Los sindicatos, a través de la Junta de Espectáculos, se incautaron de los teatros, que no volvieron a abrir hasta principios de agosto. Me recomendaron que me afiliase a un sindicato y elegí la CNT, porque era donde había más actores. Hasta las putas se sindicaron; en el sindicato de Metalurgia, no sé por qué. En las casas de putas había una especie de ordenanza, clavada a la entrada, en la que el Comité de Milicias pedía consideración y respeto para las compañeras prostitutas, e informaba de que el diez por ciento de la «operación» estaba destinada al Komsomol. Cuando leí ese nombre por primera vez pensé, lo digo en serio, que se trataba de un producto antiblenorrágico. Me explicaron que quería decir «Juventudes Comunistas Soviéticas» en ruso.

En otoño volvimos al Eslava, con *¡Carámbanos!*

El público estaba desatado. Interrumpían la función a cada paso, y los milicianos nos tiraban cosas. Si les hacía gracia, pitillos; si no, papelotes o cualquier porquería que llevasen. Mi deseo de cada tarde era que la función se suspendiera por cualquier motivo, y motivos no faltaban... Con suerte, a veces la sirena de los bombardeos sonaba justo al empezar, y entre que bajábamos al refugio, que estaba en los sótanos del teatro, y volvíamos a subir, se nos iba una hora, y luego ya apagaban las luces por el toque de queda y Santafé decía «Compañeros, compañeras, esta noche se acabó la comedia», y todos nos íbamos.

Aquellos primeros meses Madrid era un trajín de milicianos, de evacuados que se iban a otro barrio, con todas sus cosas en una carretilla, porque su zona entraba de lleno en la línea del frente, y muchos, muchos camiones... Camiones blindados con planchas de lata, o cubiertos de colchones, porque decían que así las balas se enredaban en la lana, y que parecían camas ambulantes...

Y camiones con artistas yendo y viniendo de «festivales populares». Nos metían en camiones con las siglas de CNT-FAI o de la Unión de Hermanos Proletarios y nos llevaban a actuar a casas del pueblo, ateneos, campos de fútbol... Íbamos actores cómicos, actores «de verso», artistas de variedades, folclóricas, cantantes... Yo canté, y hasta di algunas palmas. Y recité. Me dijeron:

—Recita esto, camarada. Y con el puño bien alto.

Y fui muy aplaudido recitando, puño en alto, un poema de combate que me gustó porque parecía una película, y del que solo recuerdo el comienzo:

Afueras de la ciudad
arrabales de extramuros
huertas con casas humildes
chozas para vagabundos
Almacenes de carbones
ambiente de polvo y humo
Una carretera grande
con su puesto de consumos
y en ella, un auto ocupado
por un fugitivo grupo...
(aquí hacía una pausa y ahuecaba la voz)

¿Hacia dónde, camaradas?
¿Cuáaal... será mejor refugio?

Una mañana, cuando subíamos a uno de aquellos camiones, escuché una voz de mujer gritando una palabra que venía de un tiempo muy lejano.

—¡Lobito! ¡Lobito!

Era Lumi, con el uniforme de miliciana libertaria, en el estribo de un camión del Altavoz del Frente, que iba hacia Carabanchel. Grité «¡Lumi! ¡Lumi!», y ella sonrió, haciendo el saludo anarquista, que era juntar las dos manos sobre la cabeza.

—¡Salud, Lobito! ¡Salud! —gritaba...

Yo le devolví el saludo, sin palabras, porque no me salieron... Eso fue todo, porque nuestros camiones iban en direcciones distintas. Seguía teniendo una sonrisa preciosa. Nunca más volví a verla, ni a saber qué fue de ella.

14. Bragas a peseta

En la pensión comíamos lentejas día sí y día también, excepto algún domingo, en que la patrona nos ponía arroz con chirlas. La patrona se llamaba doña Luisa; tenía unos sesenta años y estaba medio alcoholizada de ojén. Bebía muchísimo porque la pobre andaba muerta de miedo, con los nervios destrozados por las sirenas de los bombardeos y por las noticias. Noticias o rumores, daba lo mismo.

—Han violentado a las monjas del convento de Nuestra Señora del Amparo y luego las han pasado a cuchillo.

—¿Y cuándo ha sido?

—Esta misma mañana. Porque no se querían casar con los milicianos. Figúrese usted. Canallas... ¿Cuándo acabará todo esto?

A veces volvía yo por la noche y me la encontraba sentada en la oscuridad del comedor, junto al brasero, con la letargia del alcohol, hablando sola o canturreando coplas, muy bajito. Una noche me quedé parado en el recibidor, escuchándola. Cantaba *Rocío*, que era otra de las canciones que más ponían por la radio, y en su voz sonaba horriblemente triste, como el lamento de una loca por su amor perdido.

Rocío, ay mi Rocío
manojito de claveles
capullito floresío
de pensar en tu querer
voy a perder el sentío...

Bebía hasta tarde para que el ojén la empujase al sueño, y entonces se iba dando trompicones por el pasillo. A veces, por la mañana, contaba sus sueños al primero que pillaba, sujetándonos de la manga, con los ojos despavoridos, pero nadie quería oírla. Eran siempre sueños espantosos, con cielos bañados de sangre y gatos muertos sin cabeza y presagios de catástrofe. Nunca he podido volver a escuchar *Rocío* porque por debajo de la purísima voz de Imperio Argentina todavía escucho el bisbiseo alucinado de doña Luisa, como un eco siniestro. Quizás por eso no fui a ver *Morena Clara*. En el Rialto estuvieron poniendo *Morena Clara*, con Imperio Argentina y Miguel Ligero, durante casi toda la guerra; tenía muchas ganas de verla pero siempre lo dejaba para otro día, hasta que la quitaron porque Florián Rey, su director, se declaró afecto a los nacionales.

Recuerdo que por la Gran Vía se veía gente humilde vestida con capas y levitones y antiguos trajes de noche de sus antiguos amos; se saludaban, entre gritos y risas, de un extremo a otro de la calle, como críos que hubieran saqueado los baúles de un teatro. Recuerdo que a la Cibeles la llamaban la Linda Tapada, por los sacos terreros que la protegían.

Recuerdo que en la puerta principal de la iglesia de San José, en la calle de Alcalá, colocaron, en una especie de vitrina, un Niño Jesús con mono azul, gorrito de miliciano, cartucheras y fusil, un fusilito que tenía el tamaño de un cepillo de dientes. En el Lara había una hucha enorme, a la entrada; media bala de cañón donde se depositaban donativos para el Altavoz del

Frente; después de la guerra volvieron a poner allí el busto del fundador, don Cándido. Recuerdo una caricatura de Queipo de Llano, con la nariz roja y la botella en alto, diciendo: «Esta noche tomo Málaga».

Recuerdo las casas en ruinas llenándose de nieve, y la extraña luz de aquellas cortas tardes de invierno.

Les cambiaron los nombres a muchos teatros. El Beatriz, por ejemplo, pasó a llamarse teatro Barral. Por Emiliano Barral, un escultor que había hecho el monumento a Pablo Iglesias y que cayó en Usera aquel primer invierno, luchando en las Milicias Segovianas.

Los cines y los teatros estaban llenos, porque no había otra cosa mejor para olvidarse, durante unas horas, de los quebrantos del día; también porque eran baratísimos y porque allí la gente podía estar junta y más caliente que en las casas, y los sótanos servían de refugio y estaban más cerca. Sin embargo, la vida nocturna había desaparecido. En los cafés no había café y las noches eran oscuras por el toque de queda. Apagaban las farolas y era obligatorio bajar las persianas. Tampoco había rótulos luminosos, ni luz en los escaparates. Yo volvía del teatro y en la calle me cruzaba con puntitos de luz, como luciérnagas en un bosque. No era un bosque, no eran luciérnagas creadas con el fósforo y el magnesio de Anglada. Un golpe de viento en la cara me desaleló. Estaba en plena calle de Alcalá, silenciosa como nunca había estado, y me cruzaba con la gente que volvía a su casa, alumbrando sus pasos rápidos con linternitas de bolsillo...

Aquel invierno estuve en un tris de venirme abajo. Estaba harto de las funciones que hacíamos en el Eslava, harto de la compañía de Bonafé, harto del público, del frío y de la angustia constante, sin noticias de nadie, yendo del teatro a la pensión y de la pensión al teatro. Aquella noche de las falsas luciérnagas me sentí enormemente solo. Por no tener, no tenía ni linterna. ¿Qué era yo? Una sombra, nada.

Una sombra con el estómago hueco y los pies helados.

Acabó dándome asco tanta pena de mí mismo, y a los pocos días ya estaba poniendo patas arriba mi cuarto hasta dar con la tarjeta de Monroy. Fui al Barral, sacando pecho, y se la di a un portero. Era un lunes, por la mañana; al lunes siguiente tenían que comenzar en el Eslava los ensayos de *Me gustan todas*, que me apetecía tanto como una patada en la boca.

Gaspar Campos me recibió en su saloncito; un saloncito que se haría famoso porque allí tenía una tertulia los viernes con los Quintero, el periodista Montero Alonso y el novelista Palacio Valdés, entre otros.

—El amigo Monroy me dice aquí que tiene usted auténtica talla de cómico...

Al oír eso se me aflojó de golpe la chulería y estuve a punto de echar a correr.

—¿Eso dice?

—Lo dice él y lo digo yo, que por recomendación suya fui a verle a lo de Santafé. Pero dígame una cosa: ¿por qué ha tardado tanto en venir a verme? —me preguntó Campos.

Pilladísimo, azorado como un colegial, opté por decirle la verdad, que a veces suele ser la mejor solución. Hasta le conté lo del vómito viendo *Ocúpate de Amelia*. Me dejó hablar, me escuchó en silencio, cabeceando, y al acabar se echó a reír y me ofreció un purito.

—Es usted de ley, Mendieta. Y no está maleado; a ningún actor de los que corren por Madrid se le ocurriría contarme lo que me ha contado usted. No se preocupe, que yo estoy encantado de tenerle entre nosotros. Y tranquilo, que ya verá que el papel es tan pequeño que no hay complicación ninguna. Es lo único que le puedo ofrecer, por baja, pero le irá bien para cogerle el tranquillo a la cosa. Sea usted bienvenido —dijo, y me estrechó la mano.

Gaspar Campos se portó fantásticamente conmigo.

Y con todo el mundo. Nunca conocí a nadie, y eso en el mundo del teatro es rarísimo, que dijera nada malo de él. Campos era un hombre de derechas y había perdido un hijo en el frente, pero estaba por encima de ideologías a la hora de hacer teatro y de ayudar a quien fuera, desde el Barral o desde su puesto en la Junta del Espectáculo. Yo creo que esa aureola de buena persona le protegía, porque desde luego su teatro no era precisamente «comprometido», como se decía entonces. Sabían que no era «afecto» a la causa republicana, pero tampoco era un enemigo, y le dejaban hacer. Únicamente se vio forzado a retirar a Arniches de la programación cuando el maestro escapó a Argentina y comenzó a hacer declaraciones virulentas contra la República.

Mi primer papel era realmente un papelito, de mayordomo despistado en *El sombrero de copa* de Vital Aza, pero gracias a él pude salir de la compañía de Santafé. Cobraba dieciocho pesetas, que era el «salario mínimo unificado» establecido por la Junta del Espectáculo, y estaba encantado de la vida. Campos se reía porque me busqué un plumero y limpiaba el polvo de todos y cada uno de los muebles para pasar el mayor tiempo posible en escena.

En el escenario del Barral yo escapaba de aquel Madrid convulso. Se estaba bien y caliente allí arriba. Se me pasaba la función volando. Era divertido trabajar con aquella gente. Porque se divertían. Pese a la guerra, pese al peligro y las privaciones. Una noche sonó la sirena de alarma, una de tantas veces. Gaspar Campos miró al público, se encogió de hombros, hubo un gran aplauso y seguimos haciendo la función. Yo no las tuve todas conmigo hasta que los aviones se alejaron.

A diferencia de los de Santafé, Campos y su gente se divertían juntos, y no cada uno por su lado. Yo no había vuelto a sentir eso desde los días del *Münchausen*, cuando nuestra compañía era aún una verdadera compañía...

Claro que yo estaba a años luz de la *troupe* de Campos. Ellos se pasaban la pelota y yo únicamente podía aspirar a estar muy atento cuando me llegaba algún rebote, los cuatro o cinco que tenía, para no dejarla caer antes de devolvérsela. Me trataban con educación y simpatía, pero apenas cruzaban unas frases conmigo, casi como en la obra. A fin de cuentas, yo era el recién llegado, una de tantas sustituciones. «Todo se andará», pensaba yo. «Acabas de llegar, como quien dice.» Supe que sustituía a otro actor joven que se había ido al frente. En aquellos días, los actores y los técnicos entraban y salían constantemente de las compañías, cuando eran «requeridos».

Cada día aprendías una palabra nueva: incautado, requisado, movilizado, evacuado, requerido...

Hasta que fui «requerido» yo, cuando apenas llevaba cuatro meses en la compañía del Barral. Estábamos haciendo una comedia que se llamaba precisamente *La divina providencia*, que a mis ojos volvió a ser el señor cabroncete con cara de Pepe Isbert. Don Pepe Providencia debió disponer que una tarde se me ocurriera acercarme al teatro a primera hora para preguntarle a Campos, que estaba muy al tanto de todo, si tenía noticias de Monroy.

Por Campos había sabido que Rosa estaba en San Sebastián, en zona nacional.

—¿Rosa Camino? ¿La conoce usted, Mendieta?

—Pues sí señor. Un poco. De cuando la *Jane Eyre* con Pombal.

—¿Estaba usted en aquello?

—Pero no de cómico. De segundo apunte, y en las escenografías y, bueno, un poco en todo.

—Fue ahí donde despuntó esta chica, ¿verdad? Claro, claro... Pues yo creo que va a hacer una gran carrera. Justo ayer —me dijo Campos— me comentaron que Jardiel está encantado con ella. Ya estaba muy bien en *Usted tiene ojos de mujer fatal* y ahora Jardiel quiere repartirle el papel de la doncellita en *Morirse es un error*.

—¿Con la Gascó y...?

—No, no; ya no está con la Gascó.

—¿Ah, no?

—Se ha contratado con Isabelita Garcés. *Morirse* la va a estrenar la Garcés en San Sebastián.

Aquella tarde fatal había llegado yo al teatro y me encontré las puertas cerradas. Empecé a aporrearlas. En estas, doblaron la esquina dos milicianos que estaban allí apostados.

—¿Qué pasa? ¿Qué escándalo es ese?

—Es que soy de aquí. De la compañía de este teatro.

Ahí la fastidié.

—¿Eres de la compañía de este teatro? —repitió.

—Sí señor.

—Sí camarada.

—Bueno, pues sí, camarada.

—¿Y qué sindicato?

—CNT. Espectáculo.

—¿Espectáculo y no estás en la concentración?

—La concentración...

—Se ha dicho hasta por la radio, macho —dijo el otro.

Aquellos días había concentraciones del sindicato cada dos por tres. Pero aquella era distinta, y yo no lo sabía.

—Es que no tengo radio —dije.

—No te digo... Acompáñanos, anda.

Aquella mañana, los combates se habían intensificado en la zona de la Casa de Campo, que era donde estaban los de las Brigadas Internacionales, cubriendo también la Ciudad Universitaria. Los fascistas se habían hecho fuertes en la Casa de Velázquez, el Hospital Clínico y la Residencia de Estudiantes, y estaban abriendo brecha en el frente de Usera, de modo que los sindicatos estaban «requiriendo» gente a toda pastilla.

Todo fue muy rápido.

En la vida estas cosas siempre suelen pasar muy rápido, y luego se recuerdan como a cámara lenta.

Recuerdo que la concentración de la CNT era en el cine San Miguel, abarrotado; había tanto vapor allá adentro que nos lloraban los ojos, y las caras se volvían borrosas... Cientos de personas... Busqué, guiñando los ojos, algún rostro conocido, alguien de la compañía, sin suerte... Allí estaban, que yo recuerde, Juan Espantaleón... José María Granada... Diría que don Emilio Thuillier... También vi a Alady, el cómico catalán, que tuvo más suerte que yo, porque después de la guerra me contó que le habían destinado a un hospital infantil en Aranjuez, para animar a los críos...

En mi misma fila reconocí a don Enrique Chicote, viejísimo, hecho un pajarito, con la cabeza ladeada, durmiéndose el pobre en mitad de aquella barahúnda. La consigna era reforzar todos los frentes, fortificar Madrid... De repente empezaron a sonar himnos, todo el mundo se puso en pie y hubo una especie de corrimiento de tierra que a mí me hizo temer un desastre peor que el incendio del Novedades. Era imposible escapar de aquella ola... Gritos de «¡No pasarán!» y «¡Madrid será la tumba del fascismo!», canciones, empujones por los pasillos... No pude volverme atrás ni a codazo limpio, y eso que pegué unos cuantos. Estaba rodeado de gente que empujaba y gritaba «¡A las armas! ¡Dadnos armas, camaradas!».

Entonces se abrieron los portones de las salidas de emergencia del cine; afuera nos esperaban ya los camiones de las milicias. Nos llevaron a un local de la CNT, un colegio que yo diría que estaba por Manuel Becerra, y en el patio nos dividieron en batallones, y cada batallón en escuadras. Nuestro batallón se llamaba Anti-Gas, nunca supe por qué, y lo formaban 120 hombres de muy diversas edades, todos del sindicato del espectáculo. Cada escuadra estaba compuesta de ocho hombres. Yo no conocía a nadie de la mía. Años más tarde supe que Carlos Lemos también estuvo en ese mismo batallón; fue uno de los pocos que se salvaron.

Casi todos los de mi escuadra eran obreros o «cuadros». Había un chispa, Vivanco; un carpintero pamplonica que se llamaba Fermín; un tramoya del Pardiñas, un oficinista de casi sesenta años que trabajaba en La Latina y que era el más lanzado de todos, un acomodador y otro que ahora no recuerdo qué era pero no era cómico; los únicos cómicos éramos un cantante de zarzuela que se llamaba Cerecedo, y yo. Todos íbamos «de calle», con lo puesto; si alguien más pensaba, como yo, que aquello era una encerrona de campeonato, lo disimulaba muy bien. Nos dijeron que íbamos a luchar contra moros y legionarios, que se estaban desplegando por la Casa de Campo y por Usera. Hasta entrada la noche no supimos que nuestra escuadra combatiría en Usera. Mientras hubo luz nos tuvieron en el patio, enseñándonos a manejar un fusil y a desplegarnos y replegarnos. Mi fusil tenía manchas de sangre seca y una cuerda por correaje. Al caer la noche nos dieron una manta, plato y cuchara, y doce balas a cada uno, porque no había más. Yo me preguntaba qué estaría pasando afuera; si estarían haciendo la función en el Barral o si también se habrían llevado a media compañía.

Cenamos sopa de col y una carne en lata, en hilachas, que era como mascar madera, y nos echamos a dormir sobre la manta donde buenamente pudimos. No dormimos mucho, porque seguían las voces, y los gritos, y las canciones, igual que si fuéramos a una concentración deportiva. Había escuadras que se habían autobautizado con nombres como «Los leones rojos» o «Los guerrilleros de la noche», y se vitoreaban como equipos de fútbol. Cerecedo llevaba una petaca de cuero de la que me ofreció unos tragos. No pregunté qué era, pero a mí me supo a alcohol de quemar.

Serían las dos de la madrugada cuando nos pusimos en marcha. Recorrimos la ciudad desierta avanzando en hilera, con dos milicianos delante y dos detrás, con aquellas armas que parecían de utilería, con la manta sobre los hombros, en silencio, rodeados de oscuridad. Se habían acabado las canciones y la euforia. Los estallidos de los morteros y el tableteo de los máuseres se oían cada vez más cerca. Dejamos atrás Puerta de Toledo, plaza de la Cebada, La Latina... Yo apretaba los dientes para que no me castañetearan; temblaba de frío y de miedo y maldecía mi suerte, porque estaba convencido de que íbamos al matadero. De pocas cosas he estado tan convencido en mi vida. Recuerdo que Cerecedo llevaba un sombrero verde hundido hasta las cejas; con él murió. «¡Desplegarse! ¡Desplegarse!», nos gritaban, y así lo hicimos, pero daba igual, porque nos sacudían del derecho y del revés. O, como había pronosticado el acomodador, que era de Cádiz, «*fuerte y floho por debaho el babi*».

Cuando llegamos, Usera era una zanja llena de escombros y muertos por todas partes, con escasos supervivientes resistiendo como jabatos. Poco se podía hacer. En apenas dos horas, batidos por un constante fuego racheado y con una docenita de balas por barba, el batallón Anti-Gas quedó hecho trizas. Fue una carnicería. De sus 120 hombres sobrevivimos diez o doce.

Cuando ya clareaba, Cerecedo y yo, los únicos que quedábamos de la escuadra, íbamos reptando de muerto en muerto para ver si les quedaba algo de munición. Una ráfaga alcanzó a Cerecedo; me giré para ver si me seguía y le vi despatarrado con su sombrero verde sobre un miliciano muerto, como si hubiera caído desde un quinto piso. Estaba yo arrastrándome y a punto de soltar ya el fusil cuando aparecieron, reptando también por un desmonte, tres milicianos. Esto pasó, me acordaré siempre, en la calle Nicolás Sánchez. El primero de ellos tenía la cara ennegrecida, pero le reconocí en el acto, y él también a mí. Nos incorporamos los dos, mirándonos, boquiabiertos.

—¡Torre!

—¡Pepín Mendieta!

Corrimos a abrazarnos. Ese fue nuestro error. Otro miliciano gritó: «¿Estáis locos?». Fue lo último que escuché antes del estallido. Torregrosa estaba sonriéndome, abriendo los brazos, y de golpe se llevó las manos a la garganta y la sangre empezó a salir a chorros de su boca, en cascada; la metralla le había alcanzado en el cuello. Yo quería abrazarle pero me alejaba de él, con las piernas ardiendo como si tuviera plomo candente en los tuétanos... Torre estaba cada vez más lejos, más lejos... yo giraba en el aire, sin peso, como por el interior de una campana de vidrio, echando sangre también, por la boca, por la nariz, por las orejas... el sabor de la sangre, el mismo que había sentido cuando el bofetón del cerero me partió el labio... y una voz, que era la mía, mucho más fuerte que la mía, diciendo en el interior de la campana: «Deja a mi madre, cabrón... Vete de esta casa»... hasta que la onda expansiva de la granada me empotró contra la pared de una mercería en ruinas. Lo último que vi fue un cartel que había entre los vidrios rotos del escaparate y que decía «Qué alegría, bragas a peseta».

Luego, eternidades después, comencé a oír pitidos... prolongados... silbatos de tren atravesando la oscuridad... trenes cruzándose y chocando en el interior de mi cabeza... ¿Dónde estaba? ¿En una estación de provincias perdida en la noche? ¿Tendido sobre la misma vía del tren? Y aquel sabor metálico, como si las vías me atravesaran la boca...

Quería abrir los ojos pero no podía, como si en mi cara ya no hubiera nada que abrir. O como si mi voluntad no llegara hasta mis ojos. Tardé muchísimo en abrirlos. Dos meses, me dijeron. Cuando abrí los ojos había gente a mi alrededor, muy arriba, y les veía como si estuviera en el fondo de un pozo. No entendía nada de lo que me decían. Movían la boca, y era como en una novela de marcianos que me había pasado Monroy. Como si me hubieran capturado seres de otro planeta, que hablaban en un idioma hecho de gruñidos, palabras dilatadas, reverberaciones...

Me entró el pánico.

Pensaba: «Esto es el fin. Se ha acabado todo».

Pero no era el fin, sino el principio. El principio del dolor. Porque empezaba a sentir dolor. Mucho dolor. Para ser más preciso: me dolía hasta el pelo.

Dos meses en coma. Y «en observación». Estaba vivo, seguía vivo, pero «no volvía». No sabían lo que tenía. «Conmoción en todos los órganos.» Politraumatismos. La pierna derecha roída por los bocados de la metralla, pero sin afectar huesos ni tendones «principales».

Escribieron también: «Posible pérdida del habla y otras facultades intelectivas».

Yo no podía explicarles nada, no podía decirles cómo me sentía, porque no entendía un pijo de lo que me preguntaban... Pensé que me había vuelto loco. Hasta que dejaron de preguntarme. Venían, siempre a las mismas horas. Me palpaban, me auscultaban, me alimentaban... me aplicaban torundas de algodón en los oídos, que seguían sangrando... me cambiaban las vendas...

Yo estaba allí, en una cama, ni vivo ni muerto sino todo lo contrario, y era la menor de sus preocupaciones. Mis compañeros de pabellón sí que daban trabajo. No dejaban de llegar y de irse. Cabezas que gritaban y gritaban, y yo solo veía las bocas desencajadas sin grito, en el silencio aquel atravesado de murmullos y chirridos de trenes que no eran trenes sino las camillas llevándoselos, cubiertos por una sábana... las ruedas de aquellas camillas, que se hundían en el suelo como carros medievales, el carro de los muertos...

La sangre de mis oídos dejó de brotar. No había lesiones internas sino tímpanos rotos. Supe, fueron las primeras palabras que oí, que un tímpano roto se recupera; es una membrana, que puede volver a soldarse por sí sola; «cuestión de tiempo». Supe también, y esa sí que fue la mejor gracejería de don Pepe Isbert, que estaba en el Villa Luz, el sanatorio al que me negué a ir en el año 31, ahora convertido en hospital de guerra.

El jefe del equipo médico que me operó era el doctor Plácido Duarte, uno de los mejores cirujanos de Madrid. Pasé en el Villa Luz muchos meses, todo el tiempo que tardaron en recomponerme. Hasta que volví a caminar, ayudado por una enfermera, pasito a pasito, como un niño. Me repetía:

—Ha tenido usted suerte... mucha suerte...

Llegó la primavera, se abrieron las ventanas y, por primera vez desde el comienzo de la guerra, oí cantar pájaros en el jardín que rodeaba el sanatorio.

La enfermera, que se llamaba Lucía, me trajo un día unas cuantas revistas ilustradas. En *Cinegramas* se hablaba de los éxitos de Pombal en Sudamérica, al otro lado de la luna. Había una foto de Pombal en Montevideo, al volante de un Dusemberg. Se había dejado bigotito de galán. Fotos de *El correo del Zar* en los teatros Olimpia, tres meses en cartel, y Princesa, cuatro meses, de Caracas. Todas las crónicas extractadas en el reportaje hablaban de él. No de la Compañía Gran Teatro del Mundo, sino de Ernesto Pombal. Y en términos de novela rosa. Era repugnante.

Buenos Aires, 20.000 *leguas*, seis meses en el Daneri: «Arte genial de intérprete soberano e insólito, Ernesto Pombal hizo alardes de la más absoluta naturalidad escénica. Un actor "a la moderna", que tanta falta nos hace en nuestros escenarios». No me había matado la granada y ahora me iba a morir de risa. ¡Pombal había conseguido robarle protagonismo al submarino!

Para otro crítico argentino, Pombal era el Quijote redivivo; a saber qué historias le habría contado: «Ernesto Pombal, por sus ideas, por su cultura profunda, por su valor moral y por sus acciones, más parece un hidalgo de tiempos pasados que un actor y director moderno, militante en las filas del ejército artístico que se abre paso entre una multitud de ineptos y advenedizos». Lo mejor de lo mejor era la crónica de la presentación de *Jane Eyre* en el teatro Segura, de Lima, que parecía escrita por un gacetillero enamorado: «Pues es Pombal un señor con talla de artillero, un corazón infantil, corazón de mazapán, una figura apuesta y una flor en el ojal de la solapa. Con esto, su voz abaritonada, una inteligencia despierta, pelo negro y rizado, una risa con ecos de barreno y una docena de trajes de última moda, va Ernesto Pombal por el mundo cosechando aplausos y corazones».

Con lo del corazón de mazapán y la voz abaritonada me dio una descojonación que se me soltaron tres puntos de la pierna. De poco no me caigo de la cama. Lucía me dijo:

—Le veo mucho mejor. ¿Qué es lo que tiene tanta gracia?

—Nada, nada. Cosas mías.

Más abajo, a propósito del *Münchausen* en el Palacio Molina de México (DF):

—¿Y de amores, don Ernesto?

—Mi corazón es muy grande, y tiene cabida para todas las que quieren encontrar consuelo en él. ¡Es muy hermoso amar a las mujeres! Amando a las mujeres se vive tranquilo y se saborean muchos ratos encantadores, mientras que amando a «la mujer» se pierde el tiempo y se sufren decepciones ¡muy grandes, mi amigo!

Cuando salí se había acabado la guerra. Al día siguiente de acabar la guerra se cerraron los teatros.

15. Y volvían cantando

La primavera del 39 fue una de las más hermosas de mi vida, justamente porque había vuelto a ella. Lo veía todo con ojos de resucitado, la tripa hueca y el corazón famélico. Todo me hacía temblar, el cielo azulísimo, y de nuevo la Gran Vía, que se había llenado de chicas guapas, rubias, elegantes, de largas piernas. Parecía que solo recorrieran la Gran Vía, arriba y abajo y vuelta, entrando y saliendo de Chicote, el bar de los vencedores, porque no se las veía por ninguna otra parte, chicas de Burgos y del barrio de Salamanca, flores de Gran Vía y Alcalá y de nuevo Serrano, que no se aventuraban por otros barrios, los barrios arrasados...

Madrid volvía a ser un centro rodeado de círculos de creciente desolación, como la onda expansiva de una bomba. El centro estaba tan lleno que se hacía difícil encontrar sitio en un café, o tomar el tranvía y el metro. Mejor no moverse mucho del centro, no querer saber, no pisar las zonas devastadas...

Yo solo quería ojos para lo que se mantenía en pie y lo que había vuelto, como las rubias de la Gran Vía. ¿Quién quería acercarse a Martínez Campos para contemplar los restos calcinados del almacén, y entre ellos, deshechos, irreconocibles, los de lo mejor de mi adolescencia? ¿Quién quería doblar una esquina de Bravo Murillo y volver a ver la cara de Torre, sonriendo como sonreía antes de que le salieran las tripas por la boca? Yo iba pasito a pasito, arrastrando la pierna, con los oídos zumbantes, y todo hacía que se me saltaran las lágrimas. La suave brisa en las copas de las acacias, una risa femenina sin rostro, una puntita de colonia de limón...

Aquella primavera incluso era posible creer en los himnos. El *Cara al sol* era un buen himno, porque parecía una canción. Al paso alegre de la paz... volverá a reír la primavera... como ave precursora... en tu balcón los nidos a colgar... que tú bordaste en rojo ayer, Rocío, ay mi Rocío... Todos deseábamos tanto creer en un poco de alegría, en una canción mentirosa que solo funcionaba porque nos recordaba otras canciones de un tiempo acabado... Creer en aquel cielo azul que, como bien dijo el poeta, ni es cielo ni es azul... Aquella primavera y aquel cielo fueron un espejismo de convaleciente.

De pronto llegó el invierno, a principios de verano. Yo, como un idiota, creí que no me iba a pasar nada. Habían repetido, en los periódicos, por la radio, en pasquines: «Nada han de temer quienes tengan las manos limpias de sangre». Nunca lo hubiera imaginado: la pieza capital de mi expediente fue una foto. Una foto en el *Heraldo* donde se me veía levantando el puño. En el pliego de cargos pude verla. ¿De dónde salía aquello? ¿Cuándo había levantado yo el puño? Recordé: Recitando lo de *¿Hacia adónde, camaradas?* en uno de aquellos tantísimos festivales populares del 36. «Alguien», algún buen amigo o amiga, se había tomado la molestia de guardarla y enviarla «a quien correspondiera».

¿Quién podía haberme denunciado, y por qué? Daba igual. No hacían falta grandes motivos para una denuncia. Una bronca en la escalera, un callo pisado, te le atraviesas a alguien... Así iban las cosas. Así habían ido durante la guerra y así iban a seguir, multiplicadas por la impunidad de la revancha.

Pesó más aquella foto del *Heraldo* que mi ridícula participación en la defensa de Usera. La foto era un «testimonio». Un testimonio innegable.

Señalaban la foto, una y otra vez; la golpeaban con el dedo. Los juicios eran públicos, y las salas estaban siempre llenas, con mucha gente de pie al fondo. Se llamaban «consejos de guerra sumarísimos de urgencia», para que estuviera bien claro. El tribunal estaba compuesto por militares. Los sables sobre la mesa, y el crucifijo y el retrato de Franco sobre sus cabezas. Cada día se juzgaban de diez a veinte personas; a veces en bloque. Yo tuve suerte, porque me juzgaron una tarde, casi al anochecer, y ya de los últimos, junto a un redactor de *El Sindicalista* y a Valentín de Pedro, que había sido el director de la escuela de teatro de la CNT.

El periodista dijo que su trabajo en el diario consistía en redactar gacetillas y telegramas y barrer la redacción; eso había sido todo. El fiscal, un capitán joven, acusó a Valentín de Pedro de corromper a la juventud cristiana. Luego le preguntó si tenía algo que manifestar. Valentín de Pedro dijo que no, que nada. Tenía una gran dignidad; la dignidad que yo no tuve. Les condenaron a muerte por instigar a la rebelión. Valentín de Pedro se salvó porque era súbdito argentino, y su embajada consiguió repatriarle.

Al escuchar sus condenas a punto estuve de cagarme, literalmente, encima. ¿Iban a morir por aquello? ¿Íbamos a morir por aquello? Y una mierda así de alta. Canté la palinodia con mi mejor voz de cateto. Que si yo solo era un cómico, que me arrastraron, que ya sabe mi capitán cómo era aquella gente, que te llevaban a punta de pistola...

No fue una de mis mejores actuaciones, pero aquel día debían tener la mano cansada de firmar sentencias de muerte porque me libré con una condena menor, la de la frase «Desafecto al régimen» en mi certificado. Menor pero suficiente para que, a partir de entonces, solo pudiera pisar los teatros como espectador. Supe que Gaspar Campos había deshecho la compañía del Barral y tenía ahora un buen cargo en el «nuevo» Sindicato del Espectáculo. No tuve narices de presentarme de nuevo a don Gaspar con el «desafecto» a cuestas. Ni hablar de eso; antes me ponía otra vez a vender gaseosas.

Un día de aquel verano, al pasar por el edificio Capitol, vi un anuncio en las oficinas de Cifesa, pidiendo extras para una película. También ahí tuve suerte, porque acababan de poner el anuncio y como era agosto no se presentó la avalancha de muertos de hambre que yo me temía. Nos presentamos unos veinte o treinta muertos de hambre, y nos cogieron a todos menos a un pobre tipo al que le faltaba un brazo y que decía que arrimándose a otro no se le notaría.

Las pruebas consistían en mirar al frente, mirar a la derecha, mirar a la izquierda y caminar un poco. La película era *Los cuatro Robinsones*, una astracanada de Muñoz Seca y García Álvarez. Yo salía bailando en una fiesta de lujo, al principio. La pierna me dolía horrores, pero bailaba. Me dijeron:

—¿Sabe usted bailar?

—Por supuesto.

Y bailé, con la pierna derecha clavada en el suelo, mordiéndome los labios. Vaya si bailé. «Así se cura, así se cura, así se cura», me repetía. Me corría el sudor por la cara, me mordía los labios de dolor, pero bailé.

Hice varias cosas como extra para Cifesa: recuerdo *El último húsar*, una opereta en la que trabajaba la guapísima Conchita Montenegro, y me acuerdo también de *La Marquesona* porque salía Pastora Imperio.

En 1940, dicen los historiadores, empezó la posguerra.

Aquella hambre espantosa. Aquel frío, aquella fealdad... Aquellas gabardinas tan largas, y en los bolsillos rabos de higos secos, restos de altramuces, castañas pilongas, o una peseta de almendras... Me alimentaba de cosas así. No recuerdo haber comido carne hasta el 42... Recuerdo a aquellas mujeres de la Corredera Baja, en las esquinas, con barras de pan escondidas en el refajo... Porque el pan corriente, cuando corría, era una especie de pelota de tenis hecha con maíz, de color amarillo oscuro, sucio, tan parecida a la borona de mi infancia... Casi no había azúcar. Y del café mejor ni hablar. Las chicas pedían una copita de jerez, porque decían que alimentaba. Pasábamos muchas horas en los cafés, para estar juntos, para escapar del frío de las calles y las casas.

Tuve varios «amores de café», amores de pies fríos... Nos besábamos bajo las mantas, riendo por los ruidos que nos hacía el estómago vacío... Amores de café que duraban unas pocas noches. Varias de aquellas chicas eran viudas. No he visto tantas viudas como entonces. De cada tres mujeres, una era viuda... Las viudas abrazaban de un modo distinto, palpándote en la oscuridad, como si fueran ciegas, como el ciego aquel de la Nati... A veces, al acabar, rompían en sollozos, como cuando despiertas de un sueño muy breve y muy intenso que te ha arrancado por unos minutos de la realidad. Recuerdo también la poca luz, aquella luz temblorosa, polvorienta, las restricciones que duraron hasta principios de los cincuenta...

Y los silencios. Antes de la guerra todo el mundo hablaba y hablaba, y discutía, y casi siempre la cosa acababa a gritos; después siguieron los gritos, y no diré que la gente no riera, a veces con carcajadas nerviosas que no podían parar, pero casi no hablábamos... No era solo miedo... Era una gran fatiga... Durante el día no quedaba tiempo porque había que correr de un lado a otro, buscando comida, buscando trabajo, buscando cualquier cosa, como hormigas... luego caía la noche, y a la hora de la cena, o en los cafés, no hablábamos... ni de lo que había pasado ni de lo que estaba pasando... Nadie quería recordar. No había preguntas. Nos encogíamos de hombros. Solo noticias puntuales, como telegramas: le han detenido, le han juzgado, le han soltado, le han fusilado. Y los cientos, miles de desaparecidos. Gente de la que no se volvió a saber, o de la que se empezaba a saber poco a poco, con datos confusos. Había que rastrear y recontar demasiados muertos, demasiados desaparecidos.

Como el pobre Povedano, mi primer agente artístico, que cayó en Barcelona, durante los bombardeos de mayo del 38. Rosa estaba ahora en Barcelona, precisamente, en el Comedia, con la compañía del Infanta Isabel, haciendo la función de Jardiel que la Garcés había estrenado durante la guerra, *Morirse es un error*. Jardiel la había retitulado *Cuatro corazones con freno y marcha atrás*, porque el título anterior les parecía a todos mentar la soga en casa del ahorcado. Parecía que les iba muy bien, con muy buenas críticas y llenos diarios.

Sabía que Pombal seguía en Sudamérica, pero no tenía noticias de la compañía; no sabía nada de Luisita Santaolalla, ni de Anglada, ni del cabrón de Ruscalleda.

Y mucho me temía que Monroy hubiera muerto, porque tampoco había vuelto a tener noticias suyas. Una noche, en el Lyon o en El Gato Negro, alguien me comentó haberle visto en una función en Valencia, en la compañía de Milagros Leal; no recordaba la función pero sí que debió ser al principio de la guerra, y que él estaba muy bien, graciosísimo... Así que, por lo menos, había cumplido su deseo de volver al teatro... Yo le había enviado dos cartas a la casa de Alcira, la primera a los pocos días de haberme contratado con Gaspar Campos y la segunda cuando salí del Villa Luz; las dos me fueron devueltas por ausencia de destinatario.

En 1940 se acabó mi juventud.

Ahora era un extra de cine. El trabajo ideal para mi «situación». Uno de los trabajos donde más se valora el pasar desapercibido. Como extra, solo existes si no existes. Si miras a cámara, si tu cara entra en cuadro, no vuelven a llamarte. Cuanto más bulto seas, cuanto menos te vean, más veces te llaman. Aprendí eso muy rápido, y empecé a encadenar película tras película. Mayormente haciendo de muerto. Era buenísimo haciendo de muerto. De leproso terminal, de soldado caído... A la que hacía falta tener varios muertos en el fondo del plano, allí estaba yo, quieto parado, boca abajo en el suelo... Podían pasar horas y yo no me movía, tan quieto como en mi cama del Villa Luz, y con mis pensamientos igualmente lejos.

Una noche del invierno del 41 estaba yo vestido de chispero y con la nariz contra los adoquines, víctima de un duelo a faca frente al arco de Cuchilleros. Se rodaba *Cuando el motín de Esquilache*. El director era un falangista, Luys Iniesta, que se ponía el uniforme para filmar en exteriores. Iniesta era entonces el número uno de la profesión, el que todos, electricistas, técnicos, ayudantes, consideraban el mejor, el Maestro. Se contaba que en toda su carrera nunca había cambiado la posición de la cámara una vez colocada. Los productores le adoraban porque «montaba rodando»; decía «corten» en el momento justo en que empalmaría con el siguiente plano, y casi no rodaba planos de recurso para cubrirse. Eso, en una época en la que el celuloide se obtenía con cuentagotas, valía su peso en oro. Era un tipo gordote, campechano, muy castizo, físicamente del estilo de Manolo Morán. Parecía más un taxista o un cocinero que el mejor director de cine de los años cuarenta.

Aquella noche habíamos empezado a rodar muy tarde y estaba ya a punto de amanecer. En aquella época se rodaba mucho así, desde medianoche hasta que salía el sol, porque a esas horas no había tantos cortes de fluido eléctrico, ni los típicos altibajos de corriente que podían fundir toda una batería de focos. Tardaban siglos en preparar las luces. Y la cámara. Aquellas Super Parbo descomunales, como armarios, que había que mover entre dos y cubrir con una manta por el ruidazo que metían. La cámara bien arropadita, y yo en el suelo, tiritando. Hacía un frío horroroso, que me congelaba las lágrimas.

Allí estaba yo, despatarrado y con la boca contra el suelo mientras preparaban las luces y la cámara, pensando «La verdad es que más bajo ya no puedo caer».

Se olvidaron de mí. Que si la cámara irá aquí, que si las malditas luces no arrancan, y se olvidaron de aquel bulto negro sobre el suelo negro en la negra y helada noche, y se me volvió a llenar la cabeza de zumbidos y ruidos de trenes, y solo oía eso, y me fui yendo, me quedé más que frito pensando en Monroy, que me sonreía, y en Anglada y en Torre, que me sonreían también, y yo les sonreía con la mueca beatífica de los que mueren en la nieve, según dijo un listo de producción, que era alpinista.

Se acabó el plano, Iniesta dio dos palmadas y todos fueron a calentarse. Menos yo, que quedé allí tendido y sonriente, más azul que la camisa de Iniesta.

Me reanimaron con coñac y friegas de alcohol y muchísimas disculpas.

Al día siguiente me dijeron que Iniesta me llamaba, que fuera a su despacho.

Yo pensaba: «Han visto mi expediente. Ahora sí que se acabó».

Entré que no me llegaba la camisa (blanca, planchadita) al cuerpo.

—Haces tú muy bien el muerto —me saludó, riendo.

—Se hace lo que se puede, don Luys. A base de práctica...

—Siéntate, hombre.

Su acogida me tranquilizó. Le conté que antes de la guerra ya había hecho de esqueleto, en la compañía de Santafé. Le conté lo de los picores de aquel traje y cómo salía a escena con el sudor que no me dejaba ver, y por lo visto aquel día estaba yo inspirado, porque Iniesta se mondó de risa con la historia.

—Ya decía yo que tú eras un cómico. De muerto estás bien pero ¿qué tal me harías el medio muerto?

Tardé en entender que me estaba ofreciendo un papel, un papelito, en su siguiente película, *Pájaros de cuenta*: un pícaro, un mendigo «medio muerto de hambre» en el Madrid del 17, porque a Iniesta le iba mucho lo histórico. Para demostrarle que ese personaje era para mí, me arrodillé a sus pies, besándole la mano y llamándole vuesa merced. Flaco como estaba yo entonces, con los pómulos hundidos y los ojos que parecía que se me iban a salir, casi no les hizo falta maquillaje, porque aparentaba muchos más años de los que tenía. Les bastó con encasquetarme una peluca desgreñada y pegarme una barbita de chivo. Yo tenía una sola frase, pero la repetía media docena de veces con bastante efecto y en momentos muy variados. La frase era: «Señora, señor, que sus hijos no tengan que verse nunca como este poooobre pecador».

Iniesta me arregló los papeles del Sindicato. Tardé unos años en tenerlos en regla, y entretanto iba tirando con un certificado provisional. Gracias a Iniesta hice unos cuantos papelitos, uno tras otro, en la línea «pícaro medio muerto», en varias películas que se rodaron en los estudios CEA, en la Ciudad Lineal. En el comedor siempre había algún chistoso que te decía:

—Chico, el otro día fui a ver esa película en la que dices que sales.

—¿Y?

—Nada, que estornudé, se me cayó el pañuelo cuando salías, me agaché a recogerlo y ya no te vi más.

—Macho, yo no sé por qué no te dedicas a lo cómico. Es que nos matarías de risa, vamos —contestaba yo.

Mi «gran oportunidad» llegó en la primavera del 43. Iniesta estaba a punto de comenzar una película por la que en principio nadie daba un duro pero que se convertiría en uno de los mayores éxitos de la historia de nuestro cine. Contaba la historia de un grupo de soldados españoles durante la guerra de Cuba: se llamaba *Y volvían cantando*. El título, que sonará extraño a los lectores de ahora, venía de una frase muy popular en la época: «Más se perdió en Cuba, y volvían cantando».

La prueba de que nadie daba un duro por ella estaba en su reparto, con actores jóvenes y poco conocidos, casi como lo que había hecho Pombal en *Sin novedad en el frente*. Una película sin actores famosos y con unas palmeras de cartón piedra colocadas de cualquier manera en el plató más alejado y goteroso de los estudios.

Yo tenía un papelín de nativo tramposo pero leal, un «visto y no visto», como decía el salado aquel.

Uno de los actores elegidos por Iniesta (y por su ayudante, Perico Gorbea, que tenía muy buen ojo, como luego demostró) se llamaba Julio López Varela y era de mi edad. López Varela había sido requeté; se había alistado como voluntario en el tercio de Montejurra y acababa de entrar en la compañía del Español, donde había recibido buenísimas críticas. Lo tenía todo, vamos. Toda la suerte que yo no había tenido. Hasta que cambiaron las tornas.

Y volvían cantando hubiera sido su primera película, de no interponerse en su ascendente camino uno de los árboles de la Cuesta de las Perdices. Un algarrobo, concretamente. Volvía el hombre de una juerga, supongo que para celebrar que al día siguiente comenzaba el rodaje. El coche de López Varela quedó hecho un acordeón, y él con una pierna rota, varias costillas cascadas y, lo peor, la cara como un mapa, con más tajos que la bicicleta de un cabrero.

Yo no «estaba», como nativo tramposo pero leal, en las secuencias de la primera semana. Por eso me extrañó que Gorbea me llamase a la pensión. Y me extrañó todavía más lo que me dijo.

—Vente arreando, que igual sustituyes a López Varela.

Fue Perico Gorbea el que dijo que éramos clavados, y era verdad que un cierto aire sí teníamos. De talla y hechuras, desde luego, éramos idénticos, porque su vestuario me vino como un guante.

Me acuerdo muchísimo de ese día porque fue cuando el entierro de Loreto Prado. Yo tomé el tranvía que tomaba siempre para ir a los estudios, uno que iba a Ciudad Lineal y le llamaban el Transiberiano, pero se quedó clavado a la altura de Arenal, bloqueada por toda la gente que quería despedir a Loreto. Loreto Prado y Enrique Chicote vivían en los sótanos del Cómico, con diez gatos, cuatro o cinco perros y dos loros. Hablo del antiguo Cómico, del que estaba en la calle Maestro Vitoria, donde hoy hay un Corte Inglés. Loreto y el viejo Chicote no estaban casados, pero habían vivido juntos toda la vida, se decía, «sin comercio carnal». Loreto tenía más de sesenta años y todavía hacía de quinceañera, en una obra de Luis Vargas, *Seis pesetas*. Ya estaba muy enferma. Su última función la dio en Sevilla, en el Cervantes. Estaba haciendo *La sobrina del cura* y se desmayó en escena. Se la llevaron y Enrique Chicote salió a decir que se suspendía la representación y que les devolverían el importe de la entrada. Nadie quiso pasar por taquilla, como homenaje a Loreto.

La tarde del entierro la sacaron en un féretro blanco, y hubo algunos que comenzaron a abuchear, porque el blanco solo se utilizaba para los niños y las vírgenes; dicen que Enrique Chicote lloraba y gritaba: «¡Ha muerto virgen! ¡Juro que ha muerto virgen!». El entierro fue impresionante, un gentío que ni el de Durruti. Debió ser la última vez que se enterraba así a una cómica. Ahora no hace falta ni que te mueras. Sales a la calle y siempre te encuentras a alguien que te dice:

—¿Es usted Pepín Mendieta? Caramba... Creí que estaba muerto...

El caso es que allí quedó el Transiberiano, bloqueado por el entierro de Loreto Prado, y yo hube de juntar las pocas perras que tenía para tomar un taxi, y aun así llegué pillado a los estudios.

Iniesta se pasó la tarde haciéndome pruebas y por la noche me dijo:

—Enhorabuena. El papel es tuyo.

Pensé: «Varela, se acabó tu suerte. Ahora es la mía».
No era un pensamiento muy católico, la verdad sea dicha.

Mi papel (es decir, el de López Varela) era el de un pícaro castizo, Luciente, el típico escaqueador («¡Luciente no está presente!») que se libra de todos los servicios pero al final demuestra que tiene lo que hay que tener y muere como un héroe, con un chiste achulado en los labios.

Y *volvían cantando*, contra todo pronóstico, se llevó el premio del Sindicato del Espectáculo a la mejor película, y fue declarada de Interés Especial. Pero, por encima de todo, fue un gran éxito popular, que comprobé cuando la gente comenzó a reconocerme por la calle. Al principio siempre me volvía, porque pensaba que miraban a otro, otro que estaba a mi espalda.

Gustó tanto el personaje de Luciente que lo repetí varias veces, con otros nombres, en películas similares. En *Tebib*, que pasaba en Marruecos durante el desastre de Annual, o en *El coraje de Velarde*, durante la invasión napoleónica. Yo era el legionario juerguista que cuando llegaba el momento se dejaba la piel, o el ladronzuelo apresado por los franceses, que muere en el potro de tortura sin revelar ni un nombre de los conspiradores, y encima les canta una jotica.

Descubrí algo fundamental para mi vida y mi carrera: que el cine era mucho más descansado y estaba mucho mejor pagado que el teatro.

En el otoño del 43 engordé varios kilos, mis primeros kilos desde el final de la guerra, y me compré dos trajes, uno oscuro y uno claro, para combinar la chaqueta de uno con los pantalones del otro. También me compré lo que entonces se llamaba un «galán de noche», para colgar el traje y meter los zapatos en unas hormas de madera. Aquel galán me acompañó en muchísimos traslados. Todavía hoy lo tengo, pero está el pobre como deshabitado, porque siempre voy con chándal.

En otoño del 43 me trasladé, con mi galán bajo el brazo, a una pensión de cómicos que me recomendaron mucho, en plena Gran Vía, grande como un viejo hotel de provincias, que ocupaba dos pisos, el tercero y el cuarto, de un edificio cerca del café Fuyma. La pensión se llamaba Infanta Isabel, y me pareció una curiosa coincidencia, porque en el teatro del mismo nombre era donde Rosa estaba haciendo dos funciones de Jardiel, *Cuatro corazones* y *Usted tiene ojos de mujer fatal*, en la compañía de la Garcés. Rosa llevaba allí desde primavera, pero yo no me había acercado a verla, poniéndome mil pretextos: las cosas no hay que forzarlas... ya nos acabaremos encontrando... Madrid es un pañuelo... y varias tonterías más.

En verano corrió la voz de que Elvira Noriega se había peleado con Luis Escobar y que iba a sustituirla Rosa Camino. La función era *Chaise longue*, de Hubert de Poncignac, que abriría la temporada del Maria Guerrero. Y la abrió, a lo grande: dieron más de cien representaciones.

A Ródenas, en el *ABC*, se le caía la baba con Rosa. «Elegantísima, una reina de la comedia...» Comparaba las «gamas de su interpretación» con el vestido de noche que llevaba en la obra, un vestido de Marbel que el crítico del *ABC* veía como «una sinfonía de blancos, cinco blancos diferentes cuyos matices se van percibiendo poco a poco».

Yo no fui al estreno. Esperé una semana y compré entrada para una función de tarde, un miércoles. Entonces empezaron las dudas. ¿Traje oscuro o traje claro? Me decidí por el claro, porque todavía hacía buen tiempo. ¿Llevo flores o no llevo flores? ¿Rosas? Rosas para Rosa, fatal. ¿Una orquídea? No, cursi. ¿Claveles? No, pobretón. Siempre me he sentido idiota con un ramo de flores en las manos. Tuve una iluminación ante un colmado.

Pedí una coliflor.

—¿Me la podría envolver para regalo?

El dependiente no se amoscó porque yo iba trajeado y porque me apresuré a sacar un billete de la cartera, como si fuera un rico chalado con mucha prisa.

—¿Y con qué la envolvemos, caballero?

—¿Me alcanza esa hoja?

Yo mismo envolví la coliflor con un cucurucho de papel parafinado y el dependiente le hizo un lacito con el bramante rojo de anudar chorizos. Quedó muy aparente. Como el cucurucho era grande, la coliflor casi no se veía, y parecía un ramo de verdad.

Después de la función llamé a su camerino.

—Pom, pom.

—¿Sí? —dijo su voz, detrás de la puerta.

—¿La señorita Eyre?

—¿Perdón? ¿Por quién pregunta?

—¿La señorita Jane Eyre? Aquí hay un joven que trae una rara flor para usted.

—Esa voz... esa voz... —dijo ella, acercándose. Abrió la puerta... Y la boca, un palmo—. ¡Pepe Mendieta! ¡No me lo puedo creer!

Yo blandí la coliflor como una ofrenda, doblando la rodilla. Rosa se echó a reír. Ahora reía exactamente igual que en mis sueños, una risa fresca y clara, sin la menor afectación.

Me echó los brazos al cuello. Olía a aquel perfume de paisaje japonés que llevaba Palmira Werring.

—Pero ¿qué haces tú aquí?

—He venido a ver si era verdad lo de la sinfonía de blancos que dice el *ABC*.

16. El cielo abierto

Y sí, ya lo creo, era verdad lo de la sinfonía de blancos. La Clara de *Chaise longue* parecía escrita para ella. Rosa estaba finísima, muy natural y muy elegante. Más suave, dulcemente irónica. Me di cuenta en el acto de otra cosa: era ella la que «marcaba» el tono de la comedia. Como si la estuviera dirigiendo con su interpretación. Como si fuera la medida de los otros actores; como si les estuviera enviando este mensaje: «Es así como debe hacerse, ni por *debajo* ni por *arriba*». Un cómico se da cuenta enseguida de esas cosas. Aquella tarde, Luis Escobar estaba en un palco, y también se le caía la baba. Gran parte del mérito era suyo, porque la había dirigido de fábula, eso que quede claro. Me acuerdo perfectamente de la imagen de Escobar, en aquel palco del María Guerrero, viendo aquella función que se sabría de memoria, y cabeceando admirativo, acariciándose la barbilla, como un melómano que escucha a una solista de excepción ejecutando una partitura que ha oído mil veces.

Físicamente, Rosa también había cambiado mucho. Más delgada, más estilizada; la clavícula se le marcaba debajo del vestido; incluso me pareció más alta. Y sin aquella altivez adolescente de los días del Metropol, porque diez años habían pasado desde entonces, a lo tonto. Y una guerra en medio.

—Diez años ya... Qué barbaridad.

—Y en tu caso, para bien. La mar de bien, porque estás maravillosa. De verdad te lo digo.

—¿De verdad te ha gustado?

—Como que pareces inglesa. O americana. De comedia americana. De cine, vamos.

—Mira quién habla, que no paras de hacer películas.

—Peliculitas.

—Ahora va a parecer que te devuelvo la flor, pero...

—¿La coliflor?

—... pero no tan peliculitas. La de Cuba estaba muy bien. Y tú muy salado.

—¿Fuiste a ver eso?

—Claro que sí. En Barcelona. La Garcés y yo nos escapamos una tarde. Me decía: «¿Quién es tu chico, quién es tu chico?». Y yo: «Ese, ese. El castizo». Oye, que estás igual de moreno. Yo creí que era maquillaje.

—Y tú te has hecho algo en el pelo, ¿no?

—¿Tú qué crees, Mendieta?

Me gustaba que de vez en cuando me llamase Mendieta. Me hacía sentir como si fuéramos dos viejos amigos, dos personajes de una comedia tan sofisticada como *Chaise longue*.

Ya no era pelirroja, como si hubiera dejado atrás una antigua piel. Se había teñido el cabello y alisado aquellos rizos rebeldes, que ahora caían en una media melena color rubio cobrizo, con las puntas hacia dentro. Caían y flotaban aquellos cabellos cada vez que ladeaba el cuello, porque seguía ladeándolo deliciosamente, o al mover un poco la cabeza, como si se hubiera liberado de un gran peso.

—¿No te mareas con tantas flores? —le pregunté.

El camerino estaba lleno de flores blancas, perfumadísimas. Nardos, sobre todo.

—Al principio sí; luego te acostumbras —dijo, mientras se cambiaba detrás del biombo—. Gusto mucho a los viejecitos, sabes. El otro día, uno, monísimo, me dijo que era la hija que le hubiera gustado tener. Me trajo esos nardos. Los matrimonios «bien» también me adoran. Ellas me ven tan fina que no me consideran peligrosa. —Sonrió.

Era cierto: las señoras siempre la adoraron.

La sonrisa también era nueva. Había cariño en aquella sonrisa, y tranquilidad. El éxito, a veces, tiene estas cosas. Modifica para bien. Tranquiliza, reafirma, cambia el humor y la expresión. Yo mismo, aunque no podía ni de lejos compararme con ella, había comenzado a sentirme más seguro, más liviano y, digámoslo claro, más guapo, desde mi pequeño triunfo en *Y volvían cantando*. Desde que las chicas empezaron a reconocerme por la calle como «el moreno que se muere en la de Cuba».

Aquella noche, en el camerino del María Guerrero, los dos nos gustamos muchísimo. Esas cosas se notan, como la química en escena. Había una corriente de afecto y de atracción entre nosotros dos. Porque éramos distintos. Ya no éramos dos pipiolos de dieciocho años. Aquellas criaturas estaban muertas o muy lejos.

Ahora éramos Mendieta y la Camino.

Me cogió de las manos.

—Tenemos tantas cosas que contarnos, Mendieta... ¿Me llevas la coliflor?

—Será un honor, señorita.

—No están los tiempos como para desperdiciar nada, ¿verdad?

Fuimos a cenar al Teide. Hablamos y hablamos y hablamos y hablamos, sin dejar de mirarnos a los ojos. Hasta que Rosa dijo:

—Estoy cansada. ¿Por qué no me acompañas a casa y seguimos allí?

—Claro. Lo que quieras.

Había alquilado un piso pequeño, lo que luego se llamó un «estudio», en Augusto Figueroa, cerca de Hortaleza. Pequeño pero muy bien puesto. Cuatro muebles y cuatro cosas, pero con un gusto exquisito.

—Qué preciosidad, chica... ¿Cómo puedes pagar esto, y en esta zona? Sí que os trata bien Escobar...

—Ni te creerías lo que pago. Es una ganga. El dueño es un amigo de mi padre.

«El cielo abierto», lo llamaba yo, porque era un sobreático y las paredes estaban pintadas de azul celeste. La sala, con muchos libros y un tresillo color crema, daba a una terraza con un ventanal. Veías pasar las nubes desde la cama, casi al alcance de la mano, y cuando entraba la brisa y toda la luz de la tarde daba en el azul de las paredes, parecía realmente que estabas en el cielo...

Aunque más cielo era para mí aquella bañera. La bañera me robó el corazón.

—Una bañera para ti sola... Menudo lujo...

Adoraba yo aquella bañera, y los estantes del cuarto de baño, llenos de frasquitos, perfumes, cosméticos... Cuántas horas pasé yo en su bañera sin que nadie llamara a la puerta metiendo prisa, en aquel cuarto de baño también de paredes azules, flotando en su perfume japonés...

Y todo arrancó de un modo tan sencillo, tan rápido... Tan cómico...

Había un peldaño entre el pequeño *hall* y la sala. La iluminación del *hall* era muy tenue: una luz indirecta tras una estatuilla africana, en una especie de hornacina. Como en un vodevil de Santafé, al entrar tropecé exactamente en mitad de su frase —«Cuidado con el...»— y aterricé en sus brazos. En sus labios.

—Ese fue el problema ¿verdad? —me diría Rosa, cuando ya empezábamos a ser viejos—. Demasiado rápido. Demasiado sencillo. Y a ti nunca te gustaron las cosas sencillas, Mendieta.

—Pero ¿qué dices? Si para mí fue...

—¿Mágico, querido?

—Pues poco más o menos. Estaba loco por ti. No me creía lo que me estaba pasando. Estaba por tus huesos.

—Por eso saliste a escape.

—¿Yo? Yo no salí a escape. Me confundes con otro. Es la edad, querida.

—Saliste pitando con los ojos, Mendieta. A la mañana siguiente. Amaneció con lluvia. Una mañana asquerosa, con el cielo blanco. ¿No te acuerdas?

—No. El cielo de tu casa siempre fue azul para mí.

—Qué cursilerías dices, Mendieta. Y solo te acuerdas de lo que te interesa. Yo me acuerdo muy bien de aquella mañana. Estaba un poco triste. Muy feliz por lo que acababa de pasar y triste porque en primavera nos íbamos de gira a Portugal. La gira de Calderón.

—¿Lo de Calderón no fue más tarde?

—No, te lo dije aquella mañana. Te dije: «Tanto tiempo separados y ahora que podríamos estar juntos...».

—¿Y qué dije yo?

—Que los clásicos castellanos eran un latazo, y Calderón el peor. Que no entendías cómo se empeñaban en hacerlo pudiendo hacer Shakespeare. Hablabas muy deprisa. Excitado. Decías esas cosas, pero tus ojos no decían eso. Estaban aliviados, Mendieta. Tenías ganas de irte, y de que me fuera yo, reconócelo. Aquella gira mía era un puente de plata. Te daba pánico que lo que había empezado aquella noche pudiera seguir.

—Qué tontería, Camino... ¿O es que no siguió? ¿O es que no pasamos un año maravilloso?

—Tú y yo nunca hemos estado juntos más de tres meses, Pepe. Nunca batimos esa marca.

—¿Estás segura? Hace tanto tiempo...

—Tres meses. A los tres meses se empezó a desinflar la cosa. Antes, incluso. A ti te salió aquella película en Sevilla...

—¿En Sevilla?

—La cosa folclórica aquella...

—Es verdad. Es verdad. *Pandereta*.

—... que aquella realmente sí que era una peliculita, pero la tenías que hacer, te hubieras muerto si no. ¿Y quién era yo para decirte nada? Sonreí como una dama. Como una profesional. Éramos cómicos, y los cómicos ya se sabe. Hoy aquí, mañana allá, toda esa historia. Tú te fuiste a Barcelona, yo me fui a Lisboa...Y en mitad de la gira de Calderón tú te liaste con Cecé.

—Que no, mujer. Cuando yo me lie con Cecé tú ya andabas con el médico.

—Tonteaba. Tonteaba con Helio.

—Pues viene a ser lo mismo.

—Tú te liaste con Cecé para escapar de mí, querido. Acéptalo.

—Y tú con el médico porque estaba forrado.

—¿A que te atizo una torta, cariñito?

—Vale, porque estaba forrado y porque era un tiarrón.

—Dime una cosa. ¿Piensas mucho en mí?

—Cada día de mi vida.

—¿Y en Cecé?

—¿Quién se acuerda de Cecé?

Yo. Yo me acuerdo de Cecé. No se lo iba a confesar a Rosa, claro. No sabría decir si me lie con Cecé para escapar de ella. Pudo haber sido así, no digo que no. Pero esa era una idea sofisticada, muy de Rosa, y yo nunca he sido muy sofisticado. Yo creo que lo mío con Cecé fue mucho más sencillo, más banal. Un encoñamiento, que se dice.

Cecé era mucha Cecé. La llamo así, con las iniciales, porque aún está viva, viva y coleando, y como no se le escapa una igual lee esto y me mete un pleito. Cecé nos va a enterrar a todos. El otro día la vi por la tele, en un programa de homenaje, de esos con maricón baboso y coplero.

Y con el maestro Ruscalleda. La gran orquesta del maestro Ruscalleda, de quien se promocionaba su último disco, *Espectacular Ruscalleda*. Viejísimo, Ruscalleda, como un dinosaurio con bisoñé. Fingiendo que dirigía, y la orquesta fingiendo que tocaba, en *playback*. Una cosa lamentable. Cecé cantó *Contigo aprendí*, choteándose del baboso, porque sustituyó el verso aquel de «*contigo aprendí / que la semana tiene más de siete días*» por «*contigo aprendí / que las hermanas de mi madre son mis tías*», con la misma entonación trágica. Grandes, grandes aplausos (grabados). Ruscalleda inclinó un poco la cabezota, lo justo para que no se le cayera el bisoñé. Sonrió, y se le quedó la sonrisa puesta todo el rato. Grandes abrazos.

—Gracias, gracias, maestro. Gracias, gracias, Julito, por este recuerdo y por este homenaje.

Julito, el maricón baboso y coplero, presentó a Cecé como una «leyenda viviente». Una reina de la revista. Y de la poesía española, porque en los setenta, cuando bajó por última vez la escalinata, le dio por ponerse trágica y recitar cosas del romancero y de Lorca, y de Rafael de León, con voz gutural y moviendo mucho las manos, y grabó discos y todo. Yo me partía de risa con aquello. Cecé debe tener ya... Era un poco mayor que yo... Pero hay que ver lo bien que se conserva. Seguro que estirada por todas partes, que se debe haber hecho un moño de carne, y con un pelucón que parece la Pompadour, pero los ojos siguen igual de negros y de fieros...

En los setenta me la encontré varias veces en Oliver, aquel club de Conde Xiquena que abrieron Marsillach y Jorge Fiestas, y ella siempre andaba con sobrinos... Ahora sigue teniendo sobrinos, un poco más mayores que entonces, tampoco mucho, y les llama secretarios. Secretarios, jardineros, chóferes... Todos muy musculosos. En el programa ese me enteré de que vive en Altea, en un casón. También comprobé que de cabeza está muy bien.

Muy rápida, y con la lengüecita igual de afilada que entonces. Con la misma mala leche.

—¡Qué grande eres! ¡Cómo estás! —le decía el baboso, manoseándola—. ¡Estás como casi nadie!

—Que no me sobes, Julito, que te doy un lique —le soltó.

Dicen que la mala leche conserva mucho. Mi médico, que es un médico de pueblo, me lo dice siempre.

—Ni Optalidón ni puñetas; a usted lo que le mantiene en pie es la mala leche, hombre.

Pues eso, que en lo de la mala leche Cecé y yo éramos bastante parecidos. Demasiado para durar. Cecé era uruguaya, nacida en Montevideo. Poca gente lo sabe. El tal Julito, por ejemplo, no lo sabía. Porque Cecé enseguida perdió el acento. Solo le salía cuando se cabreaba y cuando se ponía gatuna. En el escenario podía ser más castiza que Nati Mistral. Cuando nos topamos estaba «empezando», en una revista a la que llamaremos *Luceros y luceras*.

Lo nuestro fue realmente un topetazo. Con Rosa fue un tropezón y con Cecé un topetazo, en mitad del pasillo de la pensión Infanta Isabel, una madrugada. Por supuesto que nos habíamos filado. Yo hacía como que no, pero no le quitaba ojo, porque era imposible no hacerlo.

Cecé era lo que entonces se llamaba «una mujer de bandera». Morenaza, con aquellos ojos que te desnudaban, y aquellos labios violentos, y aquel cuerpo que los gacetilleros siempre definían, con razón, como escultural. Y ella también me lanzaba unas miradas que para qué. En aquella época, Cecé se había tirado a todos y cada uno de los jóvenes apetecibles que pasaban por la pensión, por lo general estudiantes del Aranzadi o aprendices de cómico. Yo ya no era un jovencito, pero tenía gancho, y buena parte de mi gancho estaba en que comenzaba a «ser popular».

No sé si aquel topetazo en el pasillo fue premeditado o no,

pero diría que sí. Yo llegaba, de madrugada, y diría que ella salió a buscarme, que iba por mí. Llevaba una especie de kimono rojo que no era de seda pero lo parecía, muy putoncio, muy exótico para aquella época; una mancha de rojo brillante en la oscuridad. Muy cortito también, con un dragón a la espalda, y los muslos al aire, y los pechos saliéndose, y una vela en la mano.

—Uy, perdón... Lo siento...

—Qué lata de restricciones, ver...

No me dejó acabar la frase. Apagó la llama con dos dedos, mientras con la otra mano me agarraba por la nuca para besarme, apretándose contra mí.

El calambrazo que sentí en aquel momento no lo había sentido con Rosa. Cecé se apretaba y se enroscaba como una puta, y lo digo en el mejor sentido de la palabra: como una experta.

Con Rosa... cómo explicarlo... Con Rosa lo hacías y te sentías, en el mismo momento de hacerlo, como si ya lo hubieras hecho... Como la calma de después, al acabar... Era una placidez maravillosa, un dejarse ir como en una balsa. Rosa era la delicadeza pura. Muy señora. Muy fina.

Cecé era un pedazo de carne eléctrica para la que no valían las restricciones. Había cosas que con Rosa no podías hacer (entonces). Vaya, ni se me hubiera ocurrido mencionárselas. A Rosa la besaba, la acariciaba, la adoraba... Hablábamos, mucho, pero lo que era follar, entonces... En fin...

A Cecé me la comía. Nos comíamos. En una época en la que te podían llevar detenido, y no es broma, si te pillaban besando a una chica en un portal o en el Retiro, Cecé no tenía miedo. Sería la sangre extranjera. Yo sí lo tenía, pero descubrí que eso me excitaba, me aceleraba el corazón. Lo hacíamos en los lugares más raros y más peligrosos. Cecé nunca perdía el aplomo. Una vez lo hicimos en un cuarto de planchar y en las narices de su padre, en una visita; un viejo uruguayo que casi no se podía mover y estaba todo el día pegado a la radio.

—¿Qué estabais haciendo ahí dentro?

—Revelando fotos —dijo Cecé, con todo el morro.

Y luego decía «Venga, a pasear el garbo». Nos exhibíamos mutuamente. A mí me gustaba que la vieran conmigo, y viceversa. Yo estaba como borracho, y Rosa... Rosa estaba lejos. Aunque ella diga que no, yo estoy convencido de que supe entonces lo del médico, alguien debió decírmelo. Siempre hay una boquita amiga.

—Parece que la Camino y ese portugués... Dicen, vaya, no sé...

Porque recuerdo muy bien que cuando volvió de Portugal los dos lo sabíamos, yo lo del médico y ella lo de Cecé. Bueno, lo mío con Cecé lo sabía medio Madrid.

Iba a decir que en nuestro ambiente todo se sabe, pero lo que voy a contar ahora contradice esa teoría. Hay tantas cosas que yo he tenido delante de las narices y se me han escapado...

Cuando Rosa volvió seguimos viéndonos. Al principio, la primera vez desde su vuelta, sabiendo cada uno lo del otro pero haciendo como que daba igual. Luego la cosa se animó, porque Cecé empezó a ponerse exclusiva, y yo sentía la excitación de estarle poniendo los cuernos con Rosa. A Cecé le gustaba que nos cubriera la sábana mientras follábamos en la pensión; decía que era como estar en una tienda de campaña en mitad del desierto: le iba mucho la cosa oriental. Una noche me dijo, bajo la sábana:

—Me gustaría que cayera la bomba atómica esa y solo quedáramos tú y yo.

Tragué saliva y me alarmé un poco, porque estaba convencido de que lo nuestro era puro sexo, y hambre atrasada en mi caso, y luego lucirnos juntos por ahí, nada más. Pero aquella frase no era nada comparada con lo que vendría luego.

Rosa se fue de gira con la compañía del María Guerrero. Hacían una obra de Priestley que tuvo mucho éxito, ahora no recuerdo si *La herida del tiempo* o *Esquina peligrosa*.

Cuando llamó, yo estaba en mitad del desierto, con mi uniforme de legionario. El desierto de las Bárdenas, en Navarra. Rodábamos *Tebib* en un fuerte reconstruido. Tras el éxito de *Y volvían cantando* no volvieron a regatearle un duro a Iniesta, y se volcaron en la producción. Iniesta era muy amigo de un teniente coronel, Fajardo, que había combatido en África, y le contrató, por una buena pasta, como asesor histórico. Fajardo se entusiasmó con el asunto, y nos «abrió» las puertas del desierto navarro, que era zona militar. Íbamos y veníamos en camiones del ejército, y la mitad de la figuración eran soldados, encantados de escaquearse de sus aburridas tareas para «salir» en una película. Hubiera sido un rodaje estupendo de no ser por el calor de aquel sitio.

El calor era tan salvaje que todo el equipo empezó a sufrir alucinaciones, por turnos. Podíamos escoger entre alucinaciones visuales —hubo un eléctrico que creyó ver el Pilar de Zaragoza «con muchas bombillitas» entre unas lomas— y alucinaciones auditivas. Las alucinaciones visuales no son tan raras, sobre todo a más de cuarenta grados. Las auditivas, en cambio, no abundan, y te dejan con la cabeza a cuadros. Era como si los sonidos se quedasen en el aire, inmóviles, porque estábamos oyendo cañonazos y silbidos de flechas hasta de madrugada. Cuando empezaron, creí que eran cosa mía, un rebrote del meneo que me dieron en Usera. Pero el mismo día les había pasado igual a unos cuantos. Luego, recuerdo que estaba con el teléfono en la oreja, escuchando lo que me contaba Rosa, y pensaba «A ver si va a ser otro efecto del calor».

Fue de este modo. Una noche, al llegar al hostal del poblacho donde dormíamos, me dijeron que preguntaban por mí.

—Pero ¿cómo me has localizado?

—¿Estás sentado? —dijo la lejana voz de Rosa.

—¿Te ha pasado algo? ¿Qué pasa? ¿Pasa algo malo?

—¿Me dejas hablar?

—Claro. Claro. Perdona. Es que eres la última persona que...

—¿Te has sentado ya?

Su tono de voz era muy excitado, pero parecía una excitación feliz.

—Que sí, mujer, que me tienes en ascuas...

—Te llamo desde Barcelona. Monroy está vivo.

Volví a pensar en una alucinación. Y entonces sí que me senté. Me dejé caer como un saco. Un saco lleno de arena.

—Le vi ayer por la tarde. Loca me he vuelto para encontrar este número. Por cierto, ¿eso del desierto de las Bárdenas existe?

—La arena, sí; el desierto tengo mis...

No acabé el chiste porque me eché a llorar. Lloraba a sacudidas. Monroy, vivo... Rosa esperaba, paciente, al otro lado de la línea. Me decía, bajito: «Calma. Cálmate», y yo solo sabía repetir: «Es que... es que...». El encargado del hostal me miraba convencido de que acababan de darme una noticia horrible. Me limpié los mocos en la bocamanga del uniforme, con lo que me quedó la cara hecha un emplasto de arena y lágrimas, porque no podía parar de llorar.

—¿Y cómo... y cómo... y cómo está? —sollozaba yo.

Debía ser chocante, para el encargado, la estampa de un legionario tatuado, llorando a lágrima viva, y con una sonrisa de oreja a oreja.

—Está vivo, que ya es mucho. Hecho polvo, flaquísimo, y muy hundido, pero vivo.

—¿Y qué hace?

—Beber vinazo y leer novelas de *El Coyote*, fundamentalmente.

—¿Cómo le encontraste? ¿Por la calle?

Por la voz. Una voz desencarnada, flotando en la oscuridad. Una voz gastada, enronquecida, pero todavía reconocible.

Escuchó la voz de Monroy en un cine, una tarde, en una policíaca de tres al cuarto, la de complemento. Le localizó a través del estudio de doblaje, Parlo Films, un estudio de Barcelona, especializado en películas baratas. Cuando Rosa quería algo no paraba hasta conseguirlo, y así consiguió su dirección.

—¿Tienes su teléfono? —le pregunté—. Le llamo ahora mismo.

—No. No tiene. ¿Cuánto te queda de rodaje? —me dijo Rosa.

—Échale una semana aquí y otra en Cea para los interiores. Hasta entonces estoy pillado, coño.

—Yo acabo antes. ¿Sabes qué haremos? Me vengo con él, un fin de semana. Si le convenzo. Se muere de ganas de volver a Madrid, pero también le da miedo.

—Lógico. Lo entiendo muy bien.

Lo entendía muy bien porque a mí me pasaba algo parecido. Me moría de ganas de abrazar a Monroy, y al mismo tiempo me daba miedo encontrarme con una ruina. O no reconocerle, de tan cambiado.

Monroy vivía en una pensión junto a la plaza Lesseps, tirado en un cuartucho lleno de novelas, del que solo salía para ir al estudio, cada vez que le llamaban, que no eran muchas, y para perderse por las tabernas del barrio, al anochecer. Eso, como todo lo que referiré ahora, me lo contó Rosa a la vuelta, en Madrid.

Supe que Monroy había vivido en Toulouse, malvivido, dando clases de español, hasta que no pudo más y volvió.

—¿En Toulouse? ¿Desde cuándo?

—Desde el 37. Desde el otoño del 37. Desde que se mató su novio.

—¿Cómo que su novio?

—Pepe, no me fastidies ahora, hijo.

—¿Monroy mari...?

—¿Me tomas el pelo?

—Te juro...

—No me puedo creer que no lo supieras.

—Por mi padre que no. Tantos años trabajando juntos y nunca le...

—¿Nunca le viste la pluma, quieres decir? Como que no la tiene.

Nunca la ha tenido. No es de esos.

Yo estaba acostumbrado, como casi todo el mundo en aquella época, a que si un cómico era maricón lo sabían hasta en Lepe, porque él era el primero en proclamarlo, en exagerarlo en escena y fuera, con aspavientos y dengues. Pero Monroy fue el primer homosexual «secreto» que conocí; quien dice secreto dice discreto, que viene a ser lo mismo.

Si tuvo más novios después de la guerra, cuando volvimos a encontrarnos, que seguro que los tuvo, yo no me enteré; no me los presentó. No hablaba nunca de eso.

—¿Y tú, que eres tan lista, ya lo sabías cuando la *Jane Eyre*?

—No. La verdad es que no. No te diré que no me lo oliera, pero no habría puesto la mano en el fuego. Lo llevaba muy callado.

—Eso es lo que yo digo. A mí nadie me dijo nada. Y si hubiera sido tan evidente... Anglada me lo hubiera dicho. O el cabrón de Ruscalleda hubiera hecho correr la voz, menudo era.

—Ruscalleda no lo sabía, seguro. Anglada, sí.

—¿Y tú cómo te enteraste?

—Por el propio Monroy. Porque él me lo contó una noche, en el café del Círculo, justo después de dejar yo la compañía. Cuando el bollo con Pombal. ¿Te acuerdas?

—No me voy a acordar... Menudo rifirrafe.

—Hablamos mucho Monroy y yo en el café del Círculo. Yo le conté muchas cosas mías y él, como de repente, cuando ya llevábamos horas, me contó lo suyo. Que le iban los señores —dijo Rosa.

—¿Y tú qué le dijiste?

—Que se lo tenía muy bien guardado. Y que yo sería una tumba. Amor con amor se paga. Y así supe...

No quise preguntarle qué cosas le había contado ella. No era el momento.

—... lo suyo con Álvaro Requena. Estaba loco por él entonces. Era el principio, acababan de conocerse, en Valencia.

—¿Requena? ¿De qué me suena a mí ese nombre?

❊

Álvaro Requena... Otro fantasma perdido, otra foto en un libro. Era un escritor y periodista de izquierdas, un radical, que acabó siendo un dirigente del POUM en Valencia. Firmaba «Alba» y «Un radical de provincias». Escribía en *La Nueva Era* y en *La Batalla* y era uno de los líderes de la Alianza Obrera de Levante, desde el 34. Rosa siempre se lo imaginó como un guapazo, un moreno de verde luna. Tuvo en la cabeza esa imagen idealizada, inexistente, durante media vida. Hasta que, después de muerto Franco, apareció un libro, *Así acabaron con el POUM*, de un correligionario suyo, Abel Peris, donde venía una foto de Requena.

¿Aquel había sido el amor loco de Monroy?

Un hombre calvo, grueso, embutido en un traje a punto de reventar, sin el menor atractivo. Más que un moreno de verde luna parecía Indalecio Prieto de joven, si es que alguna vez había sido joven don Indalecio. Misterios del amor.

Monroy y Requena se habían conocido en un café, en Valencia, en el 34. Se gustaron y se tiraron los tejos, y cuando Pombal se fue a América ya estaban liados y bien liados.

—Yo creía que se había quedado por su madre, que estaba muy enferma.

—También, claro. Por doña Renata y por Requena.

—¿Qué fue de las hermanas? ¿Viven todavía?

—Eugenia en Valencia, en un piso. Perdieron la casa de Alcira. La requisaron los de la FAI, se instalaron allí y antes de irse la quemaron. Inés murió poco después, de una neumonía.

—La última vez que vi a Monroy —dije— iba a volver al teatro, con la compañía de Milagros Leal...

—Y volvió. Y estrenaron, y fue muy bien. Justo antes de la guerra.

—¿Y luego?

—Luego las cosas empezaron a ponérsele feas a Requena.

En mayo del 37, los comunistas empezaron a cargarse a los del POUM por órdenes directas de Stalin, que envió a sus perros de presa, los agentes de la NKVD. Abel Peris lo explica muy bien en su libro. Fue una de las cosas más repugnantes de la guerra, y el principio del fin para las izquierdas. Perdieron la guerra por cosas así. Luego le echaron tierra encima y no se supo hasta mucho tiempo después.

A Requena le inventaron vinculaciones con una red de espías falangistas. Casi todos los dirigentes del POUM fueron acusados, de la noche a la mañana, de pertenecer a la Quinta Columna, de colaborar con el enemigo: la clásica estrategia de Stalin. Las acusaciones de los comunistas eran delirantes, y la más delirante de todas era que Andreu Nin, el líder del partido, se comunicaba con Franco por medio de unos documentos escritos en tinta simpática pero con el membrete del POUM. Para morirse de risa, pero eso se dijo en los procesos, y se escribió.

Poco después desapareció Nin. Fue cuando los del POUM llenaron las calles con la frase «¿Dónde está Nin?» y los comunistas escribían debajo «En Salamanca o en Berlín».

Como el gobierno acababa de trasladarse a Valencia, Requena y Peris fueron a ver a Zugazagoitia, que era ministro de Gobernación, al que Requena conocía de cuando era periodista. «Muy buen periodista y pésimo ministro», dice Peris. A Zugazagoitia lo fusilaron los nacionales, en el cuarenta, en las tapias del cementerio de la Almudena. Le detuvo la Gestapo en París y le entregó a la policía franquista.

Durante aquella conversación con Zugazagoitia, Peris vio clarísimo que los del POUM tenían los días contados. Pero Requena no entendía nada. No entendía por qué les perseguían.

—Necesito que me diga —preguntó Requena— si nos ampara la legalidad republicana o si tenemos que jugarnos la piel con los que han decidido nuestro exterminio.

—El asunto este del POUM está muy envenenado. Me temo que no voy a poder hacer gran cosa —le contestó el ministro.

—Pero ¿qué poder oculto es ese que está por encima de los ministros de la República, Zuga?

—Usted lo sabe tan bien como yo mismo, Requena. Lo único que puedo aconsejarle es que se ponga a cubierto, porque van a por todas. Los procesos solo han sido el principio.

Valencia se convirtió en Chicago. Se acabaron los procesos, que no tenían otro fin que desacreditar a los del POUM, echarles encima toda la mierda posible. Pero como hubo mucha gente de la izquierda que no se creyó lo de la trama falangista, los estalinistas decidieron acabar con el problema por la vía rápida, y se los fueron cargando uno a uno, en sus locales, en sus casas, en plena calle. A Requena, además, le acusaron de «conducta sexual degenerada, decadente y burguesa» en un artículo anónimo publicado en *Verdad*, el diario comunista de Valencia.

Requena no lo pudo soportar. No podía comprender que los comunistas fueran por ellos, que *Mundo Obrero* les acusara de espías fascistas al servicio de Burgos. Y para postre, aquel artículo anónimo.

—No lo pudo soportar y se pegó un tiro.

—Gilipollas. En vez de pegárselo a cualquiera de ellos.

Dejó una carta de despedida y un salvoconducto falso para Monroy, con el que logró llegar a Barcelona, donde la cosa estaba igual o peor. No lo hubiera tenido fácil Monroy en Barcelona de no ser porque alguien le escondió y le ayudó a pasar a Francia.

Ese alguien fue Joan Anglada.

—¿Anglada? ¿Chuán? Ahora sí que no entiendo nada... Pero ¿no estaba en Sudamérica con Pombal?

—Volvió a España. Poco después del alzamiento. Volvió para luchar.

—Anglada en Barcelona durante la guerra... Pero ¿tú estás segura?

—Monroy lo estaba.

Por un momento, quise creer en una doble buena noticia. Quise creer que Anglada todavía podía estar vivo. Una ilusión. Como cuando el *Cara al sol* me pareció una canción antigua.

—¿Y le has visto? ¿Sabes dónde está?

—No. Monroy tampoco sabía nada, y se temía lo peor.

—Lo peor, lo peor... Quizás haya forma de...

—No insistí, Pepe. Si quieres habla tú con él... Me lo contó muy por encima, pero se le rompía la voz. Eso le parte el alma. A Requena yo te diría que ya lo ha olvidado; a Anglada, no.

Rosa, para variar, tenía razón.

La única vez que vi llorar a Monroy fue cuando, muchos años después, a mitad de los cincuenta, se enteró «oficialmente» de la muerte de Anglada.

Entonces escribí a Luisita Santaolalla a Argentina para darle la mala noticia, porque ella también le quería mucho, y Luisita me contó lo que sabía.

En julio del 36, Pombal y la Compañía estaban en Buenos Aires. En septiembre, después de darle muchísimas vueltas, Anglada decidió volver. Volver para luchar. Con los suyos.

«Claro que Pombal intentó quitárselo de la cabeza. Y yo. Y todos —me escribió Luisita—. Todos le dijimos que era una pavada, que aquella no era su guerra. Pero él decía que sí lo era. Y ya sabés que a Chuán, cuando se le metía algo entre ceja y ceja...»

No volvió solo. Luisita me contó que Oriol y Genís volvieron con él, porque tenían familia en Barcelona. Se fueron los tres. No fue fácil. No tenían bastante dinero para un barco de línea y tardaron en encontrar un carguero. Unos anarquistas argentinos les metieron de extranjis en un carguero francés, el *Éclair*. Tardó unos tres meses en llegar, porque iba parando en cada puerto de la ruta.

Por las fechas, calculamos que Anglada debía llevar varios meses en Barcelona cuando se encontró con Monroy. O, mejor dicho, cuando Monroy se lo encontró a él, providencialmente: ahí estuvo bien don Pepe Isbert.

Luego ya no. Luego, el destino se portó fatal.

—¿Y no te dijo cómo se encontraron?

—No. Qué más da. Se encontraron. Y Anglada le salvó la vida. Luego, Monroy se fue a Francia y Anglada al frente de Aragón.

Una historia de guerra. Una de tantas historias de la guerra. De Oriol y Genís nunca volví a saber nada, pero supe la última ruta de mi querido Anglada. Su última gira. Cuando cayó Aragón le hicieron prisionero. Supimos que estuvo en el campo de concentración de Albatera, en los primeros meses del 39. El expediente que localicé a través del coronel Fajardo decía que Anglada pasó de Albatera al penal del Puerto de Santa María, con la perpetua.

En la foto del expediente, Anglada llevaba sus gafas, las que utilizaba para dibujar. Soñé varias noches con aquellas gafas, abandonadas, pisoteadas, flotando en la oscuridad, como si fueran lo único que hubiera quedado de él. Uno de los vidrios se había roto y en su lugar había un disco de cartón. La montura estaba reforzada con esparadrapo, y la varilla derecha era un alambre. Ya estaba enfermo cuando le trasladaron al Fuerte de San Cristóbal, en Navarra, en el cuarenta. Murió de tifus en el Dueso, en 1942.

17. Monroy en la calle del Desengaño

Realmente estaba Monroy muy cambiado. Rosa ya me había advertido, pero aun así me impresionó verle, frágil, tambaleante.

—¡Niño, a mis brazos! ¡Que estás enorme, ya lo sé!

—¡Qué bien te veo, ladrón!

Delgadísimo, demacrado, con bolsas bajo los ojos. La cara se le había llenado de arrugas. Tendría cuarenta y pocos pero aparentaba cincuenta y muchos. Se había dejado un bigotito muy fino. Lo único que parecía quedar del antiguo Monroy era aquel flequillo de criatura, aunque su cabello rubio tenía ahora el color del tabaco pasado, y resaltaban las canas en las patillas. Y sonreía, pero no como antes. Era una sonrisa que yo conocía demasiado bien: la sonrisa del vencido, la sonrisa trémula del que agradece que le hayan dejado seguir viviendo; una sonrisa que subía a su boca como un reflejo o un tic ante un guardia en la calle, o un portero, o un cobrador de tranvía; ante cualquier uniforme.

Fuimos a comer al Cóndor, una cervecería de cuatro pisos que estaba al lado del Español.

—Qué distinto está todo... —repetía, contemplando aquel Madrid deshecho, rehecho, en tantas zonas irreconocible.

Preguntaba:

—¿Y el Metropol?

—Ahora es una sala de banquetes.

—¿Y el almacén? ¿El almacén de Martínez Campos...?

—Se quemó. O lo quemaron. Durante la guerra.

—Ya. Oye, Pepín... ¿vas a comerte eso?

Luego fuimos a casa de Rosa. Yo insistía en salir otra vez, porque hacía calor.

—Quizás podríamos ir a...

—Dejadlo, dejadlo. Da igual.

Canturreaba:

—*Pensa Napule cum'era, pensa Napule cum'è*... Se está bien aquí. Qué casa más preciosa tienes, Rosita. Tienes la casa que te mereces.

Había bebido mucho, y poco a poco se quedó frito.

Pasamos la tarde del domingo en el piso de Rosa, hablando ella y yo, mirándole dormir, como unos padres mirando a su niño perdido y recuperado. Yo le había dicho a Cecé que andaría liado todo el fin de semana con el doblaje de *Tebib*.

Poco después de aquel fin de semana, pasó que la Noriega se reconcilió con Luis Escobar y volvió al María Guerrero. Como allí «no había sitio para dos reinas», a Rosa le ofreció montar compañía don Miguel Acedo, el empresario del Cristal, un teatrito precioso, de unas trescientas butacas, con las paredes forradas de seda azul, que estaba junto a la plaza de los Mostenses y que ahora es un bingo. Acedo era un vejete muy elegante y con mucho gusto, que quería hacerle la competencia al Lara y al Infanta Isabel con una temporada de alta comedia, y que, para mí, estaba medio enamorado de Rosa, porque le decía a todo amén.

Rosa estaba excitadísima, como una niña, cuando me lo contó. Nunca la había visto así, tan contenta.

—Y se me ha ocurrido una cosa que te va a encantar, Mendieta. ¿Te la digo?

—Claro, mujer.

—Pues que he pensado llamar a Monroy. Será la forma de sacarle del agujero. Si no es por una cosa así, de Barcelona y del doblaje no sale. ¿Qué te parece?

—Pues me parece fantástico. Una gran idea. Y un gran detalle por tu parte —dije.

Si sería yo soberbio en aquella época que, más que alegrarme por Monroy, me quedé un poco tristón, porque cuando Rosa me llamó para contarme lo de formar compañía yo pensé que iba a acabar proponiéndome trabajar juntos.

—El primer actor será Julio Garín.

Sonaba bien. «Compañía Rosa Camino-Julio Garín.»

—Claro, estando ya él en el Cristal, para qué cambiar...

—¿No te parece bien?

—Sí, sí, ya lo creo. Es muy fino y tiene mucho tirón con las señoras.

—Vamos a hacer comedias con pocos personajes. No más de seis. Es la única condición que pone don Miguel.

—¿Y con qué comedia pensáis abrir?

—Con *Vidas privadas*.

—Ah, muy bien. Muy buena.

—Dicen que la están haciendo otra vez en Londres y con muchísimo éxito.

—Oye, y digo yo... ¿Qué papel tendría Monroy ahí? Porque no recuerdo que en esa obra, ahora que lo pienso...

—Hará el mayordomo.

—No, mujer... Pero si en esa comedia no hay mayordomo... Hay criada, ¿no?... Vaya, antes de la guerra había criada... Eso lo hacía... espera...

—Pues habrá mayordomo —concluyó Rosa.

Y lo hubo. Menuda era mi niña.

—¿Cayetano Monroy? —le preguntó Acedo a Rosa—. No me suena de nada...

—Buenísimo. Yo le vi en Valencia, con Milagros Leal —mintió Rosa.

—¿Y está con ellos ahora?

—No, no. Estuvo con ellos antes de la guerra.

—¿Y después?

—Se tuvo que ir a Francia.

—No será rojo, Rosita...

—Se tuvo que ir a Francia porque le amenazaron de muerte. Los comunistas.

—Pues podía haber pasado a la zona nacional.

—No era tan fácil. Además, volvió muy enfermo. De la pleura. Pero ahora está en plena forma, y con ganas. Verá usted canela, don Miguel.

—Bueno, bueno. Si tú lo dices, Rosita...

A finales del 44, como yo ya empezaba a tener un nombrecillo en el mundo del cine, me «salió» un agente, One (por Onésimo) Adrados, que se encargó de mí y me ofreció volver al teatro con un papel que era una joyita, de galán cómico en la compañía que estaba montando Emilio Alarcón para el Martín, así que me contraté con ellos. La obra era un vodevil alemán un poco en la línea de los que hacía Santafé, pero muchísimo más blanco, por la censura, y con un humor un poco absurdo que recordaba al primer Jardiel, porque a Jardiel le copiaron un montón de cosas. No me acuerdo del título original; aquí la retitularon *Como locas a mi cuello*, para vender un poco mejor la cosa, y la vendieron a lo grande, aunque la verdad es que pocas señoras salían en aquella función.

Yo hacía el amigo del protagonista, y el protagonista lógicamente corría a cargo de Alarcón, un galán de pelo rubio muy rizado, ojos redondos y cara de cordero, que estuvo de moda dos o tres años y luego desapareció del mapa; pegó un bodorrio o algo por el estilo.

No perdió gran cosa el mundo del teatro, la verdad sea dicha.

Emilio Alarcón era un galanazo, eso nadie lo duda, pero un

galanazo de Vallecas: chulo, fanfarrón, pendenciero y, para remate, con muy mala bebida. Lo curioso de Alarcón es que era un chulo muy católico, de comunión diaria, y no soportaba que nadie blasfemara ni dijese malas palabras; eso le ponía enfermo; le revolvía las tripas directamente. Chulo y carca; la peor combinación. En el camerino tenía siempre, junto al botellón de coñac, una pequeña imagen de san Ginés, que había sido actor, y era, para muchos, el patrón de los cómicos. Cecé también era muy devota, pero de la Virgen de la Novena, patrona de las actrices.

Yo fui un «impuesto» en su compañía. Me cogieron por el empresario del Martín, don Colás Batista, porque le había gustado mucho Y *volvían cantando*. Decía que yo (es decir, el personaje de Luciente) le recordaba a un hijo suyo que murió en la guerra, en el Guadarrama.

Alarcón me hizo saber desde el primer día que le caía como el culo, y yo no me molesté mucho en disimular que el sentimiento era mutuo. Se moría de ganas de hacer cine; realmente no entendía por qué no le llamaban. Para disimular la envidia, repetía en voz bien alta que el cine era una mentecatez, y los actores de cine unos señoritos, comparados con la gente del teatro.

Un día me llamó señorito, en un ensayo. ¡A mí!

Sonriendo, subiendo el carrillo derecho, que era un gesto que me ponía negro, me dijo:

—A ver si el señorito del cine me da el pie como es debido.

Yo me acerqué a él, muy lento, sonriendo también, dulcísimo, y le susurré al oído:

—Nenín, si me vuelves a llamar eso me cago en Dios y en tu puta madre.

Se puso rojo como una postulante y no volvió a llamarme señorito.

A poco de estrenar, cuando empezaron a aplaudirme un mutis que hacía a los diez minutos del primer acto, me retiró el saludo el gilipollas. Pues mira qué bien. A mí me importaba un pimiento. Porque había pasado los treinta y ya estaba curado de espantos, porque estaba encantado de volver a hacer teatro y porque, en el fondo, lo que son las cosas, me creía que la gente iba al Martín a verme a mí, al moreno que se moría en la de Cuba.

Empecé yo a ponerme bastante farruco en el Martín, bastante insoportable. Alarcón y yo peleábamos cada tarde y cada noche por el territorio, marcándonos como gatos monteses. No era malo del todo Alarcón, como actor quiero decir, porque en escena había momentos en que hasta yo me despistaba y le veía como si fuéramos amiguísimos. Pero con quien se reía la gente era conmigo. Ahí no había vuelta de hoja y él lo sabía. Tuve muy buenas críticas; la mejor la de Marquerie en el *ABC*, y en aquella época lo que decía Marquerie iba a misa.

Monroy nunca quiso hablarme de su encuentro con Anglada. Tampoco me habló nunca de Requena. No hablaba nunca de todo aquello. Conmigo, por lo menos, no.

—¿Necesitas algo?

—Un besito en la nuca.

—¿No quieres hablar?

—¿Hablar? ¿Hablar de qué? No. Quiero beber. Tranquilamente. Bebe conmigo y cállate un rato, anda.

Una noche, en Casa Perico, celoso, dolorido, le dije:

—¿Qué nos ha pasado? Antes éramos...

—Antes éramos muchas cosas. Sobre todo yo —dijo, sin dejar de sonreír.

¿De qué hablaba Monroy conmigo? Del tiempo. De tal función o tal otra. De lo inmediato. De lo que acababa de hacer o de lo que haría en un par de horas, nunca más allá... Alguna vaga invocación general...

—La vida, la vida, Pepín...

O también:

—Es raro estar vivo, ¿verdad, niño?

Si yo me acercaba demasiado, salía por peteneras, o canturreaba una romanza de *Luisa Fernanda*. A veces yo preguntaba cosas de sopetón, para ver si se me abría. Sin suerte.

—¿Es bonito Toulouse?

—¿Qué?

—Toulouse. Si es bonito. La ciudad.

—Muy húmeda. El clima es mejor aquí. Para los bronquios.

—Ya.

—Para no hablar del cocido madrileño, con su gracia y con su sal.

Sin embargo, una noche en que estaba muy borracho, más borracho que de costumbre, se le escaparon algunas cosas. No paraba de mover las manos sobre la mesa de mármol, como si trazara incomprensibles signos cabalísticos. ¿Qué demonios hacía?

Eran rutas. Trayectorias. Dibujaba rutas con los dedos sobre la mesa del Cóndor, como si la mesa fuera un mapa, como los itinerarios de gira que de joven se había hartado de trazar, de cotejar, de combinar.

La ruta de la gira de Pombal, subiendo hacia el norte, hacia México, alejándose...

Y los puertos en los que iba parando el *Éclair*, hacia el oeste...

Montevideo... Santos, en Sao Paulo... Río... Santa Cruz de Tenerife... Cádiz... Barcelona.

—Esta línea avanza por aquí, esta otra por allá... ¿Por qué habrían de encontrarse? ¿Tú sabes la distancia que hay entre Buenos Aires y Barcelona, niño? ¿No? ¿No serías capaz de decírmelo?

El movimiento de su mano izquierda, una gran curva, era Anglada, volviendo; otra corta línea ascendente, lenta, como si avanzara a sacudidas desde Valencia, era él. La gran curva que venía de tan lejos y la línea traqueteante se encontraban en Barcelona, una noche del invierno del 37.

Entendí una cosa: que el pobre Monroy estaba de alguna manera convencido de que Anglada, sin saberlo, había vuelto para salvarle.

Que había muerto por él. Una vida a cambio de otra.

Monroy creía en esas cosas, en predestinaciones y coincidencias mágicas. Desde luego, en su caso era como para creer.

Monroy empezaba a estar alcohólico perdido, aunque lo disimulaba bastante bien. Alcohólico de vino. Tinto. Vinazo de taberna cuando no podía pagarse otra cosa y Paternina a la que pudo. Empezaba a beber ya por la mañana, pero siempre chatitos. Yo creo que se alimentaba de chatitos y de boquerones en vinagre. Aguantaba así todo el día, y solía derrumbarse por la noche, como si entonces le hiciera efecto de golpe todo el alcohol de la jornada. Era muy curioso ver aquello. Parecía normal, y el tiempo de bajarse el último chato y se venía abajo como una marioneta a la que le cortan los hilos. Farfullaba, se le doblaban las piernas; pasaba de estar contando algo más o menos gracioso, más o menos bien hilvanado, a decir incoherencias. Muchas noches tuve yo que acompañarle porque no podía con su alma. Vivía en una pensión de la calle del Desengaño. Decía, entre lágrimas:

—Esta es mi calle, niño. La hicieron para mí.

—Para ti y para la Dama de las Camelias —le cortaba yo.

Una de aquellas noches se quedó clavado, mirando la luz de una ventana alta. Me la señaló.

—¿No era ahí donde vivieron los Peñalver y los gemelos Monmat?

—Pues me parece que sí. En aquella pensión cochambrosa.

—Qué barbaridad, niño. Parece que haga mil años de eso.

—Sí.

—¿Y qué se habrá hecho de los gemelos? Qué buenos eran, eh...

—Andarán por Europa, en algún circo —dije yo.

—Buena está Europa para ir de circo. Pobrecitos. Pobrecitos míos.

—Anda, vamos, que nos va a dar un aire.

—Sí, chico. Es mejor. ¿Hacemos la última en la taberna de la esquina?

—Pero si no te cabe, Monroy.

En escena, en cambio, pronto dio gusto verle. Le costó arrancar en los primeros ensayos, porque estaba muerto de miedo, y de vino. Decía:

—Mucha responsabilidad, Rosa, mucha responsabilidad.

Y me decía a mí, apretando el vaso:

—No puedo fallarle, Pepín.

Y yo, que me ponía malo verle así, le contestaba en plan padre:

—Pues no soples tanto y no le fallarás, Monroy.

—Tienes razón, Pepín. Tienes razón —susurraba, avergonzado.

—Que les vas a dar sopas con honda a todos, maestro.

Me hizo caso y rebajó la dosis. Me hizo caso a mí y a doña Victoria, la dueña de Casa Perico, en la calle la Ballesta. Como le pillaba al lado de la pensión, Monroy tenía allí su segunda casa. Allí «recibía», leía el *ABC*, hablaba con Perico y con doña Victoria; allí empezaba el día y allí lo acababa. Entonces Casa Perico era una bodega oscura con cuatro mesas, y yo creo que acabó convirtiéndose en restaurante por Monroy, porque a doña Victoria también le hacía sufrir que no comiera nada, y empezó a prepararle croquetas, tortilla o calamares con gabardina, que era la tapa que más le gustaba, la que desplazó a los boquerones, y corrió la voz de lo buenas que eran las tapas de doña Victoria y allí acabaron yendo a comer todos los de Radio Madrid, que estaba a cuatro pasos, en el 32 de Gran Vía.

Antes de volver a Barcelona, en los primeros cincuenta, Monroy hizo de mayordomo en *Vidas privadas*, de pariente excéntrico en *¿Alguien se apunta a un tenis?*, de inspector torpísimo en *Colombina y el mago*, y de sabio despistado en *Surprise-Party*, que fueron los grandes éxitos de la compañía Camino-Garín en el Cristal.

Siempre había cola a la entrada, mayormente matrimonios bastante puestos; una cola que daba la vuelta a la plaza de los Mostenses. Acedo hizo un montón de dinero con la compañía de Rosa, y a Rosa tampoco le faltó de nada. Ahí empezó Rosa a acostumbrarse a vivir pero que muy bien. *Surprise-Party*, que estuvo dos años en cartel, se estrenó en el 45, justo después de acabada la segunda guerra. Yo le dije a Rosa:

—Ya verás como no os dejan poner ese título.

—¿Por qué?

—Por extranjero.

—Sí, hombre, sí. Las cosas están cambiando.

Monroy estaba impecable en ese tipo de papeles. Parecía inglés. Colocaba que ni le veías venir. Siempre me acuerdo de una frase que tenía en *Colombina y el mago*. Estaba hablando de un tío suyo, contaba no sé qué, muy normal, y de repente, sin marcar nada, soltaba: «Mi tío, como muchos hombres de su edad, tenía cincuenta años». Había un momento de silencio, en el que veías los engranajes del público recolocando la frase que acababan de oír, hasta que tres o cuatro segundos más tarde estallaba la carcajada colectiva.

Yo no pude ocuparme de Monroy tanto como hubiera querido. Empezaba a no tener tiempo. Y me gustaba eso. En esa época empecé a apretar fuerte. Por las mañanas, a primerísima hora, ya estaba yo en Ciudad Lineal porque a Iniesta le había dado por pasarse a lo cómico, o al menos eso pretendía él, con una «cosa graciosísima» que le había escrito Salva Morales, un camarada de Falange; una especie de parodia de las películas de gánsteres que se llamó *No me mates con tomate*. El guion tenía menos gracia que el incendio de un hospicio, pero no era cosa de decirle que no, ni a él ni al dinerito. A lo único que le dije que no fue a salir en calzoncillos.

—No me lo puedo creer —me dijo Iniesta—. ¿Te da apuro?

—Pues sí, ya ves. Preferiría...

—Pero hombre, no me digas que un cómico como tú...

—No es por vergüenza de salir en calzoncillos, Luys. Es por esto.

Hice una pausa dramática, me subí la pernera del pantalón y le enseñé los costurones y los mordiscos de la metralla. Se quedó impresionado.

—Perdona, chico...

—Un recuerdito del frente de Madrid.

No le dije de qué lado. Un poco más y se me cuadra.

Eso explica por qué nunca he salido en calzoncillos en una película. Ni en bañador, ni en las que rodamos en Torremolinos.

Los protagonistas de *No me mates con tomate* eran un trío de cómicos, Robles, Celedón y Ostolaza, que tenían mucho éxito en Radio Madrid con unos programas disparatados, codornicescos. Muy buena gente, pero poco suelta ante las cámaras, porque su humor era sobre todo palabrero, radiofónico. Unos años más tarde, Robles, Celedón y Ostolaza se pasaron a la canción, también con éxito: canciones humorísticas y parodias de cosas del momento. Grabaron un disco con un número que se hizo muy popular, una tontería llamada *Tolondrón, tolondrón*, que cantaron todos los excursionistas de la península.

A mí me «ascendieron» en *No me mates con tomate*: hacía de jefe de una banda rival. Las pasamos canutas intentando darle a aquello algún efecto, alguna vuelta; no lo conseguimos. Rodaba, comía en el comedor del estudio, volvía a la pensión, hacía un poco de siesta y me iba pitando al Martín, a hacer la doble función. Cecé me decía:

—Hijo, tienes unas ojeras que te las podrías atar a la espalda.

Ya me daba yo cuenta, pero es como con las cartas: cuando crees que estás en una buena racha ni quieres ni puedes parar.

Porque tienes miedo de que se acabe de golpe. Y entonces aprietas, y aprietas. Y acumulas. Y quieres ir a por todas, que es lo que quería yo. Bueno, lo que yo quería... Yo no sé lo que quería.

Quería hacer *Vidas privadas* con Rosa, como si la alta comedia hubiera sido alguna vez «lo mío», pero hacía *Como locas a mi cuello* y *No me mates con tomate*. Quería estar con Rosa y estaba con Cecé. El mundo al revés. Encoñamiento puro, ya lo he dicho. Tan encoñado estaba que cuando Cecé me propuso alquilar un piso le dije que sí, que de acuerdo, pero con una bañera bien grande, en la que se pudieran hacer regatas. ¿En qué estaría pensando? Sí, en eso es en lo que debía estar pensando. En su cuerpazo para mí solo, sin que nadie nos diera golpes en la pared, sin una patrona que nos dijera que ya estaba bien y que a ver si parábamos un ratito o se vería obligada a decirlo de otra manera.

Alquilamos un piso muy antiguo, que necesitaba reformas, en la calle Toledo, un piso que a mí nunca me volvió loco. Era un ático, sin ascensor, que daba al Campo del Gas. Lo alquiló ella. Por la vista. Le gustaban mucho, decía, las lucecitas que remataban los depósitos del gas, círculos de luces, hileras como collares, porque entrecerraba los ojos y le parecía estar en el puerto de Montevideo, con los barcos iluminados flotando en la niebla. Está claro que ese efecto solo se producía por la noche. Durante el día únicamente veías aquellos depósitos enormes, grises, como mamuts paciendo.

Yo pensé que la cosa del piso iría para largo, porque en aquella época no era nada fácil encontrar uno, pero Cecé se hizo con él en un par de semanas. Llegó una tarde a la pensión con las llaves en la mano.

—¿La derecha o la izquierda?

—La derecha siempre, pichona, al paso que vamos.

Abrió el puño derecho y las hizo sonar.

—¿Y esas llaves?

—Las del piso.

—¿Qué piso?

—El nuestro. ¿Qué te pasa? ¿Estás en la luna?

La bañera, eso sí, era como Dios manda. A poco de instalarnos en el ático, Cecé se fue de gira con *Luceros y Luceras*. Esa fue nuestra mejor época. Cuando estábamos separados la cosa iba muy bien y nuestros reencuentros eran estupendos: fines de semana sin salir de la cama ni del piso, escuchando la radio y comiendo tonterías. Hasta que empezó a decirme:

—Te echo de menos incluso cuando estás aquí.

Luego empezamos a discutir por cualquier cosa y a no aguantarnos. Cuando ella estaba sin trabajo, todo el día en casa, se ponía a morir.

—¿Dónde vas?

—¿Dónde voy a ir? Al Martín.

—¿Tan pronto?

—Es que he quedado con Monroy antes. Vaya, si a la señora no le importa.

—Yo no sé qué le veis a ese borracho, francamente...

Me iba dando un portazo. Hasta de Monroy estaba celosa la condenada. Yo volvía a rechinar los dientes por la noche; me lo dijo. Acabé temiendo que se me escapara el nombre de Rosa en sueños. En eso, Cecé estuvo su buen tiempo en la inopia. Rosa y yo lo llevábamos muy bien; muy de tarde en tarde y con muchísimo sigilo, pero las mujeres siempre se dan cuenta de esas cosas.

—Tú sigues viendo a esa, a mí no me engañas. Como la coja yo por banda...

Naturalmente, lo negué. Varias veces y con gran convicción. Y comencé a cubrir a Cecé de regalos, pero no funcionó. Al contrario. Los regalos, en exceso, siempre son sospechosos.

—Pero ¿qué te hace? ¿Qué te hace esa cursi?

—No empieces otra vez, pichona.

—Dime qué te hace y te lo haré yo mejor.

—Anda, anda, déjame, que voy a llegar a las uvas.

Fue cuando a Cecé le dio por montarme lo que ella llamaba «noches árabes». Qué loca estaba. Una noche volví del Martín y había apartado los muebles de la sala, los pocos que teníamos, hasta dejar solo la alfombra, en el centro, y había colgado retales de colores del techo, telas que cubrían también las bombillas; había allí una claridad débil, rojiza, muy atractiva, muy pecaminosa.

Me desnudó y me hizo un masaje estupendo, con un aceite que olía a almendras y que ella se ponía después de bañarse. Luego buscó en la radio una emisora en la que dieran música, música de baile, y empezó a contonearse en plan odalisca, mientras se iba quitando la ropa y me llamaba sultán. Ahí me pilló literalmente por los huevos; hicimos lo de las noches árabes varias veces. Lo único, que le pedí que no me llamara sultán.

—Es que me suena a chucho, hurí mía, pedazo Salomé. Ven que te coma.

Una vez, me acuerdo, me bailó el agua en plena Semana Santa, con la radio muy bajita y contoneándose con gregoriano, que era la única música que ponían. Estuvo bien aquello. Me vuelve mucho esa imagen de Cecé odalisca, moviéndose al ritmo de los frailones.

La Semana Santa del 46. En el 46 se estrenó *No me mates con tomate*, que duró una semana. *Como locas*, en cambio, seguía en el Martín, a teatro lleno. En el 46 fui con Cecé al estreno de *Gran Revista*, donde Celia Gámez cantaba el chotis *Manoletín* y un pasodoble, *Claveles de España*. En el 46 Machín era el cantante de moda; sonaba a todas horas en la radio. En el 46, Lola Flores y Manolo Caracol triunfaron en el Reina Victoria. En la Semana Santa del 46 volvió Pombal.

18. Vuelve Pombal

Pombal volvió como Dios, literalmente. Catoliquísimo, y con la función que le forró el lomo, la que más se hinchó de hacer: *El Salvador*, que era como la Biblia en verso pero sin verso. La Pasión y Muerte de Nuestro Señor Jesucristo. ¡sesenta actores en escena, sesenta! Sesenta y un borrico, para la escena del domingo de Ramos. Y venga centuriones, y túnicas, y el Gólgota con un ciclorama que parecía que se les hubiera derramado un bote de cien kilos de pintura roja.

Durante la guerra, en Sudamérica, Pombal se había cuidado muy mucho de hacer declaraciones a favor o en contra de cada bando. Se hartó de repetir que él solo era un artista, que su única causa era la del teatro y que, eso sí, le partía el alma ver a su patria ensangrentada por una lucha fratricida. Eligió muy bien el vehículo de su vuelta. Los vehículos, mejor dicho, porque reapareció con dos ases bajo la manga: *El Salvador*, que estrenó en vísperas de Semana Santa en Barcelona, y un Mecano de Julio Verne, *Los hijos del capitán Grant*, un espectáculo «para toda la familia» que también se hinchó de hacer cada año, cada domingo de Resurrección.

—¿Ya sabes que Pombal está en Barcelona? —me dijo Rosa.

—Y muy ocupado haciendo besamanos y lamiendo sotanas, por lo que parece.

No había foto en la que Pombal no apareciera inclinándose ante un obispo o con diecisiete monjitas que habían ido al teatro a verle. Había estrenado *El Salvador* en Eldorado, un antiguo cine, enorme, que estaba en la calle Floridablanca, cerca del Salón Iris. La foto que era la monda fue una que publicó *La Vanguardia*, en la que Pombal aparecía vestido de calle pero haciendo el Cristo, con los brazos abiertos como un Pantocrator, con cara seráfica, alzando dos dedos de una mano y, en la otra, un rosario con cuentas gordas como garrapiñadas. Estaba ridículo; parecía un cardenal que se hubiera pasado con el vino de misa. A mí ya me venía bien que estuviera en Barcelona, por la distancia. Y a Rosa.

—¿Vas a ir a verle? —me preguntó un día.

—¿Y tú qué, rica? Porque tampoco es que acabarais muy bien...

—Más adelante. Igual vamos a Barcelona con *Surprise-Party*, y entonces...

—Ya, ya.

Se acabó *Surprise-Party* y Rosa no fue a Barcelona.

Monroy sí.

—Me ha preguntado por ti.

—Porque tú le habrás contado.

—¿Qué pasa, niño, que no puedo contar que te van bien las cosas?

—¿Y contigo qué?

—¿Qué de qué?

—Que cómo os ha ido el reencuentro...

—Pues me ha dicho que por qué no vuelvo.

—¿Y tú...?

—Que no, hombre, que estoy bien como estoy.

—¿Y lo de *El Salvador* qué tal?

—Bueno... A mí me gusta más la otra, la del *Capitán Grant*. Es como el *Münchausen* para críos, pero... ¿te acuerdas tú del *Münchausen*?

—Más bien.

—Con la del Cristo no para. Parece que gusta mucho. ¿No vas a ir a verle, niño? De verdad que me ha preguntado mucho por ti.

—Seguro. Y yo soy Perlita de Huelva.

—Lo que sois es dos críos. De verdad.

—Pe...

—Ya que tienes la boca abierta, me pides otro chatito.

—Monroy, que digo que ya le veré cuando venga. Porque vendrá, ¿no? Yo como tú: de Madrid no me muevo. Además, si es que no puedo, coño. Con dos funciones diarias... —repetía yo.

Pombal se presentó en Madrid con otro buen golpe. Un golpe «a la antigua»: coger una película de éxito y llevarla al teatro.

—¿Y cuál quiere hacer? ¿*Ben-Hur*?

—*Rebeca*.

Realmente «a la antigua». Los carteles decían: «*Rebeca*, al fin completa: lo que no vio en el cine». Monroy insistió e insistió para que fuéramos al estreno. Yo le dije que al estreno no, que más tarde. Fue un estreno por todo lo alto, también en un cine, en el Capitol de Gran Vía. Suerte que ya no estaba yo en la pensión Infanta Isabel, o de lo contrario me hubiera comido cada mañana el cartelón de *Rebeca* al abrir las ventanas del cuarto, porque daba justo enfrente del cine.

Pocos días antes del estreno de *Rebeca*, Pombal fue a ver a Rosa al Cristal.

—¿Y habéis hablado? —le pregunté yo.

Estábamos en su camerino, en el Cristal.

—No. Ha venido a ver la función, nada más. La otra noche. No me dijo nada, no supe que había venido. Pero mira lo que me ha enviado.

Me enseñó un enorme ramo de rosas blancas. Veinte rosas. Con una tarjeta.

La tarjeta decía:

«Nunca debí dejarte escapar. Ernesto Pombal.»

Rosa fue al estreno de *Rebeca*.

—¿Y habéis hablado? —insistí yo.

—Sí. Sobre todo él. Que le había gustado tanto en *Surprise-Party*, que estaba fantástica...

—¿Y él cómo está en *Rebeca*?

—Han pasado muchos años, Pepín.

No dijo más. Estaba triste. Hacía tiempo que no la veía yo tan triste.

Por aquellas fechas, a Alarcón le dio un arrechucho de hígado y hubo que parar *Como locas* dos o tres días. Monroy, que estaba a la que salta, me dijo:

—Ahora sí que no tienes excusa, niño. Vamos mañana al Capitol.

—Bueno, pues venga. Si hay que ir se va.

—Claro, hombre. ¿Qué te cuesta?

Horrores me costaba. Cerraba los ojos y solo veía a Pombal en lo peor. Sus peores caras, sus peores momentos. Así trabaja el odio, señoras y señores, querido público. El odio, la obcecación, la mala follá.

Le conté un cuento chino a Cecé, porque si no hubiera querido venir conmigo. A ese punto habían llegado las cosas: iba a ver a un tío y tenía que mentir como si fuera a ver a una tía. Ya me estaba hartando yo de aquello.

Mi reencuentro con Pombal, cargado de mala follá como iba yo, fue un desastre.

Los dos estuvimos muy mal. Y eso que *Rebeca* me gustó bastante. Lo mejor, lo que más gracia me hizo, fue la escena «que no se veía en el cine». La de Rebeca muerta, mismamente. En la película, Rebeca moría en su barco, un pequeño yate que naufragaba en alta mar. Luego encontraban su cadáver y tenía un tiro en la cabeza, pero todo eso no se veía en la película, nos lo «contaban».

En la función sí se veía. Había un decorado bastante bueno del fondo marino, hecho con varias transparencias y medianamente iluminado. Estaba bien, pero lo que hubiera hecho Anglada con aquello... En fin. La idea, la idea era buena. La superficie marina estaba, digamos, a la altura del primer telar. Por ahí bajaba un buzo colgado de unos cables no del todo invisibles y moviéndose muy lentamente, hasta que tocaba fondo. En el fondo estaban los restos del barco de Rebeca, y su cadáver, un esqueleto mondo y lirondo. El buzo llevaba un hacha y como a cámara lenta rajaba la puerta del camarote, encontraba el esqueleto, y subía con él en brazos hasta la superficie, mientras sonaba una música tétrica de Ruscalleda. Yo le dije a Monroy que no quería ver a Ruscalleda ni en pintura; a Pombal vale, pero a Ruscalleda ni hablar.

—Por eso no sufras. No sé qué le harías a Ruscalleda, pero oye tu nombre y echa a correr y no para hasta Carcagente.

—Pues que le sacudí unas hostias con esta mano.

—¿Y eso?

—Que tengo yo muy mal pronto, Monroy.

—No lo jures.

Ruscalleda no estuvo en el camerino. Estuvo, pero se fue enseguida, la actriz que se había traído Pombal con él de Argentina y que hacía la protagonista de *Rebeca*, la institutriz, una chica que se llamaba Susana no sé qué, muy jovencita, monina, pero bastante verde. Demasiado ingenua en escena. No te creías tanta ingenuidad. La tal Susana bebía los vientos por Pombal, y creo que vivieron juntos un tiempo, en Barcelona. Luego le plantó, después de la gira del 51, pero entonces parecía loca por él.

Y eso que Pombal estaba ya fondoncete. Y bastante estirado. Como si se le hubieran tensado las vértebras a la que yo entré en el camerino. Los dos nos quedamos sin saber si abrazarnos o darnos la mano. Hicimos lo típico: Fuimos para abrazarnos, ninguno de los dos se acabó de arrancar, nos dimos la mano, y luego nos abrazamos mecánicamente, rozándonos las mejillas y palmeándonos tres veces los omóplatos, como si nos aventáramos la caspa. En el escenario no se le notaba, pero hablando normal a Pombal le salía un acento raro, entre porteño y mexicano, y como si estuviera hablando por la radio. En escena también me pareció muy redicho.

—Pero hombre, Pepín, cuánto bueno... Y cuánto tiempo...

Felicité a Susana. Le felicité a él. Le dije que lo del buzo era impresionante. Tampoco me gustó la voz que me salía a mí al decir todo eso. Me había gustado lo del buzo, pero mi voz salía falsa.

Pombal pidió que nos sirvieran vino dulce y unas pastas. Me miraba de arriba abajo, de reojo, y del derecho y del revés, como quien ve a un resucitado. O como un padre estudiando al pretendiente de su única hija. Susana, ya digo, apenas se quedó. Para brindar. «Mojarse los labios.»

—Ernesto me contó tantas cosas de ustedes...

Alzamos los vasitos.

—Por este reencuentro...

Luego dijo «Me voy, amor», le besó, nos besó y se fue. No la vi más.

Monroy estaba contento, pobre. No le duró mucho la alegría. A Pombal se le giró el humor tan pronto como Susanita salió del camerino.

—Bueno, hombre, bueno. Ya veo que te va de perlas, Pepín. Ya he visto los carteles en el Eslava. ¿O era en La Latina?

—En el Martín.

—¿Y cómo se llama eso? *¿Locas por mis huevos?*

Miré a Monroy, de reojo. Pues sí que empezábamos bien.

—*Como locas a mi cuello.*

—Yo es que para los títulos, chico... Tenéis mucha gente, ¿no?

—Cuando quieras te dejo dos entradas.

—Se agradece, pero ya sabes que a mí las cosas de risa...

—Claro. Ya me había olvidado que para ti la risa no es una... ¿cómo le llamabas? ¿Una «emoción fuerte»?

—Y me dice el amigo Monroy que también has hecho tus pinitos en el cine, ¿no? —añadió el cabrón.

Si hay dos expresiones que odio son «Pinitos» y «Mentirijillas».

—Algo se ha hecho, maestro.

—Quién nos lo iba a decir... Pepín, actor...

—Fíjate.

—Bueno, bueno, bueno... —repitió Pombal.

—Podríamos ir saliendo a tomar algo, ¿no? —dijo Monroy.

—Y quién me iba a decir a mí —solté yo— que algún día vería a Pombal haciendo el Cristo para todo el curerío.

—¿Cuándo has visto tú *El Salvador*?

—En Barcelona, el mes pasado —mentí. Pero había leído todo sobre el espectáculo. Y había visto las fotos.

Monroy puso una brevísima cara de pasmo.

—¿Y cómo no me viniste a ver luego? —dijo Pombal.

—Es que tenía que levantarme pronto, porque rodábamos a las siete.

—¿Una peliculita?

—Eso, una peliculita. Una de esas cómicas. Para echar carne al puchero. Nada comparable a *El Salvador*, desde luego. No creo que me gane yo el cielo haciendo esas cosas. Todo para ti. El cielo entero —le solté.

Nos quedamos los tres en silencio. Monroy miraba al suelo. Yo ya echaba humo. Seguí:

—Viendo lo de *El Salvador*... la escena en que te crucifican... ¿sabes qué pensé, maestro?

—En tu condenación eterna —dijo Pombal, intentando sonreír.

—No. En *Tito Andrónico*. En cuando hicimos *Tito Andrónico* en aquella plaza de toros. ¿Cómo se llamaba aquel pueblo?

—Illana. La plaza de toros de Illana —dijo Monroy.

—Me estás hablando de antes de la guerra...

—Sí que hace tiempo, sí. Pues me acordé de aquella escena final. Cuando el cielo estaba tan negro, y tú te comiste veinte líneas de texto...

—¿Ah, sí?

—Sí. Y las sustituiste por un grito. ¿No te acuerdas de eso?

—A ver, a ver... Cómo fue eso...

—Fue impresionante, qué raro que no te acuerdes, Pombal. Sonó un trueno y tu grito coincidió con el rayo. Estabas como al final de *El Salvador*, con los brazos en cruz, por eso me acordé. Pero ¿sabes cuál era la diferencia?

—Yo me tomaría un chatito con un gusto... —dijo Monroy.

—La diferencia —rebufé— es que *aquello* era teatro.

—¿Me va a explicar el señorito ahora lo que es teatro?

—Si aquí hay un señorito eres tú, maestro.

—Chicos, chicos... —sudaba el pobre Monroy—, paz y concordia entre los príncipes cristianos....

Pero se daba perfecta cuenta de que no había nada que hacer; cinco minutos más y nos hubiéramos arrancado la cresta. Me fui como la vez anterior: dando un portazo. Le dije a Monroy:

—No, tú quédate, que tendréis mucho de qué hablar. Yo me voy a hacer el payaso un rato.

—Pero Pepín, por el amor de Dios... —se desesperaba Monroy.

En la puerta me susurró, furioso:

—Sois tal para cual. Tal para cual.

Hice un gesto desdeñoso con los hombros, como para sacarme aquella frase de encima, y me abrí.

Desde el pasillo, oí que Pombal decía:

—Pero ¿tú has visto el chulo este? Pero ¿tú has visto, el desagradecido de mierda?

Eso fue lo último que oí, porque me zumbaban salvajemente los oídos. Me pasaba a veces, con los nervios. Como si toda la sangre del cuerpo me subiera a la cabeza y estallara contra mis débiles tímpanos. Como si la granada me explotara dentro.

Así acabó aquello otra vez. Cinco minutos y a tomar por culo. *Rebeca* fue muy bien. Tan bien que, cinco años después, espoleado por sus éxitos patrios, Pombal se volvió loco del todo y juntó lo que había ganado y se embarcó en una nueva gira por Sudamérica, México, Venezuela y América Central, con *El Salvador*, *Rebeca*, lo del *Capitán Grant*, y una cosa carísima sobre la policía montada del Canadá que se llamó *Guerreras rojas* o *Casacas rojas*. Loco o gilipollas, porque si se hubiera quedado, si hubiera esperado un poco, se habría hinchado de ganar billetes con *El Salvador*, por lo del Congreso Eucarístico.

Tarifó con Ruscalleda porque se lo dijo. Ruscalleda le dijo que no iba a dejar lo cierto por lo dudoso, que ya tenía una edad y que le habían ofrecido un contrato muy suculento en Pasapoga como director de orquesta, y en Pasapoga se quedó. Varias veces me crucé con Ruscalleda por Gran Vía. Me veía y se metía por la primera bocacalle que pillaba, y yo seguía caminando, contento como unas pascuas.

En aquella gira Pombal perdió hasta la última casaca o guerrera, y yo me alegré como un puerco. Adelgazó muchísimo para la gira a base de régimen y pastillas, porque no colaba un Salvador gordo palmando en la cruz. Luego volvió a engordar otra vez porque se le descompensó el tiroides, y cruzó una frontera sin retorno. Pero eso fue mucho después.

En el 47 yo hice de taxista castizo en *Gasógeno*, que fue un exitazo, y rompí con Cecé.

La espoleta fue de lo más tonto. Cecé estaba haciendo una revista, a la que llamaremos *Luceros y luceras III*, que iba «bastante bien». En el lenguaje del teatro, «genial» significa bastante bien, «bien, bien» significa regular y «bastante bien» quiere decir fatal. Eso ya la tenía de bastante mala leche, como suele pasarnos a todos los actores: no hay nada peor que estar haciendo una función y que no vaya nadie, o muy pocos.

Yo también tuve un parón. Cuando acabó *Como locas* en el Martín, Alarcón se plantó y le dijo a don Colás Batista que para la próxima o él o yo, los dos juntos ni hablar, y Batista dijo que vale y me dejó tirado. Mi parón fue corto, dos o tres meses hasta que me llamaron para *Gasógeno*, pero tampoco andaba yo muy fino de humor con todo aquello. Con *Gasógeno* debutó como director Perico Gorbea, el ayudante de Iniesta, y lo hizo muy bien. Hicimos varias películas con él y todas funcionaron.

A Cecé le fastidió que me saliera *Gasógeno*, así de claro. Esas cosas también pasan mucho entre actores, y no vale de nada ser pareja, a veces todo lo contrario. Ella no me lo decía, pero yo notaba que le había sentado como un tiro, y claro, no es agradable que tu amiga te mire mal por eso.

Nos fuimos agriando, y para rematar la mala racha pasó que en una función de tarde saltó un espectador loco, loco de atar, y le pegó a Cecé un bocado en el muslo.

—Pocos que vienen y te sale un caníbal —bromeaba yo.

La verdad es que era un pedazo bocado. Cuando consiguieron reducirle ya le había clavado los dientes.

—Si es que me ha hundido los dientes el muy cabrón —seguía repitiendo Cecé varios días después, como si acabara de pasar.

Yo me reía.

—Que llevaría hambre atrasada, mujer.

—Qué hambre ni hambre. Que estuvieras actuando y te mordieran los huevos.

—Calla, calla.

—La gracia que te haría a ti, tontolaba.

Resultó que el loco aquel había estado en la División Azul, y se libró de rositas. Acompañé a Cecé para la denuncia, y en los pasillos de la Dirección General de Seguridad me topé con él, entre dos despachos. No me reconoció, pero yo sí a él, aunque tenía los ojos de un alucinado, y el pelo completamente blanco, y una cicatriz que le partía la barbilla en dos, aquella barbilla que antes de la guerra había estado cubierta por una perillita.

Era, sorpresas de la vida, el Chiquete, el chulo de la casa de putas de Jesús del Valle. Olía a aguardiente a un kilómetro, y le iba largando una monodia incomprensible a un guindilla.

—¡Yo he estado en Serepovets! ¡En Serepovets, que no es moco de pavo, camarada! —iba diciendo.

—Que sí, que sí. Y yo en Portugalete —bromeaba el guindilla, que era un apacible.

—¡Muñoz Grandes! ¡Que venga mi general, que él me conoce!

—Pues mira, hombre —dijo el comisario—, resulta que el que conoce a Muñoz Grandes soy yo. ¿Le llamamos, a ver si está en el despacho?

—Llámele, llámele; hágame usted el favor.

Resultó que su historia era cierta.

—Ese hombre es un bravo —rugió, por teléfono, Muñoz Grandes.

En fin, que al Chiquete le tomaron declaración y hasta le dieron unas palmadas por lo mucho que había sufrido en Rusia.

—Que es que sufrió mucho en Rusia, señora, hágase cargo —le dijo a Cecé el comisario.

—Y yo haciendo de ayudanta de mago en Montevideo, don Braulio, y no voy por ahí mordiendo a la gente.

Al Chiquete, o lo que quedaba de él, le soltaron a las dos horas. Y a Cecé me la dejaron en casa, porque el moratón se le veía desde la fila veintiséis. Yo hice un chiste malo.

—No lo mires como un moratón. Míralo como una moratoria.

Me tiró un cenicero de metal con forma de riñoncito.

Se puso como loca. Estaba inaguantable, todo el día con que el moratón me crece y yo que no, que no te crece, mujer, que son imaginaciones tuyas, y cuando acababa con eso volvía a sulfurarse con lo de que el divisionario estuviera en la calle tan ricamente.

—Yo lo capo. Yo a ese tío voy y lo capo. Y me quedo más ancha que larga...

Era muy capaz.

Y seguía y seguía:

—... si hasta sé dónde para cada tarde día sí y día también, hombre, en un barucio por Antón Martín. Anda que a quién se le diga... Si tú fueras un hombre como Dios manda, ibas a buscarle y le partías la cara.

—Que está loco, hija, ¿no lo ves? Y tiene más padrinos que Serrano Suñer.

—Él tendrá padrinos, pero tú no tienes bolas.

Lo decía en serio: quería que fuera por él, como un malevo de tango. Tuvimos una discusión de esas de horas.

Aquella noche me harté; hice la maleta y me presenté en casa de Rosa y me volví loco del todo, más que Pombal, más que el pobre Chiquete, y le dije:

—Casémonos.

Rosa, que llevaba una bata de seda muy elegante, reprimió un bostezo con más elegancia todavía.

—Caramba. Sí que debe haber sido fuerte la agarrada con Cecé. Nunca me habías dicho eso antes.

—Pues te lo digo ahora. En serio. Casémonos. Tú y yo.

—Siéntate, Pepe, anda, que vienes muy acalorado —me dijo Rosa.

Me senté.

—Tú y yo —repetía, como un poseso—. ¿Qué me dices?

Sonrió.

—Que no, querido. No es una buena idea.

—Tú y yo, Rosa... Podríamos...

Me acariciaba la cabeza. Toda la fuerza se me fue con aquella caricia, porque era como la caricia de una madre a su hijo, negándole algo con todo su amor.

—Pero ¿por qué? —pregunté, con una vocecita ridícula.

—Porque tú y yo estaríamos tirándonos los trastos a los cuatro días, Pepe.

—Planta al médico y yo planto a Cecé —dije, recuperando mi voz varonil y bien timbrada.

—No me hagas finales de acto, Mendieta —se rio Rosa.

Yo me reí también. A ver qué iba a hacer.

Pero realmente fue un final de acto. Me largué con lo puesto del piso de la calle Toledo. Se lo quedó Cecé. Bañera incluida.

Que con su pan se lo comiera.

Rosa no se atrevió a decirme aquella noche lo que me diría un mes después: que no se casaba conmigo porque se iba a casar con el médico. Y a dejar el teatro, en la misma tacada. Pensé, como un relámpago, que seguro que Monroy lo sabía. A Monroy ella se lo contaba todo. Y viceversa.

Me invitaron a la boda, en San Francisco el Grande. No fui. Sí fue, en cambio, don Manuel Acedo, el empresario del Cristal. Eso me lo contó Monroy. Acedo lloraba tanto que parecía un novio despechado. Por lo visto, repetía:

—¡Dejarme así esta chica! ¡En el mejor momento de su carrera!

Julio Garín se lo tomó mejor: fue testigo de la novia. La foto de los dos dándose un beso (él, muy casto, en la mejilla) salió en varios periódicos. Parecía que se hubiera casado con Garín. Yo pensé que Rosa habría escogido a Monroy como padrino, pero no fue así.

—Es que Garín da muy bien en las fotos. Como es galán... —dijo Monroy.

Rosa se fue a vivir a Lisboa con Helio, que así se llamaba el afortunado, Helio Souza. Un chicarrón, un partidazo, realmente con muy buena planta, y un montón de dinero.

Y yo, dolidísimo, ofendidísimo, con el corazón destrozado, etcétera, alquilé un estudio en un edificio nuevo de la avenida de América y así empezaron mis «años salvajes».

19. Tres tunos muy tunos

En *Los tarambanas*, la película que siguió a *Gasógeno*, me reencontré con Benito Reyzábal, ahora metido de lleno en el negocio del cine, y empecé a tratar asiduamente a dos personas que iban a tener una importancia capital en mi vida: Nacho Pancorbo y Policarpo Pérez Pin. Reyzábal quería hacer comedias y nada más que comedias, porque «bastantes preocupaciones tiene ya la gente». Amén a eso, dije yo.

Nacho Pancorbo era navarro y venía del teatro universitario. Muy serio, muy trabajador, siempre leyendo, con un memorión impresionante. No era feo. Tenía una cara simpática y agradable, y podía haber sido galán, de no ser por la altura. Era bajito, vaya. Demasiado bajito para ser un galán. Por eso se convirtió en galán cómico. Poli siempre se estaba metiendo con su altura, y eso a Nacho le ponía histérico. Un día, en una entrevista por la radio, a Poli le preguntaron su opinión sobre Nacho, y dijo que formidable, que qué gran cómico y qué gran ser humano, lástima que tuviera «ese» problema.

—¿Problema? —preguntó el entrevistador.

—Que es bajito, sabe —dijo Poli susurrando, como si revelara un gran secreto—. Y a mí no me gusta estar todo el día mirando para abajo. Me da tortícolis, ¿comprende usted, buena mujer?

Poli llamaba «buena mujer» a casi todo el mundo. O «pequeña libélula». O señora condesa, animalillo escrofuloso, incontinente urinario, lindeza mía, gran panificador, arzobispo de Constantinopla...
Después de aquella entrevista, Nacho estuvo sin hablarle dos semanas.
—Que era una broma, capullito sonrosado. ¿No ves que no llevaba las gafas o antiparras? Qué vas a ser bajito tú, rey mío. Eres tan alto como los soldados de Cataluña. O más. Muá, muá.
—Le besaba la coronilla.
—Déjame. A mí no me hables, Policarpo. Que tienes nombre de hueso.
Lo que menos le gustaba a Poli era que le llamasen por su nombre completo.
—¿Cómo no iba yo a dedicarme a la comedia —decía— con la putada que me hizo papá al cascarme ese nombre?
En los carteles se hacía poner Poli Pérez Pin. Nacho empezó como Ignacio Pancorbo. Fue Perico Gorbea quien le convenció de lo de Nacho, con un argumento idiota:
—Es que Ignacio suena a jesuita.
—¿Tú crees, Perico?
—Para mí que sí. ¿Cuántos cómicos conoces que se llamen Ignacio? Es un nombre muy serio. Como de ejercicios espirituales. Para *La mies es mucha* no te digo que no, pero para *Los tarambanas...*
—Bueno, bueno.
Poli tenía un papel cortito en *Gasógeno*, así que allí no le traté mucho, pero me quedé con su cara, aquella cara rara, como de pájaro, con nariz de gancho y barbilla hundida, y ojos de orate. Como era bastante alto y flaco, zanquilargo, con dos piernecitas que parecían alambres, recordaba a un flamenco o una grulla. Una grulla que hubiera bebido de algún charco extraterrestre, por la chaladura que llevaba. Me quedé con su cara y su aspecto y su locura.

En la película hacía de un estrafalario que subía en mi taxi y tenía mucha prisa porque iba a patentar un invento suyo, y me lo explicaba. A cien por hora me lo explicaba; corría más su lengua que mi taxi. Yo tenía que hacer esfuerzos para no reírme: el tío se estaba cepillando el guion con toda la cara. El invento que había en el guion no debió hacerle gracia, porque lo cambió de arriba abajo. Abrazaba el trasto aquel con una hélice que le habían dado en producción, pero en sus manos se convirtió en otra cosa. En un tostador de pepinos con freno y marcha atrás, o un disparate parecido. Pérez Pin improvisó su texto en diez minutos, entre que le maquillaban y probaban las luces. Perico Gorbea también se partió de risa.

—¿Te vale así, Periquín, polillita?

—Vale, vale, es buena. Pero otra vez avisa, Policarpito.

Yo pensaba: pero ¿de dónde ha salido este tipo?

Decían que Poli estaba tan loco porque le mataron a media familia, una familia de Chamberí muy de derechas, durante la guerra. A su padre y a su tío, que eran de la Ceda, y a dos hermanos falangistas, de una tacada. Poli era casi de extrema derecha, franquista hasta las cachas. Para él, Franco era Dios. Franco nunca tenía la culpa de nada. El problema era que el Generalísimo estaba rodeado de incapaces, de trepas, de mediocres, de canallas que iban a arruinar su magnífica obra. Cada vez que a Poli le censuraban algo, cabeceaba y decía, realmente triste:

—Si el Generalísimo se enterase...

Por cierto que uno de mis pequeños orgullos fue no haber actuado nunca para Franco, en aquellas fiestas que les daba a los diplomáticos en La Granja cada 18 de julio. Claro que no fue valor sino suerte, porque por lo visto a Franco nunca le hice yo maldita la gracia. Ni al coronel Fuertes de Villavicencio, el jefe de la Casa Civil, que era el encargado de montar aquellas jaranas y llamar a los artistas. «Requerirlos», mejor dicho. Poli, muy amigo suyo, se hinchó de ir allí a hacer el animal. Una vez les soltó:

—Gracias, gracias, gracias. Vamos a repetir la ovación, si no les importa, porque desde aquí no se oye bien. Los señores diplomáticos pueden aplaudir. Las señoras marquesas bastará con que sacudan las joyas.

—¿Y sabes qué me dijo el Generalísimo?

—Que tu sitio estaba en Ciempozuelos.

—Me dijo: «Usted, Pérez Pin, siempre tan ganso». Se partía de risa. Si es que es de un salado...

—Como que tendrían que llamarle el Saladísimo.

—Oye, oye, Mendietita, un respeto...

De jovencito quiso ser bailarín de claqué, de *tap*, que se decía entonces, y fue a una academia y todo.

—Imagínate, forunculín. Quería yo ser *boy* de Celia Gámez.

—¿Y qué pasó?

—Que vino la guerra, señora condesa. Pum, pum, pum. ¿Otra cañita?

Poli solo bebía cañitas. Treinta o cuarenta al día. Se pasaba el día meando. Yo también bebía cerveza. Menos que él, pero le echaba Amer Picon. Cada vez que notaba el olor a naranja amarga del Picon pensaba en Anglada y, mentalmente, brindaba por él.

Nacho no probaba el alcohol. Café con leche. Pero puñetero hasta para eso:

—Me va a poner un café con leche corto de café en taza mediana, con leche caliente y leche fría mitad y mitad.

Nacho Pancorbo, que en *Gasógeno* hacía de taxista refunfuñón pero con corazón de oro, era de otra pasta. La nueva generación, que decían. Pese a su edad, ya tenía un nombre, y mucha experiencia detrás. ¿Qué edad tenía Nacho entonces? No llegaba a los treinta. Y preparadísimo. Había empezado como aficionado y pegó el salto en nada: de las obras de la Galería Salesiana al TEU de San Sebastián. Estaba haciendo *Ninotschka*, hacía uno de los tres rusos barbudos, cuando le descubrió Miguel Mihura. Yo me moría de envidia. Y no solo eso: le había escrito papeles. A medida. Papeles de tíos refunfuñones, que era lo que mejor le salía a Pancorbo. Del TEU pasó a la Lope de Vega, en la que, aparte de Lemos y de Alfonso Muñoz, casi todos eran universitarios, y sin papeles fijos. En aquella compañía se repartía a cada uno el papel que mejor le iba. Tenían seis o siete obras en repertorio por temporada, y giraban muchísimo. Allí Nacho aprendió latín, por no decir ciencias exactas.

Cuando Monroy vio *Los tarambanas* me dijo:

—Niño, ese navarrico se va a llevar la película.

A mí me lo iba a contar. Con Nacho no había que dejarse engañar. Bajito, poca cosa, aquel aire simplón... Pero era un tigre.

—Tiene compás, como tú. Pero sale a matar. Y está a todas.

—Que sí, que ya me he dado cuenta.

No he conocido otro actor más consciente de su imagen. Y de que llegaría a lo más alto. Una vez se cabreó mucho porque nos estaban haciendo una foto de fin de rodaje y quería ponerse donde estaba yo, el primero por la derecha, y yo no le dejaba, solo para fastidiarle. Se puso tan pesado que al final le dejé ponerse ahí.

—Pero ¿me quieres decir qué más te da aquí o allá?

Me contestó, muy serio, que siempre quería ser el primero por la derecha, porque así, cuando la foto aparecía en los periódicos, el pie siempre decía: «De izquierda a derecha, Nacho Pancorbo, y tal y tal y tal otro».

—Pero serás canalla... Y encima vas y me lo cuentas.

—Entonces no soy tan canalla, ¿no? Quédate con la copla, que te puede servir.

Tampoco es que esas estratagemas le hicieran mucha falta, porque en los rodajes te robaba el plano antes de que te dieras cuenta. Por los ojos. Tenía ojos pequeños, pero sin punto focal. Casi todo el mundo tiene punto focal en los ojos; Pancorbo no. En primer plano, sus ojos eran dos esferas, y al recibir la luz se le convertían en dos cañones, al cabrón.

Pero no, qué va, no era un cabrón. Compañero ante todo. Tenía una forma de darte consejos que no te ofendía. Cualquier otro me viene entonces con las cosas que me venía Nacho y lo machaco.

—¿Te puedo comentar una cosa, Mendieta? Si tienes un momento...

—Claro, Nachito. ¿Qué pasa?

—Pues que... Nada, que ayer estuve en proyección...

En aquella época solo iban a proyección, para ver las tomas del día, el director y el jefe de fotografía. Los actores de mi quinta nos dábamos las del beri a la que el director decía «Vale, ya está bien por hoy», contentos como críos cuando suena la campana del colegio. Pero Nacho se quedaba e iba a ver proyección siempre.

—... Perico no se ha dado cuenta, pero...

—Pero ¿qué? ¿Salgo roto, sucio?

—Es que parpadeas.

—¿Perdón?

—Parpadeas en los primeros planos. No en todos, pero...

—Caramba.

—Te hace parecer débil. Al personaje, quiero decir. En *Tebib* te pasaba igual. Estabas fantástico, pero parpadeabas en los primeros planos, y al personaje no le convenía nada... ¿Te acuerdas de la escena del fuerte, cuando...?

Cierto, cierto. Recordé que aquella escena se había rodado después de que me llamara Rosa contándome lo de Monroy.

—Sí. Estaba un poco disparado yo aquellos días...

Yo no me lo podía creer, pero Nacho se había visto todas mis películas. Y no lo decía para halagarme. Las había *estudiado*. No era un pelota. Era un profesional hablándole a otro profesional, comparando trabajos, técnicas. ¿Cuánto tiempo hacía que no tenía yo una conversación así? Exacto: desde aquella noche del 34 en el Regio, con Monroy.

—¿Te molesta que te lo diga?

—No, no. Te lo agradezco.

—Es que si tu personaje «sale» débil, el mío también cambia, sabes...

—¿Y qué podemos hacer, amigo?

Muy serio, me dijo:

—Practicar. Tendrías que practicar. El no parpadear.

—No jodas. ¿Por la calle, como si hubiera visto al fantasma de don Eduardo Dato?

—En casa, hombre, ante el espejo.

Me convenció, el puñetero. Cada mañana practicaba un rato ante el espejo, hasta que me lloraban los ojos. Funcionó.

Era un gustazo trabajar con Nacho. Iba siempre, ya digo, a llevarse la escena, aunque siempre de juego limpio. Te ponía el listón muy alto, no te podías despistar nunca, pero te daba lo que hiciera falta. Fundamentalmente, escuchaba. Sabía escuchar. Esa es, para mí, la clave, la señal del gran actor. Me recordaba también mucho a Paco Peñalver, cuando me decía:

—Si piensas en las frases que has de decir no estás escuchando. Has de «coger» tu respuesta de los ojos del que te habla. Has de escuchar lo que dice como si no lo hubieras oído nunca.

Poli, en cambio, no escuchaba ni a su padre. Era también un gran actor, pero de «momentos», de embestidas. La gran habilidad de Poli era no perderse en sus propios y enloquecidos jardines. La mía, aprendida de Monroy, de Peñalver, de Gaspar Campos, era «calzar». Calzar las réplicas, hacer ver que las «dejaba caer», pero en el segundo justo.

En aquella época, Poli todavía sabía controlar su locura. Improvisando en un ensayo, o a mitad de una secuencia, llevaba a veces el personaje al disparate total, y cuando se pasaba de rosca era el primero en darse cuenta.

—Corta, corta, polillita, que me he salido.

A Poli le había descubierto Perico Gorbea en las variedades del

Alcázar, donde hacía un monólogo cómico que cada noche era distinto: metía y sacaba cosas según le daba el aire. Perico fue varias noches al Alcázar, y se quedó maravillado. Le advirtieron:

—Gracioso es gracioso, pero está como una cabra. Hay noches que ni él entiende las cosas que dice. Y hace lo que le da la gana. A este no le mete en cintura ni Millán Astray.

—Eso es lo que me hace falta. Estoy harto de cómicos de librillo —dijo Gorbea.

Después de hacer el inventor extravagante de *Gasógeno*, se fijó en él don José Muñoz Román, el empresario del Maravillas y autor de revistas, y le metió en una que se llamaba *Embajadores de la alegría*, con Bárcenas, Lepe, Heredia y Cervera, que eran lo más parecido a los «cómicos de librillo» que decía Perico Gorbea. Estuvieron girando por toda España, hasta que Poli se hartó y les dejó plantados en Logroño.

—Es que me dio un ataque de caspa —contaba.

Estuvo un tiempo fuera de circulación, porque su fama de incontrolable se extendió, como suele pasar, y nadie quería darle trabajo. Volvió al Alcázar, a sus monólogos cómicos. Yo no le vi en esa época, por mis horarios. Quién sí le vio fue Carlos Prullás, un autor de comedias, catalán, que hacía estragos entre las señoras porque era un elegantón en la línea de Alberto Closas, y que estuvo muy de moda en los primeros cincuenta. Prullás se entusiasmó con Poli y le dijo que le «haría» un papel. Y se lo hizo, a su medida: un millonario que se quedaba amnésico por un golpe en la cabeza y se convertía en un mendigo que revolucionaba su familia, su empresa, y todo lo que pillaba por delante, siempre dentro de un orden. Ahí Poli pegó la campanada. La comedia de Prullás se llamaba *Con lo que ha sido este hombre*, y se estrenó en el Albéniz, año o año y medio antes de rodar *Los tarambanas*.

Cuando Reyzábal decidió juntarnos como trío cómico para la película, Poli nos llevó a La Rábida, la venta de Manolo Manzanilla, en la carretera de Barcelona. Allí Poli era el amo; por eso nos llevó. Bueno, nos llevó Nacho, que entonces era el único de los tres que tenía coche. La juerga, que era flamenca, se alargó y se alargó, y el pobre Nacho no paraba de mirar el reloj y de beber café con leche. Bebió café con leche hasta que, en los sesenta, descubrió la tónica.

—Para beber café con leche no sé para qué vienes, molusquete.

—Por el ambiente. Y por las gachises —decía Nacho.

Esa noche Poli y yo congeniamos mucho, porque a los dos nos importaba un pito la hora. Al principio de esa noche pensé si no sería Poli de la cuerda de Monroy: se apartaba de las mujeres como si manchasen. Casi se deslizaba entre ellas. Y no, no es que fuera maricón.

—Es que es muy católico y tiene momia formal —me dijo Nacho.

Durante mucho tiempo Nacho tuvo la teoría de que Poli estaba tan loco porque era virgen. Bueno, y también por lo de su familia paseada por los rojos. Yo creo que Poli no folló en serio hasta su noche de bodas, hasta que se casó con Mary Paz, y se casó ya mayorcito el hombre, a punto de cumplir los cuarenta si no los había cumplido ya. Quizás Nacho tuviera razón con su teoría sobre la virginidad, porque su humor cambió. Perdió aquella torrencialidad, aquella urgencia, aquel jardineo del principio. Digamos que su locura adoptó otra forma, de la que ya se hablará.

Poli y Mary Paz fueron novios unos cinco años, así a lo tonto. No era fácil entender lo que pasaba por la cabeza de Poli. Podía (y solía) llevar una vida de crápula, y salir todas las noches hasta las tantas, pero únicamente para beber y liarla.

—Vamos a liarla. Vamos a liarla un poquito, anda, ornitorrinquín.

Le gustaba estar despierto y hacer el loco y beber cañitas hasta la del alba. Nada de mujeres, doy fe. Mary Paz en un altar. Con Mary Paz era otro hombre: timidísimo, delicadísimo. Creo que hasta le escribía poemas y todo. Sonetos.

Mary Paz tenía una pollería, un puesto en el mercado de Legaz-pi, muy cerca de donde había estado lo de Jarabes y Refrescos Guerrica. Muchos años después, cuando vivíamos puerta con puerta en Valdemorillo y ella se había convertido en una seño-rona de permanente vertiginosa, *bridge* semanal y trompa cada dos noches, porque no era nada fácil vivir con Poli, me contó que él se tiró sus buenos tres meses, todo un verano, antes de atreverse a pedirle para salir. Pero cada dos o tres días se presentaba en la parada, muy serio, con la mirada baja. Y decía:

—Dos pechugas de gallina.

Eso durante tres meses. Ese era su código marciano de aproximación. Hasta que un día Mary Paz le dijo:

—Parece que le gustan a usted mucho las pechugas, caballero.

Y Poli se puso rojo y dijo «Muchísimo», y así se rompió el hielo.

Luego, en Valdemorillo, cuando a Mary Paz se le bajó la curda de cubalibres, me cogió por las solapas y me dijo:

—De lo que te conté anoche, ni una palabra a Poli o te trincho.

—¿Qué me contaste anoche?

Fueron novios durante aquellos cinco años porque la madre de Mary Paz, doña Elvirita, estaba enferma y no se acababa de morir nunca, y la pobre Mary Paz iba del puesto a su casa y de su casa al puesto. Los domingos, Poli iba a buscarla. Iban a misa de una y comían los tres juntos. Poli se quedaba a tomar café y luego se iba al teatro. Así durante cinco años. El resto de la semana, Poli empezaba a cancanear desde que acababa la función hasta que yo le decía que mejor nos íbamos retirando. Luego dormía hasta media tarde.

En mí, Poli encontró al compañero de juergas perfecto. Y cuando yo conseguía chica, que con suerte solía ser una vez por semana en aquellos tiempos, a malas cada quince días, aceptaba muy bien que le dejase colgado y se iba a casita sin rechistar. Esto duró hasta que se casó con Mary Paz.

A la salida de la venta de Manolo Manzanilla, aquella primera noche, Poli y yo firmamos y rubricamos nuestra recién nacida amistad meando juntos, para desespero de Nacho, porque no dejaba de entrar gente y nosotros dos estábamos allí intentando escribir en el suelo nuestros respectivos nombres. Yo meé el de Poli y Poli meó el mío. Acabó antes, claro.

—Estáis locos, estáis como cabras, yo no ruedo con vosotros, pero mirad cómo estáis, yo me largo —repetía Nacho.

—¿Por qué te preocupas tanto? —dije yo—. Ya sabes cómo es un primer día de rodaje, coño. Cuatro planos generales, un dialoguito, que si sube que si baja que si ponte aquí, y a casa.

—A casa es donde me voy a ir yo a pegarme una buena ducha y adecentarme un poco. Vosotros veréis lo que hacéis. Que ya está bien, hombre.

Tenía toda la razón del mundo, porque el rodaje de *Los tarambanas* comenzaba a las ocho de la mañana, o sea, en cosa de dos o tres horas. Lo de la ducha nos convenció y montamos mal que bien en su coche. Nacho tenía entonces un Ivoglia, un auto italiano muy estrechito y que parecía un tanque, un tanquecito, como si los hubiesen fabricado con restos de material de guerra, los que Mussolini dejó atrás mientras se escapaba montaña arriba. Eso fue lo que nos salvó la vida. La chapa era tan dura que apenas se abolló.

Íbamos por la carretera de Barcelona, de regreso a Madrid. Nacho conducía con cara de poseído, con los ojos como naranjas. A su lado iba yo, y Poli, que no callaba, iba detrás, hasta que se quedó frito y empezó a roncar como el Orfeón Donostiarra. Estaba amaneciendo. Yo me adormilé y abrí los ojos justo para ver que Nacho se había adormilado también. Y que delante teníamos dos camiones, uno con vigas de acero, otro con balas de paja, intentando adelantarse. Sacudí a Nacho por el hombro porque nos íbamos contra ellos, no había tu tía.

—¡Frena, frena, frena! —grité yo.

El coche serpenteó, indeciso, como si no supiera en qué camión estamparse.

Entonces, Poli despertó de golpe y le dio por gritar:

—¡Al de la paja, al de la paja!

Con lo que a Nacho le entró un ataque de risa, perdió totalmente el control del coche y nos empotramos. No recuerdo si en
el de las vigas o en el de la paja, porque me di contra el vidrio y
me desmayé de dolor. El vidrio ni se astilló. Mi nariz sí. Se me
fue el cartílago a hacer puñetas.

Desperté boca arriba en el arcén, con Poli dándome cache-
tadas.

—Vale, vale, encima no me des hostias. Ya me levanto.

Unos metros más allá, Nacho convencía al conductor del camión de que estábamos bien, que no había pasado nada, que
solo era un topetazo y que no hacía falta dar parte. Cuando el
camión se largó nos juramentamos.

—Esto no ha pasado, chicos —repetía Nacho, frotándose la
pierna—. Si Gorbea se entera de que hemos estado a punto de
matarnos nos mata él.

—Me parece bien —dije, masajeándome la nariz—. Creo que
me la he roto.

—¿Te duele, buena mujer? —preguntó Poli, acariciándome
el pelo.

—Lo normal cuando te rompes la nariz.

—Eso es porque ahora está en caliente. Te dolerá por la noche
—dijo Nacho, que se las pintaba solo para animarle a uno—.
Como a mí la pata. ¿Y tú qué tal?

—Politraumatismo —dijo, y volvió a entrarnos la risa.

—Venga, ¿qué hora tenemos? —dije yo.

—Las cinco y media y sereno —dijo Poli.

—El tiempo justo de pegarnos unas duchas, un par de aspiri-
nitas, y a rodar —dijo Nacho.

Así éramos entonces de bravos. Aquella mañana, en el rodaje, a
los tres nos temblaban las piernas. Nos dábamos cuenta, y cada

vez que Perico Gorbea se giraba, nos mirábamos y sonreíamos, juramentados.

A la mañana siguiente yo tenía la napia como una berenjena.

—Es que me he comido una puerta del modo más tonto —le dije a Perico, con la lengua pastosa.

Me había dolido horrores por la noche; tuve que buscar una farmacia de guardia y llegué al rodaje dopado de analgésicos. Al cabrón de Poli le dio la risa al ver el berenjenazo.

—Pues así no vas a poder rodar, macho —dijo Perico.

Fue entonces cuando se me ocurrió sustituir el disfraz de lagartona que señalaba el guion por un atavío de hurí, con media cara cubierta. Mis escenas de morita, ondulante por los analgésicos, fueron muy aplaudidas. Años después, gracias a mi napia hendida, que me daba un aire turbio, me ofrecieron un papel de gánster latino en una coproducción, lo que me permitió visitar París. También hablaré de eso en su momento.

Aquel accidente en la carretera de Barcelona tuvo otra consecuencia. Como los analgésicos me dejaban demasiado chafado para mantener el ritmo de mi personaje, recurrí a las anfetaminas por primera vez. En aquella época se despachaban sin receta. El farmacéutico, que tenía toda la pinta de ser un adicto, me dijo:

—Esto le animará. Esto va muy bien. Muy requetebién. Horas y horas de pie, sin dormir.

—¿Y esto no será muy fuerte?

—¿Muy fuerte, y lo toman los estudiantes de media España? A la que vienen exámenes, unas Simpatinas y un Fósforo Ferrero, y a comerse el mundo —me alentó.

Tomaba yo los analgésicos por la noche, porque era cuando más me dolía la napia, y las anfetaminas nada más levantarme, para animarme durante el rodaje. El problema fue que cuando dejó de dolerme la nariz prescindí de los analgésicos pero seguí con las anfetaminas. Y cómo.

20. La gran vida

Por culpa de las malditas anfetaminas tengo recuerdos confusos de esos años. Se me montan las fechas, y las temporadas. Y las películas. Hicimos muchas películas para Reyzábal, películas muy populares, que nos forraron a todos el riñón: *Los escuchimizados*, *El hombre que se duchaba los jueves*, *Me voy pa la Corredera*, *Tres tunos muy tunos*... Y, ya en los sesenta, *El emperador de Vallecas*, *Un plan cañón* y *Las muchachas del pájaro de plata*. Esas fueron las más importantes. Rodábamos casi siempre en los CEA o en los estudios de Sevilla Films, donde ahora hay un supermercado que parece un aeropuerto.

Eran tan parecidas aquellas películas (y tan parecidos siempre nuestros personajes) que ahora, en mi recuerdo, es como si todas fueran una sola, un mismo rodaje que iba cambiando de escenarios (Chamberí, San Sebastián, Torremolinos) y que duró diez o quince años. El rodaje más largo del mundo.

En aquella época nos sacábamos una película en tres semanas, como mucho tres y media. Y muchas veces, sobre todo Poli, sin saber la letra. Improvisábamos mucho; teníamos chuletas por todas partes. La gran ventaja, nuestra tabla de salvación, era que la mayoría de películas se rodaban entonces sin sonido directo. Lo del sonido directo fue un invento de los italianos, del cine neorrealista. Casi todos los directores españoles de aquella época preferían doblar luego, por si acaso. Y los actores, no digamos.

«Lo arreglamos en doblaje» era el lema de casi todas aquellas películas.

Esto permitía, por ejemplo, que a menudo Poli se aprendiera únicamente mis pies, o los pies de Nacho. Poli entraba en situación, ponía la cara que tenía que poner su personaje en esa escena y, una vez pillado el tono, largaba un parlamento improvisado, hasta que me tocaba decir mi réplica. Entonces me daba el pie y yo soltaba lo mío, si me lo sabía.

A menudo, las improvisaciones de Poli eran diez mil veces mejores que el diálogo original, y todos pensábamos que era una pena tener que suprimirlas en doblaje. El único problema era que al ser tan buenas te descojonabas de risa y había que repetir la toma. Era una putada, porque en aquella época no se hacía una segunda toma ni de verano. Tres semanas de rodaje, media más por si nos habíamos dejado algo en el tintero, y seis mil metros de película que tenían que quedar, fuera como fuese, en dos mil setecientos.

Los personajes siempre eran muy parecidos. Yo empecé, ya lo he contado, haciendo de héroe castizo, y poco a poco me fueron repartiendo papeles de golfo castizo, de caradura castizo, de sinvergüenza castizo... Yo era el *clown* serio, el Caratiesa, como dicen en el circo. Siempre muy serio, siempre controlando... Mi actor preferido de entonces era el italiano Manfredi, que me robó el protagonista de *El verdugo* de Berlanga, porque yo lo hubiera hecho igual y por menos dinero.

Poli hacía siempre el Augusto estrafalario, el que se trabucaba al hablar, el que vivía en un torreón o un gallinero, el que planeaba proyectos delirantes. Y Nacho era el Contraaugusto perpetuamente desconcertado, asustado o cabreado ante nuestras locuras. Sus escenas de cabreo, de estallido, gustaban tanto que los guionistas siempre le escribían alguna.

Cada uno de nosotros tenía siempre su numerito. Poli exponiendo un plan demente, yo montando el operativo y tirando de jeta para convencer al panoli de turno, y Nacho echando humo por las narices, pataleando, cerrando los puñitos... En «nuestras» películas, no fallaba, siempre había una escena de piradura, una escena de pícaro y una escena de cabreo cósmico.

Monroy trabajó con nosotros en *Me voy pa la Corredera*, gracias a Poli, porque le caía de perlas. Se entendían muy bien. Poli le llamaba Caradepóquer. A mí Caratiesa y a él Caradepóquer, que era como un grado superior.

—Parecéis padre e hijo —me dijo un día—. ¿Estás seguro de que no...?

Se me debió poner una cara realmente tiesa, porque Poli juntó las manos y se alejó de espaldas y con reverencias de perdón, haciendo el chino contrito.

Poli y Monroy habían disparatado y tomado muchas copas juntos (cañitas Poli, chatitos Monroy) en la Cruz Blanca, una cervecería de la calle Goya. *Me voy pa la Corredera* fue lo único que hizo con nosotros en cine. Entonces pasaba Monroy un malísimo momento: acababa (acabábamos) de saber cómo y dónde había muerto Anglada.

Poli vio cómo estaba Monroy y me ganó por la mano, porque se lo propuso él a Perico Gorbea.

La película le vino bien a Monroy para tener ocupada la cabeza y las horas, pero yo le veía ausente, en otro mundo. En Barcelona, en el 37.

Monroy hacía un papel de camarero, el camarero de un viejo café que escucha y escucha las latas y las enloquecidas historias de sus parroquianos sin inmutarse, sin mover una ceja. En la película trabajaba también, haciendo de castizo bronco, un castizo bronco que se llamaba Jacinto Atienza, gordo, bigotudo y bizco, de voz aguardentosa y con muy mala follá; un tío muy atravesado, y con mucho poder en el Sindicato. Tenía un cargo, era delegado o algo así, y metía el hocico en todas las películas que podía.

Monroy y él tenían tres escenas juntos, y se entendieron menos que Alarcón y yo. Jacinto Atienza le trataba como si él fuera el director de sus escenas.

—Venga, vivo, vivo. ¿Qué le pasa a usted?

Monroy no decía nada. En la tercera escena, Atienza tenía que largarle un monólogo muy lúcido, sentencioso y lleno de refranes. Monólogo que Atienza no se sabía, así que lo escribió con lápiz en el mármol de la mesa.

Poli se hinchó de explicar aquella historia.

—... y entonces entra Caritadepóquer, que hacía de camarero, y mientras le pregunta a Atienza «¿Qué va a ser?» se saca el paño del brazo y pispás pispás, le limpia la mesa y le borra toda la chuleta. Qué tío más grande. La cara que puso Atienza...

Aquella noche me sentí muy orgulloso de Monroy. El director, en cambio, no tanto, y Atienza no digamos. Fue contando por todos lados que el tal Monroy estaba alcohólico perdido y había perdido el raciocinio, y que iba a ver, y que donde las dan las toman. Por aquella broma le puso la proa de mala manera.

Poli y yo (Nacho estaba haciendo una cosa de López Rubio) debutamos mano a mano en el Reina Victoria, en el 53 o 54, con *Ricardito y yo*, la nueva comedia de Carlos Prullás. Prullás no fue nunca un autor muy original; sus éxitos dependían de a quién copiaba. En este caso, le salió una mezcla bastante decente de Mihura y Noël Coward, salpimentada por todas las morcillas y añadidos que le fuimos metiendo nosotros. Trataba de dos tipos que coincidían por casualidad en un vagón de tren. Ricardito, el personaje que interpretaba Poli, era un solterón disparatado, con la mentalidad de un niño de ocho años, entusiasta pero pelmazísimo, y muy torpe, que viajaba solo en tren por primera vez. Y Sebas, el que interpretaba yo, era un tipo normal que quería leer su periódico en paz y llegar cuanto antes a la estación de Atocha. Ricardito no paraba de interrumpirle con las cosas más peregrinas hasta que, al final del primer acto, el escenario se oscurecía de repente, como si el tren hubiera entrado en un túnel.

Pero no había entrado en un túnel.

Hasta bastante más tarde no descubría el público que la oscuridad aquella precedía a un descarrilamiento, en el que Ricardito y Sebas habían muerto. Es decir, que durante todo el segundo acto, que pasaba en el teatro donde Sebas trabajaba como actor, los dos eran, sin saberlo, un par de fantasmas.

Ese segundo acto, una verdadera catarata de líos, tropezones y extrañezas, sucedía durante el segundo acto de la obra que Sebas había estado interpretando durante la semana anterior a su muerte.

Volvían allí, los dos; aparecían de repente en una sala de estar que en realidad era el decorado de *Patricia*, la obra «dentro de la obra». Sebas no recordaba nada, y a Ricardito le daba igual estar allí que estar en Majadahonda. Sebas, sin embargo, intentaba entender por qué nadie le dirigía la palabra, por qué todos le esquivaban, por qué no se abrían los cajones y el whisky sabía a té.

Aquel acto era el mejor de la comedia, donde mejor nos lo pasábamos, y el que más desconcertaba al público. Probablemente, Prullás se dio cuenta de que había ido demasiado lejos y le echó salsa Coward al tercero.

El tercer acto pasaba en el chalet en la sierra de la novia de Sebas, una chica llamada Patricia de la que se hablaba constantemente pero que no llegaba a aparecer en escena, porque la atropellaba un coche poco después de telefonear anunciando su llegada. Justo antes de caer el telón, Patricia volvía como fantasma y Sebas corría a abrazarla, momento en el que Poli se sumaba al abrazo, y quedaba clarísimo que iban a tener aquel plomo encima por toda la eternidad.

Una noche, en el camerino del Albéniz, Poli me dijo una gran verdad: que se había metido a actor para poder acostarse tarde y levantarse tarde. Yo me reí y le dije que pensaba lo mismo. En aquella época, las anfetaminas me ponían a mil por hora, y cuando salía del teatro no podía parar. ¿Qué iba a hacer? ¿Irme a casa a meterme en la camita? Imposible. Había que salir «a gastar», como decía Poli, que no necesitaba anfetaminas de ningún tipo.

A mitad de los cincuenta empezó a gustarme demasiado lo que entonces se llamaba «vida de club». Era un mundo nuevo para mí, un mundo al que no había tenido acceso, hasta que comencé a enlazar película tras película. Hasta entonces, con lo que ganaba en el teatro, mi vida nocturna se limitaba a los cafés —el Gijón, el Comercial, el Fuyma, el Castilla— y las tabernas de mi barrio, o del barrio de Monroy.

Conocía, como cualquier cómico, los lugares que cerraban tarde y donde se podía beber y comer algo después de la función: La India, en la calle de la Montera; Somosierra, en Fuencarral; Hontanares, en la calle Sevilla, a dos pasos de la Comedia... Y un figón «secreto» junto al Maravillas, en Malasaña, al que se entraba dándole una propina al sereno para que te abriera el portal del edificio, y luego había que identificarse ante una puertecita con tronera, como en la época de la Ley Seca.

Poli tenía sus zonas; Nacho, las suyas. Nacho era un habitual del Frontón Recoletos, frente al Gijón, donde las apuestas comenzaban al anochecer y duraban hasta las dos de la noche. Nacho tenía también su café «secreto», al que iba cuando acababa en el Frontón: se llamaba La Elipa y estaba en una antigua catacumba de la iglesia de San José. Poli, en cambio, solo estuvo allí una vez y salió horrorizado, diciendo que aquello era una herejía.

Hacia finales de los cincuenta, diría yo, Nacho descubrió el Morocco, y fue muchas noches porque estaba fascinado por una egipcia llamada Naima Cherky, que bailaba la danza del vientre. Le enviaba flores, y hasta una vez un jamón.

—Si es egipcia. Igual lo tiene prohibido.

—Tú déjate. Un jamón siempre gusta.

Los clubs eran un escaparate perfecto, para ver y que te vieran.

Poli me descubrió el que acabaría siendo mi favorito: Riscal, el club Riscal. Se llamaba así por la calle, Marqués de Riscal, junto a la Castellana. Estaba en el Urbis, un edificio de apartamentos, de los primeros que se hicieron en Madrid. En la planta baja tenía dos locales que se comunicaban, el restaurante y la sala de baile. El edificio era vulgar; la decoración, impersonal, como de hotel de provincias. A cualquiera que lo viese hoy le costaría mucho comprender el enorme éxito que Riscal tuvo en su época, y que por allí hubieran pasado, como decían los periódicos de entonces, «todas las figuras del arte, del espectáculo, de la política y de las finanzas». Prohombres del régimen, ministros, subsecretarios, y productores de cine, y toreros, y columnistas, y banqueros, y desde luego actores y actrices, y gente de dinero a la que le gustaba conocer actores y actrices, y estafadores de los más diversos pelajes, y soldados americanos sobrados de divisas...

Y espías. Se decía que los agentes de la embajada americana tenían un despachito en uno de aquellos apartamentos. Yo recuerdo haber visto por allí, muchas noches, a Aline Griffith, aquella americana despampanante que se casó con el conde de Romanones, y que luego contó en un libro que en aquellos años fue espía del gobierno americano.

El gran éxito de Riscal estuvo en la mezcla de ofertas y de públicos. Al mediodía era restaurante, y siempre estaba lleno de hombres de negocios, banquetes de empresa y de convenciones, y cosas así. Por la noche, a eso de las doce, se abría el segundo local, con orquesta, baile y, sobre todo, señoritas de alterne, las mejores que podían encontrarse entonces en Madrid. En Riscal estaban las señoritas más altas, más opulentas y más refinadas. Se sentaban por parejas y nunca tomaban la iniciativa, cosa que Poli agradecía muchísimo.

—Estoy prometido, estoy prometido. Gracias, gracias, pequeñinas.

Cuando tenías dinero, te acercabas y las invitabas a tu mesa, momento en el que Poli emprendía la retirada o se trasladaba a la barra para charlar con Enrique Herreros, con Neville o con un gacetillero de espectáculos muy mariquita y muy salado que se llamaba Carlitos Roa (Poli le llamaba «Cotorroa») y que promocionaba a Carmen Sevilla.

—¡Carmen de España, señores!

—Pero qué pesadito te pones, Cotorroa.

Una de las grandes ventajas de Riscal era que podías irte con una chica al cabo de un rato, sin tener que esperar al cierre, como pasaba en otros clubs. Y a dos pasos, en uno de aquellos apartamentos. Así todos salíamos ganando: nosotros, porque no nos arruinábamos pagándoles copas mientras esperábamos, y ellas porque podían hacer varios servicios por noche. Estaban muy organizadas, e incluso con el tiempo acabaron aceptando letras de cambio, a treinta días. Siempre había chicas nuevas, porque la plantilla se renovaba con frecuencia.

A Riscal se iba a «alternar», un verbo que se puso muy de moda en los años cincuenta. Un verbo nocturno, solo conjugado por la gente «con posibles». En mi recuerdo, no había gente joven entonces en los clubs, porque no podían pagárselo. La única gente joven eran las chicas. Todo el mundo «alternaba». Ellas con los clientes y los clientes entre ellos. En Riscal hacía falta tarjeta de socio, pero se la daban a casi todo el mundo que «era alguien».

En Riscal aprendías a medir tu éxito. Te dabas cuenta, por las sonrisas de los camareros y por la acogida del dueño si estabas en la cresta o habías dejado de estarlo. El dueño era Alfonso Rey, apodado Alfonso Camorra, no porque fuera pendenciero sino porque su padre abrió un restaurante, casa Camorra, en la Cuesta de las Perdices. Alfonso era pequeñito y dentón, con los ojos redondos, muy abiertos, para que no se le escapara una, y no se le escapaba... No paraba nunca, siempre moviéndose entre las mesas... Poli me contó que Alfonso estaba muy enamorado de Celia Gámez, y cada dos por tres se iba en moto al hotel de la Barranca, en la sierra, para verla... Alfonsito Camorra y sus dos *maîtres*... Palomero, con su aspecto de boxeador retirado, y Pepe Olabarrieta, «el guapo»...

—¿Y ese gigantón rubio, el que acaba de entrar?

—Ese es Otto Skorzeny. Un tío grande.

—Eso ya lo veo. ¿Y todas esas cicatrices? ¿Se afeitó en un tren?

Poli, que conocía a todo el mundo en Riscal, me contó, en voz baja y respetuosísima, que Skorzeny se dedicaba ahora a la industria pesada, pero había sido el coronel de la Werhmacht que liberó a Mussolini de la prisión en el monte Gran Sasso.

—«El hombre más peligroso de Europa», le llamaban.

—Coño.

—Le dieron la Cruz de Hierro con hojas de roble. La máxima condecoración nazi. A mí me la enseñó un día. Si quieres te lo presento.

—¿Y ese de ahí no es Luis Miguel Dominguín?

Recuerdo a Fernán Gómez contándoles una noche a las chicas, casi a punto de cerrar, el cuento de Caperucita Roja, y las chicas —Aline, Sonsoles, Encarnita, Ingrid, Vicky, Marisol— escuchándole embobadas, en círculo y con los ojos muy abiertos, caperucitas ante un lobo pelirrojo y con voz de campana.

—Es que tiene una voz que parece que te está desnudando —decía Sonsoles, que era un ángel.

Fernán Gómez tenía una mesa reservada. Solía llegar solo y muy pronto, a la hora de la cena. Bromeaba mucho con Poli, pero me pareció muy tímido, o muy distante conmigo; apenas cruzamos cuatro palabras. Aunque siempre que yo entraba me saludaba con una sonrisa muy cariñosa, levantando la copa. Quizás porque yo había dicho en una entrevista:

—Extranjeros, el italiano Manfredi. Españoles, Fernando Fernán Gómez.

Me salió del alma. No volví a dejar que me saliera nada del alma en una entrevista, porque aquella respuesta, lógicamente, me indispuso con bastantes compañeros. Durante un mes o así.

A veces Fernán Gómez aparecía por allí acompañado de Manolito Alexandre, otro pedazo de cómico, con el que Poli y yo salimos algunas noches de juerga, y que era un trueno, divertidísimo. También tenía mesa reservada Enrique Herreros, pero en verano, en la terraza. Había dibujado una acuarela donde se veía la terraza y sus habituales, en el estilo del cuadro de Pombo que pintó Solana.

Recuerdo a Edgar Neville, y a Tono, y al boxeador Ignacio Ara, como un angelote en su nube, y a Orson Welles zampándose una paella él solito...

Y al productor Bronston, que poco después montaría sus estudios en Las Matas, donde se rodaron *55 días en Pekín* y *La caída del Imperio Romano*... Y la noche en que, de su brazo, apareció Ava Gardner, y hubo un silencio de noche de estreno, y de repente la orquesta empezó a tocar la música de *Pandora*, y todos nos levantamos y aplaudimos.

Qué mujer. Qué diosa.

Y la noche en que volví a ver a la Nati, después de tantísimos años.

Estaba cambiadísima. Llevaba un vestido precioso, de Perte-gaz, y un moño alto. Iba con un señor que parecía su abuelo, con el pelo plateado, corbata a rayas y la sonrisa permanente-mente encajada en la cara, como un muñeco de ventrílocuo. No sé si era el mismo industrial granadino que la había retirado. Nati me reconoció, por supuesto, pero no me dijo nada. Me sonrió muy finamente, desde lejos. Años después montó un res-taurante, cambiando la «i» latina de su nombre por una «y» griega, que hacía más moderno; un restaurante muy popular entre la gente del espectáculo, y hasta llegó a dar unos premios con su nombre. A mí me tocó uno de aquellos premios cuando ya estaba casi con un pie en el retiro, hacia el 70 o el 71. Se de-bía creer Nati que daba los Oscar, porque al entregármelo me abrazó y me susurró al oído:

—Qué leche tienes, rapaciño...

La vida de club ayuda a relativizarlo todo. Bebías, reías, dabas y recibías palmadas, o aplaudías grandes planes con la absoluta convicción de que a la mañana siguiente quedarían reducidos a humo, como vampiros al contacto con el sol. Daba igual. ¿Qué más daba no creerse nada, si había dinero para gastar, y chicas tan guapas y tan altas, y aquella música estupenda, tantos mambos, boleros, chachachases, y tantas sonrisas?

Y en verano... Ah, aquellos veranos...

Cuando llegaba el buen tiempo, Riscal abría su terraza, que estaba en la última planta, decorada con motivos tropicales, y a la que se llegaba en un ascensor traqueteante que parecía un batiscafo de la primera guerra. Allá arriba sí que se estaba en la gloria. Mejor dicho: para mí era, directamente, la Gloria.

La cima del mundo...

Se podía cenar de madrugada, olfateando el aire que venía de la sierra. Cuántas noches cené e invité a cenar siempre lo mismo: ensalada de pollo o paella, las famosas paellas de Riscal, con sus langostinos y su pimiento rojo, mientras Luisa Linares y Los Galindos cantaban su repertorio de boleros y rancheras, y su gran éxito, *A lo loco*, que casi se convirtió en el himno de la casa:

> *A lo loco es una frase que está de moda,*
> *que está de moda*
> *y se escucha en todas partes, y a todas horas,*
> *y a todas horas*
> *A lo loco, a lo loco*
> *Hay que ver cómo vive Fulano*
> *A lo loco, a lo loco*
> *cómo gasta el dinero Mengano*
> *A lo loco, a lo loco*
> *A lo loco se vive mejor*

Riscal se vino abajo cuando murió Alfonso. Su viuda, María José, intentó mantenerlo en pie, cambiando la decoración, haciendo varias reformas, pero le había pasado la época. Entonces, en los cincuenta, era el mejor sitio de Madrid para estar entre las doce de la noche y las dos de la mañana.

El problema venía luego, porque «la noche» consistía en agotarla, y los únicos lugares abiertos después de las dos estaban todos fuera de Madrid: la venta de Manolo Manzanilla, de la que ya he hablado; la de la Peque, en la Dehesa de la Villa, que era uno de los feudos de Paquito Rabal; Villa Romana, en la Cuesta de las Perdices, o el Villa Rosa piscinero y de lujo, por los altos de López de Hoyos... Hacía falta coche para llegar a esos sitios, y en los cincuenta era muy difícil conseguirlos. Pero Poli, que era un hacha para camelarse a quien fuera, habló con el ministro Arburúa y nos pusieron en lo alto de la lista de espera. Mi imagen preferida de la maravillosa primavera del 56 es esta: los tres, Poli, Nacho y yo, cada uno en su coche, riendo y adelantándonos y dándole al claxon por la Castellana, rumbo al Villa Rosa.

Una Castellana desierta, hoy inimaginable. Tres coches ingleses de segunda mano, que compramos a plazos con el dinero de *Tres tunos muy tunos*.

Vamos los tres juntos por la Castellana. Vamos al Villa Rosa, porque nos han dicho que esa noche caerá por allí Ava Gardner. Vamos a la venta de Manolo, vamos a comer jamón y sopas de ajo en la venta de la Peque; vamos a «rematar» en una gasolinera de la carretera de Soria. Hemos estrenado, «juntos por primera vez en el teatro», *Los altos fondos*, que está arrasando en la taquilla del Álvarez Quintero. El cielo del paseo está casi cubierto por las ramas de los árboles, hojas nuevas y esplendorosas, como una bóveda verde; la brisa llega limpia y perfumada de espliego.

Era cuando las afueras de Madrid todavía olían a espliego.

Si esto fuera una película y yo su director, hasta aquí habría sido en blanco y negro. Entonces haría que la cámara subiera hasta lo alto de los árboles de la Castellana, que de repente se verían de color verde fresco, y al bajar la grúa nuestros coches también se verían en color, blanco de luna, azul claro, rojo furioso, y toda la pantalla se llenaría de color a nuestro paso.

Poli conduce un Alvis, un deportivo blanco de dos puertas que parecía una chinela o un estuchito. Canta, a voz en cuello, una canción idiota, cuyo taladrante estribillo dice:

> *Saca la patita del bolsillo del jersey*
> *Saca la patita del bolsillo del jersey*
> *que lo estás rompiendo ya*

—Pero ¿vas a parar ya con esa tontería?... —le grita Nacho.

Nacho va en un Citroën Bijou azul claro, que era la versión del dos caballos para el mercado inglés; un coche que desapareció muy pronto de la circulación porque se escacharraba cada dos por tres. Cuando Poli se enteró de que «Bijou» quería decir joyita, una condena cayó sobre Nacho. No le apeó de ese apodo hasta entrados los sesenta y solo gracias a que se jugaron el apodo al mentiroso y Nacho ganó.

—A partir de ahora, cada vez que se te escape lo de llamarme Joyita me abonas seiscientas pesetas.

—¿Y por qué seiscientas precisamente..., Joyita?

Nacho empezó a sacudirle en la coronilla con el cubilete.

—Vale, vale, toma, toma, toma. Que no sabía qué hacer con estas seiscientas.

Yo fui el último en lanzarme en lo del coche, porque no tenía carnet y porque casi siempre iba en el Alvis de Poli, pero cuando Poli y Mary Paz se casaron me decidí por un Austin biplaza descapotable, rojo. Como el primer camión de Pombal.

Los altos fondos, que estrenamos aquella primavera, era la nueva comedia de Luisma Inchausti. Otro nombre que hoy ya no dice nada a nadie, y sin embargo, en aquella época fue el rey. De finales de los cincuenta a finales de los sesenta fue el autor de moda, y cómicos y empresarios iban en peregrinación a su chalet de El Viso a pedirle comedias. Su reinado duró apenas quince años, pero en ese tiempo se las ingenió para escribir más de cien. Hubo temporadas en las que tuvo cuatro o cinco en cartel.

No paraba. Escribía comedias, escribía artículos, escribía guiones de cine, estaba en todas las fiestas, fumaba unos puros kilométricos, siempre sonreía en las fotos, tenía dos amantes al mismo tiempo, y hasta le dio por cantar, a finales de los sesenta, en una sala de fiestas. De las cien y pico comedias que escribió, cinco o seis eran estupendas, diez o doce simplemente divertidas, y las demás horribles, hechas deprisa y corriendo, cada vez más toscas, y con más efectos baratos para halagar los bajos instintos del público.

Cuando empezó, Inchausti era casi un autor «de vanguardia».

Inchausti destronó a Prullás y a los de la quinta de Prullás a base de rociar aquellas primeras obras suyas con unas discretas pero muy aparentes dosis de lo que entonces se llamaba «crítica social». *Los altos fondos* era de esas. Una comedia cómica en la que el moderado zarandeo que propinaba a la alta burguesía escandalizó tanto a sus primeros lectores que Inchausti la echó a dormir en un cajón a la espera de tiempos más propicios. Cuando ya comenzábamos a ser conocidos como trío cómico, nos la ofreció. Adrados, mi agente, daba saltos (saltitos) de alegría. Poli le dijo a Inchausti que aquello era «muy fuerte», y le sugirió una idea estupenda:

—Para que esto «pase», tendrías que situarla en un país imaginario, como el de *Sopa de ganso.*

Dicho y hecho: Inchausti se fue a Fuenterrabía y reescribió *Los altos fondos* como si fuese la parodia de una opereta, y el maestro García Sanromán compuso unos cantables que los tres pudiéramos atacar sin salir muy malparados del trance. La escenografía de Vitín Cortezo, toda en blanco y negro, elegantísima, «como una película de los años treinta», fue un hallazgo. Íbamos los tres muy elegantes, con *smoking*, y no parecíamos camareros, que es lo importante. Bueno, Nacho un poco.

Hacer *Los altos fondos* fue una fiesta continua, solo empañada porque me disgusté con Monroy. Yo estaba convencido de que en la comedia había un papel estupendo para él, el de Dimas, el mayordomo/consejero de los tres crápulas, que no perdía la compostura ni en los trances más desaforados. Poli estuvo enseguida de acuerdo.

—¿Qué te parecería Monroy para el Lucas?

—Divinamente, hijo, divinamente —contestó Poli, imitando a Luis Escobar, pero sin barbilla—. Lo que no sé, hijo, es si vamos a convencer al señor director.

—Tú le convences de eso y de que el Ebro pasa por Sevilla.

❋

Cuando Rosa dejó la compañía del Cristal para casarse, Monroy siguió con Julio Garín un par de temporadas hasta que se cansó.

—Él es una bellísima persona, Pepín, pero esta chica nueva (se refería a Esperanza Robles Mejía, el nuevo «descubrimiento» de Acedo) no le llega a Rosa a la suela, vamos. Y a Garín, si no le encienden un poco, si no le dan la réplica con la malicia y el brío que le ponía Rosa... Nada, niño, que esto es un aburrimiento.

Después de la «mala experiencia» de *Me voy pa la Corredera*, Monroy estuvo un tiempo haciendo papeles de característico en la compañía de Luis Prendes, en el Beatriz, hasta que Joaquín Gasa, el empresario del Cómico de Barcelona, que le recordaba de las temporadas del Cristal, le llamó para una nueva revista, con Alady y el Príncipe Gitano.

El título da igual; todas las revistas de Gasa se llamaban por un estilo: *Taxi al Cómico*, *Caramba con el Cómico*, *Cómico 1959*, etcétera.

Nunca lo hubiera dicho, pero Monroy aceptó.

—Es que el contrato es muy goloso, Pepín.

Yo estaba convencido de que a Barcelona no volvía ni atado, pero descubrí que le hacía gracia. Le hacía gracia al puñetero volver a Barcelona como actor, y hacer la pasarela. Luego empecé a maliciarme otra cosa, y ahí fue donde la fastidiamos. Estrenaron en el Cómico (no pude ir, porque estaba en Valladolid rodando los exteriores de *El hombre que se duchaba los jueves*) y luego se hicieron el Levante, Andalucía, Marruecos y Argelia. En aquel tiempo todavía se montaban giras por el norte de África.

Recibí varias postales de Monroy. Un día seguí su ruta en un mapa: Tetuán... Husda... Sidi Bel Abec... Argel... Marrakesh... Orán.... Casablanca... Tánger.

La gira fue muy bien. Alady y Monroy congeniaron mucho, y Gasa le ofreció un contrato a Monroy, y hasta se ocupó de conseguirle un pisito con un alquiler muy potable, un pisito antiguo «pero alto y ventilado» cerca del Paralelo, en la calle San Gil, casi al lado de aquellas casas de putas de la plaza del Peso de la Paja a las que me había llevado Anglada.

Cuando se me ocurrió la idea de que hiciera el Dimas de *Los altos fondos*, Monroy ya debía llevar, si no cuento mal, dos temporadas en el Cómico. Me hacía mucha ilusión pedírselo, ya que estaba por primera vez en disposición de hacerlo. Así que decidí darle una sorpresa y plantarme en Barcelona con el libreto.

Pero la sorpresa, para variar, me la dio él.

No fue una buena idea lo de ir a Barcelona. Llegué una mañana de finales de invierno, un día frío y nublado, muy parecido al día que me vio marchar. La ciudad me pareció extrañamente silenciosa, y el Paralelo, con sus nuevos y horribles edificios, con la mitad de sus *music-halls* y cafés desaparecidos, una avenida muerta y gris. El Olimpia también estaba muerto, muerto y enterrado; en su lugar había ahora varios bloques de pisos.

Todo me hacía pensar en Anglada y en nuestro último paseo juntos. Le veía por todas partes, como había visto a Rosa veinte años atrás, y no eran visiones agradables. Cuento todo esto para justificar, si es que tiene a estas alturas algún sentido, mi conducta, porque cuando me encontré con Monroy no estaba yo demasiado fino.

En mala hora se me ocurrió ir paseando desde Universidad hasta el Paralelo, por las Rondas. En comparación con Madrid, me pareció que había poquísimo tráfico. Algún coche de cuando en cuando. Unos niños jugaban en mitad de la calzada. En los terrados comenzaban a verse algunas antenas de televisión, entre palomares y chamizos de madera vieja. Un tranvía casi vacío, renqueante, paró con un chasquido frente a la plaza del Peso de la Paja. Entré por San Gil, para ver dónde estaba viviendo Monroy.

Era una calle estrecha, con los balcones llenos de plantas y sábanas tendidas, y una taberna en cada punta. Recuerdo que por la calle venía una pareja, caminando muy lentos. Un hombre calvo de ojos tristes, con *smoking* debajo de la gabardina, y un estuche de violín en la mano; una mujer morena, a la que le faltaba un brazo. Con el otro, enlazaba al músico por la cintura.

Me presenté en el Cómico y me dijeron que encontraría a Monroy en el bar del Español. Monroy se quedó turulato al verme allí. Estaba en una mesa del fondo, haciendo un solitario. Llegué desinflado, como si toda la alegría que yo pensaba derramar, como un cuenco de la abundancia, se hubiera evaporado. De pronto, en aquel café lleno de viejos, me sentí arrasado por una tristeza brutal, como si la luz fría de aquel cielo gris me hubiera helado el alma.

Para que no se me notara, sobreactué. Después del abrazo empecé a hablar mucho y atropelladamente, como un actor de provincias intentando convencer a un empresario de Madrid. Debí hacerlo fatal, porque no le convencí. Muy tranquilo, me dijo que me lo agradecía muchísimo pero que no iba a dejar el contrato con Gasa en el Cómico para hacer un papelito. Lo del «papelito» fue lo que me disparó.

—¿Un «papelito»? Ah. ¿Te parece un papelito?

—No quería decir eso. Es que Gasa se ha portado la mar de bien con...

—Plantas a Gasa y te vienes con nosotros, hombre. Yo hablo con él, si quieres. Te secuestro. Te llevo a hombros hasta Madrid...

—Que no, Pepín, que no. No es una buena idea...

Sonreía y su sonrisa era tan, tan parecida a la de Rosa cuando le propuse casarnos y me dijo que no... Me sentí como un crío. Como un crío traicionado. Le estaba haciendo a Monroy el favor de la vida, había ido «expresamente» a Barcelona, y así me lo pagaba. Solo cabía en mi cabeza ese razonamiento. No entraban en mi cabezota ni el contrato con Gasa, ni el pisito antiguo pero alto y ventilado de la calle San Gil, ni la santísima voluntad de Monroy.

—Es que aquí estoy bien, niño. Hacía tiempo que no estaba tan bien...

—Ya. Ya veo por dónde vas.

Vi esto: un puercoespín, con las púas enhiestas.

¿Por qué?

Porque en aquel momento recordé una frase brutal que me había soltado un cabrón, un cabrón malévolo de la tertulia de El Gato Negro, en Madrid; un tipejo que no sabía que Monroy y yo éramos tan amigos; una frase por la que le partí la boca:

—El día que le salgan a Monroy todas las pollas que le han metido —había dicho el cabrón— va a parecer un puercoespín.

Esa fue la imagen majarona que me ocupó toda la cabeza.

Se me giró la bola y, muy seco, le dije a Monroy algo que jamás debí haberle dicho:

—Tú a mí no me engañas, Monroy.

—¿Qué quieres decir?

—Que lo del Cómico no tiene nada que ver. Que te la deben estar metiendo mejor en Barcelona que en Madrid, mariconazo. —Di un golpe en la mesa, con la palma abierta—. ¿Es o no es?

Entonces Monroy me miró por encima de las gafitas, perplejo, como si no hubiera oído bien. Pasó una eternidad, con ruiditos de cucharillas de fondo. Pero sí la había oído. Esa frase había sido dicha, no había vuelta. Yo creo que los dos nos dimos cuenta al mismo tiempo de que había hablado con la voz de Pombal.

Monroy me miró y luego me sonrió, con la sonrisa más triste que yo he visto en mi vida, y he visto unas cuantas. Se puso de pie, me dio dos besos y salió del Español y de mi vida por un largo tiempo.

Olía a loción capilar, y comenzaban a salirle pelos blancos de las orejas.

De vuelta a Madrid volví a abocarme en el trabajo, simultaneando las funciones de *Los altos fondos* con el rodaje de *El golfo del Montepío*, que escribió y dirigió Jorge Santacana, un chico del Opus muy intenso que no paraba de decir que en mí había un gran actor dramático, «neorrealista», y que el público me iba a «redescubrir». «En ti hay un Antonio Vico luchando por salir», me repetía, apretando los puños (y alargando la «n» de «luchando») y debí creérmelo un poco, porque acepté hacer la película, pese a que el guion parecía escrito por el padre Coloma. Yo era un timador que vive de engañar a los jubilados, hasta que descubre, por una serie de azares inverosímiles, que el viejecito al que acaba de timar es su propio padre, al que no conoció. En fin, un melodrama de buenos sentimientos que no había por dónde cogerlo.

A la semana de haberle dicho que sí a Santacana ya me había arrepentido, pero tenía que cumplir el contrato. Como no estaba dispuesto a que aquel rodaje interfiriese en mis nuevas costumbres, aumenté el consumo de pastillas. Simpatinas y Panflavinas y Piperacinas y Algocratinas para no dormir, y Cafiaspirinas y Optalidones para quitarme los dolorazos de cabeza que me daba el trasnoche. Y mucho tabaco rubio. Y mucho café.

Yo creo que todas aquellas pastillas me agriaron el carácter. La barbaridad que le había dicho a Monroy, la frase aquella que volvía a martillearme por las noches, en mitad de la jarana más animada, fue solo el principio. En esa época no tenía paciencia con nadie, no escuchaba, oía solo lo que quería oír, me entraban obsesiones, y maltrataba a los que no iban a mi ritmo.

Obsesiones de lo más tonto, obsesiones retroactivas. Como la de caer en la cuenta, tanto tiempo después, de que el accidente a la salida de la venta de Manzanilla había sido calcadito al de López Varela. Una voz dentro de mí repetía, pasillo arriba:

—Pero ¿cómo no te diste cuenta? López Varela también se la pegó volviendo de una juerga, la noche antes de un rodaje. Eso quiere decir algo.

Y, pasillo abajo, otra voz me contestaba:

—¿Y qué? ¿Y qué? ¿Y qué? ¿A qué viene acordarse ahora de eso? A buenas horas, mangas verdes. Mangas verdes, mangas verdes.

Y una tercera voz comenzaba ya a desvelarme preguntándose de dónde saldría aquello de «mangas verdes». ¿Del siglo XVIII? ¿O del XIX? ¿No tendría yo un diccionario en casa?

Otra noche en vela, entre los unos y los otros.

A veces era justo lo contrario. Descubrí que las pastillas también me paralizaban. Tuve un ataque de pánico por culpa de una coma, una humilde coma que se abrió entre dos palabras como el mar Rojo de la Biblia. Estábamos en casa de Reyzábal jugando al póquer y yo preparaba unos whiskys. Pregunté:

—¿Cómo te lo pongo? —Y una voz, a mi espalda, me dijo «No muy fuerte» y yo me quedé clavado, pensando: ¿ha dicho *No muy fuerte* o *No, muy fuerte*? Lo más normal hubiera sido girarse y preguntar, pero las dos posibilidades, con o sin coma, con o sin coma, con o sin coma, empezaron a luchar como perros rabiosos en el interior de mi cabecita, y me encontré pensando también: si lo pregunto pensarán que estoy alelado, no se lo pregunto, no se lo pregunto, ya lo averiguaré... ¿Averiguaré? ¿Y qué era lo que tenía que averiguar?

Que estaba alelado fue lo que acabaron pensando todos, cuando al fin me giré, cubierto de un sudor frío.

—¿Te pasa algo, estatuilla de Sèvres? —me preguntó Poli.

—¿A mí? No. ¿Por qué? ¿Qué me va a pasar? No.

—Hombre, tú verás —dijo Nacho—. Llevas un cuarto de hora delante del mueble bar con los vasos vacíos en la mano.

—¿Ah, sí?

Si una cosa parecida me pasaba en el escenario... o en mitad de un rodaje... Porque yo ni me había enterado del lapso; podían haber pasado seis horas y yo convencido de que habían pasado seis segundos. Bajé la dosis de pastillas, pero tardó en limpiárseme la sangre.

El bajón me pilló en pleno *Golfo del Montepío*. No salía por las noches, aunque tampoco conseguía dormir, y tenía que esforzarme en descifrar si había hecho las cosas o solo había «pensado» en hacerlas. Interpreté aquel papel como sonámbulo, diciendo las líneas como si leyera un prospecto de pomada, y con los ojos como platos.

—Desde luego, parpadear ya no parpadeas —me dijo Nacho, por decir algo, cuando la vimos la tarde del estreno, en primera sesión, camufladitos en la última fila.

—Me van a crucificar. Y será un acto de justicia, porque no se puede estar peor.

Don Pepe Isbert estuvo ahí de lo más salado, porque los críticos me cubrieron de ditirambos y me dieron el premio al Mejor Actor del Sindicato del Espectáculo.

La crítica del *ABC* decía que mi «interpretación» era «una lección de sobriedad, de buen hacer y mejor estar». En *Informaciones* escribieron: «Gran y profundo trabajo el de Mendieta, templado, sin énfasis innecesarios». Mi preferido era el comentario del *Ya*, que acababa así: «Y esa mirada fija, desolada, taladrante, que expresa, como pocas, la soledad y el desconcierto existencial del hombre de nuestro tiempo, apartado de Dios. Que una mirada como esta asome y percuta desde la ramplonería de un melodrama es la gran sorpresa de la cinta, y su gran regalo».

Cuando salieron aquellas críticas, Nacho me advirtió:

—Mañana mismo te presentas en el café Gijón y dices bien alto que te tienen que operar de algo gordísimo, porque si no te van a arrancar la cabeza.

No hizo falta personarme en el Gijón, porque en vez de arrancarme la cabeza me ofrecieron un banquete en Riscal, a propuesta de Alfonsito Camorra. Pagó Reyzábal, como un señor. Cincuenta personas fueron. Yo, con un traje gris Príncipe de Gales. Tomaron la palabra Benito Reyzábal, Luisma Inchausti, Tono y Alfredo Marqueríe. Iniesta contó, muy adornada, la anécdota del rodaje de *Cuando el motín de Esquilache*, lo de cuando me quedé tieso haciendo el muerto. Robles, Celedón y Ostolaza me dedicaron *Tolondrón, tolondrón*. Poli se animó al oírles y cantó una jota cuya letra era mi nombre y apellido repetidos unas doscientas veces, y me pidió el primer baile. Le dije que sí.

—Y creo que a nuestro nuevo director de orquesta ya le conoces —dijo Camorra—. Se lo hemos madrugado a Pasapoga, ¿verdad, maestro?

El nuevo director de la orquesta era Esteban Ruscalleda, que aquella noche tocó para mí. Ya llevaba aquellas gafas de montura negra, rectangulares, muy grandes, y el pelo planchado hacia atrás. Y una pajarita, y un *smoking* blanco que le sentaba fatal, peor que a un camarero. El Maestro Ruscalleda y sus Ases Melódicos. El cantante era Luis Alberto del Paraná, flaco, con pajarita y voz de canario; se hizo muy popular con aquello de *Se va el caimán / se va el caimán / se va para Barranquilla*. Luego desapareció del mapa.

El maestro Ruscalleda sudaba como un cerdo cuando me dio la mano.

—¿Alguna petición, amigo Mendieta? —dijo el cabrón sonriente.

—*Tomo y obligo*, maestro —sonreí yo.

Bailamos el tango con Poli, cada uno con un clavel en la boca.

La tarde siguiente, en el Álvarez Quintero me esperaba un telegrama. Decía:

«¿Qué tal se vive en la cima del mundo?»

Estaba fechado en Lisboa y lo firmaba Jane Eyre.

Tercera parte

Días extraños (1957-1985)

21. Un Buster Keaton de Cáceres

El siguiente mensaje me lo encontré en París, en la conserjería del hotel de la Louisianne, en Saint-Germain. Yo estaba rodando mi primera coproducción, *Balafre*, de Jean-Claude Ivars, que aquí se llamó *Emboscada en Pigalle*. Era una de gánsteres en clave de comedia, pero muy rara, porque Jean-Claude era un chavalote con inquietudes, que rodaba cámara en mano, casi sin guion y montando a lo loco, muy *nouvelle vague*. Me eligieron por una foto. «El de la nariz, el de la nariz», se ve que decía el chavalote.

Pidió referencias y le dijeron que a mí me llamaban «el cómico de la gracia seria».

—*Parfait, parfait. Un Buster Keaton de Cacerés.*

—Y dale con lo de Cáceres, Jean-Claude —le decía yo—. Que no soy de Cáceres.

No había quien le quitara eso de la cabeza. Vale, pues de Cáceres.

Jean-Claude, por cierto, era de padres alicantinos, de Elda, y chapurreaba el castellano.

—Cojonudo lo de ir a París —le dije a Adrados— pero yo de francés ni dos palabras. *Cafeolé*, y para de contar.

—No te preocupes, que ya verás qué poco dices. Eso sí, mandas que es un gusto.

Hacía de mafioso lacónico. Yo era don Manolito (con acento al final, como Cacerés), un rey de la trata de blancas, sentado en una especie de trono que las patas no me llegaban al suelo y con dos rubias a mis pies, que cortaban jabugo para mí y me lo daban en la boquita. Un papel simpático y descansado; lástima que luego —y eso ya me lo olí yo a la primera semana de rodaje— la película no se entendiera un pijo.

Pero en realidad la película fue lo de menos.

Era primavera y París estaba precioso, como recién regado. El cielo parecía una acuarela, y Saint-Germain una hermosura, como el Paralelo de los años treinta pero con libros bajo el brazo. Y con muchos españoles, por cierto. Yo diría que de cada tres camareros uno era español.

El conserje del hotel, mismamente, era un chaval de Pola de Lena que quería ser escritor.

—Ha preguntado por usted una señora inglesa —me dijo, con voz de misterio.

—¿Una señora inglesa?

—Pero hablaba muy bien el español. Le he dicho hacia qué hora volvía usted del rodaje y me ha dicho que llamaría a esa hora. O sea, ahora.

—¿Ha dejado nombre, Agapito?

—Síseñor. Aquí lo tengo. Amanda se llama. Amanda... Pry... Pry-nne. Amanda Prynne.

—Qué raro. Pues no me dice a mí nada ese... Será una periodista. ¿No ha dicho si era periodista?

—Muy fina me pareció a mí para ser periodista. Con todo el respeto se lo digo.

—Gracias, *neñu.*

—Entre *paisanus...*

De camino a la habitación se me hizo la luz: Amanda Prynne era el nombre del personaje que hacía Rosa en *Vidas privadas*, la comedia de Coward.

¿Cómo me habría localizado?

Llamé a Nacho a Madrid.

—Oye, tú que lo tienes todo, debes tener *Vidas privadas*, ¿no?

—¿La comedia? Sí, creo que sí. En Escelicer. Pero espera un momento. ¿Me llamas desde París para preguntarme si tengo *Vidas privadas*?

—Mira a ver si lo tienes y cómo se llama el protagonista.

—Tú estás peor que Poli, compañero.

Media hora después, estaba abriendo el grifo del baño cuando sonó el teléfono.

—Aquí Amanda Prynne.

—Aquí Elyot Chase —le solté, así, suavecito y de golpe. Se quedó muda. Pero solo unos segundos, porque reaccionó en el acto.

—«Cheis», querido. Se pronuncia «Cheis».

Ahí me bajé del burro.

—Joía Rosa... Pero ¿estás en París? ¿Qué haces tú en París?

—Estoy solita. Me he tomado fiesta.

Rosa había ido a París «a ver colecciones».

—¿Colecciones de qué? —pregunté yo, pardillo.

—De caballeros españoles.

—Pero entonces...

—De la moda de otoño, tonto.

Quedamos muy cerca de mi hotel, en la Rhumerie Martiniquaise.

—Vaya narizota se te ha puesto, guapo.

—Tú sí que estás guapa.

Eso también era verdad. ¿Cuántos años habían pasado? Más de diez seguro, y estaba igual que la última vez. Más guapa, incluso. Con un toque fatigado, cínico, que le iba muy bien.

—Será el clima lusitano —dijo—. Chinchín.

Brindamos. Luego, en el hospital, yo recordaría los vasitos cortos, chatos, de la Rhumerie Martiniquaise, porque me dieron una medicación en unos vasitos muy parecidos.

Le brillaban los ojos y tenía el cabello más rubio, un rubio ceniza, ceniza casi blanca, irreal. Muy poco maquillaje. Los labios, rosa pálido. Y aquel perfume. Aquel perfume: *Je reviens*...

—Sigues usando el mismo perfume...

—Y tú has vuelto a fumar —me dijo.

Al sonreír se le formaban unas pequeñas arrugas en torno a los ojos, que le hacían la mirada más cálida y más sabia.

—Debe estar escrito en algún lado que tú y yo solo podemos encontrarnos cada diez años.

Su matrimonio había entrado en barrena, pero lo mantenían porque la familia de Helio era muy católica y muy salazarista.

—Mal. Bueno, ni bien ni mal. Él hace su vida y yo la mía, dentro de un orden. Y no me falta de nada. Me da cualquier capricho. ¿Digo París? Pues París. Pero me aburro.

Yo salí por peteneras.

—¿Conoces bien esto, entonces? Porque yo estoy pez.

—Ya es la tercera vez que vengo por estas fechas a ver modelitos. ¿Tú como andas de trabajo? ¿Quieres que te lo enseñe?

—Hombre, eso ni se pregunta —dije, bajándome la copa.

—Cuidado con este ron, que pega. Es de plantación.

—¿De plantación?

—Un montón de grados. Te lo digo yo. Ríete de la cazalla.

—Oye... ¿y tú cómo sabías dónde paraba yo?

—Misterio.

—Tú tenías que haber sido detective, guapa. O espía. Se te da de fábula lo de localizar gente, ¿eh?

—«Una espía en París.»

Fuimos del brazo por el bulevar Saint-Germain, haciendo eses y cantando ella *«Sombra de Rebeca / sombra de misterio / eres la cadena / de mi cautiverio».*

Me enseñó París. Por las tardes, al arriar velas en los estudios Billancourt. Todas las tardes era suyo a partir de las siete, ni un minuto más ni un minuto menos porque el sindicato francés era en eso muy estricto. Rosa vino a mi hotel. Porque estamos más céntricos, le dije yo. Ella estaba en las afueras, en la casa de una amiga, en Passy. Su amiga se llamaba Merceditas, Mercedes Osorio, y era viuda y baronesa.

—¿Baronesa de verdad, no como las de *La Codorniz*?

—Morganática, pero baronesa. Y juanista que te mueres, no vayas a meter tú la pata.

—¿Y ya está al corriente de...?

—¿De nuestro *retour de l'âge*, querido? Tú dirás. Nos conocemos desde el colegio.

Muy simpática la baronesa; se veía que Rosa y ella se entendían muy bien, se reían mucho.

—Aquí Pepín Mendieta, aquí la baronesa Merceditas.

—Calla, tonta... Hombre, pero si eres el que se moría en *Y volvían cantando*. Qué bonita era aquella película, ¿verdad? Por cierto, ¿habéis cenado?

Rosa llevaba una rebequita roja, de *mohair*; blusa blanca, falda y medias negras. Pero lo que más recuerdo de aquellos días en París es la luz de una tarde. Estábamos tumbados en la cama y la luz, dorada, muy limpia, atravesaba las persianas del hotel y listaba su cuerpo de luz y de sombra. Tenía los brazos tras la nuca, y una cadenita de oro al cuello. Qué blanca y qué rubia era. Como la estaba encontrando guapísima, le dije:

—Pareces una cebra. Por la persiana.

—Y tú un mico, con tanto pelo. Bésame.

Una noche fuimos al teatro, al Sarah Bernhardt, con la baronesa, que conocía a todo el mundo y nos consiguió unas entradas buenísimas.

Daban *Las brujas de Salem*, la nueva obra de Arthur Miller, con Yves Montand y Simone Signoret.

—Tenéis que verla. Es la sensación de París.

—Pero si no entenderé ni jota —dije.

—Yo te la cuento —dijo la baronesa.

Ante la marquesina de aquel teatro me pasó una cosa curiosa, que atribuí a las jodidas anfetaminas: me acordé de la pobre Ulu, pero no de su nombre.

—De joven yo trabajé con una actriz, ya mayorcita, que había conocido a Sarah Bernhardt.

—¿Ah, sí? ¿Y cómo se llamaba? —preguntó la baronesa.

—Se llamaba... Coño, pues... Pues se me ha ido el santo al cielo...

Estuve dándole vueltas y vueltas a cómo se llamaba durante un buen rato, pero la función era tan buena que me quitó la obsesión del nombre de Ulu a la media hora.

Yo nunca había visto nada igual. Nunca había visto una obra con la furia de aquella ni unos actores como aquellos, ni un montaje como aquel, tan desnudo y tan de verdad. No entendía la mitad de lo que decían, pero la situación y los sentimientos estaban clarísimos. Rosa también se quedó impresionada.

—Y es la primera vez que estos dos pisan escenario —dijo Merceditas.

—Increíble.

—Sí, sí. Hasta ahora solo habían hecho cine. Y él, canción, claro.

—¿Además canta? Pero ¿qué come esta gente?

—Y ya veréis lo sencillos que son. Yves es muy comunistote, pero todo un señor.

Merceditas nos presentó a Montand, agotado, empapado en sudor, pero que estuvo muy amable, y a la Signoret, guapa de morirse, todavía más guapa sin maquillaje. Como una gata de pedigrí, bien alimentada, con productos franceses, y unos ojos que veían a través de las paredes.

—¿Te imaginas si dejaran hacer una cosa así en España? —le dije a Rosa, entusiasmado, a la salida.

—Anda que iban a dejar.

—¿Te imaginas que les hacemos esa función? ¿Tú y yo?

—Seguro. A mí me sentaría ese papel como a un Cristo dos pistolas.

—No digas eso, monina... —dijo Merceditas.

—No iría nadie, Merceditas, desengáñate. La gente lo que quería era verme encantadora y muy elegante, y no revolcándome por el suelo.

Pero se le notaba que lo decía con la boca pequeña. Es más: yo creo que fue aquella función la que plantó la semilla de su vuelta. En Madrid, por cierto, la hicieron Paco Rabal y Analía Gadé, con Tamayo, pero bastante aligeradita porque el horno seguía sin estar para muchos bollos.

Yo también hablaba con la boca pequeña, porque lo que realmente quería era seguir haciendo películas cómicas y ganar todo el dinero posible antes de que se acabara la racha. Pero París es muy contagioso. A la que vuelves, sin embargo, se te pasa.

Pasamos unas noches estupendas. Era distinta en la cama. Había en ella una urgencia que antes no tenía, y una experiencia que tampoco. Caray con el tal Helio, pensé, porque los hombres, que somos idiotas, creemos siempre que las mujeres aprenden de nosotros. La primera noche me sorprendió, febril como nunca había estado, y más certera a la hora de arquearse y acoplarse.

Una tarde, la tarde aquella de la luz listada, acabamos haciendo las cosas que le pedí, y yo me volví un poco loco, y esa tarde no quise perderla.

—Madre del amor hermoso. Yo ya no tengo edad para estas cosas —bromeé, al acabar. Pero jadeaba. Y estaba impresionado. Ella reía, y volvían a brillarle los ojos tan negros, burlones.

—Quien siembra vientos...

—«Probé una dosis de mi propia medicina...»

—«... y cuán amarga es.»

Nos entró la risa.

Sin embargo, a la mañana siguiente, los dos teníamos clarísimo que aquello no pasaría de allí.

—Esto no puede seguir, Pepín. A la vuelta, quiero decir.

—No, no. Nos vamos a acabar liando otra vez y...

—Y no puede ser.

—Claro, porque tú...

—No es solo por su familia. Aún le quiero un poco, esa es la verdad. Me aburre, pero le quiero. Tenemos «temporadas». Momentos muy buenos.

—¿Reconciliaciones?

—No, porque tampoco nos peleamos. Con Helio creo que no me he peleado nunca. Es la delicadeza en persona.

—¿Y yo qué soy? ¿La polla en persona?

—Siempre has sido un guarro, querido.

—Por eso te gusto.

Nos despedimos un día nublado, porque recuerdo sus cabellos, casi blancos contra la luz plomiza y oscura.

—Me vuelvo —me había dicho la noche antes. Para estar a tono, nuestro último polvo en París fue soso, como desganado—. Me ha llamado y que vuelva y que vuelva y que vuelva. Que me echa muchísimo de menos. Es como un crío.

—Va a ser también el clima atlántico. Las melancolías oceánicas.

—Y el fado. Helio detesta los fados, por cierto. Dice que tendrían que prohibirlos.

—Hombre, eso está bien. Tiene buen gusto tu marido.

—Mira, ahí llega Merceditas, que me lleva al aeropuerto. Un besito. Te llamo. Te localizo yo, ¿vale?

—De eso no me cabe la menor duda.

※

Un día le dije:

—Siempre me he preguntado cómo hubiera sido vivir juntos. Como una pareja normal.

—Nosotros nunca fuimos una pareja normal, querido.

—Podíamos haberlo sido. Papeles más complicados hemos hecho. Podíamos haber hecho el papel de un matrimonio. Con un chaletito en la sierra. Con un hijo. O una hija, con tu cara.

—Estuvimos a punto. Pero hubiera sido el final de todo.

—¿De qué estuvimos a punto?

—¿Te acuerdas de lo de París?

—Claro que me acuerdo. Mi alzhéimer es bastante selectivo.

—Yo volví con un niño en la tripa. Para que te fíes de las gomas francesas.

—Pero qué bruta eres, hija... ¿Y me lo dices así, a media mañana?

—Aquí es medianoche. Y has sacado tú el tema, chato.

Intenté fingir sorpresa, cabreo.

—Venga, Pepín, a estas alturas... Que el melodrama nunca te ha ido, que te sale muy mal. Piensa un poco, cariño. ¿Qué iba a decirte? ¿Que tenía clarísimo que lo que menos nos convenía a los dos era aquel hijo?

—Hombre...

—¿A ti, que no parabas quieto, y a mí, cuando acababan de ofrecerme mi «gran retorno»? Y la edad.

—¿Qué edad ni que edad?

—Que ya había pasado de los cuarenta, Pepín, no sé si te acuerdas.

—Pues qué calladito te lo tenías.

—Gracias por el piropo. Para no hablar del pobre Helio, que en paz descanse. Hacía siglos que no «pasaba» nada entre nosotros. Y yo todavía le tenía mucho cariño como para hacerle aquella putada.

—¿Por qué me lo has dicho? ¿Por qué me lo dices ahora?

—Porque ahora ya no importa. ¿O sí importa? No. No me

engañes. Tú siempre has sido de los de buey suelto bien se lame.

Silencio.

Silencio.

Silencio.

Yo no tenía palabras.

—¿Estás ahí? ¿Sigues ahí, Pepín?

—Sí. Anda, colguemos que te va a salir esto por un pico.

—Será por dinero. ¿Me guardas rencor?

—No. Yo ya no gasto de eso, hija.

Silencio.

—No me lo cuentes. Da igual. No quiero saberlo.

—No te creas que fue fácil. Pasé dos meses asquerosos. Dudando si tenerlo o no, si decírtelo o no.

—Ya. Por eso a la vuelta desapareciste del mapa de aquella manera.

—... de verdad, nos hubiera fastidiado la vida a todos... Tú y yo somos unos egoístas, Pepín. Siempre lo hemos sido. Siempre hemos mirado para nosotros. Es así. ¿Oye? ¿Sigues ahí?

—Sí.

—Eso es un hecho y punto, tan cierto como que en Londres llueve mucho. Ya tenemos edad como para conocernos y no juzgarnos. Es así.

—Que sí, que sí. Pero al menos... Te podía haber...

—¿Echado una mano? No, hombre. Esas cosas se pasan sola. Bueno, Merceditas me ayudó mucho. Se ocupó de todo. Me encontró una clínica muy discreta.

—¿Y al menos fue...?

—Muy rápido. Me acuerdo como me acordaría de una muela.

—Tú eres una desnaturalizada.

—Te eché muchísimo de menos aquellos días, Pepín. No sabes cuánto te eché de menos.

—Pero si hace mil años... ¿Por qué estamos hablando de todo esto?

—Porque tenemos más pasado que King Kong espalda.

—Está bien eso.

Después de aquella llamada... Con el tiempo, y ya nos iba quedando poco, tuve una ocurrencia rara. A muchas parejas las une un hijo. A nosotros, quizás, nos unió aquel hijo que no tuvimos. La libertad de no decírnoslo todo, de seguir siendo ella y yo, por separado. La libertad de seguir siendo egoístas. La vida crea extraños lazos. O no tan extraños, si se piensa.

Llamadas telefónicas. En los últimos años, nuestra relación fue fundamentalmente telefónica. Dejamos de vernos y empezamos a llamarnos. Ya he dicho que tardó. Yo pensé entonces, a la vuelta de París: bueno, así son las cosas. ¿Para qué vamos a cambiarlas? Mujeres no me faltaban. Ya llamará cuando le apetezca, o cuando lo necesite, pensaba. Luego, el trabajo, los días que pasan...

Al fin llamó, me acuerdo muy bien, el fin de año siguiente, con varias copas, que se le notaban un poco, para desearme un buen año entrante, un año estupendo.

—Tú has bebido lo tuyo, rubia.

—Drambuie.

—Eso es peor que el Chartrés. ¿Desde dónde me llamas? ¿Desde Lisboa?

—No. Lisboa *finish*.

—¿Hace mucho?

—Un tiempecito.

—Caramba. No sé si sentirlo o...

—Mitad y mitad. Como casi todo.

—¿Estás en Madrid?

—Estoy en Londres.

—¿Y no sola?

—Y no sola. Cotilla.

—¿Me llamas para contármelo?

—Burro. Estoy en casa de los Añíbarro.

—Ni idea.

—Tolo y Piluca Añíbarro. Si te los presenté en Madrid. Él está en la Embajada. A ella la conozco desde...

—¿Estás bien?

—Ahora sí.

Entonces, naturalmente, yo no tenía ni idea de lo del aborto.

—Podías haber llamado, querida.

—Yo solo llamo para dar buenas noticias, querido.

Que volvía al teatro. Con Acedo Jr., para no perder la tradición.

—No te creo. ¿O sí te creo?

—La culpa la tiene el teatro que hacen aquí.

—¿Va en serio, entonces? Estás loca.

—Acabo de decidirlo hace un rato. Con las uvas. ¿Tú estás bien, Mendieta?

—Un poco aburridito, pero bien. Con la nueva de Inchausti.

Estábamos haciendo *¿Te cuento mi caso?*, en el Arlequín.

—Ya me han dicho. Os va muy bien, ¿no?

—Regulín regulán. Con la que está cayendo la gente sale poco. ¿Sabes que en Madrid está nevando, ahora mismito?

—Aquí venga a llover. Y frío, muchísimo.

—¿Lo sabe alguien más? Lo tuyo, digo.

—Los Añíbarro y tú.

—Pues va a ser un notición. Oye, me gusta que me hayas llamado.

—Claro.

—... pero ¿lo dices en serio de verdad? ¿Vuelves a meterte en el fregado?

—¿Tú te das cuenta de que se nos ha pasado ya media vida, Pepín?

—A lo tonto, a lo tonto...

—Pues eso. Eso ha sido. Y lo del teatro que hacen aquí, que de verdad tendrías que verlo.

—Con el inglés que sé yo...

—Oye, si ves al niño Acedo, ni una palabra. Que se lo quiero decir yo cuando vaya por Madrid.

—¿Cuándo vienes?

—En dos o tres semanas.

—Joía Rosa... Qué bien que hayas llamado, chica. Me alegro mucho. De verdad te lo digo. ¿Y qué tienes pensado?

—Te daré una pista: la he elegido yo.

—Yo qué sé, hay mil funciones... A ver... Déjame pensar. ¿Alta comedia?

—Según como se mire.

—Un papelón. Tiene que ser un papelón. ¿Clásico?

—Según como se mire.

—La Arkadina de *La gaviota*.

—No, pero fue una de las primeras que pensé. Buen tiro.

—La Princesa esa de *Dulce pájaro de juventud*.

—Mira, esa no se me había ocurrido, pero me la apunto.

—Ya lo tengo: *La visita de la vieja dama*.

—Pero qué cabrón eres, Mendieta.

—No, claro, alta comedia no es.

—Otra pista: Empieza por Virginia y acaba por Woolf.

—Coño. *¿Quién teme a...?*

—Lo has pillado.

—Pero esa no es alta comedia.

—Si la hago yo será alta comedia, querido.

—No te atreves tú con nada. La que no se atrevía con *Las brujas de Salem*. ¿Y la dejarán?

—Limadita.

—Porque ya sabrás que por aquí vuelven a estar las cosas que ya ya.

—Ya, ya. Ya estoy al caso. Limadita pero no solo por los tacos. Aquí la función se les pone en tres horas, y yo no aguanto ya eso.

—Ni tú ni nadie, hija. Que estoy yo más harto de las dos funciones...

—Haremos una temporada cortita. Y luego, si la cosa sale bien, está apalabrada una gira. Por Sudamérica.

—Coño. Va a lo grande la cosa. ¿Y el chico Acedo te garantiza...?

—El oro y el moro. Un pastón.

—¿Y quién es él?

—¿Perdona?

—El marido, digo.

—Garín.

—¿Julito Garín? ¿Sí? No le veo yo.

Garín se había «pasado» al cine, desde que se disolvió la compañía del Cristal. Hacía casi siempre de galán maduro cínico. Un poco en la línea de Pastor Serrador. No es que estuviera mal, pero a mí no me volvía loco.

—Será parte del reclamo.

Mis cojones, pensé. Tampoco era lista mi niña. No iba a coger a un primer espada para que le hiciera sombra. Me hice el tonto.

—No, puede dar, puede dar. Lo que pasa es que estoy celoso.

—Ah, me gusta eso.

22. El jamacuco

No me equivocaba un pelo, porque fue «su» gran retorno. *Quién teme a Virginia Woolf,* dirigida por un chico joven muy preparado, José Antonio Mazarrón, fue un exitazo de campeonato. Qué Marta hizo Rosa. Qué bien llevada a su terreno. Llevaba un jersey dado de sí, y unos pantalones de malla negra, pero estaba elegantísima, sin perder los papeles ni cuando más borracha estaba. El personaje, me refiero. Y guapísima: ni un gramo de grasa. En todos los sentidos. Un triunfo del estilo, del estilazo. Porque hacía la obra de Albee como si estuviera haciendo un Coward.

Seguía siendo ella, Rosa Camino. Y funcionaba. Vaya si funcionaba. Le dieron todos los premios del año. Ni uno para Garín. Ni la pedrea.

Tuve yo una sensación muy especial viendo aquella función. Como si estuviera viendo la segunda parte de *Vidas privadas.* Los personajes de *Vidas privadas,* Amanda y Eliot, casados y asqueados, muchos años, lustros, después de su aventura en París. Así la veía yo. Quise pensar que «aquello» era lo que nos podía haber pasado a nosotros de haber estado juntos.

Pensaba eso y por otro lado me mordía las uñas por no estar con ella, allí, en el escenario. Yo podía haber hecho el papel de George. Claro que podría haberlo hecho. Si me hubiera llamado la puñetera. Pero ¿qué podía ofrecerle yo? El chico Acedo, para empezar, no hubiera aceptado.

Yo era un actor cómico. Un caricato. Poli decía que la esencia de la comedia es esta: ganar mucho dinero a cambio de que nadie te tome en serio.

Tampoco hubiera tenido tiempo. En aquellos años hicimos unas cuantas películas que siempre seguían el mismo esquema: Tres timadores de medio pelo que intentan vivir «a la americana», tres investigadores desastrosos, tres Rodríguez que inventan un sistema revolucionario para ligar y les sale como el pedo... Inchausti, que tampoco paraba, escribió algunos de aquellos guiones, con la mano tonta. Fueron películas de gran éxito. Todavía las pasan de vez en cuando por televisión. No voy a defenderlas. Ni a atacarlas. Estaban hechas deprisa y corriendo, pero la gente se mondaba. Y los primeros espadas de la profesión miraban para otro lado, como se mira siempre lo que es un éxito popular y da mucho dinero.

Nacho dio mucho la latita con eso en los años de la llamada transición. Se puso muy lastimero en todas las entrevistas. Como si pidiera perdón por todas aquellas películas. Y que, por culpa de aquellas películas, nunca le habían ofrecido «un Brecht o un Shakespeare».

Todos aquellos chicos jóvenes con barba y gafas, aquellos chicos tan serios, nos veían como lo peor. Como la versión grotesca y desaforada de sus padres. Estoy convencido de eso. Pero exagero un poco. Porque a Poli y a mí, sin ir más lejos, nos ofrecieron una vez, a principios de los setenta, hacer los cómicos de *Medida por medida*, de Shakespeare, nada menos. Lucio y Pompeyo. Y dijimos que no, porque no nos fiábamos del director, uno de aquellos jóvenes con barba y gafas. Y porque ganábamos mucho más dinero con las películas. Y porque bastante habíamos tenido con el cabrón de Wasserstein, la peor ideíta del amigo Nacho.

Ahora he de volver atrás, para contar lo de mi jamacuco.

Rosa estaba en el Cristal arrasando con *Virginia Woolf* y yo estaba con Poli y Nacho en el Maravillas.

Después de la operación ella estaba allí, a mi lado, cogiéndome la mano. Nacho salió para dejarnos solos y se juntó con Poli, que estaba descementando a zancadas el pasillo.

Me costaba hablar. No me salía la voz.

—Que no se puede apretar tanto, Rosita, que ya tengo una edad...

Desperté convencidísimo de que me había dado un desmayo. Hasta que vi el tajo en el pecho.

El recuerdo me fue volviendo poco a poco. Por media hora no me dio el jamacuco en pleno escenario. Me atizó en la calle, a la salida del teatro, y suerte que me vio el portero, Juanito, doblándome como una alcayata. Fue a cogerme y rodamos los dos por el suelo.

—Que parecía que le hubiera caído a usted un rayo, como en esos avisos que hay en los postes eléctricos. Y tenía los labios como el azulete.

Estábamos, Poli, Nacho y yo, haciendo una comedia musical que acababa de tener mucho éxito en Nueva York. En realidad era un vodevil con cantables, y la gracia era que todo pasaba en la Roma clásica. En inglés tenía un título larguísimo; aquí se llamó *Una de romanos*. Yo hice el protagonista, un esclavo pícaro y liante, que estaba todo el rato arriba y abajo. Demasiado rato y demasiado arriba y abajo. Nacho interpretaba a un esclavo histérico, y Poli se reservó el papel, más descansadito, del dueño de una casa de putas, porque decía que bastante trabajo había tenido adaptando los cantables.

—Pero ¿tú sabes inglés, Poli?

—Dios me libre.

Me acuerdo sobre todo de una especie de chotis que cantábamos, ellos con túnicas de faldita, yo con una zamarra y unos bombachos, los tres con plumeros en las manos; un chotis que tuvo sus más y sus menos con los censores, y cuyo estribillo decía algo así como:

> *Una buena chacha hay que tener*
> *una chacha chachi que te achuche bien*
> *simpática, romántica*
> *y que haga un buen «soufflé»*

No andaba yo muy fino de salud aquellos días. Adelgacé mucho, porque seguía comiendo fatal, a salto de mata. Me cansaba bastante y a veces me faltaba el resuello. Eran avisos, porque el cuerpo siempre nos está enviando avisos, pero yo no hacía caso, seguía sin hacer caso. ¿Qué edad tenía ya? Cuarenta y muchos. Estábamos Poli y yo un poco talluditos para andar correteando de un lado al otro del escenario, sobre todo en la última parte. Pedimos una cantidad por hacer aquella comedia, y nos la dieron. Mejor dicho, la pidió Poli. Yo no lo veía claro. Adrados sí, porque cuanto más cobrara yo, más tajada sacaba él.

—Nos ha llamado Lusarreta, ¿no? Pues por algo será. Si nos quiere, que pague —decía Poli.

—Va a ser mucho eso, me parece a mí —dijo Nacho.

—Mira, carillón de los Condes. ¿Sabes qué he aprendido en los diez mil años que llevo haciendo comedia? Que tú vas a casa de un empresario y tiene las paredes llenas de cuadros con firma. Y vas a casa de un actor y en las paredes solo hay fotos suyas y de sus amiguetes. No sé si me explico, epigastrio de mi alma.

—Como un libro abierto, Poli —dijimos, casi a dúo.

A los dos meses me dio el jamacuco, un domingo por la tarde. Primero pensé que era un corte de digestión. Luego que era un espasmo muscular. Luego, que un elefante se me había sentado en el pecho. No podía respirar. El dolor me apretaba en las costillas. Jadeaba. Me llevé la mano al hombro, porque el dolor se me había subido allí de un salto, como un loro cabrón con el pico muy afilado.

Me entró el pánico. Me muero. Ay que me mú que me muero, San Juan de la Crú. Me muero aquí mismo, pensaba. Me voy a morir vestido con un traje de rayadillo...

Quise pegar un grito y me vine abajo. Encima de Juanito, mejor dicho. En la ambulancia un enfermero me iba atizando sobre el *cuore* con los dos puños a la vez, como si yo fuera un tam-tam. Fue lo último que recuerdo.

Me llevaron a La Paz. Cuando abrí los ojos me sentía como si me hubieran sacado toda la sangre. No podía mover un dedo.

—¿Puede apretarme un dedo? —dijo una voz.

—¿Para qué quiere que le apriete un dedo?

—Bien. Mueva los dedos de los pies.

—¿Pero para qué?

—Muévalos.

—Vale... vale...

—Ahora los ojos. De derecha a izquierda. Siga mi dedo.

—Tiene usted... tiene usted una obsesión con los dedos.

Lo peor de un trastazo cardíaco es que te deja todo el cuerpo desarreglado; un desorden enorme, como si fueras a mear por una oreja. El médico, encima, me miraba como si me hubiera tirado a su madre.

—Es un infarto, amigo mío. Y no es el primero.

—No me fastidie.

—Pues sí señor. Aquí están las huellas —dijo, agitando un electrocardiograma.

—Primera.... —me mordí los labios de dolor— noticia.

—Y al paso que va usted, o echa el freno o no será el último.

—Para que te vayas enterando —me regañó Rosa.

Luego entró una mujer de la limpieza, una gilipollas, una «mecánica» creo que las llaman, y la tía se echó a llorar nada más verme.

—Ay Dios mío, con lo que nos había hecho reír usted...

—¿Verdad? —susurré.

—Si es que tiene una pinta... Si es que —decía aquella bruja entre hipidos— me habían dicho que estaba mal, pero tan mal no...

—Es usted muy amable. Tanto, que cuando se muera le garantizo que yo estaré en primera fila.

No sé si me entendió, porque se fue como había entrado, llorando y diciendo «Ay, Señor, ay, Jesús».

—Lo que es la mala leche no la has perdido —dijo Rosa.

—Pero ¿tan mala pinta tengo, coño?

Debía tenerla, porque todo el mundo bromeaba conmigo y decían que me veían la mar de bien y que en dos días a dar guerra. Le dije a Rosa:

—Oye, no tendré yo algo raro y no me lo habéis dicho, ¿verdad?

—Tienes cada ocurrencia, hijo... Bastante tienes con lo que tienes.

—Como está todo el mundo tan amable...

Estuve una semana en Cuidados Intensivos, con oxígeno, y un mes en el hospital, porque no podía recoger un lápiz del suelo. Muy flojito estaba yo. Vino a verme muchísima gente. Tanta que los médicos tuvieron que poner coto a las visitas, porque me fatigaba mucho.

—Después de cada comida, un sueñecito. Aquí y en casa. Porque es cuando el corazón bombea más.

—Eso y al follar, ¿no?

—De eso otro se me va a olvidar usted por una buena temporadita. Dígame una cosa. ¿Todos los actores son igual de burros que usted?

—Pues no le diría yo que no.

También vino Monroy; avisado por Rosa. Fue todo un detalle.

—¡Niño, no vuelvas a pegarnos esos sustos!

Me entró otra vez la llorera, como en las Bárdenas.

—Dame un abrazo y perdóname, Monroy. Perdóname, que es que no tengo perdón de Dios. Lo que te dije...

—¡Venga, venga, calla esa boca! ¡Si no te conociera yo! ¡El sustazo es lo que no te perdono!

Nos abrazamos y Rosa aplaudió.

Entre sollozos le dije:

—Monroy, cambia de loción, por la gloria de tu madre, que ya ves cómo me pone el tufo.

Monroy no me contó (para que no me alterara, supongo) que Pombal había vuelto. Me enteré por una entrevista de Del Arco en *La Vanguardia*.

Pensé: yo ya he vivido esto, pero ¿cuándo?

Sí. Al final de la guerra. En el Villa Luz.

Pensé: cada vez que estoy en un hospital me llegan noticias tuyas, cabrón.

La caricatura de Del Arco mostraba un rostro obeso, redondo, con sotabarba.

—Pero mira tú qué gordo se ha puesto... A ver, a ver qué tripa se le ha roto ahora...

—¿Me decía usted? —dijo la enfermera que me hacía la cama.

—Nada, que hablo solo.

Las entrevistas de Del Arco eran telegráficas. Nada de páginas y páginas de descripciones, como hacía González Ruano. Pregunta, respuesta, pregunta, respuesta. Una apostilla final, y aire.

Me enteré de que la televisión estaba acabando con el noble arte del teatro.

—Ya, ya, claro. Qué vas a decir —seguía yo.

Y de que Pombal ya no montaba grandes producciones porque todo se había vuelto carísimo. Por eso, y porque el querido público de Barcelona se lo pedía, había decidido volver con una sencilla temporada de teatro de intriga.

—Porque la intriga, la emoción, el «suspenso», es una de las emociones esenciales del arte dramático. Y porque así cierro un círculo.

—¿Un círculo, Pombal?

—Sí, pues empecé con el teatro de intriga, de misterio, y a él vuelvo, como se vuelve a los orígenes.

—¿Empresa?

—Mi buen amigo José María Lasso, para el teatro Barcelona.

—¿Y la primera obra elegida?

—Un clásico del americano Rex Stout: *Fer de lance*. Interpreto, por supuesto, al célebre Nero Wolfe, el detective paralítico.

Yo, monologante: ¿paralítico? ¿Cómo que paralítico Nero Wolfe? (Luego me enteré de que Pombal había tenido un ataque de gota, y por eso lo iba a hacer en silla.)

Pensé también: eso de la gota te lo arregla Anglada en un momento, patrón. Una guindilla diaria, durante ocho días y...

Pero Anglada estaba muerto.

Seguía Del Arco:

—Muy descansado será...

—No, al contrario. Porque he de concentrar mi expresividad en los ojos y en las manos y en la palabra, renunciando al cuerpo.

—¿Algún sueño pendiente?

—Un sueño antiguo: *El rey Lear*, del maestro Shakespeare. Pero tendrán que esperar un poco, porque todavía no tengo la edad.

—Esperaremos.

Yo: eso, eso. A esperar que las ranas críen pelo.

Pombal hizo dos o tres temporadas en el Barcelona, con *Fer de lance*, *Orquídeas negras* (ya sin silla de ruedas) y *Champagne para uno*.

No tuvo demasiada suerte, porque coincidió con la compañía

de Arturo Serrano, que tenía los derechos de varias obras de Agatha Christie, en el Comedia. La crítica alabó, sobre todo, la voz, la dicción de Pombal, «como un oscuro terciopelo». Y algunos efectos. Y las ideas de bombero en los anuncios y en los programas, como lo de ofrecer un chequeo gratuito a los cardíacos, por si no podían soportar la enorme tensión de *Orquídeas negras*.

Llamé a Monroy.

—Eso ha sido cosa tuya. Me juego lo que sea.

—Me gusta que reconozcan mi talento artístico.

Monroy estuvo con Gasa en el Cómico hasta que cerraron. Lo del teatro de intriga no le cuajó a Pombal, pero por lo menos le llevó de nuevo a la radio. Soler Serrano, encantado con su voz de oscuro terciopelo, le propuso hacer *Las aventuras de Nero Wolfe* en la radio, en el *Teatro del aire*. Monroy estaba muy contento, porque Pombal le llamó, cuando cerró el Cómico, para que trabajaran juntos.

Entre Pombal y él adaptaron unas cuantas novelas de Rex Stout, y luego más novelas de misterio, y vivieron unos años de eso. Monroy también se ponía ante el micrófono, y por su experiencia en doblaje podía hacer varios personajes en una misma sesión. La novela que más les duró fue *El misterio del cuarto amarillo*, de Gaston Leroux, que Pombal había interpretado de joven, en la compañía de Jimeno.

La verdad es que hicieron un buen trabajo. Estaba muy bien hecho, pero me deprimía. Escuché algunos capítulos el tiempo que estuve fuera de combate, hundido en el sillón. Daban estos seriales a la caída de la tarde. Hacía mucho tiempo que la puesta del sol no me pillaba en casa.

Mientras se hacía de noche les oía y era como si estuviera con ellos, en otro mundo que no era el mundo del pasado ni del futuro. Les oía y era como si yo tuviera su misma edad.

Rosa me hizo caso, convenció a Mazarrón para que volviera a dirigirla y tuvo otro buen éxito con *Dulce pájaro de juventud*, que fue, por cierto, la obra que la llevó a México.

A mí me quitaron de fumar y de beber y estuve medio año pachucho y viviendo de renta y el otro medio muriéndome de aburrimiento y de ganas de volver a hacer algo.

Leía mucho y veía la tele, lo poco que daban comparado con ahora, y algunas tardes iba al cine a primera sesión, porque no me apetecía encontrarme con conocidos o que me reconocieran. Cada mañana, después de desayunar, me daba mi buen paseíto por el Retiro.

Rosa me consiguió a una asistenta estupenda, doña Evangelina, para que comiera a mis horas y caliente. Prefería yo que Rosa no viniera, porque con lo de las verduritas y el pescado a la plancha y el andar pasito a pasito me sentía como su padre, o el padre de su padre.

Me regaló una bicicleta estática, porque pedalear un poco cada día era muy bueno para el corazón. Me sentí repentinamente joven en aquella bicicleta, que me recordaba a la que movía las nubes en el ciclorama de Pombal. Aún hoy, cada vez que siento formarse una nube de desánimo, la aparto pedaleando un rato en esa misma bicicleta sin ruedas.

En primavera yo ya estaba mucho mejor, muy recuperado, y con ganas de salir a escape. Me compré un bisoñé pavoroso y llamé a Adrados.

—Lo primero que salga, One.

Lo primero que salió fue un desastre llamado *Los aprensivos*, que era una copia indisimulada de *Los escuchimizados*, uno de nuestros grandes éxitos, pero «más acorde a los tiempos», como dijo el director de la cosa, cuyo nombre felizmente he olvidado.

Poli la definió muy bien:

—Es *Los escuchimizados*, pero con los interiores más feos y unas cuantas chicas en bikini. Y tú con bisoñé.

Hicimos *Los aprensivos* en 1967.

Yo acababa de cumplir cincuenta y cinco años, pero me guardaba el secreto.

Me di cuenta de que me había hecho mayor durante el rodaje de aquella película. Por el doble de luces. Las pruebas de luces son una de las cosas más pesadas de un rodaje. Consiste en quedarte inmóvil bajo los focos durante todas las horas que hagan falta. A la que tienes un cierto nombre, se apiadan de ti y contratan a un «doble de luces», que es el pobre desgraciado que se pone en tu lugar mientras tú te vas a tomar unas cañas. Yo comencé a tener doble de luces desde el éxito de *Tres tunos muy tunos*, si no recuerdo mal. Tuve muchos dobles de luces. Llegaba al plató y me decían «Este es tal, tu doble de luces», y veía a un chavalote guapetón (porque todos querían ser galanes), de mi misma talla, color de pelo, forma de la cabeza, y, sobre todo, la misma distancia entre la cabeza y los pies, para evitar que al iluminar la cara quede más oscura en uno que en otro.

Cuando hicimos *Los aprensivos* me dijeron «Este es tu doble de luces».

Al verle se me escapó:

—Es una broma, ¿verdad? Este tipo no puede ser mi... ¿Es la típica broma del primer...? ¿No?

—Pero qué bruto eres, Mendieta.

No era una broma. Yo era aquel viejo repentino.

Los aprensivos fue mi última película. Y la última vez que me puse aquel bisoñé.

23. Dulces pájaros de juventud

Rosa tuvo tanto éxito con *Dulce pájaro de juventud* que un empresario mexicano llamado Lucho Molina contrató la función para hacerla seis meses en el teatro San Luis del Distrito Federal. La verdad es que el hombre se había enamorado de la función y de ella, y mi Rosa ya no volvió. Se casó con Lucho en Acapulco, rodó varias películas de títulos tremendos y se convirtió en una estrella de las telenovelas mexicanas, siempre en papeles de gran señora.

Pocos meses antes de que Rosa se fuera para siempre, a mí se me ocurrió, para impresionarla, hacer caso a Nacho.

Nacho nos citó a Poli y a mí, muy misteriosamente, en Always, un *pub* que tenían Mónica Randall y Luis Morris en la calle Hileras, cerca del Eslava, y que se había convertido un poco en su sede social. Nos citó a una hora «prudente para hablar», a las diez de la noche, antes de que aquello se pusiera de bote en bote. Acercó su cabeza a las nuestras, como un conspirador, y dijo:

—No os lo vais a creer, pero Wasserstein quiere hacer una «cosa» con nosotros.

—El tío asqueroso... ¿Quién es Wasserstein? —dijo Poli.

Nacho estaba liado en aquella época con una actriz muy joven y muy moderna, una preciosidad de ojos verdes y cabello cortito que se llamaba Paula Sansilverio y que le dejó aquella misma primavera para irse a París con tres más en un dos caballos, a tomar el Odeón. Luego se fue a Ibiza, y Nacho se quedó hecho polvo un tiempo. Paula era discípula de Wasserstein y hablaba maravillas de él.

—Sacó de mí lo que nadie había sacado nunca —repetía.

Kit Wasserstein era americano, de Nueva York. Uno de esos americanos que detestan a muerte su país y todo lo que tenga que ver con él. En cambio, adoraba España, los toros y las tascas. Cuando llevaba varios chatos se le ponía la cara roja y decía que «aquí la gente todavía es libre», lo cual era una forma muy peculiar de ver las cosas en pleno estado de excepción. Wasserstein aseguraba haber dirigido un buen montón de obras en el «off-Broadway», punto que nadie, aunque quisiera, hubiese podido verificar: si la palabra «Broadway» ya nos parecía lejana y peliculera, «off-Broadway» nos sonaba como las afueras de Saturno.

Wasserstein tenía la barba entrecana y el cabello gris, recogido en coleta; hacía yoga cada mañana (según Paula), y había montado un «estudio de actores» en un almacén helado de la calle de los Caños.

Su biografía era, según Paula, «fascinante». Había «triunfado» (en el «off» aquel) y «lo había dejado todo» para irse «a India». (Los chicos y chicas modernos de aquella época no decían «a la India» sino «a India».)

Dirigir, lo que se dice dirigir, en España no había dirigido nada «en teatro comercial», que era una expresión que se pronunciaba con marcada repugnancia en el ambiente de Paula. Bueno, había dirigido lo que entonces se llamaba (y creo que se llama todavía) «talleres», con alumnos del estudio; cosas cortas de Strindberg, monólogos de Tennessee Williams y «fragmentos» de autores americanos amigos suyos sobre la guerra del Vietnam. Siempre a puerta cerrada, sin cobrar (aunque se aceptaban «aportaciones») y ante una parroquia de no más de treinta personas, las que cabían en el almacén, y que casi siempre eran las mismas. Fueron esas treinta personas, lo más moderno y selecto del nuevo teatro español, quienes cumplieron con el cometido de esparcir a los cuatro vientos la nueva de que Wasserstein sabía la pera de dirección de actores.

Paula le dijo a Nacho que Wasserstein había tenido «una iluminación» viéndonos por la tele, una tarde de sábado en que pasaron *Me voy pa la Corredera*. Y que éramos «auténticos actores orgánicos». Y que quería hacer una «cosa» con nosotros. Con los tres. Por la «interacción» que había entre nosotros tres.

—Pues suerte que no ha visto *Los aprensivos* —dijo Poli— porque se queda iluminado para los restos.

Wasserstein hablaba un castellano de chiste, pero hablaba poco, de modo que cada frase que decía parecía algo importante y profundo, muy pensado. Era un buen truco. Todo él era un jodido truco, pero tardamos en aceptarlo.

—Nos ha «escogido». A nosotros. ¿Os dais cuenta? —repetía Nacho.

Poli hizo unos cuantos chistes, riéndose de él, pero me pareció que sentía curiosidad. Yo me subí al barco, ya lo he dicho, para impresionar a Rosa, así de claro y así de tonto, porque su empresario, el chico Acedo, se metió en el proyecto.

Wasserstein tenía ojos de serpiente, color gris acero, redondos y fijos. Los ojos ideales para vender polos en Alaska. Convenció a Acedo Júnior y, en la misma cena, a un empresario catalán masoquista, Cuco Vidalet, que ya había perdido su buen dinero cuando la caída del Imperio Bronston, para hacer la nueva obra de un autor inglés, que, decían, había tenido mucho éxito en Londres y en el «off-Broadway» de los cojones.

La haríamos en «teatro comercial». Y con gira.

—Será fenomenal —dijo Acedo—. Con vuestros nombres y el prestigio del americano, arrasamos.

Brindamos con champán catalán.

Flotaba en el aire ese perfume de felicidad irracional que precede a las grandes catástrofes. Hasta Adrados me pareció convencido de verdad, y no solo por su porcentaje.

—Es bueno para ti. Las cosas ya no son como antes, tú lo sabes... Hay otro público, otros gustos... Es un cambio de imagen... —Etcétera.

Era una obra para tres personajes, tres veteranos «actores de comedia». Se llamaba *Días extraños* y renuncio a resumirla. Ningún crítico lo consiguió, por otra parte. Ni la versión original ni «la otra».

Sebastian Weetabix, su autor, a quien no tuvimos el gusto de conocer, jamás se enteró de que en España hubo «dos» *Días extraños*: la comedia que nos hizo hacer Wasserstein, y la que hicimos nosotros a la que Wasserstein se dio la vuelta.

Cuando nos presentaron, Poli le besó la mano y le dijo:

—*«Muchas gracias, jardinero / por el gusto que has tenido / entre todas esas flores / a los tres has escogido.»*

Wasserstein le miró como se mira a un ternero de dos cabezas.

Durante la lectura yo creo que todos nos quedamos a cuadros con aquella obra, pero Acedo Jr. y Vidalet lo disimularon muy bien, porque parecían entusiasmados. Y respondían con un «Claro, claro» a cada una de las sentencias de Wasserstein sobre las características de los personajes. Lo cual tenía infinito mérito: entre lo mal que hablaba español el tío, las pausas que hacía entre frases, y lo impreciso y vaporoso de sus conceptos, para entenderle había que contratar a un criptógrafo.

Al acabar la lectura, Wasserstein nos pidió que escribiéramos, a mano, un texto «personal» sobre nuestra visión de cada personaje.

—Diez líneas, diez líneas, pero personal. Y a mano.

Insistió mucho en lo de a mano. Tiempo después, por otro incauto que había trabajado a sus órdenes en Italia, supimos que esto lo hacía para encargar un estudio grafológico de cada actor, y averiguar así a quién le iba mejor tal o cual personaje.

Nacho escribió dos folios, yo no escribí nada pretextando un calambre, y Poli le hizo un soneto que se llamaba *Vamos a dejarlo*.

Empezaron los ensayos. A la semana, Poli y yo lo tuvimos clarísimo.

—Nos hemos equivocado con este tío. No es un cantamañanas a secas.

—No. Este es un cabrón con pintas.

Nacho tardó un poco más en darse cuenta, porque tuvo con él un par de conversaciones «interesantísimas» sobre teatro americano, y decía que con Wasserstein se aprendía mucho.

Su método con los actores era muy sencillo: hacía repetir cada escena, cada frase, cada gesto, una y otra vez, como un director de cine megalómano que tira veinticinco tomas de un plano. Al principio nos volvíamos locos, porque jamás nos decía dónde estaba el problema.

Wasserstein se manejaba con dos indicaciones.

La primera era «Muy bien. Ahora otra vez, pero mejor».

La segunda era «Más intenso, más intenso».

—Oye, que te llama el Intenso, que no sé qué quiere.

—Que lo haga otra vez, pero mejor, qué te juegas.

Nacho, angelito, decía que todo eso lo hacía para quitarnos «los tics de comedia».

—Pero si nos ha llamado por eso. Por lo que tú llamas «nuestros tics de comedia».

Yo creo que Wasserstein odiaba secreta y profundamente a los actores. Hay mucha gente así, que odia todo lo que no puede controlar. El juego de Wasserstein consistía en que, a base de repetir y repetir, estuviéramos tan agotados, tan vacíos, que pudiera llevarnos por donde él quisiera, como marionetas. Te mueves de aquí hasta aquí... aquí levantas la mano... aquí la bajas... Consiguió agotarnos, desde luego, pero nada más.

Bueno, sí, y que a la tercera semana nos diera igual ocho que ochenta. Intentamos hablar con él, pero no nos entendíamos ni con intérprete. Durante los ensayos nos trataba como robots, hablándonos con una cara de fatiga cósmica hasta para decirnos que lo hiciéramos más intenso, y a la salida pretendía que nos fuéramos con él de tascas, como si fuéramos amiguísimos.

—Al desastre es donde vamos con ese tío —le dije al chico Acedo.

—Confiad en él. Sabe lo que hace.

—Yo creo que no tiene ni puta idea.

—Quiere algo «distinto» de vosotros, eso es todo.

—Distinto será el lechón que nos daremos —dijo Poli.

—Aquí estamos de pimpampúm. Y todas las patadas se las darán al Intenso en nuestros culos.

El pobre Nacho, que ya empezaba a descreer, dijo:

—Lo que no sé yo es si esto va a hacer gracia...

Comprendimos que estábamos perdidos cuando Cuco Vidalet, que hasta entonces había estado callado, dijo:

—Es que no tiene que hacer gracia.

—¿Ah, no? Yo creía que estábamos haciendo una comedia —dije.

—Ese es el error. *Días extraños* no es una comedia.

—¿Y entonces qué es, si puede saberse?

—Un sueño dentro de un sueño —dijo el genio catalán.

Con el tiempo, cada vez que perdíamos una buena pasta jugando al póquer, decíamos que aquella mano había sido «un sueño dentro de un sueño».

Faltaba una semana para el estreno cuando a Wasserstein le dio por ponerse místico, y a nosotros, de perdidos al río, por decirle que a todo amén.

—Tú no te hagas mala sangre, hipofosfito, que no te conviene. Con este tío no hay que gastar saliva.

Y añadió estas mágicas palabras:

—Ya lo arreglaremos en gira.

—¿Tú crees? —dijo Nacho.

—Como que tampoco sería la primera vez.

De todas las pijadas de los ensayos, la de la ventana fue la mejor.

Fue cuando Wasserstein me dijo:

—Ahora quiero que entres en relación con esa ventana.

—¿Perdón?

—*Relate... relate with...* «Relaciónate.» «Vincúlate.»

—¿Con la ventana?

(La acotación decía: «Oscar mira hacia la ventana unos instantes y luego sale de escena».)

—Intensamente, *you know*... Como si mirases a tu amante por última vez.

—Ya.

Puse cara de absoluto panoli y Wasserstein aplaudió.

—*Right, right!* —decía el gilipollas.

Se nos pegó aquella tontería y decíamos «relaciónate» a cada paso.

—Pepín, trilobitín, relaciónate con la nevera y pásame un quintín.

—¿Y ese ojo?

—Nada, que ayer me relacioné con una puerta.

Etcétera.

El sueño dentro del sueño tenía que ir a la Comedia, porque Rosa seguía llenando en el Cristal con *Dulce pájaro*. Bueno, Rosa y el chavalito que hacía de su amante, Miguel Perea, que acababa de tener un exitazo en el cine con una película muy escandalosa en la que se enamoraba de su madrastra y salían muchas palomas simbólicas.

—¿Qué tal lo del americano? —me preguntó Rosa.

—Para echar a correr y no parar. No hay nada que hacer, chica. Que lo quiere así y que lo quiere así. Y el chico Acedo y el catalán están de su parte.

—¿Y cómo lo quiere?

—No se le entiende mucho, pero yo creo que lo quiere muerto.

Prefiero saltar delicadamente sobre la noche del estreno de *Días extraños* en el Arriaga de Bilbao. Todo salió justo como nos temíamos. Allí no se reía ni el tonto el Bocho. Cuando yo miraba hacia el público veía caras de haberse tragado una avispa. Los críticos, como también nos maliciábamos, nos pusieron verdes, aconsejándonos «volver a lo que sabíamos hacer».

La gente salía diciendo:

—Pues vaya sinsorgada. ¿Qué les ha pasado a estos, con la gracia que tenían? Como sigan así, les va a ir a ver su padre...

Para echarse a temblar.

Wasserstein leyó las críticas, dijo que nadie había entendido nada, cobró su buen dinero, y al cabo de un tiempo trasladó su tinglado a Italia. Años más tarde, de vuelta en Estados Unidos por una herencia, porque todos los cabrones tienen suerte, escribió una especie de autobiografía, *Las siete puertas del conocimiento dramático*, en la que contaba que con los actores españoles no se podía trabajar porque no ofrecían nada y eran muy mecánicos, «como marionetas».

Acedo Jr. y Vidalet, aterrorizados por el batacazo del Arriaga, ya estaban hablando de suspender la gira.

—Aquí no se suspende nada o para indemnizarnos tendrás tú que venderte el Cristal, Acedín —le dijo Poli, tirándole de la orejita.

—Ya veo a don Miguel Acedo revolviéndose en su tumba —añadí yo.

Poli le cepilló la caspa de los hombros y dijo:

—Tú «déjanos» la función, y cuando llegue al Fígaro no la reconocerá ni su padre.

La gira de *Días extraños* sí que fue un *retour de l'âge*, como hubiera dicho Rosa. Aquella gira me rejuveneció diez años, y le dio cuerda a mi infartado corazón para otros diez. Nos lo pasamos bomba, como cuando éramos jóvenes. Poli fue el auténtico motor de todo aquello. Se puso las pilas por nosotros. Por mí, que ya salía a escena encogiéndome de hombros y dispuesto a no dar un palo al agua, y por Nacho, que además estaba de bajón por lo de Paula.

Nos animó y nos contagió su locura. Era aquella una locura hecha de rabia y de asco. Poli, que, como se ha dicho, adoraba a Franco y le iban las dictaduras un montón, no podía tolerar, en cambio, las muestras de autoridad individual. En el colegio debió ser el preferido del director y la pesadilla de los profesores.

A cada «contravención» de la ordenanza de Wasserstein decía:

—Otro clavito en el ataúd del Intenso.

Tomó la costumbre de presentarse cada noche con un objeto idiota y totalmente inesperado: un cubo lleno de cangrejos, una bicicleta infantil, un extintor de incendios, un cuadro gigantesco con la cara de un señor con mostachos al que presentaba como su tío abuelo... A partir de aquellos objetos, Poli improvisaba y nosotros le seguíamos. Si lo que habíamos hecho quedaba gracioso, lo incorporábamos a la siguiente función; si no, no.

Nos fuimos animando y cambiamos lo que nos dio la gana. Yo metía todas las morcillas de actualidad que se me ocurrían, desafiando a los censores y a mi apachuchado corazón, que estaba comenzando a latir más rápido, con otra cadencia. Nacho, que componía canciones en secreto, tomó la guitarra y decidió presentarlas en sociedad: cada noche cantaba una canción distinta a media obra. Poli dijo que aquellas canciones tenía que cantarlas vestido de torero, y le pagó un traje de luces de su bolsillo. Yo me animé y dije:

—Estaría gracioso que fuera un traje de luces de verdad.

Así que le pusimos bombillitas, que se encendían con un cacho pila que Nacho llevaba, no sin aprensión, en la riñonada.

Una noche, en Salamanca, la hicimos al revés, empezando por el tercer acto, y se entendía igual, o sea, que tampoco. Cuando llegamos a Valladolid, la función se nos ponía ya en más de dos horas, porque en los intermedios Poli aparecía vestido de heladero y repartía almendrados entre el público, mientras Nacho y yo leíamos noticias absurdas balanceándonos en dos columpios.

El estreno en la Comedia, a principios de la siguiente temporada, fue un éxito cómico sin precedentes. *Días extraños* se convirtió en «lo que había que ver». Había corrido la voz y las entradas se agotaron: la primera semana ya estaba todo vendido. Vino nuestro público habitual, para ver las gansadas que hacíamos, y también vinieron los chicos de barba, porque en *Triunfo* Haro Tecglen nos había llamado «cómicos vanguardistas». Todo el mundo le buscaba dobles y triples sentidos a lo que hacíamos y decíamos.

Tampoco dejaba de tener gracia que Rosa, para quien yo había «hecho» todo aquello, ya no estuviera en Madrid para verlo: se lo conté todo por teléfono, en una conferencia que me costó un pastón.

En pleno exitazo de *Días extraños*, Monroy me llamó por teléfono.

—Pombal quiere verte.

—Pues yo no.

—Se ha puesto muy mal, Pepín. Los médicos dicen que es la arterioesclerosis, que se le ha disparado.

—Pero si el año pasado estaba bien, me dijiste... Con lo de la radio...

—El año pasado, sí. Tienes que venir a verle, Pepín. Por favor. Solo habla de ti. Me está volviendo loco.

Monroy me contó que le daban ataques, que deliraba. Le subía la tensión y le subía el azúcar, o las dos cosas a la vez.

—Yo qué sé ya lo que es.

Pombal pasaba noches y noches sin dormir, caminando por la casa.

Vivía en una vieja torre junto al puente Vallcarca.

—No sale. No quiere salir. Ha adelgazado muchísimo. Cuando le dan los venates no me come nada. Y luego duerme días enteros. Se queda dormido en cualquier parte. En la radio se quedó dormido en mitad de un monólogo.

—Hostias.

—Yo pensé que la cosa pasaría, pero ha ido a más. Le han dado la baja, por lo menos.

Monroy se había ido a vivir con él, para cuidarle.

—Pero los médicos...

—No quiere verlos ni en pintura.

—¿Y qué quiere hacer?

—*El rey Lear*. Está obsesionado con eso...

—¿Con hacer el Lear?

—Sí.

—Coño.

—Pepín... Niño... Si pudieras seguirle un poco el juego, para que se tranquilice... Solo te pido eso... Un poco de teatro...

Era un domingo por la noche.

A la mañana siguiente saqué un billete de avión y me planté en Barcelona.

Monroy abrió la cancela, que chirriaba por la herrumbre y tenía barrotes de hierro con las puntas en forma de corazón. Cruzamos lo que en otro tiempo debió haber sido un jardín, ahora tomado por la maleza. Había un pozo, cubierto por calabaceras. Era una casa demasiado grande, fría, con pasillos que llevaban a otros pasillos, y habitaciones atestadas de trastos. Olía a cenizas enfriadas y a humedad; más parecía un viejo almacén que una casa. Había muchos libros amontonados, y restos de antiguas escenografías, y carteles ya amarillos, y fotos en las paredes, que no quise mirar. Los recuerdos de toda una vida en el teatro. Me ayudó a no mirarlos la luz de lluvia, que oscurecía todo.

Pombal vestía un batín de lana gris. Estaba realmente muy flaco, con los ojos hundidos, pero brillantes de excitación. Hablaba muy rápido, y no paraba de frotarse las manos, de mover cosas de sitio y recoger pelusas del suelo. Parecía un mago que hubiese perdido sus poderes y los buscara por los rincones, por las esquinas. No paró de moverse de un lado a otro. Pensé en los cientos de kilómetros que habría recorrido sin salir de aquella casa.

Me recibió como si hubiéramos estado cenando la noche antes.

—Pasa, pasa, pasa, pasa. Ya era hora. Ya era hora, hombre. ¿Qué hora es? Siéntate. ¿Tomas algo?

Como si no hubiera pasado todo lo que había pasado entre nosotros. ¿Le fallaba la memoria o hacía teatro?

—Tanito, haznos un café, chato. ¿Cómo lo quieres, Pepín?

—Café no, Ernesto, que luego no duermes —dijo Monroy.

—Parece una madre. Peor que una madre. —Me palmeó la rodilla—. Te veo muy bien. Muy bien. ¿Tomarás algo?

—Una infusión. Manzanilla —dije.

—Tanito, un par de manzanillas, anda. Ven, Pepín. Quiero que veas esto.

Le seguí por el pasillo, caminando de lado porque aquello estaba lleno de periódicos apilados, hasta lo que Pombal llamaba «el gabinete». Una vez allí, encendió un flexo y lo movió para enfocar, entre el inmenso desorden de papeles de la mesa, lo que parecía una maqueta.

Una maqueta vacía. Limpia. Un minúsculo escenario desnudo. La señaló con la mano abierta y dijo:

—*Lear*. Aquí. Así. Los empresarios dicen que el público de Pombal quiere grandes trucos, grandes decorados. Yo les digo, ¿sabes qué les digo a los empresarios? Que no hace falta, que con *El rey Lear* no hace falta. ¿Tú qué piensas?

—Yo...

—No hace falta. Esa es la cosa. Un buen iluminador y un buen técnico de sonido para la tormenta. Pero la tormenta, yo digo, está en el ritmo. En las palabras de Lear. —Chasqueó los dedos varias veces—. ¿Entiendes lo que digo? Porque Tanito no acaba de entender, por lo que parece, ¿no, Tanito? Este no entiende lo que no quiere entender. Ya te digo yo... Texto y actores. Texto y actores. Mira.

Se inclinó y me hizo inclinar sobre la maqueta, tomándome del cuello, bajo la luz del flexo. Parecía que contempláramos un circo de pulgas.

—La escena de Gloucester y su hijo, te pongo por ejemplo. Gloucester ciego y su hijo, al borde del acantilado, ¿sabes?

—Sí, sí.

—¿Qué nos hace falta? Nada. Todo está en el verso. Todo está en el verso. Lo que el chaval le hace ver a su padre. No nos hace falta tenerlo allí. Ya nos lo hace ver él. Mira lo que le dice. Mira lo que le dice.

Entró Monroy, con una bandeja y tres tazas de manzanilla.

—Ernesto, te lo dejo aquí.

—Escucha. Escucha tú también. Dice... ¿Cómo se llama el... este...?

—Edgar —dijo Monroy, sentado en un sillón, con la bandeja sobre las rodillas.

—Edgar. Edgar dice: «Venid acá, señor. Este es el sitio. Quedaos quieto. Que...».

Se detuvo. Chasqueó los dedos.

Desde el fondo del sillón, en la penumbra, sonó la voz de Monroy, apuntándole.

—«Qué terrible y qué vértigo...»

—«Qué terrible y qué vértigo da lanzar los ojos tan bajo... Los cuervos y las chovas, volando a media altura, parecen apenas como escarabajos... A mitad de camino, allá abajo, cuelga uno que recoge hinojo... —Se echó a reír, con una risa cascada—. ¡Peligroso oficio! Creo que no parece mayor que mi cabeza...»

Recitaba sin dejar de caminar por el desastrado gabinete. Monroy no se movía, yo tampoco.

Pombal todavía recitaba bien; su voz seguía siendo envolvente y cálida.

—«... los pescadores que andan por la playa parecen como ratones, y aquella alta embarcación anclada es tan pequeña como su chalupa... su chalupa... es una boya casi demasiado pequeña para verse... El murmullo de las olas, rompiendo en los vanos guijarros innumerables... los vanos guijarros innumerables... los vanos guijarros innumerables...»

Volvió a chasquear los dedos. Yo aplaudí, para que descansara.

—Muy bien, maestro.

—Lo has visto, ¿verdad?

—Claro.

—Y cuando cae el viejo... Cuando cae Gloucester... Aquí... Simplemente tropieza y cae. En mitad del escenario desnudo. Él cree que cae por los acantilados. ¿Por qué no lo vamos a creer nosotros? Esto se está empezando a hacer mucho, cosas así, en el extranjero. Pero los empresarios siempre quieren ir sobre seguro, ¿verdad?

—Esos siempre.

—Más sencillo, más barato, imposible. Llamaremos a Anglada para las luces. Monroy, apunta llamar a Anglada. Aunque, eso sí, necesito a alguien de absoluta confianza para que se haga cargo de todo. Yo ya estoy mayor. Yo no puedo ocuparme de esto, de lo otro y de lo de más allá. Tanito me hará el bufón. ¿Verdad, Tanito?

—Sí, Ernesto.

—Y ahora tú, Pepín. Si tú me dices que sí, empezamos. Tú ahora tienes mucho nombre. Tanito me ha dicho que hasta estás haciendo películas. ¿Ves la cosa?

—Para... ¿Para hacer dónde? —dije, por decir algo. Me estaba mareando.

Se echó a reír.

—¡En cualquier sitio, Pepín, en cualquier sitio! Esto es lo bueno de la idea, que lo podemos hacer en cualquier sitio.

—Así, de sopetón... Habrá que empezar a echar cables...

—Claro, claro. Hay que prepararlo todo muy bien.

—Yo es que ahora ando un poco liado en Madrid...

—Tranquilo. Tú acaba lo que estés haciendo.

—En primavera, quizás... Para ir bien...

—Lo importante es que veas la cosa. ¿Tú la ves?

—Sí que la veo, sí. Podría estar bien.

—¿Has oído, Tanito? Ha dicho que sí. Ya te lo dije. Ya te dije que Pepín... no nos fallaría. Ya... te dije...

Dijo estas últimas palabras como si le hubieran desenchufado. Monroy fue hacia él.

—¿Ernesto? ¿Estás bien, Ernesto? Dime algo...

—Claro... claro... Estate tranquilo... Estoy un poco mareado, nada más. Se me pasa enseguida...

Pombal caminó entonces hasta un sofá horrible, de aguas verdinegras, y se dejó caer en él, con los ojos cerrados. Un muelle sonó como una cuerda de chelo al romperse.

—Es de un aprensivo... —decía— es terrible este hombre... No sé cómo le aguanto... pareces una vieja, Tanito... una vieja...

Monroy le cubrió con una manta.

—Muy bien... Ahora... duermo... un rato, ¿eh?

Pombal encogió las piernas, como un niño. Murmuró:

—En primavera...

Al minuto ya roncaba. Tenía un ronquido raro, irregular.

Salimos al jardín. Yo más aprisa, porque me faltaba el aire.

—Gracias, niño —dijo Monroy—. Ya ves cómo estamos...

Había un farolito a la entrada que repartía una luz amarillenta, gastada, por entre la maleza, como si la cubriera con un paño sucio. Y un banquito, en el que nos sentamos, bajo el porche, viendo caer la lluvia.

Yo no sabía qué decir.

Estaba mareado también, y muy triste, y muy impresionado.

Por el retorno de su locura. De su obstinación.

Había vuelto al principio, el viejo loco... a su pasión de adolescente... cuando parecía que todos los fuegos ya habían ardido...

Yo ya no «tenía» eso. Aquella pasión. Aquella locura del principio.

Tendría que buscarla también, un día, entre papelotes, botellas vacías, ceniceros llenos, cartas que no se enviaron, palabras que no fueron dichas.

Monroy adivinó lo que yo estaba pensando, porque al despedirnos me miró a los ojos y me dijo estas palabras, que nunca he olvidado:

—¿Verdad que tú ya te habías convencido de que él era como todos nosotros?

Esperé al día siguiente para hacer un cheque y enviárselo a Monroy, porque sabía que si se lo daba en mano no lo querría. Escribí una nota, mal que bien, rogándole que lo aceptara. Añadí algún chiste, para quitarle hierro.

Lo aceptó.

Me gustaría poder decir que Pombal murió en el escenario, representando *El rey Lear*. Un rey Lear pagado por mí. Morir en mitad de la escena de la tormenta. Aullando, poderoso; desafiando a los elementos, etcétera.

No fue así. No fue exactamente así.

A los pocos días de mi visita, Monroy se lo encontró muerto

en el gabinete. Los médicos dijeron que había sido un derrame cerebral, y que murió en el acto, sin sufrir. Estaba sentado a su mesa, con la cabeza junto a la maqueta, bajo la luz del flexo, como si aquella luz le diera calor, y parecía dormido. En un papel había escrito con lápiz rojo mi nombre, junto al suyo, el de Tanito y el de Anglada. Los cuatro nombres estaban encerrados en un círculo.

24. ¿Dónde vas, Nicolás?

Después del éxito de *Días extraños*, Acedo Jr. nos llamó para ofrecernos una comedia que estaba teniendo mucho éxito en París.

—Es que parece hecha a medida para vosotros tres.

La comedia se llamaba *Nicolás* (en francés era sin acento), y sus autores dos periodistas de Lyon, Poulain y Dufresne, que debutaban con aquello. Tuvo tanto éxito la función —se llegó incluso a hacer en Broadway— que les entró miedo y no volvieron a escribir otra. Luego se hizo en cine (muy mal), y Poulain y Dufresne se llevaron un buen dinero por los derechos y se dedicaron a rascarse la tripa; quizás estén haciéndolo todavía.

Nicolás era una comedia de enredo sofisticada, lo que los franceses llaman «de *boulevard*», con pretensiones un poco poéticas y un poco filosóficas, en la línea de Marcel Achard pero con más chistes. Era divertida, ligera, completamente hueca; ideal para estar meses y meses llenando el Cristal.

Alberto Closas, que la quería hacer en el Marquina, estuvo un año sin hablarse con Acedo Jr. porque este le ganó por la mano y se llevó la opción. Formamos compañía y entramos como empresarios, tan claro se veía aquello.

El cartel decía:

COMPAÑÍA DE COMEDIAS
MENDIETA-PANCORBO-PÉREZ PIN

Sonaba bien. Sonaba a compañía «de toda la vida», es decir, de antes. Para evitar susceptibilidades, sobre todo las de Nacho, en los carteles colocaron nuestros apellidos en aspa.

Yo era Nicolás. Mitad ángel mitad pasmarote; un personaje que «veía pasar la vida», que lo aceptaba todo, que lo comprendía todo. Exasperando continuamente al irritable Pascal (Pascual, en castellano), que era, claro, el papel que hacía Nacho.

Poli era Dios. Un Dios vestido de vagabundo, que interrumpía la acción cada vez que le apetecía para tumbarse en el suelo y tocar la armónica. Tenía un monólogo muy gracioso, muy brillante, atropellado, que ocupaba varias páginas. Era un trozo muy lúcido; Poli olfateó enseguida la trufa y dijo «para mí».

Había un cuarto personaje, en el último acto. Un papel corto pero con efectos: el padre. El padre de Nicolás, que estaba muerto y se le aparecía, desde su nube, con alitas y en un balancín, para darle consejos y discutir con Dios. Sobre jardinería y filatelia, mayormente.

Fue acabar de leer la comedia y decirles:

—El padre para Monroy.

Acedo Jr. arrugó un poco la nariz. No la arrugó más porque no le di tiempo.

—O Monroy hace el padre o el Nicolás lo haces tú —le solté.

Ahora yo era empresa, y cabecera de cartel, aunque fuera en aspa. Podía ponerme todo lo chulo que quisiera. A Poli le pareció muy bien; a Nacho un poco menos.

Llamé a Monroy, que había vuelto a su piso de la calle San Gil, porque no soportaba seguir en la casa de Vallcarca. Yo le dije que la cerrase y que no tocara nada, que los recibos ya los pagaría yo. Ya estudiaríamos lo que se hacía con todo aquello, con los decorados, con las cartas, con los recortes, con los archivos de Pombal. Todo aquello no podía perderse. Ya nos ocuparíamos.

—Vente a Madrid pero ya, que vamos a hacer comedia juntos, maestro. Y esta vez no acepto un no por respuesta. ¿Qué me dices?

—Qué te voy a decir, niño. Que sí. La última vez que te dije que no, estuvimos cinco años sin hablarnos. No puedo arriesgarme otra vez; no creo que me quede tanto.

—Tienes cada cosa, Monroy...

Monroy estuvo con nosotros la primera temporada. Conseguí que Acedo Jr. le metiera en un aparthotel «con los últimos adelantos», para que no tuviera que preocuparse por nada. Tuvo excelentes críticas, y merecidas, porque estuvo como nunca, pero a los tres meses, cuando se cumplía un año de la muerte de Pombal, empezó a bajar, a tropezar, a irse.

Había vuelto a beber. Supe que pasaba las tardes soplando en la cafetería Dorín, al lado de la Comedia, como si fuera un actor fracasado y sin trabajo. Poli lo notó enseguida, pero no dijo nada. Nacho me insinuó que la cosa no iba bien, y discutimos, en el vestíbulo del teatro.

Monroy, que estaba en el lavabo, nos oyó.

Hizo las funciones que le quedaban, habló con Acedo Jr. y con ellos, y a mí me dejó una carta en el camerino.

«... porque si no, sé que no me dejarías irme. El chico Acedo ya está al tanto. Me voy antes de que os veáis obligados a echarme. Todos os habéis dado cuenta, y tú el primero, aunque lo disimules, de que de un tiempo a esta parte ya no coloco. He perdido la gracia, niño. Quiera Dios que no te pase nunca.»

Acababa diciendo:

«No te preocupes por lo que tú llamas "mi estabilidad económica". Me han ofrecido un trabajo en televisión, en Miramar, una tontería enorme, una cosa para niños que te prohíbo ver, pero pagan bien y parece que no hay que esforzarse demasiado. Empezaré, parece, la temporada próxima.

PD.: Los del Museo del Teatro de Barcelona quieren hacerse cargo de los restos de lo que fue nuestra compañía. Les he dejado la llave de la casa de Vallcarca y están empezando a inventariar documentos y maquetas y escenografías. Te he guardado unas cuantas cosas que pienso puede hacerte gracia tener; están en una habitación cerrada.

Tu viejísimo Cayetano Monroy, superviviente, pero menos.»

Monroy sobrevivió cinco años a Pombal. Don Pepe Isbert quiso que esos cinco últimos años de Monroy fueran frenéticos, y que conociera un éxito disparatado, fenomenal, como no había conocido nunca.

El éxito de su vida le llegó a Monroy cuando estaba a punto de cumplir los setenta. En aquel programa infantil que se pasaba las tardes de sábado, *Fiesta con Chuchi*, Monroy interpretaba a un esquimal gruñón llamado el Abuelo Frigolín, encargado de amonestar a los niños que participaban en un concurso bobo. Cuanto más a baqueta los trataba Monroy, más encantados parecían los niños. De la noche a la mañana, su cara, con una barba postiza y una capucha «de pelo de reno», comenzó a aparecer en las portadas de todas las revistas y revistitas televisivas.

El personaje y el concurso tuvieron tanto éxito que se comieron el programa entero, y el nuevo programa pasó a llamarse *¡Pierde con el Abuelo Frigolín!*, no recuerdo si con uno o dos signos de admiración.

Vi su cara en cromos, en pastelitos, en camisetas. No tardaron, lógicamente, en hacer un helado con su nombre.

Un Monroy helado, con casquete de esquimal incluido.

Se me lo llevaron. El programa cada sábado, dos películas con un conjunto infantil que se llamaba los Pichichis o los Pochochis, luego la gira aquella...

Fue aquella gira lo que acabó con él. Hacían el concurso en plazas de toros, durante todo un verano. El verano más caluroso de los últimos veinte años. Embutido en aquel traje que parecía de amianto, un golpe de calor le deshidrató, le chupó la última vida que le quedaba.

Murió a pie de obra, en mitad de una plaza de toros.

Don Pepe Isbert quiso que fuera en la viejísima plaza de toros de Illana, en Guadalajara, donde mil años atrás Monroy había muerto, a mi lado, haciendo el *Tito Andrónico*.

Me di cuenta de que solo yo sabía eso. Solo «quedaba» yo para recordarlo.

Y, quizás, algunos lugareños de Illana, de mi quinta. Quizás algún niño que se había colado en la plaza de toros o se había subido a un árbol muy alto para ver la función, con los ojos muy abiertos...

Los periódicos sepultaron a Monroy y toda su vida en el teatro con este epitafio:

«¡Adiós, Abuelo Frigolín!»

He vuelto a adelantarme, pero ya da igual.

Retrocedo para contar otra de las gracejerías de don Pepe Isbert, otra muy buena. Cuando Monroy dejó *Nicolás*, Acedo Jr. dijo que ya se encargaría de buscar un sustituto para la gira.

—Total, es un papel pequeño...

El problema era que el papel era «demasiado pequeño» para los «importantes». Guillermo Marín dijo que ni hablar. Lemos, que tampoco, que se iba de vacaciones.

Buscamos luego entre los secundarios de tronío.

—Riquelme —dijo Nacho.

—Está muerto.

—¿Está muerto Riquelme? Ni me enteré.

—El mes pasado.

Pepe Orjas iba a empezar una película, que sería la última.

Paco Pierrá iba a hacer un drama de Salom en el Moratín de Barcelona.

Al final, bajando bajando, Acedito nos coló a un amigo «de la familia».

—Yo no os quiero imponer nada, pero nada de nada, ¿eh? Yo os lo sugiero. Estuvo mucho tiempo haciendo teatro en provincias, con buenas críticas, y ahora pasa un mal momento, pero yo creo que podría servir. Podría servir y además le vendría de perlas al pobre. Vosotros lo probáis, y si no, tan amigos.

—¿Cómo se llama? —preguntó Poli.

Acedo Jr. dijo su nombre.

—Pues no me dice nada —dijo Poli.

—No me suena, no... —dijo Nacho.

A mí sí me sonaba. Nadie, salvo yo, hubiera dicho que teníamos la misma edad. Pero la vida le había machacado hasta hacer que, realmente, pareciera mi padre. El vejete humilde, cabizbajo, irreconocible, que vino a vernos a la semana siguiente era Julio López Varela, a quien yo había sustituido en el rodaje de *Y volvían cantando*.

¿Me reconoció? Por fuerza; mi nombre no podía habérsele olvidado. Yo, naturalmente, hice como que no.

—Bienvenido a *Nicolás*, don Julio.

—Muchas gracias. Muchísimas gracias. Pero tratadme de tú, hacedme el favor.

No era malo López Varela.

Nada que ver con Monroy, pero no era malo, cumplía.

Salía a escena con muchísimo maquillaje, para cubrir las huellas de las antiguas cicatrices. Parecía un payaso. Un payaso inquietante, con unos ojos vencidos y tristísimos. No era agradable verle cada tarde y cada noche mirándome con aquellos ojos desde su nube. De alguna manera, yo me había «llevado» su carrera. Pero si había en el mundo un empresario poco indicado para darle puerta, ese era yo.

Pensé: «No será nada. Dos meses de función y adiós muy buenas».

No era el único en pensarlo. Poli y Nacho también estaban convencidos de que *Nicolás* moriría dulcemente en Sevilla. Nos equivocamos los tres. El niño Acedo, que por cierto ya no era tan niño, nos dijo:

—Nos la piden de todas partes. Y ya hay reservas para la temporada que viene.

Nicolás duplicó el éxito de *Días extraños*. Lo triplicó. Lo centuplicó.

La gente nos reía hasta las comas.

A la tercera temporada, el dinero nos salía por las orejas. Mary Paz, que estaba muy puesta en bolsa y en inversiones, nos propuso invertir en «bienes inmuebles». La idea de Valdemorillo salió de ella.

Poli y Mary Paz fueron los primeros en trasladarse allí. Nacho y yo nos enamoramos de unos adosados con piscina, que estaban a un tiro de piedra del chalet de los Pérez Pin. No andaba yo con muy buen ánimo y pensé que un cambio de aires me sentaría bien.

Error fatal.

—Tú no andas fino, Mendieta —me dijo Rosa.

—Qué intuición femenina.

—Siempre que llamas es porque estás pachucho.

—No siempre, guapa. ¿Sigues tan guapa?

—*Soy* guapa, querido. ¿Y tú qué? ¿Sigues con esa lata del teatro?

—Mientras el cuerpo aguante...

—Yo ya me he quitado.

—Lástima. Ahora que tienes la edad para hacer *Madre Coraje*.

—... a la chingada, Mendieta.

—Hay interferencias. No he oído lo último que me has dicho.

—El teatro, el teatro... Qué lata el teatro, chico. Cada vez que me acuerdo... Era como tener cada tarde una cita con un amante del que te has cansado.

—Qué frase. Te la robo para cuando lo deje yo. Para cuando me dejen que lo deje, mejor dicho.

—Os va bien, ¿eh?

—Demasiado. Oye ¿y esos novelones? ¿No tienes que aprenderte papel y más papel cada día?

—Ah, no, querido. Ya no. ¿Sabes que me han puesto un pinganillo?

—¿Y eso qué es?

—Una especie de sonotone. El sueño de mi vida. Es un invento muy bueno, de la tele gringa. Un auricular chiquito que te lo meten en la oreja y con el pelo no se ve, y una chica muy simpática te va diciendo las líneas.

—Hay que ver lo que inventan.

—¿Tú crees que a estas alturas de la película he de perder el tiempo aprendiéndome esas tonterías, Mendieta?

—¿Y por qué no lo dejas?

—¿Sabes el dinero que renta, m'hijo? ¿Y lo refamosa que soy aquí? Estás hablando con un mito nacional, querido.

Durante la cuarta temporada de *Nicolás*, Poli pasó la frontera. O digamos que su locura entró en una nueva fase, que sería la definitiva.

Una noche de invierno, como a las tantísimas de la madrugada, sonó el teléfono. Era Poli, llorando como una criatura. Berreando, hecho polvo. Me asusté.

—¿Qué te pasa, Poli? ¿Qué tienes? No me asustes...

Decía algo, pero los sollozos tapaban las palabras.

—¿Le ha pasado algo a Mary Paz? ¿Cómo? Habla más claro, que no te entiendo...

Mi corazón se había disparado. Parecía una metralleta epiléptica.

—El abuelo... el abuelo... se ha muerto el abuelo... —berreaba Poli, desconsolado.

—Pero qué abuelo, si tú no tienes abuelo...

Tardé un ratito en entender que se refería a Franco.

—Se nos ha ido, Pepe... se nos ha ido... Lo acaban de decir por la radio.

Era la primera vez que le oía llamarme Pepe. Miré el reloj: las seis de la mañana.

—Pero ¿tú sabes la hora que es y el susto que me has dado? Mira, te iba a acompañar en el sentimiento, pero casi mejor vas solo.

No fue un chiste oportuno. Me valió que me colgara el teléfono y que no me dirigiera la palabra durante un mes.

La muerte de Franco le afectó de un modo insospechable. Le cambió el humor, como si se le hubiera muerto una novia. Como si con Franco hubiera muerto también su juventud, y otro Madrid, y otro mundo.

—Madrid ha perdido la gracia... —repetía.

Solo hablaba de sitios que ya no existían.

Se le multiplicaron las rarezas. Y los miedos. Veía terroristas por todas partes. Se puso pesadísimo. Hacía declaraciones apocalípticas y ultramontanas ante el primer micrófono que se le ponía a tiro. Iba a manifestaciones de Fuerza Nueva.

Nacho, que acababa de ser «redescubierto» por los cineastas de izquierdas y que se dejaba querer, no andaba precisamente feliz con el giro de Poli, que más que un giro era un vuelco.

—Pero ¿cómo puedes decir esas barbaridades?

—Porque soy un español y un patriota.

Primero, Poli se mosqueó conmigo. Después, se mosqueó con Nacho, por la cosa política. Para igualar la mano, a mitad de aquella tercera temporada Nacho y yo nos mosqueamos con él.

En una función de tarde se le levantó una señora. Escogió un mal momento para levantarse: justo cuando Poli comenzaba su famoso monólogo. La señora, que era lentita, cruzó trabajosamente bajo sus narices rumbo al lavabo, mientras Poli aceleraba de pura rabia, fulminándola con la mirada. Se trabucó, farfulló, nosotros pensamos «ay que se cae, que se cae», pero remontó, recondujo el ritmo, y cuando ya remataba, en el momento en que paraba para recibir el aplauso, volvió a entrar la señora y le jodió la ovación. Cómo se puso Poli.

—Gracias, gracias a todos ustedes. Menos a esta señora, que no ha elegido precisamente el mejor momento para ir al mingitorio.

La pobre vieja se hundió en su butaca como una tortuga en su caparazón. Y el resto del público, por mímesis, hizo lo propio. Poli les acojonó a todos. No hubo forma de bajar un chiste durante todo el resto de la función. Parecía aquello un velatorio de cuarta. Le hubiéramos matado.

—¡Que no puedes abroncar así al público, Poli!

—Si eso no es público ni es nada. Yo no sé para qué la hacemos.

—Para acabar de pagar los chaletitos de Valdemorillo, por ejemplo.

El infierno, un infierno de comedia grotesca, comenzó una madrugada. Estaba durmiendo y me despertaron unos gritos iracundos en el jardín.

—¡Mendieta! ¡Mendieta! ¡Sal inmediatamente!

Abrí los postigos. Era Poli, que estaba jugando a cartas con Nacho y Reyzábal. Llevaba una especie de minibañador que imitaba la piel de un leopardo y parecía un tanga. Pensé: seguro que la tirilla se le mete en el culete.

—¿Qué pasa, hombre, qué pasa?

—Dime la verdad, Mendieta. ¿Es verdad que tú me llamas doña Rogelia?

Doña Rogelia era un muñeco de ventrílocuo, muy popular en aquellos años.

El infierno: Poli, Nacho y yo haciendo *Nicolás*, noche tras noche tras noche, sin hablarnos, todos a una o por turnos, y Julio López Varela mirándome desde la nubecita con aquellos ojos como pozos rodeados de maquillaje blanco, noche tras noche tras noche, y a la salida la gente que me repetía en los bares, en mitad de la calle, en las paradas de taxis, como un coro maléfico, noche tras noche tras noche:

«¿Dónde vas, Nicolás?»

(Fue una frasecita que se puso muy de moda.)

Al infierno, tenía ganas de decirles. Pero no se lo decía porque ya estaba en él. El infierno era una serpiente mordiéndose la cola.

De Valdemorillo al Cristal y del Cristal a Valdemorillo.

Era como vivir en una maqueta, una de esas maquetas que utilizan para anunciar urbanizaciones como la nuestra.

Desde mi terraza oía a Poli y Mary Paz discutiendo cada noche y todos los fines de semana.

—¡Me voy a cagar en el Primero de Noviembre, Mary Paz! —gritaba Poli, que aún en los momentos de mayor furia seguía siendo muy respetuoso con el santoral.

Desde mi piscina escuchaba los planes de las grandes películas que iba a hacer Nacho, y la música de sitar que le daba por poner. Al principio íbamos y volvíamos del teatro en el mismo coche, porque Poli decía que así ahorrábamos. Yo aceptaba y me dejaba llevar, como cuando me metieron en los Lazaristas. Hasta que dejamos de hablarnos, y era muy desagradable viajar en el mismo coche mirando cada uno hacia un lado.

Lo que no podíamos era dejar de hacer *Nicolás*. Es mentira que una función mejore con el tiempo. Después del primer año todo se hace mecánico, fatigoso, aburridísimo. Tenía razón Rosa: como una cita diaria con una amante de la que ya te has cansado.

No nos hablábamos, pero cantábamos.

Entre bastidores, Nacho canturreaba:

—«*Hace tiempo que vengo al taller / y no sé a qué vengo.*»

Y le contestaba yo:

—«*Esto es muy alarmante / esto no lo comprendo.*»

A la salida, la gente nos esperaba para abrazarnos.

—Yo soy muy famoso suyo.

—Es la cuatro vez que vengo a verles.

Y rarezas parecidas. La gente estaba hablando muy raro últimamente.

Si la gloria era, como pensaba yo de joven viendo a Paco Peñalver, decir tu texto y provocar el efecto deseado mientras tienes la cabeza en otra cosa, aquella temporada alcancé la gloria con los pies en el centro del infierno. Hablaba y decía mis réplicas y escuchaba a la gente reír y sabía que había colocado bien, pero mi cabeza tenía otro relleno.

Pensaba: nunca saldré de aquí. Estoy atrapado dentro de este círculo. Pasarán inviernos y primaveras y caerán gobiernos, y yo seguiré haciendo *Nicolás*, y hablando y dejando de hablar con estos dos, como críos, y jugando al póquer todos los lunes por la noche, y comiendo las paellas de Mary Paz cada dos domingos, y Poli seguirá con su maldita manía de hablarme cogiéndose a mi brazo, como si me fuera a escapar, y Nacho pasándome notas de dirección como la primera noche, y nos iremos arrugando, y la próstata se nos pondrá como un balón de rugby, y llegará un día en que ya no nos acordaremos de nada salvo de nuestras líneas, y luego ya ni de nuestras líneas, y nos caeremos a cachos pero seguiremos haciendo *Nicolás*, y una noche veremos a don Pepe Isbert con un mono de eléctrico bajando una tras otra las palancas del cuadro de luces, y justo antes de apagar la última bombillita, el retén, carraspeará y guiñará el ojo y nos comunicará que estamos muertos, y no nos quedará otro remedio que firmar el enterado.

No recuerdo muy bien cuánto tiempo duró esta situación.

Duró hasta que dije basta.

Dije basta y dejé *Nicolás* y dejé el teatro y lo dejé todo.

Señalo aquí esto por una sola razón: para hacer constar que se puede salir del infierno.

Hice balance y arqueo, y comprobé que había ahorrado más de lo que creía, suficiente, como decían en las novelas antiguas, para «un pasar».

Pero «un pasar» era para llevar un retiro de cesante, cosa que no me apetecía nada.

Le vendí a Reyzábal el chalet de Valdemorillo, despedí a la chacha que compartíamos con Nacho y Poli, y volví a mi querido ático de la avenida de América. Eché un poco de menos la piscina. También me vendí el coche. Mi plan era descansar, leer y salir lo menos posible.

Leer todo lo que no había tenido tiempo de leer en los últimos años. Es decir, en los últimos cincuenta años.

25. Se va el caimán

Cuando lo dejé se dijeron, naturalmente, muchísimas tonterías. Primero no se lo creyeron. Que si era el típico cuento para volver a los cuatro días. Para vueltas estaba yo. Pasaron los cuatro días, y cuatro meses, y empezaron los rumores lúgubres. Que si estaba arruinado por el juego. Que si me había jugado al póquer el chalet de Valdemorillo y lo había perdido y Poli me había puesto en la calle. Que si estaba alcohólico. Que si me habían visto pidiendo caridad o durmiendo en el parque. En fin, lo que se suele decir cada vez que un cómico desaparece del mapa.

A veces, cuando me encontraba a un conocido, notaba una cierta decepción en su mirada.

—Chico, me habían dicho que estabas fatal...

Cuando yo me fui, Poli siguió haciendo *Nicolás* un tiempo con Nacho y con mi sustituto. Luego se fue Nacho a rodar una película en Italia, y, como en la canción de los Diez Negritos, solo quedó Poli, que se puso a hacer el papel de Nicolás. En estas llegó la huelga aquella de los actores y detuvieron a varios, y cuando los sustitutos dijeron que paraban casi le da un síncope.

Me contaron que tuvo una de sus mejores interpretaciones

en una de las asambleas, subiéndose a la mesa, llorando, suplicando que por favor no le hicieran eso, que suprimir las dos funciones era como quitarle el pan de la boca a sus hijos.

—¡Pero si tú no tienes hijos, fantasma! —le gritó, con voz ronca, Juan Diego.

Nacho tuvo un éxito internacional en un papel de campesino, una adaptación de una novela de Delibes o de Sender, ahora no recuerdo muy bien. Le dieron un premio en Cannes y todo. Se lo merecía. De los tres, él siempre fue el mejor, y el que trabajó más. A Poli y a mí nos perdió bastante la golfancia.

Llamé a Nacho para felicitarle.

—Tenemos que quedar un día de estos. Como en los viejos tiempos.

—Te llamo y quedamos en firme.

—Quedamos, quedamos. Es que tenemos que quedar ya.

—Sin excusa.

—Ni pretexto.

—Te llamo yo.

—No, yo te llamo.

—Nos llamamos, ¿eh?

—Nos llamamos.

En fin, lo que se dice cuando ninguno de los dos piensa llamar.

Los antiguos conocidos que me encontraba por la calle me miraban como se mira a un muerto viviente.

—¿Y en qué andas ahora? Ya tendrás tus ahorritos, porque para haberte retirado...

—Para un pasar. Y cuando se me acabe —decía yo— a buscar trabajo en la tele, a hacer de abuelete, que ya me toca.

—Ya, ya —sonreían—. Pues si sé de algo te llamo, ¿eh?

Se iban con cara de «Este ya no levanta cabeza», que era lo que me interesaba que creyeran todos.

Pensaba: «Desventurados. Si supierais...».

Lo que no sabían era que me había tocado la lotería. Literalmente. En el sorteo del Niño del año 78. Un buen pellizco de unos cuantos millones. Decidí guardar secreto absoluto; que no lo supiera nadie. Luego pensé que, quitando a Rosa, la verdad es que no tenía a nadie más a quien decírselo.

Decidí también desaparecer del mapa una temporada. Viajar. Viajar por placer, no «por gira». Parando en cada sitio los días que me apeteciera, sin estar sujeto a unas fechas contratadas, y, sobre todo, sin tener que hacer la función cada tarde y cada noche.

Pero descubrí que viajar no vale la pena si viajas solo, si no tienes a nadie con quien comentarlo.

Le perdí el gusto a viajar.

Fui a París en verano. Hacía un calor espantoso.

Fui a Londres en invierno: demasiado frío.

Hablé mil veces con Rosa de ir a México, pero me pillaba demasiado lejos.

—¿Y por qué no vienes tú, monina?

—Porque también me queda muy lejos, guacho.

Esto era la vejez: empezar a quejarse de todo y no encontrarle la gracia a casi nada.

Monroy tenía razón: la gracia se pierde.

Recuerdo una de las últimas veces que llamó Rosa. Era por la tarde, casi al anochecer. Yo me había quedado dormido en el sillón. Allá, al otro lado del charco, me dijo, era madrugada. Alta madrugada. Había algo que no le dejaba dormir. Algo que no me había preguntado «en su momento».

Tenía una voz rara, ronca.

—¿Te dijo Pombal algo de mí? ¿Te habló de mí?

—¿Pombal? ¿Cuándo?

—Antes de morir.

—Claro —mentí—. Ya te lo dije.

—¿Qué me dijiste?

En la penumbra del salón busqué una pausa. Estaba acostumbrado: demasiados años de teatro.

—Espera, que enciendo un pitillo. Un segundo.

—No te conviene.

—Para lo que me queda en el convento... Ya está. Que te quería para hacer la Cordelia de *El rey Lear*.

—¿Es verdad eso, guacho?

—¿No te acuerdas?

Se nos empezaban a olvidar tantas cosas, que una mentira no importaba.

—Pobre Pombal... La Cordelia, yo... Si me viera...

—Serás coqueta...

Por eso, en el fondo, más allá de la fatiga de los viajes, no iba yo a México ni venía Rosa a Madrid: para no ver cómo estábamos.

O, mejor dicho, para seguir viéndonos como éramos.

—¿A ti también te cuesta dormir? —me dijo Rosa.

—Bastante. A eso de las tres ya me desvelo. ¿Qué hora es en México?

—Las tres. ¿Es verdad que te dijo lo de la Cordelia?

—Claro. Anda, duérmete.

Me encerré. Dejé de salir. De cuando en cuando iba al teatro, pero no entendía nada. No siempre era por culpa de las obras. A la que aparecía algún actor o alguna actriz que vagamente me sonaban de algo, se me iba la cabeza. ¿Dónde conocí yo a esa chica? (Chica que tendría, como yo, más de sesenta.) ¿Y este no trabajó conmigo en aquella película... cómo se llamaba? Etcétera. Y luego, si los conocía y me conocían, la pesadez de hacer la *tournée* por los camerinos, y decirles a todos que habían estado fantásticos, fantásticos.

Porque decirle a un cómico después de la función menos que «fantástico» es insultarle gravemente.

Ya no voy al teatro. Me gusta más ver películas en casa, en vídeo, porque en los cines hay demasiadas colas y demasiada gente joven, que mete bulla y me despista. De la televisión solo veo algún noticiario, y el parte meteorológico. Es el programa que más me interesa. Saber el tiempo que va a hacer mañana. Si habrá humedad, si va a hacer frío, si me van a doler los huesos, si me voy a ahogar.

Un día, harto de estar hecho un desastre y de que la casa, que estaba tan hecha un desastre como yo, se me cayera encima, llamé a doña Evangelina, que tan bien había cuidado de mí y de las tareas domésticas cuando el jamacuco.

Fue mi primera señal de senilidad, porque creía que doña Evangelina seguía teniendo la misma edad que en el 67.

—Ay, don Pepín, si ya no puedo tenerme. Pero ¿usted sabe qué edad tengo?

—Si ha de estar usted hecha un pimpollo...

Hice ver que se trataba de una broma de las mías, y la invité a tomar un té con pastas y a charlar. Me dijo que tenía una sobrina muy dispuesta, que se llamaba Almudena, que estaba sin trabajo y que estudiaba teatro en el Conservatorio.

—Quiere ser cómica, fíjese usted...

Vino con ella a tomar el té, y Almudena era tan joven y tan alegre y me cayó tan bien que entró en la casa a la semana siguiente, para «ocuparse de mí».

Por ella volví a ir al teatro, a lo que ahora llaman una «sala independiente», para ver su debut en una comedia actual, un debut, como dijeron los críticos, «muy prometedor». Es guapa Almudena; da gusto mirarla. Pelirroja, alta, con unos ojos muy vivos, y una sonrisa preciosa. Y tiene talento, que es lo más importante. Tiene un talento muy especial, que conozco muy bien.

A la salida, le dije lo mismo que me había dicho Monroy una vez, antes de la guerra:

—Parece que estés en el escenario como por accidente, como si acabaras de llegar. Esa es una cualidad muy buena para la comedia; no la pierdas.

Almudenita me dio un beso en la nariz.

Mi prestigio ha crecido bastante en los últimos años, pero es un prestigio retroactivo. Empezó a crecer gracias al libro que escribió el novio de Almudena, Miguel Oreste, un chaval muy serio, con gafas y barba, que vino a verme. Un libro de título tan excesivo como su contenido: *Pepín Mendieta, el Rey de la Comedia*.

—Está loco por sus películas.

—De tú, Almudenita, que no soy tan viejo.

—Pues eso, que le encantan tus películas. Se las sabe de pe a pa.

—¿Y hace algo más?

—Estudia periodismo. En la Complutense.

Oreste vino a casa con una grabadora y, a lo tonto a lo tonto, pasamos varios meses hablando. Por las mañanas; a mí todo me va mejor por las mañanas; por las tardes me fatigo más.

Fueron unas charlas muy agradables. La mitad del libro era un resumen de aquellas conversaciones. La otra mitad, una «valoración», muy afectuosa, demasiado generosa incluso, de mi trabajo.

Mayormente de las películas, porque Oreste, por edad, solo pudo ver una de las cosas que hice en teatro. Vio *Días extraños* siendo un crío, y, como dice él, «alucinó», y a partir de ahí se tragó todas las películas, y rastreó, investigó... Es un buen libro, pero incompleto en ese aspecto. Cuando ya no esperaba nada salvo seguir viviendo, aquel libro me «rescató», y por eso quiero hacer constar aquí mi agradecimiento.

Pepín Mendieta, el Rey de la Comedia fue el reactivo de una serie de homenajes, ciclos, entrevistas y plácemes. A nadie le amarga un dulce, desde luego, pero ya no me lo creo. Porque nunca hablan de lo mejor que hice.

Lo mejor que hice, que hicimos, fue cuando le dimos la vuelta a *Días extraños*. Y todo lo que hice con Pombal hasta el año 34.

Pero nadie se acuerda ya de Pombal, ni de la Compañía El Gran Teatro del Mundo.

En fin, me voy a quejar... Porque también, ahora que lo pienso, el libro del novio de Almudena me «llevó» a televisión. Yo no tenía ningunas ganas, pero era un buen dinero. Me ofrecieron un papel de viejo mangante, don Ismael «el Condestable», en *El café de los tramposos*, que estuvo en antena tres temporadas. Para que me dijeran que no, me puse farruco y quejica y les dije que no podría, que era demasiado texto...

—Pues te lo soplamos al oído con un pinganillo, ¿sabes lo que es?

—Claro, claro. Una amiga mía lo usaba mucho en México, en las telenovelas.

—¿Ah, sí? ¿Quién es?

—Rosa Camino.

—No me suena.

—Es que eres tú muy joven.

Les dije luego que tantas horas de pie, a mi edad...

—Te ponemos de paralítico. En silla de ruedas, y controlándolo todo sin moverte del café.

El éxito de *El café de los tramposos* motivó que una editorial muy importante me encargase, por muy buen dinero, estas memorias que estoy a punto de concluir.

Esto ya se acaba. Soy consciente de que cada día puede ser el último. Y justamente por eso, cada nuevo día es un regalo. Cada día sin tierra encima es un buen día.

Esa es mi verdad, y pocos la comparten.

Hagan la prueba. Salgan a la calle. Miren las caras de la gente. Mírense. ¿Qué ven? ¿Cuántas caras felices? Muy pocas.

Alguna muchacha que también es como un regalo.

Algún niño encandilado, al atardecer, con el reflejo de un anuncio luminoso contra el cielo azul cobalto.

La mujer que acaba de hacer el amor, el hombre que está a punto de hacerlo...

Almudenita bailando por el comedor mientras saca el polvo, escuchando música con unos auriculares, o hablándome luego, con los ojos brillantes, de sus proyectos...

¿El resto? Caras furiosas, porque viven en el abismo que separa lo que querían de lo que han conseguido. ¿Cuántas personas viven la vida que soñaron? Caras sombrías. Caras entumecidas. Caras que han olvidado que morirán, que cada día puede ser el último. Que pueden morir al minuto siguiente, y quedarse con esa cara para toda la eternidad, la cara enfurruñada del idiota que ha perdido la vida.

Qué rápida ha pasado la vida.

La gran vida...

Almudena y Miguel me han ayudado mucho a la hora de buscar documentación y recortes de prensa para estas memorias, porque cada día olvido más cosas y a mayor velocidad. Siempre leí que los viejos recordamos muy bien la infancia y la adolescencia, que se nos llena de agujeros la «edad adulta», si es que eso existe, y que olvidamos a pasos agigantados los hechos más o menos recientes. ¡Santa verdad!

Ahora mismo, yo estaba intentando recordar de qué demonios murió Poli y me ha costado lo mío. Poli se ahogó en la piscina, de un corte de digestión. Claro. Y es que, a lo tonto, hace quince años ya de eso. Se lo he dicho mil veces y no me hace caso.

Me dice:

—Fíjate... Qué raro... Oye, que no me hablan. Paso a su lado y hacen como si yo no estuviera...

—Policarpito, que llevas quince años muerto.

—Qué muerto ni muerto, si acabo de tomarme tres Camparis en Riscal.

—Seguro, con esa pinta. Pero ¿tú te has visto?

No, no puede verse, porque no se refleja. Si se reflejara, vería que va por ahí en chancletas y con el tanga de leopardo. El pecho lampiño, y las piernecitas como alambres, todo él chorreando agua y poniéndome el sofá perdido. Es un caso a estudiar: un fantasma incorpóreo, intangible, pero que mancha.

No diré que no me haga gracia verle. Además, una de las ventajas de su nuevo estado es que le resulta imposible cogerme del brazo. Aunque la rasca me la da igual.

—¿Por qué no vas a darle la latita a Mary Paz, rico?

No se acuerda; prueba de que los fantasmas también olvidan.

—¿Quién es Mary Paz, rododendrín? ¿Una novia tuya?

Como Almudena no le cae bien, no sé por qué, aprovecha para plantárseme en el sillón de la tele antes de que ella llegue, o cuando ha bajado a comprar.

¿Por qué no le gusta? Porque dice que podría ser mi hija.

La hija que Rosa y yo no tuvimos, la que dibujamos en París y en París se quedó.

Cada vez que Poli aparece cree que vuelve de una fiesta, de sitios que ya no existen, y en los que un cóctel sigue costando cuarenta pesetas. Mejor así. Por lo menos no vuelve de un mitin de Fuerza Nueva, ni me apaliza con los peligros del terrorismo. Si no fuera por eso de que no puede cogerme del brazo (aunque él crea que lo hace), parecería que está vivo, hasta tal punto que a veces pienso que el fantasma soy yo.

La verdad sea dicha: por aquello de la figura del padre, yo siempre pensé que, si me correspondía un fantasma, ese sería Pombal. O Monroy.

Y no, fue Policarpito.

Cada uno tiene, por lo visto, el fantasma que se merece.

«Por desgracia nuestra, para que una obra poética o narrativa alcance una longevidad siquiera decorosa no basta con que sí tenga condiciones de salud y robustez; se necesita que a su buena complexión se una la perseverancia de autores o editores para no dejarla languidecer en un oscuro rincón; que estos la saquen, la ventilen, la presenten, arriesgándose a luchar en cada nueva salida con la indiferencia de un público no tan malo por escaso como por distraído.»
Benito Pérez Galdós

Desde Libros del Asteroide queremos agradecerle el tiempo que ha dedicado a la lectura de *Comedia con fantasmas*. Esperamos que el libro le haya gustado y le animamos a que, si así ha sido, lo recomiende a otro lector.

Al final de este volumen nos permitimos proponerle otros títulos de nuestra colección.

Queremos animarle también a que nos visite en www.librosdelasteroide.com y en www.facebook.com/librosdelasteroide, donde encontrará información completa y detallada sobre todas nuestras publicaciones y podrá ponerse en contacto con nosotros para hacernos llegar sus opiniones y sugerencias. Le esperamos.

✻

«He aquí un libro letal, una mágica elegía, un viaje
al corazón de la fábrica de los sueños (cuando lo era)
narrado en semejante estado de gracia que uno
no sale de su lectura indemne.»
Jorge Bustos (El Cultural)

«Un tesoro para cinéfilos y amantes, en general,
de la buena vida y las buenas historias.
Oro puro.»
Luis Pousa (La Voz de Galicia)

A✳

978-84-16213-25-2